国家社科基金
GUOJIA SHEKE JIJIN HOUQI ZIZHU XIANGMU
后期资助项目

当代澳大利亚小说中的公共叙事研究

DANGDAI AODALIYA XIAOSHUO ZHONG DE
GONGGONG XUSHI YANJIU

黄洁 著

SPM
南方传媒

广东人民出版社

·广州·

图书在版编目（CIP）数据

当代澳大利亚小说中的公共叙事研究 / 黄洁著.

广州：广东人民出版社，2024. 11. -- ISBN 978-7-218
-17954-4

Ⅰ. I611.074

中国国家版本馆 CIP 数据核字第 20247SH218 号

DANGDAI AODALIYA XIAOSHUO ZHONG DE GONGGONG XUSHI YANJIU

当代澳大利亚小说中的公共叙事研究

黄 洁 著

出 版 人：肖风华

责任编辑：段太彬
装帧设计：李桢涛
责任技编：吴彦斌

出版发行：广东人民出版社
地　　址：广州市越秀区大沙头四马路 10 号（邮政编码：510199）
电　　话：（020）85716809（总编室）
传　　真：（020）83289585
网　　址：http://www.gdpph.com
印　　刷：广州市豪威彩色印务有限公司
开　　本：787 毫米 × 1092 毫米　1/16
印　　张：18.5　　字　　数：334 千
版　　次：2024 年 11 月第 1 版
印　　次：2024 年 11 月第 1 次印刷
定　　价：68.00 元

如发现印装质量问题，影响阅读，请与出版社（020-85716849）联系调换。
售书热线：020-87716172

国家社科基金后期资助项目
出版说明

后期资助项目是国家社科基金设立的一类重要项目，旨在鼓励广大社科研究者潜心治学，支持基础研究多出优秀成果。它是经过严格评审，从接近完成的科研成果中遴选立项的。为扩大后期资助项目的影响，更好地推动学术发展，促进成果转化，全国哲学社会科学工作办公室按照"统一设计、统一标识、统一版式、形成系列"的总体要求，组织出版国家社科基金后期资助项目成果。

全国哲学社会科学工作办公室

目　录

绪 论

第一节　当代澳大利亚小说诞生的公共语境

与澳大利亚文学史上的两大创作高峰期——19世纪90年代和20世纪二三十年代相比，当代澳大利亚小说诞生的社会语境带有鲜明的国际化印记，是日益全球化和多元化的澳大利亚公共生活的产物。第二次世界大战期间和战后，澳大利亚在政治、经济、外交等领域逐步摆脱了其宗主国英国的控制，开始向一个独立、发达的资本主义国家迈进。二战后初期经济恢复与发展上的巨大成就为其在20世纪70年代进入发达资本主义国家行列奠定了牢固的物质基础。60年代开始的大变革通常以美国和澳大利亚在中南半岛的军事干预为主要标志，在思想上和文化上对后世产生了持续的影响。该时期的一个显著标志是出现了一种新型的激进政治，它是对建立在阶级划分基础上的传统左派话语的补充。学者丹尼斯·奥特曼（Dennis Altman）指出：澳大利亚虽然拥有根深蒂固的左派传统，却几乎未能超越简单粗暴的"经济主义"；这里的很多人热衷谈论普遍意义上的伙伴情谊，却表现出明显的种族主义倾向；他们谈论平等，却不愿将平等权用在女性同胞身上；甚至国际政策也会被代入这一主导性的经济主义模式（Altman, 1988, 308–309）。正是20世纪60年代出现的新左派运动，以及反越战运动催化的新型的政治激进主义，才真正冲破了现存的政治模式，创造出更复杂、同时也更碎片化的政治分析。澳大利亚新左派组织的反战运动还成为该国其他运动（如女权主义第二次浪潮、同性恋权利运动、环保运动、反核运动等）的先驱。

"时至1972年，许多澳大利亚人相信他们的国家正处在一个新纪元的边缘。"（Alomes, 1988, 236）20世纪70年代初带领工党走上执政舞台的爱德华·高夫·惠特拉姆（Edward Gough Whitlam）宣称：澳大利亚正面临着一个决定就能改变国家整体命运和前途的罕见时刻。惠特拉姆执政期间联邦政府决定申办1988年的世界博览会，工党希望通过世博会在国家身份问题上展现成熟的态度，并使该国能够在南太平洋地区获得牢固的领导地位。这阶段该国对科技发展的重视有效地提升了生产力，并改变了不同地区之间的隔绝状态。英帝国的衰落和美国从亚太地区的撤离又使澳大利亚面临前所未有的发展契机，使其将亚洲视为自己的活动领域，并逐步摆脱了将亚洲视为威胁的狂热的欧洲中心主义想象。惠特拉姆政府还将关注的目光投注在城市以及不断扩张的郊区的问题上，使得澳大利亚人不仅超越了根深蒂固的丛林神话，还超越了20世纪60年代的"幸运之邦"和"城郊安乐乡"等近期神话，进而认识到社会福利问题有待改进（Alomes，1988, 237）。

　　社会政治领域的这些剧变不可避免地反映在文学艺术领域。20世纪80年代，小说取代诗歌成为主导性的文学样式，不仅因为其内容和形式更加契合变革中的澳大利亚社会，还与工党政府设立的"文学委员会"（"Literature Board"）的早期政策有着很大关联（qtd. in Brett, 1988, 457）。尽管定义和运作上都存在一定争议，该委员会却有力主导并促进了本土文学特别是本土小说的发展。针对写作的公共性支持网络也使小说创作者们深受蒙荫。许多文学奖项直接将目标对准了小说作品：澳大利亚最负盛名的迈尔斯·弗兰克林文学奖（Miles Franklin Literary Award）自1957年开始运作，该奖项扶持了一大批杰出的小说家，如戴维·爱尔兰（David Ireland）、西娅·阿斯特利（Thea Astley）、罗德尼·霍尔（Rodney Hall）、彼得·凯里（Peter Carey）、杰西卡·安德森（Jessica Anderson）等。其他的重要文学奖项，如1974年创立的全国图书理事会奖（National Book Council Award）、同年创立的《时代报》年度图书奖（*The Age* Book of the Year Awards）、1980年创立的沃格尔文学奖（The Australian/Vogel Literary Award）以及1987年创立的斯蒂尔·拉德奖（Steele Rudd Award）等，都倾向于将奖金颁发给小说创作者。各州设立的文学奖项也格外青睐小说家。维多利亚州州长文学奖（Victorian Premier's Literary Awards）的小说类万斯·帕尔默小说奖（Vance Palmer Prize for Fiction）的奖金数额竟相当于诗歌类和戏剧类奖项奖金数额的总和。新南威尔士州文学奖（New South Wales State Literary Awards）中的小说类克里斯蒂娜·斯戴德小说奖（Christina Stead Prize for Fiction）的奖金数额也远远超过了非小说和诗歌作品。

　　20世纪70年代初，一些大型的出版机构开始认识到澳大利亚小说是一个颇具市场前景的产业。企鹅澳大利亚图书公司率先出版了一系列平装本的本土小说，其中包括多位新兴作家的作品。企鹅图书的做法大大增加了澳大利亚读者接触本土小说的机会。昆士兰大学出版社也出版了一系列的平装本小说，其中包括迈克尔·瓦尔丁（Michael Wilding）、罗德尼·霍尔（Rodney Hall）、彼得·凯里和莫里·贝尔（Murray Bail）等人的作品。到了70年代末，昆士兰大学出版社的优质平装小说系列已为其赢得了全国性的赞誉。出版商安格斯与罗伯逊（Angus and Robertson）选择出版19世纪以来的澳大利亚本土小说，并在70年代发掘了戴维·爱尔兰、弗兰克·穆尔豪斯（Frank Moorhouse）和伊丽莎白·莱利（Elizabeth Riley）等当代小说家。安格斯与罗伯逊的平装书系列"天狼星优质平装书"（"Sirius Quality Paperbacks"）和"阿尔肯图书"（"Arkon Books"）同样在澳大利亚广为流传。

70年代中期以后，一些新成立的小型出版机构也开始发挥重要作用，其中较为突出的代表包括：内陆出版社（Outback Press）、瓦尔德与伍尔利（Wild and Woolley）、麦克菲·格里布尔（McPhee Gribble）和弗里曼特艺术中心出版社（Fremantle Arts Centre Press）。女权主义出版机构也在该时期大放异彩。创办于1976年的西比拉印刷与出版合作社（Sybylla Co-operative Printers and Publishers）成功推出了多位女性作家的小说集。创办于1979年的姐妹出版公司（Sisters Publishing）出版了吉恩·贝德福德（Jean Bedford）和贝弗利·法默（Beverley Farmer）的作品。匡正出版社（Redress Press）出版了一套女性小说选集。女权主义活动家安娜·库阿尼（Anna Couani）的海洋巡航图书社（Sea Cruise Books）除了出版女性作品选集外，还出版了一批女权主义政治小说。对此，有学者指出：

> 所有这些出版机构出版的图书，反映了一个在社会上和文化上经历剧烈变革的时代。自20世纪70年代初开始，作家们既试图表述这些变革，又试图厘清其意义，或者至少尝试对其进行历史性的"定位"。这些变革的复杂性造就了极具差异性的反应范围。如果有什么是可以用来概括过去二十年的小说的特征的，那必然是它的异质性。（Gelder and Salzman, 1989, 8）

时至20世纪80年代，澳大利亚政府面临的国际形势较为稳定，人民生活也相对富足和安定。1987年7月，鲍勃·霍克（Bob Hawke）领导的澳大利亚工党历史性地第三次赢得组阁权。在各级政府将大量资源投向庆祝英国殖民者登陆澳洲大陆满二百年的活动的同时，澳洲的土著团体也在计划以自己的方式来铭记这段"被殖民史"。事实上，向1788年1月26日新南威尔士殖民地成立这一历史时刻致敬的大型庆祝活动不止"二百周年庆典"（Australia's Bicentenary 1988）。1888年曾经有过"百年庆典"，1938年也举办过"一百五十周年庆典"，但前两次庆典无论从规模上还是从影响力上来看都远不如1988年的"二百周年庆典"。因为1888年前后，澳大利亚尚处在"没有完全步入正轨的民族时期和仍在历史舞台上徘徊的种族—帝国时期的夹缝之间"（Bennett, 1992, xv）。"一百五十周年庆典"虽然催生了意义深远的土著"哀悼日"，但那时澳大利亚正处在纳粹强权的阴影下，政治上日趋保守，声名狼藉的"白澳政策"也仍在发挥作用。

在筹备"二百周年庆典"期间，左派活动家一再呼吁政府抓住时机与土著展开对话与磋商，但政府却并未采取积极有效的措施，土著事务在政府工作议程上也从未占据优先位置。土著群众表达抗议的各种游行集会除了在一些零星的快讯中被提及，很少有机会被报纸、广播或电视节目认真地报导——作为政府喉舌的主流媒体似乎担心这些不和谐的声音会破坏庆典整体上的欢快气氛。由此可见，以多元文化主义为基础的民族主义冲动与澳大利亚土著自治的呼声之间仍然存在着明显的张力。这一全国性庆祝活动还凸显了"独特的民族时期的需要与同样迫切的使之与后现代的跨民族时期相契合的需要"（Bennett, 1992, xvii）。"二百周年庆典"表面上号召澳大利亚人去批判性地看待本国的殖民历史，实则是通过展示和强调现代国家取得的成就，敦促本国公民，尤其是土著居民、托雷斯海峡岛民（Torres Strait Islanders）和非英裔移民，为了将来的目的而选择搁置争议性的过去，亦即为了维护国家在当前国际社会上的地位和应对即将面临的挑战而放弃对白人殖民史的彻底清算。该庆典的倡导者和组织者主张白人与澳洲土著、少数族裔移民等在本国历史上曾遭受不公正对待的"他者"进行和解，以谋求协调一致的共同发展。

"二百周年庆典"时期，女性群体也充分彰显了自身的存在感，女权主义者与土著群体和少数族裔移民群体结成了类似同盟的关系，在实际行动中互相支持、互为呼应。众所周知，女权主义第二次浪潮的兴起是20世纪下半叶西方世界出现的一个重要社会现象，与新左派运动有着千丝万缕的联系。早期的第二次浪潮女权主义者从新左派运动中获得冲量，后又因不满其性别主义倾向而选择与之分道扬镳。①与欧美女权运动相比，澳大利亚女权运动的发展略显滞后，其第二次浪潮兴起的标志是1969年在悉尼发生的、以白人中产阶级城市女性为主要力量的妇女运动。这一社会政治运动在20世纪七八十年代成为席卷全国的新浪潮。虽然澳大利亚的女权运动起步略晚，但其发展态势却颇为稳健，还产生了多位足以令该国民众为之骄傲的理论家：杰梅茵·格里尔（Germaine Greer）、戴尔·斯潘

---

① 在新左派运动中，妇女们发现她们被允许为"任何人"的自由和平等而战，却唯独不被允许为她们自己而战（Altman, 1988, 310）。

德尔（Dale Spender）、米甘·莫里斯（Meaghan Morris）、莫利亚·盖滕斯（Moria Gatens）、伊丽莎白·格罗茨（Elizabeth Grosz）等人都对国际女权主义理论的整体建构做出过相应的贡献。格里尔的《女太监》（*The Female Eunuch*, 1970）甚至被评选为女权主义思想史上的七部经典之作之一。①澳大利亚女权主义的第二次浪潮引发了国内女权主义文学、文化和历史批评作为学科的发展，并促成了女性文学在20世纪后半叶的突出艺术成就。自20世纪70年代起，女权运动、女性写作和女权主义学术研究携手共进，成为澳大利亚文化知识界与社会生活领域不可忽视的力量。

　　无论是在欧美还是在澳大利亚，女权主义第三次浪潮都被视为第二次浪潮的延伸，是对前一次浪潮的批判性继承和发展。与其说女权主义第三次浪潮是一场独立的社会政治运动，不如说这是一个用于指涉不同类型的女权主义活动和研究的宽泛术语。国际范围的第三次浪潮出现于20世纪90年代初，然而其萌芽早在围绕性欲问题和色情作品相关事宜的女权主义内部混战——20世纪80年代的"女权主义性别战争"（"Feminist Sex Wars"）中便可见端倪。第三次浪潮反对第二次浪潮期间以白人中产阶级女性的经历为统一标尺的倾向，反对针对女性气质的本质主义界定，主张采纳后结构主义对社会性别和生理性别的阐释。它还指出第二次浪潮的种种缺憾和过失，并对其进行了反思和批判。除却这些共性特征，第三次浪潮时期澳大利亚女权主义学者在对借鉴外来理论持开放性态度的同时，还纷纷明确表达了自身的民族主义立场。她们认为，不能盲目照搬外来理论，而应该优先考虑该理论在澳大利亚文学文化环境中的适用性问题。1998年，一场名为"走向澳大利亚化：重新装备女权主义与哲学"的大会在英国召开。在之后出版的会议成果中，克里斯汀·巴特斯比（Christine Battersby）指出：时至今日，仍将澳大利亚女性主义哲学仅仅描绘成一种话语理论，描绘成法国后结构主义和北美后现代主义的支流，是极其错误的。"从本土的模式出发，探索一些哲学上的蹊径，这样呈现在我们面前的是包括本体论的、民族的和政治的在内的一系列模式。这些模式允许我们重新装备自我、社区和社会变化在内的众多概念。"（qtd. in Magarey and

---

① 　其余六部分别是克莉丝汀·德·彼森（Christine de Pizan）的《女儿城之书》（*The Book of the City of Ladies*, 1405）、玛丽·沃尔斯通克拉夫特（Mary Wollstonecraft）的《为女权一辩》（*A Vindication of the Rights of Woman*, 1792）、弗吉尼亚·伍尔夫（Virginia Woolf）的《自己的一个房间》（*A Room of One's Own*, 1929）、西蒙娜·德·波伏娃（Simone de Beauvoir）的《第二性》（*The Second Sex*, 1949）、贝蒂·弗里丹（Betty Friedan）的《女性的奥秘》（*The Feminine Mystique*, 1963）和凯特·米利特（Kate Millett）的《性政治》（*Sexual Politics*, 1970）（Amico, 1998, 219–221）。

Sheridan, 2002, 143）巴特斯比的这番言论点明了澳大利亚女权主义学术研究立足于本土文化实践的意义和重要性。女权主义文学、文化和历史批评不仅深刻地影响了该国当代女性作家的创作实践，也潜移默化地影响了该国男性作家的创作观念。对其传统和发展趋势有所了解，有助于更加全面地认识当代澳大利亚女性文学乃至整体上的当代澳大利亚文学的发展状况，也有助于更加深刻地理解当代澳大利亚小说创作与社会公共语境之间的交互作用。

20世纪90年代末，澳大利亚文学文化界乃至社会公共领域的一大轰动事件是女权主义作家海伦·加纳（Helen Garner）的《第一块石头》（*The First Stone*, 1995）引发的喧嚣。这部非虚构作品以发生在墨尔本大学奥蒙德学院的一起女大学生控告男院长性骚扰的事件为出发点和原型。加纳在该事件上拒绝以年轻女性的保护者自居，而是严格地要求她们自我约束。她对女学生在事后直接向司法机构寻求保护的行为感到震惊，并将年轻女性身上体现出的漠视老一辈女权主义者的倾向视为年轻一代女权主义者的"反扑"。在《第一块石头》中，加纳毫不掩饰对被女学生的"轻率"行为毁掉一切的男院长的同情。该书的出版引发了该国女权主义群体内部盛况空前的"世代之争"。加纳反对方的代表人物——骚扰事件中女学生的支持者詹娜·米德（Jenna Mead）事后整理出版了《身体碰撞：性骚扰事件、女权主义与公共生活》（*Bodyjamming: Sexual Harassment, Feminism and Public Life*, 1997），该书广泛收集了年轻一代女权主义者们围绕"第一块石头事件"（"the First Stone Event"）的态度和意见。有学者指出，围绕《第一块石头》展开的"媒体大爆炸"（"media hype"），充分显示了20世纪70年代运动巅峰以来女权主义者再次受到前所未有的关注；围绕加纳本人展开的公共讨论迅速地演变成一个"关于母女关系的叙述"（Spongberg, 1997, 257）。

著名的女权主义学者安妮·萨默斯（Anne Summers）在这场媒体纷争中扮演了突出的角色。在《致下一代的信》（*Letter to the Next Generation*）①问世前，她一直在寻找向年轻一代的女权主义者（1968年以后出生、第二次浪潮女权主义者的"女儿们"）提出忠告的时机。《致下一代的信》显然并未让她的表达欲望得到满足，不久后《第一块石头》引发的骚动再度为她提供了公开发表意见的场合。萨默斯不失时机地表示：年轻一代的女

---

① 《致下一代的信》是萨默斯的代表作《该死的娼妓和上帝的警察：澳大利亚妇女的被殖民史》（*Damned Whores and God's Police: The Colonization of Women in Australia*, 1975）1994年再版时新增的一章。

权主义者将自己定位为受害者的倾向令人担忧；作为这些年轻女性的"母亲"辈的一分子，她有责任和义务向"女儿们"讲述她们那一代人的经验（Spongberg, 1997, 258）。遗憾的是，年轻一代的女权主义学者对此却似乎并不买账。玛丽·斯彭伯格（Mary Spongberg）等人认为，萨默斯在女权主义者当中划界的做法并不妥当，它忽略了女权主义者成分的丰富多样性；此外，不同世代女权主义者之间并非无法沟通，许多年轻女性都充分意识到自己继承自母亲的遗产。第二次浪潮女权主义者（以加纳、萨默斯为代表）在母亲身份问题上大多持消极态度，这种态度进而演变为对母亲身份（motherhood）、母亲身体（the maternal body）进而是"母亲"（"mom"）本身的厌恶；因此，"对理想化的母亲的僭越应是第三次浪潮女权主义者们需要学习的重要一课"（Spongberg, 1997, 262–263）。

　　然而，针对该事件女权主义学界的纷争还不是终点。不久后，澳大利亚国内的保守派批评家将多位女权主义学者对《第一块石头》的回应指认为禁止加纳发声的举动，他们一再强调加纳仅仅是因为说出了真相而不公正地遭受攻击。左派批评家将这番操作视为保守派对媒体施加控制的结果，认为无论他们是通过促使反女权主义话语的流通，还是通过突出女权主义者之间的纷争，大致目标都是利用该书重新燃起社会层面上之前就存在的针对女权主义的反感与憎恨。由于以上复杂状况，《第一块石头》的出版更应该受到格外的关注，因为围绕它的纷争展示了媒体文化的反女权主义倾向，展现了女权主义内部的矛盾和无序的竞争，还引发了更广泛范围内的对压制性的"政治正确性"的文化行动。所幸的是，该时期的女权主义者们并不缺乏表达自我真实想法和进行深入沟通的渠道，许多女性作家和批评家，包括加纳本人，都试图提供解读该书的阐释框架。因此，围绕这部非虚构作品展开的系列辩论很重要，不仅因为这些辩论对于澳大利亚女权主义的发展意义深远，还因为对于该国普通民众而言该媒体事件提供了解读女权主义文本的清晰框架，并使很多人获得了一次珍贵的机会，从而能够近距离地审视诸如"如何管理公共空间"，"如何进行公共辩论"以及"谁在公共领域拥有重要性"等关键性问题（Mead, 1997, 10）。

第二节 当代澳大利亚小说中公共叙事的
内涵与外延

在文学研究领域，公共叙事（Public Narratives）、公共事件（Public Events）和公众话题（Public Topics）是三个相关但又不同的概念。公共叙事指在社会中广泛流传的故事或叙述，涉及特定的主题、人物形象和价值观，能够激发公众的情感共鸣和认同。公共叙事通常具有社会意义和影响力，能够引导公众对于特定事件或话题的理解和解读。文学作品可以传达公共叙事，常见的样式包括小说、诗歌和剧本等。

公共事件指在社会上引起广泛关注和讨论的具体事件或情境，通常具有社会、政治或文化意义。这些事件可以是实际发生的，也可以是虚构的，但它们都在社会中产生了共识，引起了共同关注。公共事件有可能成为公众话题，引发人们对于事件原因、影响和解决方案的讨论。

公众话题是指社会上人们普遍关注和谈论的话题或议题。这些话题可能涉及政治、经济、社会、文化、环境等各个领域，反映了公众的兴趣和关注点。公众话题可以是与公共事件相关的，也可以是与日常生活息息相关的。在文学研究中，公众话题有可能成为作品的主题或背景，引发读者对当下社会热点问题的深入思考。

可见，公共叙事、公共事件和公众话题之间存在一定的交集和互动。公共叙事可以涉及公共事件或公众话题，并通过叙事的方式传达对它们的理解和解读。公共事件可以成为公众话题，引发公众对相关话题的关注和讨论。而公众话题则是受到普遍关注的话题或议题，可以与公共事件相关联，也可以超出特定事件的范围，包含更广泛的社会问题。

在当代澳大利亚文学谱系中表现最为突出的小说作品中，可以发现丰富多样的主题和价值观念，涉及社会问题、政治议题、家庭生活、个体际遇等各个领域。其发展趋势是多样化的，其中既包括公共叙事，又包括私人叙事。与侧重个人经历、内心世界和情感体验的私人叙事相比，公共叙事通常关注社会、政治和历史等大众普遍关心的议题，并试图探索个人与社会之间的关系。与其他国家文学中的公共叙事类似，当代澳大利亚小说中的公共叙事通常涉及广泛的社会问题，如社会不平等和历史不公正、种族和性别问题、权力关系、文化认同等，同时也密切关注集体记忆和历史事件的影响。这些公共叙事作品旨在引起读者的共鸣和思考，促进社会意识的变革与发展。

在西方学界，与公共叙事密切相关的概念首推公共领域。在当今社会，公共领域已经变成了一个日常的词汇，人们用它来指涉信息和观念在其中流通的隐喻性场所。但在学术界这个概念又具有特殊的内涵，对于思考民主的文化和政治观念在资本主义社会的运作至关重要。本书中的公共叙事既指诞生于澳大利亚日常公共生活的、作为公众具体关注焦点的具有广泛影响力的著作，又部分建立在德国学者尤尔根·哈贝马斯（Jürgen Habermas）的资产阶级公共领域相关概念的基础之上，指包含作为公共知识分子的作家发出的不同于官方政治议程和态度的、能够体现社会公平正义原则的声音和见解的叙事作品。

根据哈贝马斯对公共领域做出的重要界定："（它）首先意指我们的社会生活的一个领域，在这个领域中，像公共意见这样的事物能够形成。公共领域原则上向所有公民开放。公共领域的一部分由各种对话构成，在这些对话中，作为私人的人们来到一起，形成了公众。"（哈贝马斯，1998, 125）在哈贝马斯的理论体系中，公共领域介于国家与社会之间，遵循普遍开放的公共性原则，该原则使得公众通过公共舆论制约国家公权力、从而对国家活动实施民主监督成为可能。公民应在"非强制性的情况下处理普遍利益问题"，并且必须满足以下条件，即可以自由地"集合和组合"并"表达和公开他们的意见"；报纸、期刊、广播、电视等媒介是在公共领域中的交往达到一定规模后出现的，是公共讨论得以进一步深化的保障，也使社会舆论有可能在更大范围内和更深程度上发挥影响力（哈贝马斯，1998, 125–126）。

在《公共领域的结构转型》中，哈贝马斯从社会学和历史学角度分析了自由主义模式的"资产阶级公共领域"的结构和功能，并指出其普遍开放的原则适用的对象是享有文化教育特权的资产阶级民众，而底层的工人、农民以及女性则被排除在外，这也体现了资产阶级民主的局限性。就性别关系而言，女性被带有父权制特征的资产阶级公共领域排挤，被剥夺了平等的政治参与权。这反映出当政治公共领域完成结构转型时，社会的父权制特征还未从根本上被触及。即使到了20世纪，女性有权享受社会福利国家的待遇，性别歧视的状况也未能彻底得到改变，妇女解放运动因此广泛开展起来。女性争取普遍公民权的斗争看似与雇佣工人的社会运动一样，"但是，与阶级斗争的机制不同，性别关系的改变不仅深入经济制度，而且波及私人领域的核心……排挤女性这一行为对政治公共领域具有建设性影响。与排挤没有平等权的男性不同，排挤女性影响了公共领域的结构"（哈贝马斯，1999，8）。哈贝马斯对公共领域的分析集中在理性辩论的质量或形式以及民众参与的数量或开放性上，这里的公共领域显然是一个理想化的概念。为了成为其中的一员，资本主义社会的个体必须满足一定的条件，即必须是受过教育的有闲阶级的男性。正如评论者指出的，这一全新的资产阶级公共领域概念"将大部分男性和所有女性都排除在外"（Poole，1989，15）。此外，资产阶级公共领域还有着自身的利益需求，它声称体现理性和真理的永恒原则，但这只不过是"任何阶级都有的一个特点，那就是试图把自身的利益和生活方式作为全人类最好事物的构成要素推出来"（Poole，1989，15）。当该领域的不同成员的利益需求因竞争而产生冲突和对抗时，这一构成将不可避免地产生分裂。从这层意义来看，公共领域展现的不过是一种拟态，一种对民主辩论的逼真模拟。

哈贝马斯的资产阶级公共领域的运行机制不同于米歇尔·福柯（Michel Foucault）的权力话语中的排挤机制。在福柯的权力空间中，话语参与者和"他者"之间不存在共同语言，"大众不得不在他者空间中行动，并表达自身。因此，在那个空间内，文化和反文化唇齿相依，一个文化的毁灭必然导致另一个的毁灭"（哈贝马斯，1999，9）。而在资产阶级公共领域中，"工人运动和被工人运动排挤在外的'他者'，即女权运动，都可以加入资产阶级公共领域用以表达自身的话语，以求从内部改变这些话语以及公共领域结构本身。从一开始，资产阶级公共领域的普遍主义话语就包含了自我指涉的前提条件"（哈贝马斯，1999，9）。

在西方马克思主义文学与文化批评家特里·伊格尔顿（Terry Eagleton）看来，哈贝马斯界定的"资产阶级公共领域"处在国家和市民社会之间，包含一系列的社会机构，如俱乐部、咖啡馆、杂志社、报刊社等。在这些机构中，个体为了能够自由而平等地交流理性话语而集结在一起，从而将自身投入到一个相对团结一致的团体，其决策可呈现出强大的政治力量的形式。在这样的空间中，个体可能不再被赋予社会权力、特权和传统，而是会通过分享普遍真理的共识构成不同程度的言论主体。（Eagleton，1984，9）根据该资产阶级意识形态的画像，"在公共领域中至关重要的，不是权力而是理性；其根基不是权威，而是真理；其日常流通货币不是支配力，而是合理性"（Eagleton，1984，17）。基于对哈贝马斯式公共领域的批判性理解，伊格尔顿格外重视"批评的事业"的社会功能，并对批评家代表的公共知识分子寄予厚望："带有冲突和纠纷等颇具威胁性的隐含之意，批评的事业本身提供了瓦解公共领域的合意主义的方案；而批评家本人，站在该领域的交流、散播、收集和再流通话语的若干巨大回路的结节处，再现了自身内部的一种潜在的难以驾驭的元素。"（Eagleton, 1984, 21）当批评家、历史学家、作家等公共知识分子对文化、艺术、政治或其他公众关注的领域进行评估时，他们往往会表达不同的观点和立场，这些观点和立场的多样性能够挑战主流共识，打破凝滞的现状。通过批判性地审视和评估各种议题，质疑公共领域中普遍接受的思想、价值观和叙述，公共知识分子不仅在信息交流的过程中起到中介的作用，还积极参与对信息的分析和评估。他们的活动或许会引发一些分歧和争议，但其影响却并不一定是负面的。事实上，健康的辩论和建设性的批评可以推动社会进步，并加深公众对特定问题的理解。在本书聚焦的八部澳大利亚公共叙事文本中，作家们通过提供不同的观点、质疑共识以及促进批判性对话，在公共领域中发挥了重要作用。他们在这些小说作品中不仅仅表达了态度和意见，更是对当下的公共话语做出了深入分析和评估，为社会提供了宝贵的洞见，促进了更丰富、更充实的知识交流。

公共领域的本质属性是公共性。但公共性却并非人类共同本性的产物，而是公共领域的参与者求同存异的结果。汉娜·阿伦特（Hannah Arendt）在《人的境况》（*The Human Condition*, 1958）中关于公共性的阐释形象地表达了"公共"的内涵。她认为，公共性可从想象世界本身来理解，世界之于共同拥有这个世界的人，就如同被放置在众人当中的桌子之于围坐在桌旁的每个人，都同时将个体联系起来和分离开来。公共性的丧失"就好比在一次降神会上，一群人聚在一张桌子的周围，然而通过某种幻术，这张桌子却突然从他们中间消失了"（转引自汪晖，1998，43–44）。公共性的丧失导致公共生活的意义的缺失。共同世界虽是所有人的汇聚之所，在场的人却各有各的不同位置。每个人都能够在不同的位置上被看到和被听到，这才是公共生活的意义之所在。正如阿伦特所警示的："当共同世界只能从一个方面被看见，只能从一个观点呈现出来时，它的末日就到来了。"（阿伦特，1998，89）本书中的澳大利亚当代作家中的杰出代表都重视公共性问题，也都尊重文化差异。由于公共性的存在有赖于持不同立场、不同见解的人们对差异性和多样性的尊重，这些作家在各自的作品中提醒读者现代社会中公共性的丧失可能带来的深远影响，并在不同程度上强调公共性的丧失等同于对文化差异和权利公平的抹煞。

如果把公共领域看作狭义的富含思辨色彩的哲学概念（广义的公共领域包括公共空间），公共空间则可被看作更贴近特定地域和文化的世俗概念。公共空间不仅指物质空间，也指想象出来的空间。空间有唤起记忆的功能，因此公共空间与公众记忆以及集体身份都存在明显的交汇。加拿大学者通过研究当代魁北克的历史背景如何影响纪念性活动，证明了"记忆如何经过时间和空间的协调，在城市背景下直接建立起来"（孙逊、杨剑龙，2008，153）。本书不仅关注在澳大利亚公共领域或公共空间内发生的重要事件及其在小说中的反映和再现，还关注与集体生活密不可分的公众记忆，揭示了作家们对公共性事件和公众记忆的挖掘和利用，其中包括：妇女解放运动，多元文化主义与民族和解运动，澳洲土著争取公民权、社会权和土地权的平权运动，"民族神话"，"历史战争"，"被偷走的孩子"等。由于公众记忆或文化心理的焦点是集体而非个人的态度，而个人态度又是集体态度的组织细胞，20世纪70年代以后的澳大利亚小说呈现出与以往历史阶段的小说不一样的叙事特征，主要体现在：尽管作家们高度重视对公共领域内热点问题的剖析和探讨，其切入点却往往都是私人领域内的个人活动。本书中重点关注的1976—2008年间的八部作品正充分体现了以上叙事特点。通过借鉴新文化史研究的成果，关注普通人的生活肌理、思想和信仰的差异性结构，将有助于揭示权力在公共日常生活中运作的模式以及个人对权力的消解与反抗。

学者肯·格尔德（Ken Gelder）和保罗·萨尔兹曼（Paul Salzman）曾用"新多元"（"New diversity"）来指称当代澳大利亚小说创作中多种指导思想和模式共存的现象。"新多元"具体体现在：在一些作家仍在以现实主义模式创作的同时，针对小说的广阔的实验视角也诞生了，形式本身成为小说最具异质性的方面之一；新时期的小说中出现了公开描写"性"的新奇现象，对女性欲望的探索是女权主义第二次浪潮的一个衍生物；该阶段还出现了众多反映澳大利亚战后移民计划造成的多元文化影响的作品；以英语创作的土著小说开始大量出现并拥有广泛市场；一些作家开始在小说中探讨澳大利亚与亚洲及太平洋地区的关联，并在此基础上重新思考先前狭隘的关于澳大利亚身份的观念；在对历史小说传统进行改写的过程中，关于澳大利亚身份的问题同样受到密切关注；从整体论视角来看待澳大利亚身份的写作传统仍然是可行的，这从家族传奇仍然是一个广受欢迎的小说亚体裁便可见一斑；针对科幻小说和犯罪小说的各种实验性手段也在20世纪80年代出现（Gelder and Salzman, 1989, 8）。

女性小说和历史小说无疑最能代表当代澳大利亚作家公共书写的精神。海伦·加纳是20世纪末澳大利亚文坛上最引人瞩目的女作家，她的小说处女作《心瘾难除》（*Monkey Grip*, 1977）标志着女权主义运动与新左派运动的密切关联。戴利斯·伯德（Delys Bird）认为：加纳的写作是20世纪70年代的新浪潮的一部分；她探索女性性欲以及规范女性性欲的性别化的权力结构，这一创作宗旨将她与热衷书写"性"的弗兰克·穆尔豪斯、迈克·瓦尔丁等男性革新派作家拉开了距离（Bird, 2000, 199）。由于"历史"与公共领域的密切关系，澳大利亚小说家格外重视这一交织着权力关系的话语场。伯德将历史小说在20世纪末的复兴视为"作家们转向历史，去寻求向混乱的当下注入某种秩序和召唤集体记忆的方式"（Bird, 2000, 193）。凯琳·高兹华斯（Kerryn Goldsworthy）认为：整个20世纪澳大利亚小说家一再回归历史小说亚体裁，是为了寻求民族建构、另类历史书写、为殖民罪行赎罪或者对自己所在时代进行评论的有效方式（Goldsworthy, 2000, 108）。格尔德和萨尔兹曼则指出：许多当代澳大利亚小说几乎强迫性地回归殖民场景，"回归边疆岁月殖民过程的兴衰得失"，这一回归是另一种旅行，是跟去往其他国家和地区一样重要的旅行（Gelder and Salzman, 2009, 6）。

苏珊·勒维尔（Susan Lever）的研究表明：以主观性较强的历史小说来对澳大利亚历史进行修正是20世纪八九十年代的一个"集体性方案"。她详细列举并分析了该时期的代表性历史小说，包括：彼得·凯里的《奥斯卡与露辛达》（*Oscar and Lucinda*, 1988）和《凯利帮真史》（*True History of the Kelly Gang*, 2000）、凯特·格伦维尔（Kate Grenville）的《琼创造历史》（*Joan Makes History*, 1988）、罗伯特·德鲁（Robert Drewe）的《我们的阳光》（*Our Sunshine*, 1991）、戴维·马洛夫的《回忆巴比伦》（*Remembering Babylon*, 1993）和《科洛溪畔的对谈》（*The Conversations at Curlow Creek*, 1997）、罗德尼·霍尔的《严迪利三部曲》（*The Yandilli Trilogy*, 1988–1993）、罗杰·麦克唐纳（Roger McDonald）的《达尔文先生的射手》（*Mr. Darwin's Shooter*, 1998）、廉姆·戴维森（Liam Davison）的《那个白女人》（*The White Woman*, 1994）、维克多·科勒尔（Victor Kelleher）的《越冬》（*Wintering*, 1990）等（Lever, 2009, 513–514）[①]。仅从以上列举来看，20世纪末澳大利亚历史小说似乎是男性作家一统天下的局面，凯特·格伦维尔可谓是打破性别藩篱、闯入男性禁猎区的异类。但真实的情况并非如此，该时期其他女性作家也

---

① 勒维尔还指出，历史小说这一文类在进入21世纪以后依然颇为盛行，突出的代表作包括：安德鲁·麦克盖恩（Andrew McGahan）的《白色的大地》（*The White Earth*, 2004）、凯特·格伦维尔的《神秘的河流》（*The Secret River*, 2005）、罗杰·麦克唐纳的《戴斯蒙德·凯尔的歌谣》（*The Ballad of Desmond Kale*, 2006）等。

创作了为数可观的历史小说，其中包括：西娅·阿斯特利的《仁慈杯》（*A Kindness Cup*, 1974）、《芒高的雨天》（*It's Raining in Mango*, 1987）和《雨影的多重效果》（*The Multiple Effects of Rainshadow*, 1996），杰西卡·安德森的《司令官》（*The Commandant*, 1975），吉恩·贝德福德的《凯特妹妹》（*Sister Kate*, 1982）和《若以一颗驿动的心》（*If with a Beating Heart*, 1993），芭芭拉·汉瑞恩（Barbara Hanrahan）的《切尔西姑娘》（*A Chelsea Girl*, 1988）和《晚安，月亮先生》（*Good Night, Mr Moon*, 1992）等。

事实上，澳大利亚女性以历史小说展开创作的意愿通常更强烈，因为构成她们写作背景的因素包括：男性英雄主义民族神话的持续影响力、驻领殖民地的遗产、剥夺土著土地和财产的后果、二战后从非英语国家与地区的欧洲和亚洲大规模移民带来的影响等。作为结果，殖民地的、男性中心的民族主义版本的历史的地位难以被撼动。然而，女作家们始终致力于这项颇具颠覆性的文化工程。总体而言，她们不信任单一的、同质性的历史话语。许多当代女作家均与一种颇具地方特色的当地声音相认同，如：伊丽莎白·乔利（Elizabeth Jolley）与西澳、芭芭拉·汉瑞恩与阿德莱德的劳动阶层郊区、奥尔加·马斯特斯（Olga Masters）与新南威尔士州南部小镇柯巴戈（Cobargo）、加纳与维多利亚州墨尔本市的卡尔顿（Carlton）地区等。在各自的作品中，女性作家书写这些地方的鲜为人知的秘史。如在《漫长的消逝》（*A Long Time Dying*, 1985）中，马斯特斯充分利用柯巴戈的地方性细节，以亲密无间的方式描绘了大萧条对一个小群体的影响，而更为重大的历史符号，如战争或不同党派立场之间的纷争，却在很大程度上被淡化了（Whitlock, 1992, 254–255）。

本书集中关注当代澳大利亚小说家以普通民众为目标读者、以虚构性写作的方式参与社会公共性事务（公共事件）或参加社会热点问题（公众话题）的大规模讨论的这类叙事，该类叙事作品的共同目标是推动公共领域的变革与重建以及社会的发展与进步。澳大利亚的文学文化界有着根深蒂固的民主传统，这是由该国国情和历史决定的。本书中的六位小说家代表，即使是具有明显的现代主义精英意识或倾向的帕特里克·怀特（Patrick White）和后现代主义"去中心论"的拥护者彼得·凯里，其作品中都不乏与公众对话、以手中之笔唤起国民意识以带来实质性的社会变革的清醒意识。这些作家多数都曾参与过公共领域中涉及国家形象建构、历史反思、妇女解放、民族和解、环境保护等方面的活动，并从这些活动中受到启迪并得到成长。这些社会活动的余震与作家本身的政治、社会和文化观念在作为文化产品的小说中得以有机地融合在一起。

　　大众生活领域和学术领域关注的公共叙事由于利益、兴趣和宗旨不同，将会呈现出竞争性的冲突，但本书侧重它们的共通之处。作为结果，本书中涉及的公共焦点或公共事件某种程度上既是世俗的大众生活中关注的话题，又是具有选择性的严肃学术讨论的对象。它们会出现在报纸、杂志、电视节目、人们日常的谈话中，也会出现在大学的课本、课堂讨论、学术著作和学术研讨中。正如所有的人文研究都带有主观印记，本研究在尽可能客观地展现当代澳大利亚公众型小说的丰富多样性的同时，也将不可避免地遗落部分重要作家的作品。文本细读环节没能聚焦某些作家作品，并不因为这些作品的分量不够，而是因为研究者和本研究自身的局限性。

第三节　当代澳大利亚小说中公共叙事的 近期研究热点

　　在20世纪末澳大利亚公共领域引起广泛反响的"第一块石头事件"完美地印证了1988年以来澳大利亚文化知识界乃至普通民众对公共热点问题的关注和兴趣。澳大利亚文学研究学会（Association for the Study of Australian Literature）将1998年年会的主题定为："澳大利亚文学与公共领域"（"Australian Literature and the Public Sphere"），次年参会论文得以集结成册并顺利出版。与年会主题同名的论文集收录了包括格雷姆·特纳（Graeme Turner）的主旨演讲在内的二十篇文章，这些文章涉及的分论点包括：澳大利亚文学与市场的关系，作为公共话语的"带他们回家"故事，文学政策与书写的关系，澳大利亚期刊文化，特定文化案例对于某个阶段的文学文化的意义，詹姆士·麦考利（James McAuley）、海伦·加纳、伊丽莎白·乔利、克里斯蒂娜·斯戴德、彼得·凯里等作家的公共影响力及其公共知识分子地位的形成等。特纳的主旨演讲提醒作家和学者关注公共领域的重要性，他在文末意味深长地指出：作为"知识工作者"，澳大利亚作家需要更好地利用公共领域，这可能意味着将来他/她们所做的许多工作，都将不可避免地在公开场合开展（Turner, 1999, 12）。

　　2005年，格里菲斯大学（Griffith University）主办的文学刊物《文本》（*Text*）推出了一期题为《文学与公共文化》的特刊（*Special Issue: Literature and Public Culture*）。这期特刊收录了包括主编之一万柯·奥门森（Wenche Ommundsen）撰写的导言在内的十一篇文章，这些文章涉及的主题包括：文学评论家身份，文学新闻界名人效应与澳大利亚社会新型文化自卑症的萌芽，文字处理技术的变革对文学创作（特别是短篇小说创作）的影响，文学节活动对作家创作的干预，日益全球化的背景下社会、文化和经济力量对文学创作者构成的压力，旅游业和文化产业迫使作家背负的阐释民族文化的重任，出版商策划的文学作品进入接受领域后的命运以及澳大利亚文学史上的几桩著名的文学骗局等。[①]

[①]　参见Wenche Ommundsen, "Introduction", in *TEXT Special Issue: Literature and Public Culture* 4 （2005）, http://pandora.nla.gov.au/pan/10069/20060628-0000/www.griffith.edu.au/school/art/text/speciss/issue4/introduction.html。

在2009年出版的批评力作《文学活动家：作家—知识分子与澳大利亚公共生活》（*Literary Activists: Writer-Intellectuals and Australian Public Life*）中，学者布里吉德·鲁尼（Brigid Rooney）指出：当代澳大利亚作家常常被指责逃避承担政治义务，这样的指责事实上有失公允，批评者们"忽视了更为漫长的澳大利亚文学文化的历史，以及阻碍或培育它的社会条件"（Rooney, 2009, xx）。作家—知识分子和社会活动家的身份看似泾渭分明，实则相互重合、相互促进。一些澳大利亚文学创作者深刻地干预了本国人的公共生活，"他们对公共生活的干预不仅对其自身的写作生涯乃至澳大利亚文学场产生影响，也对当代澳大利亚人想象自我、想象我们矛盾而充满争议的历史、想象我们不断变化的身份以及想象我们民族或跨民族的将来的方式，产生深刻的影响"（Rooney, 2009, xxiv）。鲁尼的这本批评论著关注的对象是，既是社会活动家又是公共知识分子的若干位澳大利亚知名作家，其中包括：投身于大堡礁的生态保护并积极寻求与土著和解方案的诗人朱迪斯·赖特（Judith Wright），领导反核游行并公开抵制"二百周年庆典"的诺贝尔文学奖获得者帕特里克·怀特，从虚构作品转向非虚构作品创作以与压制性的"政治正确性"观念作斗争的海伦·加纳与诗人莱斯·穆瑞（Les Murray），关注和同情"普通澳大利亚人"的小说家蒂姆·温顿（Tim Winton），以及致力于打造澳大利亚人的"宁静外交"（"quiet diplomacy"）的小说家兼诗人戴维·马洛夫等。鲁尼的研究揭示了这些作家在公共领域的社会活动与其文学创作之间的关联，并试图探明澳大利亚文学的未来发展方向。

2012年，鲁尼的同事、同在悉尼大学任教的彼得·柯克帕特里克（Peter Kirkpatrick）和罗伯特·迪克森（Robert Dixon）出版了他们共同主编的《文字共和国：澳大利亚的文学共同体》（*Republics of Letters: Literary Communities in Australia*）。该书是第一部系统地探索与澳大利亚文学相关的共同体或文学社交概念的著作，集中展现了二十余位不同背景的学者的贡献，他们来自文学界、历史学界、文化研究界、女性研究界、创意写作和数字人文等领域。这些论文关注的焦点是澳大利亚文学共同体如何形成、发展和变化，以及如何在更广阔的国内和国际社会文化背景中运作。多数论文基于实证研究，读者可从中获知19世纪和20世纪初公共图书馆的借阅情况，关于难民主题的非虚构作品的销售数据、发行和引用情况，作家、编辑和出版商等利益相关方的通信情况，社区写作小组对于个体作家职业发展的重要性等。可见，该书通过考察各类文艺界人士的创作活动、不同类型的文学社区的多样化表现来探讨涉及澳大利亚文学共同体的一些关键问题。

在2018年出版的《澳大利亚小说中的马博转向》（*The Mabo Turn in Australian Fiction*）中，学者乔夫·罗多雷达（Geoff Rodoreda）深入研究了1992年澳大利亚高等法院做出的"马博判决"（the Australian High Court's Mabo decision of 1992 / Mabo and Others v. Queensland <No. 2>）对该国小说创作产生的重大影响。该判决承认位于托雷斯海峡马瑞群岛的土著居民从此拥有包括土地所有权在内的多项权利。罗多雷达认为这项判决不仅具有法律上的重要意义，即"改变了澳大利亚土地法的基础，否定了1788年英国人定居前没有人拥有土地的观念"（Rodoreda, 2018, 2），还产生了文化上的巨大反响，即引发了"重新审视和重新质疑澳大利亚殖民主义事业"（Rodoreda, 2018, 1）的历史小说热潮。"后马博小说"是该著作中重点提出的一个当代澳大利亚小说的类别，体现了虚构文学和社会公共事件之间的交互作用。该类别的小说还体现了一种文学想象，并"致力于描述、阐明、反映并最终代表当今澳大利亚的后马博话语"（Rodoreda, 2018, 4）。书中着重分析的四部重要的"后马博小说"分别是戴维·马洛夫的《回忆巴比伦》（1993）、亚历克斯·米勒（Alex Miller）的《石乡行》（*Journey to the Stone Country*, 2002）、安德鲁·麦克盖恩（Andrew McGahan）的《白色的大地》（*The White Earth*, 2004）和凯特·格伦维尔的《神秘的河流》（*The Secret River*, 2005）。罗多雷达强调指出，与关注土著主权（Indigenous sovereignty）的亚历克西斯·赖特（Alexis Wright）、吉姆·斯科特（Kim Scott）、梅丽莎·卢克申科（Melissa Lucashenko）等土著作家的作品不同，马洛夫、格伦维尔等人创作的非土著"后马博小说"除了承认对土地原主人的财产剥夺和他们的持续在场地位外，还关注在被殖民的土地上白人定居者归属的问题（Rodoreda, 2018, 107）。

女性文学方面的最新研究也突破了女权主义第二次浪潮时期的内容和关注焦点。在《为澳大利亚女性写作索取空间》（*Claiming Space for Australian Women's Writing*, 2017）一书中，蒂维利娜·达斯（Devaleena Das）和桑朱克塔·达斯古塔（Sanjukta Dasgupta）格外关注不同族裔背景的澳大利亚女性作家在一些社会公共事务上展开的深入思考，如：战争与默哀、女性民族英雄的出现、种族纯洁性、土著母亲身份、共产主义与激进主义、女权主义对抗、性违法、城市空间与女性自主身份、空间范畴的性别内涵、空间与女性身体政治等。该书追踪了澳大利亚女性作家在当代政治话语中穿越文化、政治和种族界限的各种旅行，主要涉及的女作家包括：碧翠斯·格里姆肖（Beatrice Grimshaw）、迈尔斯·弗兰克林（Miles

Franklin）、格温·哈伍德（Gwen Harwood）、菲斯·里奇蒙德（Faith Richmond）、朱迪斯·赖特、乔治安娜·莫洛伊（Georgiana Molloy）、凯特·格伦维尔、海伦·加纳、芭芭拉·汉瑞恩、帕特丽夏·彭吉利（Patricia Pengilley）、M. L.斯金纳（M. L. Skinner）和钱达尼·洛库格（Chandani Lokugé）等。①

在代表性论文方面，多年来致力于澳大利亚公共文化与文学体制研究的知名学者戴维·卡特（David Carter）于2002年发表了颇具影响力的论文《公共知识分子、书籍文化与公民社会》（*Public Intellectuals, Book Culture and Civil Society*）。卡特在其中分析了20世纪后二十年澳大利亚社会对公共知识分子的重视以及"中等文化修养阶层"读者群体崛起的现象。卡特指出，1997年以后，公共知识分子大量探讨了土著相关事宜，"被偷走的孩子"、种族灭绝、向土著致歉、民族和解等问题因而获得越来越广泛的关注。这是一个具有积极意义的现象，表明"思考历史和国家的新方式、新型公共伦理话语被推至流通领域，作为战场的历史比'巨大的澳大利亚沉寂'更加受人青睐"（Carter, 2002, 1）。

在2005年发表的《蒂姆·温顿、〈云街〉与澳大利亚文学场》（*Tim Winton, Cloudstreet and the Field of Australian Literature*）中，罗伯特·迪克森以温顿的代表作《云街》（1991）为例，围绕"澳大利亚文学场"的概念，具体阐释了与澳大利亚文学生产和接受相关的整个系统的运作与个体作家及其作品的经典化形成具有怎样的内在关联。迪克森指出：伟大的澳大利亚小说的一个共同特征是其历史传奇的倾向，帕特里克·怀特的《人树》（*The Tree of Man*, 1955）、彼得·凯里的《魔术师》（*Illywhacker*, 1985）、《奥斯卡与露辛达》（1988）以及温顿的《云街》都可被归入这一范畴。在迪克森看来，"历史小说的地位由于澳洲殖民二百周年庆典及其通俗的历史主义倾向而得到极大的提升"（Dixon, 2005, 256）。"二百周年庆典"创造出了一种"关于前景、价值观和利益的独特氛围"，这在该时期的文学作品中得到了忠实的反映（Dixon, 2005, 254）。

综上可见，自20世纪90年代起，澳大利亚文学批评界从未间断对关注社会公共领域的物质文化生活和思潮演变的这类叙事的关注和考察。批评家们往往采取比较集中地对某一类文学作品（具有代表性的文化现象的衍生物或具有争议性的公共事件的再现）或某一类作家（作为社会活动家的作家—知识分子、作为文学共同体的澳大利亚作家以及维护自身权益的少数族裔背景

---

① 参见网址：https://www.austlit.edu.au/austlit/page/13603488。

的澳大利亚作家等）的创造性活动进行剖析的方式。研究成果以跨学科的综合研究为主，以论文、专著和论文集等形式出现，研究范围具有较大的时间跨度，一般较少专注于考察20世纪70年代以后出版的当代澳大利亚小说。

与国外情况相比，我国澳大利亚文学批评界对该领域的研究和投入显得相对匮乏。国内该领域学者经常采用的研究形式是个体经典作家的作品分析，涉及多位公众型作家创作的综合性研究则明显稀缺。前一种类型研究的代表作包括：彭青龙的专著《写回帝国中心——彼得·凯里小说的文本性和历史性研究》（2006）、周小进的专著《从滞定到流动：托马斯·基尼利小说中的身份主题》（2009）、朱晓映的专著《从越界到超然：海伦·加纳的女性主义写作研究》（2010）等。这三部著作分别考察了至今仍活跃在当代澳大利亚文坛上的三位重要作家的文学创作情况及其作为公共知识分子在澳大利亚社会中的影响力。三部著作均基于三位学者各自的博士学位论文，均以英文论著的形式出版。综合性研究的代表作当属叶胜年、华燕、杨永春等主编的《殖民主义批评：澳大利亚小说的历史文化印记》（2013）。该作品关注澳大利亚作为劳教流放地的起源以及移民及其后代与土著居民共同生活在澳洲大陆上的多元文化现实，具体分析的文本不局限于白人经典作家创作的殖民题材小说（尤其是囚犯小说），还包括土著作家撰写的小说和自传。通过对包括《戈尔德鱼书》（*Gould's Book of Fish*, 2001）、《我的位置》（*My Place*, 1987）、《库娜图》（*Coonardoo*, 1929）、《卡本塔利亚》（*Carpentaria*, 2006）在内的十余部作品以及与之密切相关的社会制度、思潮或运动的关联性分析，揭示了殖民主义及其遗产对澳大利亚社会和文化发展的影响。

与前人研究相比，本研究采用涉及多位当代澳大利亚小说家的综合性研究的形式，集中关注的核心问题是：20世纪70年代以后的澳大利亚小说如何展现当代作家对公共领域中的社会性议题的参与和对公共热点问题的思考，作家在重大社会问题上的认知和立场又如何影响社会思潮走向。聚焦的作家作品除了在70年代及以前就已确立重要作家地位的帕特里克·怀特、彼得·凯里、海伦·加纳等人的四部小说，还包括80年代以后才崭露头角的吉恩·贝德福德、凯特·格伦维尔、盖尔·琼斯（Gail Jones）等人的四部小说。这六位当代澳大利亚知名作家在创作这些作品时都有面向大众写作的清醒意识，都重视与公众的思想交流。本研究重点考察他们如何出于知识分子的社会关怀和责任担当，采用小说这一虚构文类与公众对话，以此来参与当前社会中的公共性事务或公众关注的焦点问题，以期达到影响或引导社会思潮走向的目的。

第四节　本研究的目标、方法及主要内容

除了关注作为公共知识分子的作家对读者大众的重视和影响，还应该关注他们与历史学家、文学文化批评家、政治与社会评论家等专业人士之间的互动。学者格尔德和萨尔兹曼曾指出：公共知识分子因其参与当今社会的主导性事件（包括政治事件）的质量和深度而被定义。在20世纪末至21世纪初的二十年间，澳大利亚作家的"可见性"要远远逊色于其他类型的知识分子，如历史学家、环保主义者或政治评论家。小说家罗伯特·德赛克斯（Robert Dessaix）为澳大利亚全国广播电台（ABC Radio National）工作期间（1985—1995年），曾成功地将公众注意力引向公共知识分子这一有用的范畴。然而，或许是出于为作家"伸张正义"的目的，德赛克斯向公众传达的其心目中的公共知识分子形象并不包括不同领域的学者等专业人士。这一对"大学和学者群的背离"，实际上是将公共知识分子置于某种想象的空间，与之相连的是"持异见的外行"这一浪漫的作家观（Gelder and Salzman, 2009, 8）。20世纪末的"第一块石头事件"曾切实地证明了知识分子内部存在分裂，作为学者的格尔德和萨尔兹曼担忧德赛克斯的争议性言论会导致知识分子群体的进一步分裂。通过关注作家与各个领域学者或专业人士之间的互动并强调此类互动的价值和意义，将有助于部分消弭知识分子之间的隔阂及其代表的公共领域的复杂与含混，使不同身份背景的知识分子可以共同参与同一个民族的文化建设。

本研究试图通过关注澳大利亚作家在差异中寻求共识的努力，凸显作家、学者和其他专业人士必须充分重视和参与公共领域的活动，努力超越自身视野的局限，促进健康的知识交流和建设性的批评互动，从而使知识分子群体的智性活动的成果可以在思想层面与美学层面上更好地展现或服务于该国人民的历史实践和现实生存。本研究重点考察的澳大利亚当代作家中的杰出代表以文学公共领域为中介，将公众密切关注的、与普通人的生活息息相关的主题带入政治公共领域。作为结果，其作品打破了个人与群体、自发生活与社会整体结构之间的界限。通过解读这些作品中的社会意识形态和文化观念，读者可以瞥见高度凝练的文学文本背后的澳大利亚社会不同历史阶段的复杂的政治、经济和社会文化状况，以及多重意义之间的相互联结。

众所周知，20世纪70年代以来澳大利亚公共生活中最具影响力的社会运动是妇女解放运动。女权主义第二次浪潮的本土化引发了澳大利亚国内女权主义文学文化批评作为学科的发展，并造就了女性文学在20世纪后半叶的全面繁荣。女权主义浪潮不仅解放了女性作家的创作思路，还影响了男性作家看待国家和社会建设以及家庭生活中不可或缺的"另一半"的方式。然而，尽管女性小说家在当代澳大利亚文学领域占据了越来越突出的位置，但目前国际国内的文学批评界却并未赋予该国女性小说家的成就以足够的重视。基于以上认知，本书中围绕女性小说展开的分析占据了较大比重，文本细读部分重点关注的八部小说中有五部为女性作家作品。

如果说澳大利亚女性运动的影响力主要体现在国内，那么1988年的"二百周年庆典"的影响力则超越了国界，彰显了该国在国际社会中的地位及其在世界舞台上日益增长的作用。该庆典致敬的对象是1788年亚瑟·菲利普船长（Captain Arthur Phillip）率领"第一舰队"（First Fleet）抵达澳大利亚这一象征性历史事件，该事件开启了英国对澳大利亚的殖民统治，导致该国社会、政治和文化景观的深刻变化。庆典活动旨在纪念这个国家的历史、成就和文化多样性，但却引发了关于该国的殖民过去、土著遗产和多元文化构成的激烈讨论。在对其长期影响和遗产的评估中，人们着重关注该庆典是否促成了政府政策、公众态度或文化习俗的转变，是否加深了人们对澳大利亚历史和人民不同经历的了解，以及该庆典在国际上被如何看待，它对澳大利亚的外交关系又有何影响。总体而言，"二百周年庆典"是澳大利亚人反思他们的国家认同和归属感的重要时刻，并促使其积极思考在当下的国际化语境中该如何去重新定位本民族的文化身份。

反映在文学领域，"二百周年庆典"及其漫长的筹备期催生了当代澳大利亚历史小说和政治小说的热潮。20世纪80年代是一个众声喧哗的历史时期：活跃在该时期的各个社会群体，无论是以工党为代表的左派，还是以自由党和乡村党（1982年正式更名为国家党）为代表的右派，抑或其他中间势力，都纷纷参与了对公共领域话语权的角逐。土著群体、移民团体、妇女组织等原本处在边缘地位的群体也陆续登上历史舞台，发表各自的观点，伸张自身的权益。"二百周年庆典"是一个危机时刻，也是一个各种机遇与挑战并存的历史时期。该时期澳大利亚人在思想上受到的禁锢较少，客观上造成其思想上的空前活跃，创造出来的丰富文化成果也对后世产生了深远的影响。

本研究重点关注的多部小说都涉及作家看待本国历史，尤其是其早期殖民史的态度。这一建立在驻领殖民地基础上的现代国家的历史相对短暂，在早期殖民开拓阶段曾有过许多拼搏奋进的感人事迹。但同样是在这一阶段，不同群体之间的矛盾和冲突让人触目惊心，尤其是白人殖民者与土著居民之间的流血冲突。因此不难理解在澳大利亚社会，白人对土著的殖民暴力何以成为白人殖民者的后代不想面对的"历史遗产"。因此，怎样的历史态度才应该是当代澳大利亚人对待1788年以来白人主导的本国历史的正确态度？这个问题值得全面深入的挖掘。历史学家马克·麦肯纳（Mark McKenna）认为澳大利亚人一再以各种方式阐释这段早期历史的心理症结在于：拓荒阶段的这段历史"如此有力，对于民族故事如此具有威胁性，对于国家的正当性如此重要，以至于人们对它产生了一种很强烈的潜意识欲望"（McKenna, 2006b, 106）。本研究密切关注澳大利亚白人作家不断阐释本国早期殖民史的不同方式，因为反思过去有助于人们学习如何解决民族身份建构道路上的种种困难，并有助于其明确自身和民族国家未来前进的方向。而通过深入分析和解读关于该国公共领域热点问题和社会思潮的公共叙事，我国学者和读者可以更好地理解澳大利亚、加拿大和新西兰这样的后殖民国家不断阐释本国历史的动机，并可以洞察这些国家许多现代社会观念形成的根源和机制。

之所以聚焦帕特里克·怀特、彼得·凯里、海伦·加纳、吉恩·贝德福德、凯特·格伦维尔和盖尔·琼斯等主流白人作家，一方面是因为其成就和影响力较大，能够深刻地影响澳大利亚的公共生活，另一方面是因为这些作家对于公共议题的思考更加深入，其作品中涉及的公共生活的范围也更加广泛。本研究没有选择土著作家和二战后的新移民作家的作品做个案分析，是因为土著作家在公共叙事方面的成就很大一部分体现在非虚构作品上，而新移民作家虽然在小说方面成就斐然，却更多地体现出对本族群个体的自身生存状况的兴趣，这也是多数土著作家作品的一个显著特征。换言之，与还处在揭示和思考自身历史和现实生存困境的大部分土著作家和新移民作家不同，本书中选取的白人作家都超越了对自身所在族群或阶层的权利和利益的关注，将目光投向了更加宽广的澳大利亚生活图景。例如：他们提出了对一般澳大利亚人身份建构的思考，展开了对土著的历史和现实的挖掘和反思，还声援了遭遇不公正对待的非英裔移民的抗争。此外，白人男性作家不仅仅只书写白人男性的处境和追求，白人女性作家也不仅仅只讲述白人女性的问题和遭遇。

在研究方法上，本研究采用"点面结合"的方式来探讨20世纪70年代以后澳大利亚小说中的公共叙事。在概述其诞生的社会语境、内涵、外延和近期研究热点之后，选取了六位重要作家的八部代表作进行重点分析。在运用文本细读法对所选小说进行解读的同时，大量借鉴了社会历史批评、文化研究等方面的理论与研究策略，如：结合昂利·列斐伏尔（Henri Lefebvre）的空间理论来分析女性作家将历史"空间化"的倾向，结合伊芙·赛奇维克（Eve Sedgwick）的性别研究理论来分析"伙伴情谊"的男权特征，结合海登·怀特（Hayden White）的历史诗学来分析格伦维尔和凯里的新历史小说，结合恩斯特·卡西尔（Ernst Cassirer）的文化哲学和费尔南多·奥尔蒂斯（Fernando Ortiz）的文化跨界影响研究来分析怀特后期作品中的澳大利亚白人身份建构等。此外，坚持立足中国学者的客观立场，采用国际化视角与本土化视角相结合的方式展开评述，即在参照国际性的批评理论的同时，注重还原澳大利亚本土的学术语境以考察研究对象，如：在借鉴佳亚特里·斯皮瓦克（Gayatri C. Spivak）、爱德华·萨义德（Edward W. Said）等人的后殖民理论的同时，结合澳大利亚本土后殖民研究学者比尔·阿什克罗夫特（Bill Ashcroft）、鲍勃·霍奇（Bob Hodge）、维杰·米希拉（Vijay Mishra）等人的观点来分析驻领殖民地的文化遗产；在借鉴欧美女权主义作家或学者弗吉尼亚·伍尔夫（Virginia Woolf）、埃莱娜·西苏（Hélène Cixous）、露丝·伊利格瑞（Luce Irigaray）等人思想的同时，也参照了澳大利亚本土女权主义学者安妮·萨默斯、杰梅茵·格里尔、伊丽莎白·格罗茨等人的理论观点来分析20世纪七八十年代的女性作家作品。

本研究的主体部分共分为六章，分别探讨六大公共议题，即："土著化"与澳大利亚人的身份、女权主义与反文化运动、内德·凯利传说、"二百周年庆典"、白人与土著的"初次接触"以及"被偷走的孩子"的遗留问题。六章的排序基本遵循作品的发表时间先后顺序（涉及两部作品的按发表时间较早的作品算），这样做有助于揭示不同时期澳大利亚小说中的公共叙事的发展脉络，展现创作的背景和文化内涵，彰显作品之间的关联、影响或传承，并使研究者和读者可以更好地理解文学作品与其产生的历史和社会背景的关系。

第一章致力于解读诺贝尔文学奖获得者帕特里克·怀特的《树叶裙》（*A Fringe of Leaves*, 1976）中的"土著化"问题。这部作品的问世具有特殊的意义：首先，它是怀特在获得诺贝尔文学奖后推出的第一部长篇小说，深受评论界和读者重视，影响深远；其次，它不同于怀特以往的关注普适性的形而上价值的国际化主题小说，而是将目光投向白人移民与澳洲自然环境以及与澳洲土著之间的关系问题；再次，它反映了20世纪六七十年代以来澳大利亚左派历史学家曼宁·克拉克（Manning Clark）、亨利·雷诺兹（Henry Reynolds）等人在历史学界的"拨乱反正"得到了文学界的呼应。《树叶裙》的出版是当时澳大利亚文化知识界对殖民历史编撰传统进行反思和清算的潮流中的一个风向标事件。小说采用"新俘虏叙述"的形式，展现的"土著化"过程服务于以下创作主旨：探索澳大利亚人身份的本质内涵以及白人移民与澳洲自然环境之间达到成功磨合的可能性，此外还探寻了女性在文化融合、民族和解等社会性事务中发挥重大作用的可能性。

第二章通过聚焦海伦·加纳的《心瘾难除》（*Monkey Grip*, 1977），探讨20世纪70年代的女权主义者如何吸收和利用新左派运动或反文化运动的积极成果，来实现对自身命运的主宰以及对所在社区和社会的传统观念和生活模式的修正。加纳在小说中描绘了一系列反传统的生活场景，这些场景涉及性解放、激进女权主义、摇滚乐风潮、毒品滥用以及集体式家庭伦理等众多敏感问题。总体而言，这是一部对20世纪70年代的澳大利亚反文化生活理念和模式进行全面披露的作品，它证明了女性在这场少数派的"先锋"运动中占据了不容置疑的"在场"地位。《心瘾难除》还揭示了女权主义第二次浪潮对占女性人口大多数的异性恋妇女的现实生活的影响，以及70年代的"先锋"女性所持的身体观与两性生活之间的紧张关系。

第三章集中分析了吉恩·贝德福德的《凯特妹妹》（*Sister Kate*, 1982）和彼得·凯里的同题材小说《凯利帮真史》（*True History of the Kelly Gang*, 2000），以剖析当代澳大利亚小说家对"民族神话"的改写。丛林强盗是澳大利亚民族神话的重要组成部分，而内德·凯利（Ned Kelly）作为其中最负盛名的代表，不仅超越了丛林行劫的普遍含义，还象征着澳大利亚身份中浪漫和反叛的一面。尽管具体呈现方式有所差异，但两部作品都旨在重写历史，都具有后殖民批判的维度，也都力图揭示与最具决定性的澳大利亚式男性行为模式"伙伴情谊"相关的阳刚气质的虚假本质。《凯特妹妹》还描绘了女主人公在"后凯利帮时代"追寻自我的历险，通过追溯凯特·凯利悲剧性的一生，贝德福德揭示：将公共领域与男性空间、私人领域与女性空间机械地对应起来的做法是极其有害的。

第四章以凯特·格伦维尔的《琼创造历史》（*Joan Makes History*, 1988）和彼得·凯里的《奥斯卡与露辛达》（*Oscar and Lucinda*, 1988）为例，揭示了当代澳大利亚新历史小说中包含的针对民族主义历史的"修正主义"创作宗旨。1988年的"二百周年庆典"是一个颇具争议的全国性庆典，官方组织者期望它成为其乐融融的民族欢庆的大合唱，事实上它却成为各种政治力量和利益群体互相竞技的话语场。《琼创造历史》和《奥斯卡与露辛达》是典型的"二百周年庆典小说"，凝聚了该时期独特的价值观、期待视野和公开争取权益的氛围。两部作品还反映了两位作家均留意到庆典自筹备以来的焦点问题和引发的各方争议，反映其试图以写作方式来参与社会公共领域的辩论，以表达各自的政治立场、历史观和在跨民族接触问题上的态度。

第五章集中关注格伦维尔迄今为止影响最大、流传最广的历史小说《神秘的河流》（*The Secret River*, 2005）。澳大利亚语境下的"历史战争"被认为是国际性的"文化战争"的一部分，在不同历史阶段有着不同的关注焦点。《神秘的河流》出版后，立刻成为"历史战争"的一个新焦点。该作品通过还原白人与澳洲土著"初次接触"的场景，探索早期殖民史上的暴力与黑暗的根源，展现了白人殖民者的后代难以真正面对其祖先犯下的罪行，只能退而求其次从语言和文化上寻找悲剧根源阐释的突破口，从而净化自身的恐惧、厌恶、"白种人的愧疚"等种种复杂心理。围绕该作品展开的论战反映了历史学界早期的"左""右"派之争延伸至文学界后演化为"挪用"历史题材的小说家和试图"维护"历史学科的纯洁性的历史学家之间争夺话语权或历史阐释权的斗争。

第六章通过探讨盖尔·琼斯的《抱歉》（*Sorry*, 2007），来展示当代澳大利亚白人作家对于历史遗留问题对当今生活的挥之不去的影响的深入思考。《抱歉》表面上致力于描摹家庭范围内的暴力与创伤，但它却不仅仅是一部关于私人题材的作品，还深刻地批判了澳大利亚政府20世纪初推行的一项致力于确保白种人的纯洁性的民族同化政策——"被偷走的孩子"政策。1997年的人权报告《带他们回家》，引发了公众对该政策及其遗留问题的密切关注，并触发了一系列的"被偷走的孩子叙述"的问世。由于身份的局限，该类叙述通常是具有土著血统的澳大利亚作家的专属领地。作为白人女作家，琼斯勇敢地闯入这一禁区，她的作品反映了作为受益者的白人后裔对殖民历史的反思和对民族和解的期盼，同时也披露了多元文化主义指引下的澳大利亚主流社会对于文化融合的思索。

第一章

澳大利亚人身份的建构路径

——解读《树叶裙》

前言：作为公共叙事文本的《树叶裙》

澳大利亚首位诺贝尔文学奖获得者帕特里克·怀特（1912—1990）是一位以对普遍人性和人类生存状况的持续关注而闻名的作家。他的后期代表作《树叶裙》体现了他对以写作方式参与公共生活的兴趣。尽管这是一部故事主要发生在19世纪澳洲殖民地的历史小说，但该书探讨了在怀特所处时代具有重要意义的若干公共问题和主题。《树叶裙》超越了通常与白人定居者有关的狭隘视野，深入探讨了自然环境对身份建构的作用、文化融合、民族和解以及妇女在社会中的角色等更深层次的问题。

这部小说的一大贡献在于以令人回味的诗意文字捕捉到了澳大利亚风景中蕴含的"地之灵"，并生动地展现了这里的自然景观在塑造人物精神世界中的潜移默化的作用。与传统的澳大利亚大陆要么是美丽的风景线，要么是待开发的资源的观点不同，怀特试图恢复它的物质性，并承认它的精神意义。《树叶裙》通过聚焦遭遇海难的英国贵妇与澳洲土著居民在这片土地上共同生活的经历，呈现了主人公视角的深刻转变。这种转变是对读者的一种更有力的邀请，促使他们重新思考自己与土地的关系，并对澳大利亚环境对个人身份的影响产生更深切的理解。此外，《树叶裙》还探索了"土著化"的主题，或者拥抱土著文化并使其融入更广泛的澳大利亚社会生活的过程。通过展现跨文化体验的变革力量，突出女主人公与土著部落居民互动的积极影响和作用，怀特强调了当今的澳大利亚白人与土著平等、和谐共处的可能性。这种对民族融合的探索成为建构澳大利亚身份的一个重要方面，促进了社会的稳定与发展，并有助于加深普通民众对该国多样化遗产的认可。小说还探讨了妇女在社会事务中的作用，特别是在文化融合和民族和解的背景下。女主人公的历险包含了她积极参与弥合不同文化之间的鸿沟，类似行动将促进土著与非土著社区之间的沟通。这种关于妇女作为变革与和解的重要推动者的设定挑战了传统的性别角色，并有助于实现澳大利亚社会更加进步和包容的愿景。《树叶裙》借着批判维多利亚时代社会中盛行的习俗和僵化的阶级结构，揭示了社会对个体（尤其是女性）的期望及其加诸在个体身上的限制，突出女性争取自我表达权乃至其他平等权利的艰难处境，反映了怀特敢于质疑既定体制并主张个体的更大自由和自主权。小说还赞扬了人类在逆境中的坚强意志和坚韧心性，细致刻画了女主人公在面对各种困难和冲突时的心理和情感之旅。这种对面临威胁的人类生存状况的洞察反映了怀特对探索普遍经历并捕捉人类精神本质的兴趣。

1976年，怀特出版了读者期盼已久的历史小说《树叶裙》。该作品试图通过挖掘澳洲本土题材、殖民时期的重要文本——"弗雷泽夫人叙述"（the Eliza Fraser narrative），以达到深入探讨当代澳大利亚人关注的若干重要议题的目的。作为怀特获得诺贝尔文学奖后推出的首部长篇小说，《树叶裙》一经面世便吸引了批评界的广泛关注。

诺尔·马凯什（Noel Macainsh）撰文分析了小说中的虚无主义与自然的关系，卡琳·哈森（Karin Hansson）关注小说中对女主人公的人生抉择发挥作用的两股重要力量——本土影响和都市影响，维尔纳·塞恩（Werner Senn）聚焦小说中的个人身份和社会身份。[1]而更多学者则关注《树叶裙》与怀特以往小说的内在关联。丹尼斯·哈斯克尔（Dennis Haskell）认为，该作品延续了怀特在以往创作中提出的一个核心议题：出于本能的思想或举动与社会可接受的"文明"行为之间的鸿沟（Haskell, 1987, 433）。劳丽·赫根汉姆（Laurie Hergenham）则指出《树叶裙》与怀特以往的作品存在显著差异：他的前期作品致力于展现个体与社会之间的殊死对抗，并通常借助一些幻想性的手段实现超越；《树叶裙》却显示怀特在探索个人与社会达成妥协的可能性，尽管该过程难免会令人不安（Hergenham, 1983, 152）。维罗妮卡·布瑞迪（Veronica Brady）也认为《树叶裙》展现了一个令人欣喜的变化，反映怀特从对社会现实的不信任转向信任，进而将其视作合适的创作素材（Brady, 1977, 127）。布瑞迪的看法还发生了显著的变化，体现在其对"野蛮"的评价从消极转向积极。小说出版翌年，她指出"荒蛮对生命意义的摧毁"意味着女主人公必须逐渐回归文明人的理性世界，只有在那里她才能拥有"同伴情谊、善意和自我认知的短暂时刻，这些才能赋予生命以意图和尊严"（Brady, 1977, 132）。六年后，重读文本时她却指出，《树叶裙》标志着怀特对自己作为澳大利亚人以及对澳大利亚文化的理解的一个新高度："小说清楚展示了在怀特的想象中土著意味着什么，它一方面凸显了白人文化的无能，另一方面则展现了与土著代表和栖居的'野蛮'领域展开接触所能带

---

[1] 详见Macainsh, Noel. "Nihilism, *Nature and A Fringe of Leaves*." *Quadrant* 27. 4 （1983）: 36-41; Hansson, Karin. "The Indigenous and the Metropolitan in *A Fringe of Leaves*." *World Literature Written in English* 24. 1 （1984）: 178–189; Senn, Werner. "Personal and Social Identity in *A Fringe of Leaves* by Patrick White." *Commonwealth* 9. 2 （1987）: 71-76.

来的解放性效果"（Brady, 1983, 61）。时任悉尼大学澳大利亚文学讲席教授的里昂妮·克拉默（Leonie Kramer）1976年所持的观点与布瑞迪1977年的早期评论颇为相似，即都强调"文明"与"野蛮"的对立（Kramer, 1976, 63）。然而，在1983年的文章中，布瑞迪却明显改变了看法，此时她认为：即使回归了白人文明，女主人公仍被她看到的莫顿湾（Moreton Bay）刑事殖民地的野蛮和残忍所压制，所谓的文明社会形式不再是针对自我内心罪恶的唯一防御机制。因此，"对于怀特而言，'文明'和'野蛮'几乎没有区别"（Brady, 1983, 62）。虽然针对该小说的观点存在明显分歧，但澳大利亚本土评论家均大致赞同其具有普适价值或公共意义，即《树叶裙》揭示了与澳洲大陆及这里的土著居民产生"初次接触"的白人移居者的处境，对于该处境的分析能够为遭受磨难的普通人提供某种洞见，并揭示人类在普遍的生存意义上彼此需要。[①]

本章试图从怀特小说创作中密切关注的自由的三个维度——人身自由、精神自由和文化自由，来挖掘和分析《树叶裙》的内涵及其被构想和被接受的社会文化语境。德国哲学家、文化哲学的开创者恩斯特·卡西尔（Ernst Cassirer）在《符号·神话·文化》中指出：康德对自由的理解囿于纯粹理性、流于道德主义，导致其对自由的哲学阐释的局限和偏颇，而黑格尔从意识现象领域出发、借助精神原则对自由的把握则阐明了其与宗教、艺术等文化形式的本质联系。在此基础上卡西尔提出，"文化的进程即是自由意识之进程"（卡西尔，1988, 41）。他继而在《人论》中指出：人与动物的不同在于人不仅能接受"信号"，还能将其改造成有意义的"符号"，并用其来创造各种文化或"理想世界"；通过"符号活动"，人类才能成为真正意义上的人，也只有在创造性的文化活动中，人才能获得真正的自由。"没有符号系统，人的生活就一定会像柏拉图著名比喻中那洞穴中的囚徒，人的生活就会被限定在他的生物需要和实际利益的范围内，就会找不到通向'理想世界'的道路——这个理想世界是由宗教、艺术、哲学、科学从各个不同的方面为他开放的。"（卡西尔，2004, 52–53）因此，除了显而易见的后殖民理论视角，文化哲学也可以成

---

① 我国学者的怀特研究的重点是他获诺贝尔文学奖以前的早期作品，包括《树叶裙》在内的后期作品获得的关注度则相对不足。目前国内已发表的关于《树叶裙》的学术论文大多是同时涉及其他作品的综述类研究或比较文学研究，例如：向兰、李新新：《论帕特里克·怀特的深层生态学思想》，《鄱阳湖学刊》2015年第2期，第115—121页；赵玉珍：《帕特里克·怀特及其作品在中国的翻译概况》，《集美大学学报（哲学社会科学版）》2019年第4期，第129—134页；黄洁：《〈树叶裙〉与〈大屠杀圣母〉澳、英新俘虏叙述的比较分析》，《苏州大学学报（哲学社会科学版）》2016年第6期，第159—166页。

为研究《树叶裙》的一个重要角度，本章将从对肉体逃逸和精神救赎的分析逐步过渡到对文化上的自由选择的解读。

与小说中自由的相关议题始终纠缠在一起的是"土著化"（"going native"）的问题。根据阿什克罗夫特等人的定义，"土著化"指殖民者对融入土著的生活和习俗从而最终导致自身的文化被"玷污"的恐惧。这种非理性态度的形成，归根结底是惧怕受到土著文化和习俗的影响而失去自身的优越感和崇高的身份（Ashcroft et al., 2007, 142）。对《树叶裙》中"土著化"的具体表现形式及其背后成因的剖析，将揭示以帕特里克·怀特为代表的澳大利亚知识分子对白人与土著在澳洲大陆上的共同栖居的思考，以及对二者所代表的文明和谐共存的可能性的探索。

《树叶裙》诞生的时代背景是在澳大利亚当代史上影响深远的20世纪70年代。该国文化批评家凯·谢菲（Kay Schaffer）曾指出，20世纪70年代很像19世纪30年代，这两个阶段的标志都是世界范围内权力关系的剧烈变动，其特征都包括"危机、过渡和剧烈的社会变化"（Schaffer, 1995, 22）。这一时期，澳大利亚与英国的关系得以巩固，在亚太地区的地位不断攀升。由于来自欧洲和亚洲的大量移民的涌入，澳大利亚国内的族裔、社会和文化结构日益多样化。如同在19世纪30年代一样，许多持异见的声音——包括女权主义者、土著居民、非英语国家移民、社会与文化批评家、历史学家等——纷纷驳斥占据主导的权力关系。在这一背景下，怀特小说的"隐喻价值"更加明显。当作家以虚构方式拆解了历史上的刻板形象，他实际上批评了沿袭的殖民主义心态和在他生活的时代"澳大利亚社会部分领域存在的对英国的谄媚态度"（Ungari, 2010, 8–9）。

第一节 "囚鸟"的逃逸

就题材的选择而言，《树叶裙》无疑属于广义的俘虏叙述（captivity narrative）的范畴。这类叙述通常记述美洲或欧洲白人陷入被印第安人或其他土著囚禁的境地，并且通常包含成功逃脱或被成功赎回的情节。在美国文学中，最早的俘虏叙述源自真实事件，如17世纪末在新英格兰出现的清教徒俘虏叙述，而建立在想象基础上的虚构性俘虏叙述18世纪才开始出现。此后，基于历史事件的真实叙述、早期真实叙述的感伤主义改编以及虚构性叙述开始相互争夺读者市场，在北美殖民地及后来的新兴共和政体的不同地区均得到蓬勃发展（Kolodny, 1981, 330）。美国学者莱斯利·菲德勒（Leslie Fiedler）与理查德·斯洛特金（Richard Slotkin）将俘虏叙述视为发现并追踪美国西部边疆开发神话的重要资源。西部边疆一向被看作是美国白人男性锤炼其阳刚气质的理想场所，在那里他们学会维护帝国的统治秩序，掌握统治帝国的技巧和才能。正因为如此，美国女权主义学者安妮特·科罗德尼（Annette Kolodny）认为：俘虏叙述在美国读者当中大受欢迎，是因为它是一代又一代的美国人借以排练和上演向西部迁徙的象征性戏剧的文本工具（Kolodny, 1981, 330）。俘虏叙述在美国读者心目中的位置如此根深蒂固，以至于以理查德·万·德·比茨（Richard Van Der Beets）为代表的一批学者认为它是"美国特有的一种文体"（转引自卢敏，2008, 106）。

"美国特有"这一说法显然过于绝对，事实上，其他国家的文学史上也曾出现过大量的俘虏叙述。以英国文学为例，俘虏叙述曾是维多利亚时代颇为常见的通俗小说文类，它关注白人（尤其是白人女性）"堕入"土著之手并最终设法逃脱的惊险历程，通常人物脸谱化，情节煽情，具有较强的可读性。与着意打造蛮荒之地的男性英雄（通常是印第安化的白人男性）的19世纪美国主流俘虏叙述不同，维多利亚时代的英国俘虏叙述成为用以描述一种常见的欧洲主题的特许文本场合，这一常见的欧洲主题即"土著化"的主题，或者说是对自身可能受到土著文化和习俗影响的深切忧惧（Ashcroft et al., 2007, 115）。

与《树叶裙》有着内在互文关系的正是堪称经典的维多利亚式俘虏叙述。1836年5月21日，英属双桅帆船"斯特林城堡号"（Stirling Castle）

在昆士兰中部海岸附近触礁,船长之妻伊丽莎·弗雷泽(Eliza Fraser)在救生艇上经历了艰难的分娩和新生儿的不幸夭折。登陆后众人被当地的土著俘获。在其丈夫及多名同伴陆续惨死后,弗雷泽夫人在痛苦中坚强地活了下来,直到最终获救并返回英国。该故事原型在之后的一百多年内从未失去对西方世界,尤其是对英联邦公众的强大吸引力。"在19世纪和20世纪,这位女士的故事激起了作家和艺术家们对该主题的关注,从而使她本人获得神话般的地位,使她的经历成为一则传奇"(Ungari, 2010, 1)。

尽管该叙述历经多重阐释,后人一再回访的参照系仍是19世纪出版的两部历史类著作——《斯特林城堡号海难》(*The Shipwreck of the Stirling Castle*, 1838)和《昆士兰的起源》(*The Genesis of Queensland*, 1888)。在公众最为关注的"弗雷泽夫人如何获救"的问题上,获得殖民政府首肯的1838年文本提供的答案与1888年出版的更为通行的版本截然不同。根据备受作家和艺术家偏爱的《昆士兰的起源》的记述,熟悉澳洲丛林环境的逃犯戴维·布雷斯费尔(David Bracefell)才是弗雷泽夫人的真正的拯救者。然而,为掩饰两人在逃亡中缔结的性关系,这个英国女人在到达目的地之际对其救命恩人兼情人施以恐吓与威胁,迫使他再度遁入丛林。半个世纪前的"官方认证文本"则持另一套说辞:曾与土著共同生活长达七年的逃犯约翰·格雷厄姆(John Graham)接受了殖民政府的招安,他引领以查尔斯·奥特(Charles Otter)上尉为首的官方搜救小组将这位女士从土著手中解救了出来(Driesen, 2009, 81)。关于弗雷泽夫人被解救方式的不同阐释反映了不同殖民阶段的主导思想。如果说1838年英国殖民当局的思想统治尚且稳固,官方主导的搜救行动宣扬了殖民统治的正当性与合法性,1888年澳洲殖民地的独立意识则明显高涨,这也呼应了19世纪末该地区民族主义思潮的波澜壮阔。19世纪90年代在澳大利亚历史上是一个举足轻重的重要时期,标志性事件包括1891年的大罢工、遍及整个殖民地的大萧条以及劳工组织日益强大的政治影响力,这些都有助于建构一套新的关于国家身份的话语。

弗雷泽夫人系列故事的母题在20世纪持续获得新的阐释意义。除怀特的小说《树叶裙》,其他成果包括:20世纪40年代末西德尼·诺兰(Sidney Nolan)的"弗雷泽"系列画作、1971年出版的迈克尔·亚历山大(Michael C. Alexander)的传记《致命海岸上的弗雷泽夫人》(*Mrs Fraser on the Fatal Shore*)、1976年公映的戴维·威廉森(David Williamson)和蒂姆·布斯托尔(Tim Burstall)合作的电影《伊丽莎·弗雷泽》(*Eliza Fraser*)、1978年上演的芭芭拉·布莱克曼(Barbara

Blackman）与彼得·斯克尔索普（Peter Sculthorpe）合作的音乐剧《伊丽莎·弗雷泽之歌》（*Eliza Fraser Sings*）、1989—1990年在悉尼和东京上演的阿伦·马瑞特（Allen Marret）改编的日本能剧、1991年在澳大利亚广播公司电视台播出的吉利安·古特（Gillian Coote）导演的纪录片《谎言之岛》（*Island of Lies*）等。怀特1958年与诺兰结识，后者关于弗雷泽传奇经历的画作引起了他对该题材的兴趣。但在之后十余年，相关写作计划一再搁浅。他曾设想用已有素材写一部歌剧剧本，并尝试将英国女演员费雯丽的形象代入他对该女士的想象和塑造。然而，他与作曲家斯克尔索普无法达成重要共识，虽然两人尝试合作的过程中有基金会和诺兰一再居中协调，但该合作计划最后还是以破产告终。之后怀特决定回归小说创作，正是该决定使其在1973年获得诺贝尔文学奖后可以很快恢复以往的工作节奏。他在昆士兰和塔斯马尼亚的田野调查也对其恢复写作状态大有裨益。

　　传统的维多利亚式俘虏叙述是意识形态的载体，是殖民话语的集中排练场，也是帝国扩张的宣传性文本。它在使文明与荒蛮、殖民者与被殖民者之间的对立与分裂合法化的同时，还提供了展开营救任务或殖民行动的托辞，以提升英国的国家主义视角（Schaffer, 1995, 50—51）。换言之，这类叙述是帝国行动的辩解书，表达了对殖民计划的认同。拯救白人女性并保持其纯洁性就是拯救和维护这个国家的文明，因为她们与英国文明的所有价值观念密切相连。《斯特林城堡号海难》中对这位英国白人女性被解救方式的阐释，正反映了维多利亚社会典型的政治与道德诉求。

　　怀特在《树叶裙》中表现出对维多利亚式政治与道德诉求的不屑一顾。女主人公艾伦·格鲁亚斯·罗克斯伯格（Ellen Gluyas Roxburgh）本是一位淳朴敦实的康沃尔乡村姑娘。身体孱弱的富有绅士奥斯汀·罗克斯伯格（Austin Roxburgh）看上了她的健美和能干。虽然年龄差距较大，罗克斯伯格在艾伦父母逝去后"乘虚而入"，向她求婚成功。两人仓促成婚后，艾伦开始跌跌撞撞地进入格洛斯特郡的上流社会。丹尼斯·哈斯克尔指出：维多利亚时代的社会教条极为森严，艾伦与不同人物的对话透露出各阶级对言行得体的态度，暗示不同身份的人均需严格遵守社会对其身份对应的可接受行为的期待（Haskell, 1987, 435）。婚后，艾伦努力扮演"罗克斯伯格夫人"的角色，以迎合丈夫、婆婆及周围的人对她的期待。然而，由于亲近自然的早期生活经历，她与自己新加入的维多利亚上流阶层乃至驻领殖民地的英国资产阶级社交圈始终存在隔阂，这也使其成为别人眼中的"神秘女人"和"谜团"。事实上，除了表面上的格格不入，她还"与他们的'道德'、文化和社会准则都有矛盾。此外，因为她和她丈夫的弟弟在澳洲的通奸行为，她还违背了自己作为妻子的个人和社会职责"（Ungari, 2010, 2–3）。

艾伦的家乡，位于英格兰西南端的康沃尔郡，是亚瑟王和圆桌骑士传说的起源地——著名的廷塔杰尔城堡（Tintagel Castle）的所在地。这座城堡曾在少女时期的艾伦心中占据了重要的位置。事实上她从未有机会参观廷塔杰尔，那里却在她想象力的作用下成为她向往的爱情和婚姻的理想寄托所。当奥斯汀·罗克斯伯格来到她父母的农庄休养时，艾伦立即将少女的幻想转至这位短期访客身上，并在父母故去后迅速地嫁给这位年长她二十岁的男人。然而，奥斯汀并不是她梦想中的骑士，他是个不谙世事的书虫，他的世界强调理性、责任和荣耀，这种封闭式生存的显著特征是对很多事物浅尝辄止的肤浅认识。在艾伦看来，这样的人生既空洞又复杂。然而，根据维多利亚时代上层社会的衡量标准，艾伦才是毫无思想深度的一方。可是"宛如一张白纸"的农家少女却具有别样的吸引力。在奥斯汀看来，她是未经雕琢的原石，是很容易被留下印记的"蜡状"生物。通过将其打造成上流社会的贵妇，他获得了皮格马利翁般的成就感，补偿了其因身体欠佳而无法追求艺术目标的缺憾。"皮格马利翁神话"正是《树叶裙》中的一个隐含主题。该神话反映了奥斯汀所在阶级的审美和道德偏好，也跟艾伦作为女人的经历以及与当时社会对待女性的态度（维多利亚时代理想的女性形象是"家中的天使"）有关，还象征着上帝对其处在磨难中并走向变化状态的创造物/人类的艺术性摆布（Morley, 1982, 309）。可见，早在成为荒野和土著的俘虏之前，艾伦就已经成为受困于维多利亚式家庭和婚姻牢笼的"金翅雀"。书中多处提到囚鸟的意象，以布雷斯费尔为原型的杰克·查恩斯（Jack Chance）在被抓获并流放澳洲前维持生计的手段是在伦敦的黑市上兜售其非法捕捉的、适合养在笼中赏玩的雀鸟，包括：金翅雀、朱顶雀、画眉、夜莺等。奥斯汀曾送给新婚妻子一对金翅雀，当时满心欢喜的艾伦并未意识到该礼物的反讽意味。在范迪门地（Van Diemen's Land）[①]探亲时她听见树上小鸟的啁啾，不禁联想到那对娇柔的雀鸟，并意识到："区分满足与感伤的界限只是一条狭窄的线"（A Fringe of Leaves, 80）[②]。

探亲归途中遭遇的海难成为她人生中的又一转折点。登陆沙岛后，

---

① 范迪门地即如今的塔斯马尼亚（Tasmania）。这是澳大利亚联邦唯一的岛州，位于其南部。该岛屿在19世纪初至19世纪50年代一直被用作英帝国的罪犯流放地。

② White, Patrick. A Fringe of Leaves. London: Penguin, 1976. 后文出自同一著作的引文，均随文在括号内标出该著名称简称Fringe和引文出处页码，不再另外作注。

几名船员的轻率举动招致当地土著的极端报复。奥斯汀·罗克斯伯格在混乱中被杀，艾伦则被一群土著妇女掳走。在与土著朝夕相处的数周内，她抛下英国贵妇华而不实的外壳，做回吃苦耐劳的康沃尔乡村姑娘。通过贴近土地的艰难生存，她锻炼了求生本领，从养尊处优、以取悦豢养者为生存目标的"金翅雀"成长为能够在干旱荒凉的澳洲自然环境中存活的"楔尾雕"[①]。完成身份和心理的双重蜕变后，她拒绝成为有权势的土著巫医的附庸，而是抓住时机鼓动寄居另一部落的"假黑人"杰克·查恩斯帮助她重返莫顿湾的白人定居点。两人起初彼此忌惮，但不久后便开始向对方敞开心扉，危机四伏的丛林成为他们暂时抛却恐惧和心结的快乐天堂。两人在池塘中嬉戏、在密林中灵肉结合的画面释放出浓烈的感官主义色彩，迥异于怀特以往作品中的情感克制。在跋涉约160英里后，他们终于抵达莫顿湾。然而，出于对殖民地酷刑的畏惧，不堪精神压力折磨的杰克不顾艾伦劝阻，再度躲入丛林。恢复身份后，艾伦没有忘记自己曾许下的承诺，她在接受殖民地官员问询时竭力为杰克争取脱罪和赦免。小说以她离开莫顿湾白人定居点、乘船前往悉尼作为结局。正如传记作家戴维·玛尔（David Marr）指出的："《树叶裙》中关于沉船和磨难的情节与怀特多年前的构思基本一致，但那位女士与逃犯的关系则发展成不同的形态。这是小说中的一个决定性变化，标志着怀特在赢得诺奖后创作上达到了一个新的自由度"（Marr, 1992, 544）。

从"弗雷泽夫人叙述"在不同历史时期的演变可以看出，怀特的这部小说虽然创作于20世纪70年代，却在精神内核上更接近20世纪90年代的作品。在整个19世纪，这类叙述的总体定位都是为殖民扩张服务，其中对土著的所谓原始野性的烘托和渲染是为了突出和强调英国人的光荣的启蒙任务。而这位英国女士的成功脱险更是使帝国行动和殖民计划得以正当化和合法化。20世纪70年代的故事新编保留了19世纪对于荒野历险以及将白人妇女从陌生环境和异族手中解救出来的兴趣，但该时期的文本中对白人妇女构成威胁的更多的是性危险，而不是自然的野性和食人行径。弗雷泽夫人常被展现为她的拯救者戴维·布雷斯费尔的引诱者和背叛者。后者被视为澳大利亚底层民众的化身，而前者则是跟殖民权力更接近的剥削性的女人，是充满敌意的高傲英国人的代表。20世纪90年代的相关作品则呈现

---

① 楔尾雕（Wedge-tailed eagle,学名为Aquila audax）是澳大利亚仅有的三种猛禽中体型最大的一种，腿部羽毛和楔状尾羽是其明显特征，雌性比雄性体型略大，羽毛略显苍白。《树叶裙》中七处出现eagle一词，均用于比喻女性或是女性借以自喻。艾伦第一次被比作eagle，是在范迪门地坠马、随即与丈夫的弟弟发生不正当关系之际。

出对社会文化关系的新装配方式的洞察。与前两个阶段的"弗雷泽夫人叙述"相比，新时期的作品在白人与土著的关系上以及在如何对待土著及其文化的问题上展现出了截然不同的态度（Driesen, 2009, 81–83）。一系列证据显示，怀特的信息来源并不局限于白人研究者，比如他的画家朋友西德尼·诺兰和人类学家朋友戴维·穆尔（David Moore）。他还与土著诗人、故事讲述者威尔夫·里弗斯（Wilf Reeves）有过密切交流，后者鼓励他对官方记载持批判性态度（Marr, 1992, 381）。怀特甚至资助了最早的对弗雷泽岛的考古研究。在对故事原型背景的调查中，他为该岛屿土著过去相关史料的缺失感到遗憾和不满，还曾以积极行动加入到当地人反对商业采矿的斗争。《树叶裙》展现了怀特对维多利亚时代的殖民政府官方记载的不屑一顾，小说不仅还原了主流版本中被抹去的戴维·布雷斯费尔，还凸显了女主人公的荒野求生能力及其对跨种族性接触的开放态度。

第二节　精神危机中的自我救赎

　　身为生活在保守又沉闷的维多利亚时代的女性，艾伦曾因自己的格格不入而郁郁寡欢。少女时期，为抑制自己不合社会规范的欲望，她毅然决然地跳入野外冰冷的黑色池塘里进行自我惩戒。婚后她一度释放天性，但丈夫的反应使她意识到自己不应该听从欲望的驱使，于是她开始学习做"家中的天使"。然而，她对丈夫的强烈保护欲还是泄露了她不同于同时代一般女性的强悍内在。所幸的是，由于奥斯汀身体孱弱，她颇具冒犯意味的"骑士"般忠心耿耿反倒成了众人口中的优点。在见到丈夫的弟弟——在澳洲殖民地发家致富的加内特·罗克斯伯格之前，她就对他抱有强烈的敌意和偏见，因为一向身体强健、魅力四射的加内特在诸多方面都比他病恹恹的哥哥要强得多。当他们在澳洲见面时，艾伦为她与加内特如此相似而感到震惊。两人的相处充满了排斥、吸引、利用、愧疚等因素构成的张力。一次坠马后她没能把持住自己，与前来搭救的加内特在森林中有了越轨行为。虽然这次出轨不是蓄意谋划的结果，却足以让她重温少女时期的噩梦，使其将自己的道德过失归咎于信仰的缺失，从而产生严重的精神危机。

　　与土著共同生活的经历帮助艾伦部分破解了她的精神危机，使其认识到与生存的基本需求相比，维多利亚社会的婚姻伦理、社交准则这些"人造规范"都是次要的。艾伦的"土著化"最初是被动触发的过程。无论她变换装束、参与土著仪式，还是加入土著的集体劳动、成为土著孩子的保姆，都是为了生存的需要或是为了逃避肉体上的折磨。当她被土著妇女发现并俘获时，"土著化"过程就正式开启了。她们撕扯她的衣服，"为了尽快逃避好像在撕裂她皮肉般的指甲，她开始协助她们"（*Fringe*, 218）。当她变得跟她们一样一丝不挂时，她觉得自己寸步难行。此时她发现沙地上长着一种开着花的野葡萄枝，于是决定用这种植物来遮蔽自己赤裸的身体。"在她目前的状态下，这么做更多的是出于本能而不是理性，她把藤蔓一圈又一圈地缠绕在腰上，直到上面垂下的流苏让她多多少少感觉自己又穿上了衣服。"（*Fringe*, 218–219）这一因地制宜的装扮不仅有效保护或挽救了她摇摇欲坠的文明心和羞耻感，还可以用来藏匿那个在她当时看来至关重要的物件——她的结婚戒指。这似乎是可以证明她身份的唯一信物了，于是她小心翼翼地把它系在一根野葡萄枝上、藏在树叶裙中。

除了衣着，艾伦的满头秀发和白皮肤也是土著妇女们重点改造的对象。她们揪扯她的头发，用贝壳在她的发根处一通乱砍，再在她身上涂抹腐臭的脂肪，并把炭灰揉进她的白皮肤里。然后，她们在她流血的头皮上敷上某种像是蜂蜜的东西，并插上一簇簇羽毛。"当女人们完成她们的艺术作品后，空气中升起一种近乎温柔的赞叹声。她们突然大笑起来，跺着灰黑色的脚丫子拍手叫好。只有那件艺术作品无精打采地坐着，身边多余的黑色羽绒和硫黄色羽毛形似一个个问号。"（*Fringe*, 225）被带回宿营地后，她被分配的工作是去照料一个生病的小女孩。由于早产导致她的乳房没有乳汁，女孩对她很是不满，她泄愤式地啃咬她的乳头，旁边的土著女人则敲打她的头和肩膀，阻止她把孩子放下。"为了生存下去，她必须成为一个机器人"（*Fringe*, 220）。在照顾这个磨人的小家伙时，"有一次，她发现自己在大声说着：'睡吧，睡吧'，甚至在某种神秘机制的作用下还说出了'睡吧——我亲爱的'。这么做与其说是为了安抚孩子，不如说是为了安慰她自己；她意识到，自己的声音是一种慰藉"（*Fringe*, 221）。

当男人们捕捉负鼠时，不情愿的"见习者"心头先是对小动物泛起一丝怜悯，"但接着便用她不干净的手把这种情感拂至一旁，好像它是一个实际存在、又被经验证明是多余的面纱或三角巾上的褶皱一样，然后重新回到无动于衷的状态，对当前生活中几乎每一件事都平静接受"（*Fringe*, 235）。接着，她被硬逼着像土著男人演示的那样爬到树上去捉负鼠，惊慌失措的她意识到"自己的精神仿佛躲进了胸衣、衬裙、束身马甲、巨大的天鹅绒裙摆——那些婆婆传给她的所有精致的、实际上却碍手碍脚的装束中去了"（*Fringe*, 236）。在那群健壮能干的土著人面前，她"又变回了那个没有用的白人，一个孤身站着、被这群鄙视她的黑人团团围住的文明女士"（*Fringe*, 236）。在火棍的逼迫下，她开始了可怕的攀爬。"每当她的力气或勇气快要弃她而去时，她的身下就会出现一根火棍，对烈火焚身的恐惧便会驱使她向更高处爬去——或者就是艾伦·格鲁亚斯的灵魂前来拯救罗克斯伯格夫人。"（*Fringe*, 236）当她完成任务，最终返回地面时，"她浑身发麻，皮开肉绽，指甲断裂，一只手不停地抽搐。她几乎不比死掉的负鼠好到哪儿去，但她的腰带还在，她欣慰地看到她的戒指还好好地藏在树叶中"（*Fringe*, 236）。

尽管最初是被迫加入当地土著的生活和仪式，但在与部落的人相处了一段时间后，她开始理解他们的某些做法，从而从被动接受转变为理解基础上的主动顺从。如果说艾伦最初的应激状态下受惊吓的意识记录的是她的恐惧和反感，那么后来她却认识到土著的举动似乎只是在督促她更快适应自己在部落中的角色。由于生存环境的严苛，土著部落的日常生活绝大部分内容都围绕寻找食物展开，这一点与她早年的生活具有共通之处。"在她还没有被授以高雅的习惯及其优点之前，在任何意义上她都已经接受了把寻找食物看作对付生存的艰难事实的唯一答案。"（Fringe, 231）因此，当土著男人们带着丰盛的猎物凯旋时，她不由得想加入土著女人们为他们鼓掌喝彩。她见证了部落集体捕鱼的盛况，那种成员共同参与劳动带来的大丰收激发了她下意识的感动与满足。"周围的一切都与这个奴隶无关，但当鱼身的乳白色与透明的光线相撞时，她会产生某种沉醉的宁静感。毫无疑问，被烤鱼肉的香味唤醒的饥饿感，将战胜海滩上鱼儿抽搐和死亡的景象引发的反感。"（Fringe, 231）艾伦很清楚自己无法尽情分享丰收的喜悦，但饥饿将她和所有人联结成了一个整体。"事实上，当她的主人在她背上放上装得满满的大包时，她恢复了一半的知觉。她很快就在食物的重压下蹒跚而行——毕竟食物就是生命，她在切尔滕纳姆的'鸟唇屋'小口吮着巧克力、毫无胃口地啃着马卡龙时已经忘记了这一点"（Fringe, 231）。

日常的劳作和生活让艾伦对暂时收容她的集体产生了归属感，在对抗严苛的自然对生存的挑战时她重新认识到了自身的存在价值。她跟随土著女人们"在坚硬的土地上辗转忙碌，无休止地搜寻着根茎，相互之间的路线不断地来回交叉"（Fringe, 226）。由于经验和知识的指引，土著女人们的辛苦通常都有回报，而"愚笨的奴隶不断地捅着地面，却常常一无所获"（Fringe, 226）。当她终于因为挖到食物而欣喜地笑出声时，"黑人女性克服了本能的怀疑，对她回以一笑。短暂交流后，两人都陷入沉默，部分原因是她们共同的情感已经被不甚完美地传达了出来，更多的则是因为快乐不得不屈从于繁重的劳作要求"（Fringe, 226）。

一次单独行动再次印证了土著部落的收容对于像她这样的个体的重要意义：天气骤变后，荒野上刺骨的寒风让人失去方向、跌跌撞撞的艾伦深刻地意识到自身的渺小和无助，这时她无比渴望她已归属的那个部落，"她渴望与人做伴，不管对方多么令人反感，也不管对方是什么肤色。她想，她可能会把自己的身体出卖给一个面带轻蔑的黑人男性，以换取他的保护"（Fringe, 229）。当她无意中发现一堆灰烬上躺着的尸体正是她的昔日同伴时，她几乎要打消回到土著中去的念头，这时两个满脸责备的孩子出现了。她虽然知道孩子们是被派来监视她并押解她回到之前的樊笼生活的，但暂时委身樊笼对于此刻的她而言却意味着更多的"生的希望"。出于对自身处境的清醒认识，艾伦心甘情愿地把自己交给他们。经历这次荒野求生的曲折心路历程后，她开始自觉自愿地去完成分配给她的工作。"女人们对这个不听话的奴隶只有鄙视和嗔怪，她们给她装上了最重的树皮和最厚的茅草屋顶。不管他们现在迁移宿营地的做法有多任性，她都心甘情愿地扛起她的重负，感谢他们让她重新回到她已成为其中一部分的群体中。"（Fringe, 230）和土著女人们在一起时，她总是有干不完的活，但"从她们示好地露出的牙齿、她们发出的嬉笑声甚至是可能在开的玩笑中，她能感觉到她们并非不怀好意"（Fringe, 233）。于是，当有人在她屁股上重重地打了一下，她的反应、大叫和嬉笑也"丝毫没有做作的成分"（Fringe, 233）。

艾伦起初虽是被迫加入土著的生活，但物质环境和生活习惯的改变对她肉体上的"铭刻"作用很快开始显现：除了腰间缠绕的藤蔓和苍白的肤色，她与赤身裸体的土著看起来并无二致。一旦意识到在恶劣的生存环境中维持基本生存有多困难，她便开始积极配合土著部落对她的改造，从此开始了主动的"土著化"（"going native"）进程。可见，艾伦在"精神本土化"之前就已经完成了身体上的"土著化"。

传统的维多利亚式俘虏叙述最关心的问题是白人的"土著化"，即白人受土著影响，逐渐在心理上和文化习俗上与土著趋同。根据阿什克罗夫特等人的研究，在殖民话语体系中，针对土著生活和习俗的描述性词汇不是原始蒙昧，就是堕落退化。对"土著化"的无理性恐惧牢牢植根于众多殖民社会的集体心理深处。且不论与土著的通婚和性关系，就连对土著仪式的参与，甚至是在穿着、饮食和消遣方面模仿土著，都会被视为白人行为上的"失当"。殖民时期的普遍共识是："土著化"不仅将导致道德上和身体上的"退化"，还会造成白人血统和白人文化被"玷污"（Ashcroft et al., 2007, 106）。《树叶裙》中暗含的欧洲人对"土著化"的排斥，是惧怕非理性对理性构成威胁的一个表现形式。在《疯癫与文明》中，福柯提醒读者关注17世纪以来欧洲人如何在不同经验或行为之间做出严格区分，并在此基础上接受某些行为而排斥另一些行为。无论是对"土著化"还是对"疯癫"的忧惧和控制，都源自这种由来已久的二元对立思维方式。

结合这类叙述的叙事常规可以看出，被俘的白人妇女尤其处于不利的位置：作为女性，她们在体力上处于劣势；作为俘虏，她们不得不屈从于土著的压制；她们还容易受到跨种族的身体接触和性侵害的威胁。因此，在维多利亚时代的语境下，俘虏叙述强调"对女性的崇拜"：白人女性的身体成为维多利亚式道德和社会价值观的人格化身，成为展现白人种族的优越性的文化符号（Ungari, 2010, 4）。换言之，欧洲人最担心白人女性被"土著化"，因为女性通常是脆弱的，因而保护她们的贞洁（亦是其美德）正是白人男性责无旁贷的目标。通过宣扬对白人女性纯洁性的捍卫，欧洲人在赋予自身价值的同时，也将"非我族类"的土著人牢牢地固定在"他者"的位置上。这一"他者化"的过程体现了控制的心理需求，反映了欧洲人内心深处关于种族混杂的狂想。类似的例证是维多利亚时代的英国人将非洲描绘成罪恶的中心或渊薮，该话术背后同样是西方人难以抑制的恐惧和欲望。"黑暗大陆的神话主要是维多利亚时代的发明。作为关于帝国的更大话语的一部分，它是在政治、经济的压力下以及指责受害者的心理的驱使下形成的，基于该心理欧洲人将自己最阴暗的冲动投射到非洲人身上。"（Brantlinger, 1988, 195）

《斯特林城堡号海难》及同类文本包含的深层逻辑是：对弗雷泽夫人的拯救即是对基督教文明和白人种族优越性的捍卫。这些叙述中着力渲染的文明与野蛮、白人与土著之间的对立还有助于提升英国国家主义的视角，其中宣扬的营救任务彰显了帝国殖民扩张的正当性（Schaffer, 1995, 50–51）。《树叶裙》脱胎于维多利亚时代的经典俘虏叙述，却体现了怀特对传统俘虏叙述的反叛，具体体现在女主人公对恶劣生存环境、对身体支配权、对上帝和基督教教义以及对土著信仰和习俗的态度变化上，小说中一再重复的场景或意象包括：土著世界的自给自足、白人与土著的权力关系的逆转、"土著化"主题的变奏等。

艾伦"精神本土化"的明确标志是她对土著信仰和习俗产生了深切的理解和尊重。在土著社会，白人妇女可以既是被强迫劳动的女奴，又是供人敬仰的女神。这明显区别于殖民社会盛行的二元对立观念以及殖民者对被殖民者的典型态度。"与异己的接触在土著社会引起的是敬畏的冲动，而在白人社会激发的却是反感和诋毁。"（Driesen, 2009, 92）艾伦意识到土著妇女们每隔一段时间便往她身上抹炭灰、在她头上粘羽毛的做法，实际上是将她纳入部落的仪式："当她们摆脱世俗的琐事时，会以一种虔诚的尊敬对待她。她们定期用油脂和炭灰涂抹她的身体，在她被割掉头发的头皮上敷上蜂蜡，再在上面粘上羽绒和羽毛，就像最初把她纳入部落时那样。她们用扁平的手抚平一张负鼠皮垫子后，就让她坐上去，然后围成一个半圆，专注地盯着她看，对她顶礼膜拜"（Fringe, 239）。不仅她身处的部落这样做，就连生活在同一岛屿的其他部落也对这个来历不明的"幽灵般的女人"充满了好奇和敬畏："其他部落的成员不时地会来探望他们的邻居……对于这个从黑人讲求实际的天性和穷困的生活所规定的苦役中暂时得到解脱、上升到半神地位的东西，他们的脸上流露出难以置信、恐惧、羡慕以及崇敬的神情"（*Fringe*, 240）。出于对土著仪式的尊重，同时也为了暂时摆脱繁重的劳役，她开始努力适应土著赋予她的新角色，有意识地配合他们的礼拜活动。"就像老罗克斯伯格夫人为准备晚宴或舞会而对她加以精心装扮，增减一些珠宝或羽毛一样，当她所在部落的一个老妇人上前调整她头上的硫黄色发饰时，她也默默地接受了"（*Fringe*, 240）。

当她负责照看的病孩夭折时，艾伦的悲恸打动了部落里的人。"自海滩相遇以来，俘虏和她的主人，特别是女人们，第一次因为共通的人性而团结起来。"（*Fringe*, 234）由于获得了孩子亲属的认可，她得以加入送葬的队伍。不久后，部落一位年轻姑娘在与情敌的决斗中丧命，满怀同情和悲伤的艾伦却被排除在丧葬仪式之外。"虽然他们曾经允许她参加她照看过的孩子的葬礼，这回他们却挥手让她回去，嘴里还发出听起来像是警告的声音；一个一向很尊重人的老人竟然朝她的胸口打了一拳。"（*Fringe*, 242）然而，迫切地想要分享土著精神生活的白人俘虏还是闯入了仪式现场，她甚至突破心理障碍，效仿他人分食了一根腿骨上的肉。事后，"她对自己的所作所为并不感到十分反感，更多的只是对自己被触动去做这件事而感到震惊。这天早晨，森林里质朴静谧，只有一支长笛在不断地重复单调的曲子，她不由得相信自己参加了一场圣餐仪式……从基督教的道德标准来看，她绝不能再想这件事"（*Fringe*, 244）。艾伦很快为自己的非基督徒行为找到了心理疏导的渠道：食人肉仪式后，部落的男人们捕捉到一条人形大鱼——儒艮。她趁人不备偷吃了许多鱼肉，并从中获得肉体的满足和精神的释放。"实际上她的快乐超出了引起她痛苦的主要源头所允许的范围。在'淡忘'中她不断地回忆记不清是多少天前的那件事。仅就她自身而言，这件事似乎并不那么违背人性，那么不可接受。"（*Fringe*, 245）此时她采取的心理建设机制显然是压抑和否认："就像她永远不会向别人承认她是怎样将自己浸泡在那个圣人池塘里，或者池塘里的黑水如何洗净她的病态思想和感官渴望一样，她也不可能向人们解释那天早晨在森林的沉寂中，腿骨上的肉如何滋养了她的兽性的身体，满足了她的饥饿的精神的某些黑暗需求"（*Fringe*, 245）。艾伦一再强迫性地闪回当时场景的行为显示了标准的弗洛伊德式的"被潜抑事物的复现"

（"the return of the repressed"），并揭示该禁忌行为并非仅仅出于对抗饥饿的生存需要，而更多的是出于精神方面的需求。艾伦对该葬礼的积极参与，显示出她对土著部落的"精神认同"，还意味着她实质性地融入了她先前认为呈敌对之姿的环境。"通过这一行为，她分享了那个'精神场所'，那个地方的'地之灵'，所以那里的风景不再具有敌对性，而是产生了形而上的支配力。那些风景因而成为'那片土地的内在灵性'的典型例证"（Ungari, 2010, 5）。

通过对标志着白人女性"土著化"顶点的食人肉事件的深入分析，可以看出怀特的主要兴趣点在于探索白人移民融入澳洲环境的可能性。在这片新大陆上，对土著的神圣性或者对"地之灵"的精神认同的强调，长久以来一直是白人不安的源头，因为这使其"存在于此"的合法性一再遭到质疑。此外，随着亚洲国家的纷纷崛起以及随之而来的世界格局与地缘政治的改变，"澳大利亚已成为亚洲文化海洋所包围的一个欧洲文化孤岛，从而使澳大利亚白人殖民者的后代'精神本土化'的诉求再次上升"（徐凯，2009, 41）。《树叶裙》反映出白人迫切需要建立与澳洲大陆这片土地的精神契合。在这片新大陆上，一切自外界引入的行为规范、伦理标准都需要被重新衡量，以达到与这里的"地之灵"协调一致的目的。

格雷厄姆·哈根（Graham Huggan）认为："土著化"的本质是身份选择的表演性练习；白人或许会受到他与土著接触的经历的磨砺，但一旦他回归白人文化，过往经历不会阻止他把自己看作白人，"土著化从而提供了一种变化的虚假模拟，它强调的其实是白人的特权"（Huggan, 2007, 104）。《树叶裙》中，艾伦用以遮蔽自己身体的树叶裙、藏在树叶裙中的结婚戒指以及她积极谋划的莫顿湾之行，正与她默默坚持的白人身份密切相连。婚戒是她的"英国性"或白人身份的象征，曾在精神层面上保护她免遭"他者"的侵蚀。但这枚戒指在她主动走向"土著化"的过程中逐渐失去了意义。在到达莫顿湾的前夜，她竭力隐藏并保管的婚戒毫无征兆地遗失了。戒指的遗失，正标志着艾伦摆脱了精神上的枷锁。

第三节　文化迷局中的自由选择

　　后殖民理论家通常认为，"土著化"的心理需求出现在移居者对自身不足的醒悟时刻。"当一个人移居到新地方，认识到'他者'在这里拥有更牢固的根基时，才第一次感到需要土著化。"（Goldie, 1995, 235）为了获得跟土著人一样的对于某地方的牢固的根基感或归属感，白人移居者才会选择采取土著化的策略，但是他们的目标却并不是成为真正的土著人。他们或许会临时或部分采用土著的风俗习惯和生活方式，却并不寻求深入理解土著文化传统，也不寻求与土著社区建立稳固的联系。部分人的动机甚至包括为自身谋取一定的利益、优势或特权，如社会地位、文化身份、经济裨益，甚至别样情调。那些对土著文化展开挪用的白人当中就包括部分驻领殖民地的白人作家。他们以借用土著元素为手段，实现了个人目标，获得了个人利益或个人形象的提升。因此，这类作家表面上书写土著，实际上却是在书写自身的欲望和需求。以澳大利亚的情况为例，尽管号称致力于土著化，20世纪三四十年代的"金迪沃罗巴克运动"（"Jindyworobak movement"）的参与者，正如其文学前辈、为民族主义刊物《公报》（*The Bulletin*）撰稿的那批作家，均很少关注或提及土著主体性的缺场问题，更谈不上以平等和尊重的方式与土著展开有意义的互动。因此，在19世纪和20世纪上半叶，"同化"或"融合"只是存在于白人作家作品中的隐喻，白人出于自身的需要对土著文化的挪用不仅没能改变土著再现的困难局面，还强化了其边缘状态。对此特里·戈尔迪（Terry Goldie）指出：

　　　　适用于土著的表意过程的形态是由某种符号场/符号学领域构成的，它规定了土著形象发挥作用的界限。该符号场的存在构成了福柯在《权力/知识》中提到的"被征服的知识"（"subjugated knowledges"）的一个重要方面。土著是棋盘上的一个符号学棋子，受白人符号制造者的控制。然而，个体符号制造者、个体棋手和个体作者，只能在某些规定的区域内移动这些棋子。无论背景在加拿大、新西兰还是澳大利亚，都无关紧要，因为游戏或符号制造都发生在同一款棋盘上，都发生在同一个话语场内部，那就是英帝

国主义。（Goldie, 1995, 232）

　　这一沿袭自福柯的关于土著再现问题的分析强调了权力/知识的压迫属性，关注压迫的运作模式，却不够关注土著或致力于土著再现的人抵抗压迫的过程。《树叶裙》虽然脱胎于维多利亚时代的经典俘虏叙述，书写澳大利亚早期殖民阶段白人与土著的跨文化接触，却并没有落入符号学意义上的圈套。根据卡西尔的理论，即使是在文化水平很低的原始社会，部落生活也并非是全然的机械和刻板，部落成员对传统和习俗的遵守并不是出于精神惰性的无意识服从，还存在其他力量发生作用的明显痕迹。"一种纯粹压抑的生活，一种所有的个人能动性都被完全抑止和排除的人类生活，看来与其说是历史的现实还不如说是社会学的或形而上学的构造"（卡西尔，2004, 115–116）。出于对文化异质性的尊重，怀特拒绝将所有殖民社会中的主导的权力模式——"推定的欧洲人的优越和假想的土著的低劣之间的摩尼教式对立"（JanMohamed, 1985, 63）简单置换为"推定的土著的优越"和"假想的白人的低劣"。

　　怀特在《树叶裙》中将19世纪的澳大利亚大陆描绘成各种矛盾集中上演的场所，"一块充满荆棘、鞭刑、杀人犯、窃贼、海难事件和通奸者的土地"（*Fringe*, 280）。在她还是一位养尊处优的贵妇时，艾伦就已经意识到范迪门地普遍存在的刑罚的残酷。当她经历了与杰克的短暂相处后，更是感觉与殖民地的囚犯同气相连。莫顿湾刑事殖民地不仅代表救赎的希望，也代表白人文明的黑暗面，为对人性和社会罪恶的思索提供了例证。殖民主义暴力在小说中具象化为被刑具牢牢地铐在一起的苦刑犯，关于白人文明之残酷最具说服力的例证是杰克·查恩斯宁愿选择重新遁入危险的丛林，也不愿听凭殖民政府的摆布。但小说中的土著社会也并不是无等级差别的理想化社会形态。土著文明的残酷体现为生存技能差异造就的社会等级关系，尤其是在食物的分配以及求偶的残酷竞争上。怀特着力刻画土著部落男女地位的悬殊："高人一等的男人们以适当的庄严态度埋头猛吃。毫无疑问，无论是成熟的男士还是更苗条的年轻人，他们杰出的身体条件都令人赞叹。偶尔有一些食物被扔给可怜的女人，她们由于地位卑微而卑躬屈膝地趴着，当看到残羹剩饭被扔过来便抢着拾起来，抖掉上面的灰尘就狼吞虎咽地吞了下去"（*Fringe*, 221）。土著女人是土著男人的奴隶，俘虏更是奴隶的奴隶。"被俘的人只能听着他们吸吮发出的声响、骨头被敲碎的声音，看着他们的黑色喉结上下蠕动"（*Fringe*, 221）。艾伦曾被迫留在情敌决斗的现场，因而亲眼目睹了充满青春活力的年轻姑娘死于强悍的成年女性的棍棒之下。两人追求的目标——那个明显对艾伦的身体更感兴趣的肌肉发达的家伙却倚在树上悠闲地观望，"似乎正在为这场因他而起的纠纷兴奋不已"（*Fringe*, 241）。姑娘悄无声息地倒地后，那个男人立即溜之大吉。可见，土著社会并非没有暴力和冲突，其背后正是资源匮乏情况下的原始竞争。但欧洲人对待自己同胞——流放犯的极端残酷，在土著社会中却没有类似的例子。

小说高潮部分具有"圣餐"意味的食人肉事件不仅标志着艾伦与澳大利亚环境的精神交流时刻，还标志着白人文化与土著文化的尴尬交集。书中的另一位海难幸存者——"布里斯托少女号"的二副皮尔切暗示，白人水手们在饥饿困顿中会考虑吃人肉。奥斯汀在极度虚弱时也梦见自己在贪婪地啃食死去同伴的肉身。虽然欧洲人将该行为视为野性的终极能指，它却是小说中的白人考虑去做甚至可能做过的事。正如学者辛西娅·凡登·德莱森（Cynthia vanden Driesen）指出的，与其说食人肉是野蛮"他者"的终极符码，不如说是白人文化传统的记忆符号，包含耶稣基督的血和肉被其追随者分享所蕴藏的寓意（Driesen, 2009, 97）。在弗雷泽夫人系列故事中，这类野蛮行径的可能性一直是一个重要的关注点。对此人类学家琳妮特·罗素（Lynette Russell）援引证据证明：某种程度上土著实施的只是"仪式性食人肉"（"ritual cannibalism"），而不是习惯性食人肉，关于"土著的野蛮"的猜测多半是英国人幻想出来的结果。澳大利亚土著并不是为吃人肉而杀人的野蛮人，某些吃人肉的情况只出现在特殊场合，仅限于特殊人群（Russell, 1998, 56）。《树叶裙》反映出白人对野蛮行径的病态狂热主要源自以下因素：公众想要听的、探险家想要发现的和最令人恐惧的。欧洲人沉迷于该主题，在于这为将"救赎"和"光明"带给"蒙昧的野蛮人"的帝国主义计划提供了某种有效的辩词（Driesen, 2009, 93–94）。《树叶裙》中，仪式具有深刻的象征意义，艾伦冲破阻拦加入土著少女的葬礼本身就是文化越界，体现了她对文化自由的执着追求。①事后，她的反应同样耐人寻味，其情绪是惊奇、厌恶、恐惧和同情的混合体。当她下意识地将食人肉导致的道德负荷与耽于感官之乐造成的

---

① 卡西尔认为：原始的宗教正如原始的神话，是社会压抑的产物，而被亨利·柏格森（Henri Bergson）称为"动态宗教"的新型宗教的出现，则为道德和宗教生活开启了新图景；在这种动态的宗教中，"个人的力量已经取得了对单纯的稳定化力量的优势。宗教生活已经达到了它的成熟期，获得了它的自由；它打破了一种僵硬的传统主义的符咒"（卡西尔，2004, 285）。怀特一向主张打破禁锢性的宗教教条对个体的束缚，《人树》中的主人公斯坦认为上帝存在于他吐在地上的一口唾沫中，《树叶裙》中也有类似的动态宗教观，体现了怀特从文化维度对自由展开的思索。

精神压力相提并论时，土著文化和白人文化之间的隔阂已经在事实层面上瓦解了。她最后认识到真正的文明需要个体在高雅和直觉、在下意识的控制和无意识的冲动、在"做作的感受力"和"动物的状况"之间找到平衡（Haskell, 1987, 440）。

维罗妮卡·布瑞迪在1977年指出，艾伦的胜利并不在荒漠中，而在返回白人文明后的质朴居家环境中：她恢复了对衣物、食品、日常对话和人际交往的兴趣。女主人公经历的恐惧导致其对文明的重新欣赏。经历荒漠对生命的摧毁作用，她对再次进入文明人的理性世界很少有疑虑和不安（Brady, 1977, 123）。某种程度上这可能是一种基于白人文明"优越性"和"自豪感"的误读。事实上，艾伦曾在物质充盈的生活中感到无所事事、郁郁寡欢，但在贫瘠的土地上艰难求生时，她却开始体会到贴近自然的生活中简单纯粹的快乐："她在浅滩上站了一会儿，任由细小的波浪绕着她的脚踝打转，两只带沙的小腿相互摩擦着，听着贝壳和鹅卵石被水流来回拖动时发出的咔嚓声。她发现自己因为这些微不足道的乐趣而微笑起来……"（Fringe, 229）艾伦甚至发现自己在承受肉体上的磨难时，也无法做到对周遭的人与自然构成的原始而壮美的景观完全无动于衷："暮色将黑色的身体塑造成更高尚的形态，给这个原本尘土飞扬、杂乱无序的营地增添了生动的图案。她渴望从这些人的行为中感受到一种灵性设计的证据"（Fringe, 221）。艾伦从土著的宗教仪式中汲取了精神力量："前一天晚上的哀号在寒冷的黎明中重现。不管哀号是否是为了驱除恶灵，俘虏觉得她的一些更加顽固的幽灵可能已经被这个现在她已熟知的仪式所埋葬"（Fringe, 223）。她意识到自己从前信奉的宗教的虚幻本质，也意识到曾经的自己对"至高无上的存在"的崇拜只是一种机械性的照搬照抄。"那是罗克斯伯格家的主神……她是个沉默寡言的女孩，继承了父亲闷闷不乐的个性。正如她现在所认识到的，岩石是她的祭坛，泉水是她的圣礼"（Fringe, 222）。她为自己仍然能够主宰自身的肉体感到安慰，虽然承受着痛苦，但"生命之火重新在她心中闪烁，就像黑人们从埋在底下的余烬中慢慢拨弄出来的最初几个犹豫不决的火舌"（Fringe, 223）。可见，"土著化"激发了艾伦对生活本身的热爱，使她领悟到人生的真谛在于对周遭环境的平静接受。小说结尾处，当另一位白人女性发出渴望成为一只鹰的呐喊"翱翔！为了到达高处！为了呼吸！栖息在峭壁上，俯视身下的一切！高高在上，终于获得自由"时（Fringe, 363），已完成从"金翅雀"到"楔尾雕"蜕变的艾伦反而默默认为：女人应当像苔藓和地衣一样牢牢依附于树木或岩石等自然界的物体。

　　《树叶裙》中艾伦的文化定位和自由选择某种程度上正暗合了她的创造者怀特在公共生活中的身份定位和选择。艾伦逃离了保守、压抑的维多利亚时代的英国、"成为澳大利亚人"的过程与怀特本人的经历构成了一组镜像关系。怀特年轻时曾前往欧洲寻根，经历了迷惘和幻灭，后又回到故乡悉尼定居。在此过程中，他完成了对自我身份的定位。回到祖国后，怀特始终坚持独立的政治观和社会意识，既不会被短暂的民族主义热潮所裹挟，也不会屈从于之后的压倒性的保守主义政治势力。虽然《树叶裙》的创作适逢20世纪70年代前半段民族主义热情高涨的时期，怀特却并不想简单地拥护该时期的民族主义热忱，而是想打破历史上的刻板形象，提供关于特定历史场景下普通人命运的文本阐释。艾伦与杰克的关系承载了复杂环境中人性的挣扎。两人逃亡期间的结合曾体现灵肉一致的欢愉，但在重返白人社会之际艾伦却在精神上疏远了杰克。她的精神背叛有迹可循：寒潭里的"自我施洗"无法抑制其内心深处"魔鬼"的诱惑，她曾在丈夫称颂上帝的慈悲时心中浮现亵渎神灵的画面。怀特描绘了人性的复杂，并指出人类之爱建立在善之上，也建立在恶之上。善与恶相生相克，不可分割，没有经历恶，就不可能有真正的善。即使是看似纯洁的儿童，也会有扼杀小鸡的野蛮冲动；自私地置同伴生死于不顾的皮尔切也会有忏悔之心。皮尔切后来建了一座小教堂来帮助自己重获内心的安宁，他草草地写在圣餐台上的感悟"上帝即爱"击中了艾伦的心。正如怀特拒绝将基于历史原型的女主人公描绘成毫无廉耻、令人厌恶的形象，他也没有对奥斯汀极尽嘲讽之能事，尽管这位略显迂腐的维吉尔爱好者早期表现出将妻子视为自己创造的艺术品的傲慢和自负。奥斯汀在生命最后阶段迸发出的勇气和坚忍令人动容，他不顾腌臜悉心照料患病水手、亲手为妻子接生、安抚妻子不安情绪等举动，均显示他与真实的生活达成了和解。他为保护受伤船长而死于土著投掷的长矛的场景，让读者不禁联想到耶稣受难的画面。因此，跟怀特以往的作品相比，《树叶裙》显得不那么愤世嫉俗。这也许是因为怀特"想要为他的读者留下人性尊严和幸福的希望"（Brady, 1977, 135）。

　　《树叶裙》向读者清晰地展示了如何"成为澳大利亚人"。经历了脱胎换骨般的"土著化"过程后，极有可能选择定居悉尼的女主人公不再是英格兰西南端"天涯海角"的农家少女，也不再是郁郁寡欢的维多利亚上流社会贵妇。在贴近贫瘠土地的艰辛生活中获得的韧性与包容，成为她回归后对待自己和他人的准则。她不再压抑自己的情感和欲望，逼迫自己迎合别人的眼光成为无可挑剔的"家中的天使"。她也不再苛求或轻易责备其他人，哪怕是弃同伴生死于不顾的二副皮尔切。当她对着镜子抚慰自己的身体时，她联想到的是她生命中重要的人的温柔触碰。与可能成为其未来夫婿的商人杰文斯先生的闹剧式会面（后者不慎将茶泼在了她的裙子上），也显示她从不适却否认内心真正想法的压抑状态转变为不适却尝试以同情心待人的放松状态。这些场景看似微不足道，却显示这种同情心来自对人类弱点的洞察。因此，艾伦经受的磨难是富有成效的。尽管不是艺术家，从未洞察任何超验的意义，但她关于自身弱点以及人类弱点的认知却带来了一种静默的尊严。与其创造者怀特一样，艾伦意识到在浩瀚的宇宙中人类如此渺小和无助，从而产生了对自然的敬畏和对他人的由衷同情，并深刻地领悟到与"不友好"的自然和陌生的"他者"和谐相处的重要性（Haskell, 1987, 439–440）。艾伦"成为澳大利亚人"的过程与怀特本人的经历构成了一组镜像关系。怀特青年时前往欧洲寻根，经历了迷惘和幻灭，后又回到故乡悉尼定居。在这一过程中，他完成了对自我身份的追寻。虽然他与艾伦的旅行方向是相反的，但却达到了共同的目标。

　　怀特早年对澳大利亚的态度与维·苏·奈保尔（V. S. Naipaul）对西印度殖民地（特别是特立尼达的首府西班牙港）的态度颇为相似：他们都把自己从殖民地的真实生活中抽离出来，去过一种想象性的精神生活。等到他们真正抵达心目中的故乡——英国时，却又发现自己与那里格格不入，从而领悟到自己想象的国土并非真实的物质存在。正如他们对母国的想象与现实中的世界之间存在巨大的鸿沟，殖民地的大部分居民很难形成正确的本土观，因为仅仅通过文字叙述和描摹，尤其是通过殖民教育机构选择性地向殖民地输入的经典文本，殖民地居民与其实际生活的地域之间无法建立真实的联系，他们与当地的"地之灵"必然存在隔阂。

　　怀特似乎想要通过《树叶裙》的创作去帮助自己实现在早期颇具争议的文章《浪子》（Prodigal Son）中宣称的文学理想，即"帮助一个人口稀疏的国家的国民成为拥有理解力的种族"（White, 1958, 38）。在自传《镜中瑕疵》（Flaws in the Glass, 1981）中，怀特写道："声称喜爱《沃斯》[①]的人中有一半是因为他们看不到自己和小说中刻画的19世纪社会之间的联系。作为儿童般的成人，很多澳大利亚人……躲避无意识的深渊，所以他们无法接受大部分我所书写的关于我们正处在的世界……（如果他们对所谓的'历史'小说《树叶裙》没有那么多的溢美之词，那是由于

①　《沃斯》（Voss, 1957）是怀特的早期代表作之一，以德国自然学家、探险家路德维希·莱卡特（Ludwig Leichhardt, 1813—1848）穿越澳洲内陆的传奇经历为蓝本展开创作。这则史诗般的探险故事反映了人类来到大自然中接受其洗礼的重要价值和意义。

他们在其意象和叙述中察觉到了我们之所以变成今天的模样的原因）"
（White, 1981, 104）。可见，怀特回归本国殖民历史的目的是敦促读者认
清过去对现在的影响力，通过一个发生在澳大利亚的关于普遍人性的故
事，他试图指出：过去不容忽视，澳大利亚白人要做的不是为过去辩解，
而是承认自身可能具有的弱点乃至自身与社会罪恶的共谋。只有正视白人
殖民史上曾存在过的黑暗，勇敢地承担自身的社会责任，当代人才有机会
纠正过去，从此开启健康的新生活。

第四节　诺贝尔文学奖作家的公共影响

作为新俘虏叙述，《树叶裙》旗帜鲜明地反叛了维多利亚时代的经典俘虏叙述。根据传统俘虏叙述的逻辑，白人女性寻求与土著结合或在事实上与土著存在性关系，标志着其道德的败坏与堕落。怀特拒绝将白人女性视为传统道德的人格化身。在《树叶裙》中，出于生存的需要艾伦曾产生过依附土著男性的想法，尽管该想法最终并未被付诸实际。根据比尔·阿什克罗夫特、玛丽·露易丝·布拉特（Mary Louise Pratt）等后殖民理论家的归纳和阐释，殖民者用"土著化"的"危害"来警示自己绝不可放松警惕，任由自身陷入无意识的被土著同化的过程。《树叶裙》却明确显示作家认识到了"土著化"的积极意义。在怀特的笔下，"土著化"成为用以反射西方文明痼疾的镜子。白人女性艾伦的"土著化"过程使得与自然割裂的、矫揉造作的、失去生机与活力的白人文明无所遁形。

艾伦的"土著化"表面上展现了白人文化与土著文化之间的激烈交锋。参照后殖民理论中的"文化转换"（"transculturation"）概念可以看出：在该小说中，土著文化不仅没有在与白人文化的争斗中落得下风，还成为白人移民融入澳大利亚环境的重要支撑。"文化转换"是跨文化研究中的重要术语，20世纪40年代由古巴社会学家、文化人类学学者费尔南多·奥尔蒂斯提出，通常被用以描述从属性或边缘性群体对主导性文化或母国文化传达的内容加以选择或改造的过程。奥尔蒂斯希望以这一全新术语来代替文化跨界影响研究中已有的一对概念——"文化摄入"（"acculturation"）和"去文化作用"（"deculturation"），因为这二者都倾向于以简单片面的方式来描摹文化的变形和交换，这样做必然导致对文化的内在动因和复杂性的轻忽慢待，其结果一定是为帝国中心而非边缘服务。半个世纪后，后殖民学者纷纷挖掘到该概念的实际应用价值。阿什克罗夫特、加雷斯·格里菲斯（Gareth Griffiths）、海伦·蒂芬（Helen Tiffin）等人将"文化转换"总结为殖民地和母国的各种再现模式和文化实践的相互影响过程（Ashcroft et al., 2007, 213）。布拉特则以"一种接触地带的现象"对其展开具体化描述，"接触地带"指异文化相遇、碰撞和发生角斗的社会空间，"常在支配与从属高度不对称的关系中出现，如在殖民主义、奴隶制及其在当今世界的余波中出现"（Pratt, 1992, 4）。

《树叶裙》中艾伦对澳洲丛林、土著乃至土著文化的态度经历了明显的变化。她起初抗拒丛林和原始的土著生活方式，她用来遮蔽自己身体的树叶裙和她藏在树叶裙中的结婚戒指很好地诠释了她的西方态度和立场。然而，这些白人文化的符号在艾伦主动走向"土著化"的过程中很快变得形同虚设。在她重返莫顿湾的前夜，戒指毫无征兆地丢失了，这一重要象征物的遗失正标志着艾伦最终摆脱了以往身份的枷锁。"土著化"过程蕴含着对白人文化进行改造和修正的可能性。对标志着艾伦的"土著化"达到顶点的食人肉事件的详尽描述，体现了怀特对基督教道德观的深刻反思。因为整个事件中最耐人寻味的部分是艾伦事后的一连串反应：尽管她的"文明自我"试图压抑这段记忆，令她"不想记起"，然而事实上她却不断地回顾这个在一般人看来异常惊悚的事件，并且发现自己"相当快乐"，比白人的"良知"允许的更加快乐。

《树叶裙》中的"土著化"还显示出白人移居者与澳洲的自然环境可以也必须达成和解，艾伦·格鲁亚斯·罗克斯伯格这位底层出身、通过婚姻实现阶层跨越、继而在蛮荒之地经历"被潜抑事物的复现"的白人女性正是完成这一富有重要象征意义过程的合适人选。作为并无突出表现才能的普通家庭妇女，她无法通过艺术想象或文艺创作完成形而上的超越。相反，她在贴近土地和自然的平凡生活中完成了对人性的认识，进而走向了成熟。在此过程中，她认识到土著文化存在的合理性，尽管她想要致敬的首要对象并非土著文化，而是其背后依托的广袤的澳洲自然环境。

时至今日，《树叶裙》背后的"弗雷泽神话"仍然具有重要的传播价值，其潜能至少体现在以下三方面：一、白人对土地的态度；二、白人对土著的接受；三、白人应承担的义务不是被遣返而是做出补偿（Davidson, 1990, 460）。澳大利亚需要这样一则和解神话，而伊丽莎·弗雷泽这个人物恰好最适合提供这一神话。这也解释了"弗雷泽夫人叙述"在澳大利亚为何如此深入人心。怀特改写该公共文本的文学行动再次巩固了这则和解神话的地位，并为建构更完整的国家身份提供了可能性。《树叶裙》中自由的内涵极其丰富，既包含摆脱家庭和社会规范的束缚，又包含挣脱对人性污秽的负罪心理，并在隐喻层面上象征着澳大利亚从对英国文化的依赖中独立，某种程度上实现了文化自由。小说揭示了绝对的自由无法企及，唯有带着新获得的洞见和过去的重负继续前行。通过探寻艾伦的自由之路，怀特也试图探寻澳大利亚白人摆脱遗留的罪恶感、重新开始新生活的路径。

尽管其文学成就遭到了部分本国人士的妒忌，但怀特始终是澳大利亚最伟大的文学天才之一，无人能轻易忽视其才华和光芒。[1]获得诺贝尔文学奖令其在世界范围内声名鹊起后，澳大利亚文学界对怀特态度的转变不排除他们想要收编这位本土诺贝尔文学奖得主，使其强大影响力可以为己所用。20世纪70年代以前，怀特的"公开形象"是不关心政治和社会公共事务的隐士。但由于他在澳大利亚文学文化领域乃至全社会的地位和影响力，他难免成为各方势力标榜自我立场的旗帜或靶子。1970年前后，怀特开始主动承担起公共知识分子的责任，他在一系列重要问题上发声，表达了支持文艺创作者、同情土著、憎恨腐败、反对核战争等立场。《树叶裙》的创作更是一个促使其贴近澳洲土著的历史和现实的契机。虽然《树叶裙》中的部分土著仪式和生活方式出自怀特的想象和创造，但他对弗雷泽岛的历史遗址和环境保护做出过实质性的贡献。在构思《树叶裙》期间，怀特曾前往该岛屿做田野调查，他被这里的自然景观深深吸引，但同时对这里的部落生活的没落、土著文化的凋敝产生强烈的不满。这促使他资助了对该岛屿的最早的人类学调查，该调查后来作为关于弗雷泽岛土著过去历史的有力证据被呈献给联邦政府，在很长一段时期保护了该岛屿不受采矿公司商业开采的破坏。

怀特"突然"转变为"政治上的极端主义者"，似乎与工党政府的执政危机具有千丝万缕的联系。戴维·玛尔在怀特的传记中提到：爱德华·高夫·惠特拉姆虽然在1972年底的大选中获胜，但参议院仍然牢牢掌握在保守派手中。1974年4月，反对派威胁要切断工党政府的收入来源，从源头上摧毁它。这场政治危机把正在埋头创作《树叶裙》的怀特从办公桌前带走。在悉尼歌剧院的作家与艺术家的集会上，怀特阐述了必须支持惠特拉姆政府的理由，这场集会被认为挽回了几千张关键选票。5月18日，工党政府再次以微弱优势赢得了两院选举（Marr, 1992, 546–547）。虽然惠特拉姆在一系列内政外交上表现亮眼（包括取消"白澳政策"、提升妇女的执政地位、扶持文化产业的发展、从越南撤军、与中国正式建交等），但这一切并不能抵消被掣肘的工党政府在经济上的低迷表现造成的负面影响：1974年9月，通胀指数达到新高，失业问题日趋严重，经济更加萧条。同年12月，联邦政府甚至不得不授权矿业与能源部部长向海外借款4亿澳元。1975年11月11日，时任

---

[1] 彼得·皮尔斯曾指出："他确实是学术界的敌人，但在确保民族文学不仅在本土课程表上，也在超过四十个海外国家成为一门研究科目方面，他做出的贡献超越了任何一位其他澳大利亚作家"（Pierce, 1993, 515）。正因为怀特的贡献和影响力，多萝西·格林（Dorothy Green）在悼念他的文章中提到：他去世时，许多甚至不认识他的人都感到"失去了表达澳大利亚良心的声音"（Green, 1991, 1）。

澳大利亚总督的约翰·克尔爵士（Sir John Kerr）强行解除了惠特拉姆联邦总理的职位，并任命反对党领袖马尔科姆·弗雷泽（Malcolm Fraser）为新一任总理。这场突如其来的"大地震"使得怀特在公共领域更加激进，他不遗余力地批判保守派以及政策，同时也更加坚定地拥护共和政体。表面上看，围绕惠特拉姆被解职引发的"澳大利亚宪政危机"促使工党政府的拥护者怀特从倾向于在公共生活中隐身转变为主动地发挥积极的引领作用。然而，该事件仅仅是导火索之一，没有该事件，他也会从幕后走向台前。《树叶裙》出现在这一时间节点，本身即包含他对公共生活态度的变化。该小说的创作和流通伴随着反对在历史文化遗址弗雷泽岛实施大规模商业采矿的民间斗争。在禁止采矿的问题上，怀特曾寄希望于惠特拉姆政府的强力干预，但该政府在决策上的摇摆反映了其政治上的无力。即便如此，怀特并未失去对工党执政的信心。在他看来，保守派对金钱和权力的贪婪使惠特拉姆来不及施展他的才干，使得澳大利亚向美、日、英卑躬屈膝，政府、采矿公司和制造商在铀产业"丑恶之网"中的勾结不仅威胁自身居住的环境，也威胁地球和地球人的安全（Marr, 1992, 612）。因此，《树叶裙》比怀特以往的任何一部作品都更能彰显他的文化民族主义立场。在民族身份定位上，他无疑与自由派民族主义者站在了同一条战线上。

从公共影响角度来看，《树叶裙》有助于消弭澳大利亚白人的负罪心理，有利于积极民族心理的形成和正面国家形象的塑造。怀特希望能够追溯现今诸多社会问题的症结，从而丰富缺乏信仰、精神贫瘠或混乱的澳大利亚当代社会。在他看来，当前更重要的任务不是去哀悼和谴责，而是带着对过去的认识（其中不乏自我道德反省），去重新展开正常的生活。"通过质疑刻板形象，倡导公共记忆和对过去错误的补偿，怀特的文本改写了历史，似乎为20世纪末多元化的、多元文化的和非殖民化的背景下的'民族追求'和'国家建设'进程做出了个人贡献。"（Ungari, 2010, 9）近年来，由于国际垄断同盟和保守派政治势力的操控，西方主流话语中再度泛起"文明冲突论"的沉渣，类似言论在澳大利亚国内也拥有广泛市场，持续破坏不同文化背景的国家和人民之间的共识与合作。正如爱德华·萨义德、诺姆·乔姆斯基（Noam Chomsky）等西方有识之士反复指出的：关于"文明冲突"的理论本质上是哗众取宠，"只能够强化人们防卫性的傲慢自大，但却无助于批判性地理解我们这个时代中复杂的相互依存关系"（萨义德，2009, 238）。为了更好地培养全球化的眼光与格局，今日的读者不妨去聆听拥有广阔视野的上世纪西方思想者帕特里克·怀特关于解决文化冲突与文明对抗以及关于不同文明如何更好地相互依存的诤言。

第二章

『先锋』女性的反文化生活实录

——解读《心瘾难除》

前言：作为公共叙事文本的《心瘾难除》

　　海伦·加纳（1942—　）作为文学活动家的身份深受澳大利亚学界乃至读者大众的广泛认可。她的后期作品，尤其是颇受瞩目的非虚构类作品，如《第一块石头》和《乔·辛科的慰藉》（*Joe Cinque's Consolation*，2004），强调了关注公共事务和社会正义的重要性。这些作品涉及性、权力和司法，探讨性骚扰的维权、权力的合理使用和滥用以及刑事司法系统的局限性等问题。相比较而言，她的小说处女作《心瘾难除》①作为公共文本的价值则很少有人关注。这部半自传体小说以20世纪70年代的墨尔本反文化生活圈为背景，探索了爱情、人际关系、上瘾以及单身母亲的困境等主题。与此同时，《心瘾难除》也深刻披露了当时颇为突出的一些社会和政治问题，不仅展示了其诞生时代的独特风貌，还揭示了女性与其所在历史时期和所处社会的深层互动。

　　《心瘾难除》的主要贡献在于描绘了第二次浪潮时期的女权主义者如何吸收和利用新左派运动或反文化运动的积极成果，并使其服务于自己的政治理想和现实生存。通过展示其在反文化运动中的"存在"或"在场"，小说承认了她们的能动性、抱负和挣扎。小说还揭示了女权主义思想对女性的爱情观、婚姻观或家庭理念的影响，展现了"先锋"女性的身体态度与社会普遍认可的两性相处模式之间的碰撞，从而引导读者深入思考女性在不断变化的性别动态环境中围绕自身的角色展开磋商时所面临的复杂性和挑战。《心瘾难除》在叙事风格和题材选择上都体现了创新的意识。加纳对反文化运动和女性经历的忠实描绘挑战了当时的文学习俗，有助于读者更深刻地理解和欣赏澳大利亚经历的多样性。《心瘾难除》对爱情、人际关系和个人成长的探索引起了许多读者，尤其是女性读者的共鸣，加深了她们对政治口号"个人的即是政治的"的理解，为那个时期的女性带来了一种赋权感。小说还引发了关于女权主义、性别角色和社会期望的讨论甚至辩论，对围绕这些论题的文化话语体系产生了持久的影响，

---

① 在小说的出版人之一戴安娜·格里布尔看来，该标题既意味着"手指紧扣……一个充满爱意的紧握的方式"，又"含有海洛因的意味——'你背上的猴子'"（Frizell, 1978, 4）。本书中该小说的书名翻译借鉴了国内澳大利亚文学研究专家黄源深教授和朱晓映教授的译法《毒瘾难戒》，并在此基础上有所改动，以突出该小说除了指涉嬉皮士的毒品依赖，也与其他社会因素密切相关。

促进了社会意识的发展和转变以及社会组织机构的变革，从而在澳大利亚公共叙事中占有了一席之地。

20世纪六七十年代见证了国际范围内女权主义运动的复兴，该运动将女性写作视为对女性真实经历的证明，从而赋予了女性书写一个全新的政治地位。六七十年代的主导性话语——个人解放，鼓励女权运动朝着一个注重妇女的现实生活的方向发展（Robinson, 2007/2008, 50）。对于女性作家而言，女权主义第二次浪潮赋予了她们讲述自己正在经历的生活的机会。该时期的澳大利亚女性小说不仅是国际女权主义思潮本土化的积极成果，还反映了第二次浪潮早期的女权主义者与新左派运动或反文化运动的密切关联。

如果要选出一部澳大利亚第二次浪潮女权主义文学的代表作，那就非海伦·加纳的《心瘾难除》莫属了。这部作品源自加纳的一段个人亲身经历，具有明显的自传色彩。造就这段经历的是一个意外的人生波折：从墨尔本大学毕业后，她进入一所中学担任教师，不久后却因为在课堂上回答学生提问时的涉性言论而遭到解雇。失业后，独自抚养年幼女儿的她靠"单身母亲救济金"度过了一段拮据的时光。这一时期，她和一些崇尚反文化生活方式的嬉皮士艺术家、演员同住在墨尔本近郊的卡尔顿-菲茨罗伊（Carlton-Fitzroy）地区的一处公寓中。失去按部就班的教师工作成为加纳人生中的转折点。从此以后，她开始心无旁骛地从事写作，陆续涉猎记者、专栏作家、戏剧评论员、编剧等不同领域，从而为文学创作积累了大量的经验和素材。

加纳坦言，《心瘾难除》脱胎于她带着女儿与这群"反文化斗士"共同生活时记录的日记。如同简·奥斯汀笔下的世界，加纳在该小说中展现的社会空间十分狭小，仅仅是从卡尔顿（Carlton）到克里夫顿山（Clifton Hill）的数英里方寸之地，但她忠实地还原了这一小片地域上的那个丰富多彩的小世界。批评家苏珊·切奈利（Susan Chenery）形象地指出：加纳的作品是"围绕着日复一日的家庭生活的政治来旋转的微小模型中的世界"（Chenery, 1992, 15）。加纳在出版界的长期合作伙伴戴安娜·格里布尔（Diana Gribble）也指出，"她通过在一块小画布上创作，来处理一些非常重大的事件。她常常去探索'有尊严的行为'的概念，以及是否存在有尊严地活着的可能性"（Leser, 1995, 33）。

在研究当代澳大利亚女性作家的专著《冲出地平线》（*Coming Out From Under*, 1988）中，帕姆·吉尔伯特（Pam Gilbert）用一系列的

"前所未有"来描述这部标志着"当代澳大利亚妇女写作的一个重要转折点"的小说：从未有人像这样将澳大利亚小说设在60年代和70年代"近郊'隔都'"（"inner-suburban 'ghettos'"）的"伪知识分子"（"pseuds"）和"畸零人"（"freaks"）身上；从未有人如此坦白地书写那个时期女权主义和集体式生活对妇女产生的影响；当然，也从未有哪位澳大利亚女作家如此自由地使用"性交"（"fucking"）、"毒品注射"（"shooting up"）、"致幻"（"getting stoned"）等字眼（Gilbert, 1988, 5）。

由于作品涉及的部分内容与主流的价值观相抵触，《心瘾难除》出版伊始曾在批评界引起轩然大波。许多批评家对其中接受援助的单身母亲的视角都颇有微词，对书中的那群将性、毒品和摇滚乐视为基本生活方式的人物的人生态度更是坚决反对；此外，他们还对加纳在披露禁忌题材时的立场和态度很有看法。[①]罗纳德·康威（Ronald Conway）批评加纳"强迫性地一再坚持性交是沟通方式的一种"（Conway, 1978, 77）。彼得·考里斯（Peter Corris）认为加纳"彻底地沉迷于自己……这种自我中心主义……令人厌恶和'肆无忌惮'"（Corris, 1977, 12）。彼得·皮尔斯（Peter Pierce）则认为"加纳说脏话并将其视作现实主义"（Pierce, 1981, 113）。

然而，这部作品引起的反响也不完全是负面的。杰弗里·达顿（Geoffrey Dutton）认为其足以进入本国的文学经典行列，他还将其收录在《澳大利亚选集：澳大利亚最伟大的书》（*The Australian Collection: Australia's Greatest Books*, 1985）中。除了《心瘾难除》，该选集还收录了自殖民之初直至当代的其他九十六部澳大利亚经典作品。彼得·克雷文（Peter Craven）在指出小说在写作技法方面存在缺陷的同时，也承认"这本书是一则几乎令人完全信服的澳大利亚传说，它能够证明自己经典作品的地位"（Craven, 1985, 210）。戴维·雷瑟（David Leser）则认为，《心瘾难除》的出版标志着加纳确立了自己作为"澳大利亚文学界最强有力、最清晰可闻的'后60年代'女权主义声音"的重要地位（Leser, 1995, 33）。

女性批评家对这部作品更是不吝赞誉之词。凯琳·高兹华斯认为，《心瘾难除》的出版和接受引发了公众对澳大利亚女性作家的密切关注，为在60年代和70年代初饱受不公正对待的西娅·阿斯特利

---

① 简·麦克吉尼斯（Jan McGuinness）提到，加纳不带评论和解释地描述她生活的圈子的态度，如在描述一些"非道德"场景（如毒品注射）时没有申明自己的立场，让很多人感到震惊（McGuinness, 1978, 10）。

（Thea Astley）、杰西卡·安德森等人在80年代的创作上的全面繁荣开辟了一个新局面："赋予了两位作家一个完整的、全新的生命租约"（Goldsworthy, 1996, 14）。苏珊·勒维尔认为，《心瘾难除》的出版是一个与杰梅茵·格里尔（Germaine Greer）的《女太监》（1970）的问世有着同等重要意义的事件；后者标志着澳大利亚女性学者对第二次浪潮女权主义理论建构的首次重大贡献，前者则昭示了女权主义意识在澳大利亚小说中是确定无疑的"在场"（Lever, 1998, 316）。

尽管批评界的反应五花八门，但这却丝毫不影响《心瘾难除》在普通读者尤其是女性读者当中的受欢迎程度。她们当中的许多人认为，尽管作品描述的是少数派的生活方式，但揭示的却是普通妇女生活中的常见状况，如：对浪漫爱情的向往、对性解放的渴求、母亲的责任和义务等。因此，该小说可以作为"许多妇女试图挣脱过去的社会压制和性压抑时遭遇的阻力的一个确切证明"（Lever, 1998, 316）。值得一提的是，《心瘾难除》还赢得了1978年的全国图书理事会奖（National Book Council Award），而加纳也凭借该书成为荣获这一奖项的第一位当代女性作家。

我国的外国文学研究界对加纳的这部作品也给予了充分的重视。多位学者均在其研究成果中深入探讨了这部作品，其中最有影响力的成果是华东师范大学朱晓映博士的学位论文《从越界到超然：海伦·加纳的女性主义写作研究》（2008）[①]。发表在国内学术期刊上的相关文章包括：朱晓映的《〈毒瘾难戒〉的女性主义解读》（载《当代外国文学》2007年第2期）、徐小琴的《析〈毒瘾难戒〉的语言特色》［载《西华大学学报》（哲社版）2010年第3期］、向兰的《现代女性面对爱情与婚姻情感纠结的两难抉择——浅析海伦·加纳的〈毒瘾难戒〉》［载《西华大学学报》（哲社版）2013年第3期］，以及由国内学者翻译的切斯特·伊格尔（Chester Eagle）撰写的《"哈比·旦克！"作者的释放》［载《西华大学学报》（哲社版）2007年第6期］和《不幸之事——〈莫里斯·格斯特〉和〈毒瘾难戒〉引发的思考》［载《西华大学学报》（哲社版）2010年第2期］等。

在《〈毒瘾难戒〉的女性主义解读》中，朱晓映指出，在后现代女性主义的影响下，加纳书写女性的身体和欲望，展现了后现代时期"女性身份的流变"，并参与建构了一套以愉悦身体为中心的女性话语（朱晓

---

① 2010年，以该博士论文为基础的英文专著得以出版，考察的范围仍是包括加纳的小说和非小说创作在内的整个写作生涯。

映，2007，120）。在《析〈毒瘾难戒〉的语言特色》中，徐小琴从文学文体学的角度出发，在语相层、词汇层、句法层、修辞层四个层次上分析探讨了加纳的语言艺术特点，以便更好地揭示挑战传统价值观念的女性的矛盾心理状态。在《现代女性面对爱情与婚姻情感纠结的两难抉择——浅析海伦·加纳的〈毒瘾难戒〉》中，向兰着重分析作品中主人公面对爱情与婚姻时的犹豫不决与开放性结尾的作用。在《"哈比·旦克！"作者的释放》中，伊格尔关注包括这本书在内的加纳的四部早期小说，深入剖析了渗透在其作品中的当时的"新一代"对于情感、性、家庭和社会的观念。在《不幸之事——〈莫里斯·格斯特〉和〈毒瘾难戒〉引发的思考》中，伊格尔将这两部出版时间相隔近七十年的小说放在一起进行比较，指出它们"关注的是同一个主题：不可能成为现实的爱情"以及"社会的变迁"（伊戈尔，2010，93–95）。

就小说的文体特征而言，《心瘾难除》无疑属于"自白小说"的范畴。批评家罗瑟琳·科渥德（Rosalind Coward）认为，女权主义者创作的小说通常"把性体验当作小说中有意义的体验"来加以呈现，"对于袒露性体验的热衷是当代女权主义作品最突出的特征之一"（科渥德，1992，79）。若干世纪以来，在西方文化中性欲始终是多种话语的指涉对象。尽管某些保守的话语体系，如维多利亚时代的医学和教育话语，"常常指向对某些性活动的压制和否定"，但它们仍然是将性欲作为自己的关注对象。"无论这些话语的明确目的是什么，性欲总是一次次成为揭示人的'真实'和'重要'本质的要素"（科沃德，1992，79）。与大多数女权主义小说一样，《心瘾难除》重视对性体验的揭露和呈现。在20世纪70年代的澳大利亚社会语境中，这样的行为在很大程度上意味着揭开中产阶级代表的主流文化和价值体系的道貌岸然的面纱。小说中反映的女权主义观念因而与反文化运动的理念产生了一些交集。

这部颇具"先锋"意味的作品中着力描绘的集体式生活凝聚着理想主义者改造社区与改革社会的宏愿。① 故事发生的主要背景——墨尔本的卡尔顿地区清晰可辨。玛格丽特·史密斯（Margaret Smith）指出，这一背景同样可以移至悉尼的格勒比（Glebe）和巴尔缅（Balmain）、伦敦的哈

---

① 对于集体式生活，加纳本人的态度在之后的创作中经历了明显的变化：从1980年出版的《荣誉和他人的孩子》（*Honour, and Other People's Children*）中对这种生活方式的批判转向1992年的《小天地中的大世界》（*Cosmo Cosmolino*, 1992）中试图挽救和重建这种生活方式。这一态度的转变看似突兀，但事实上却是有迹可循。事实上，加纳在1984年的《孩子们的巴赫》（*The Children's Bach*）中已经透露出对集体式家庭生活方式的怀旧式追忆。

克尼区（Hackney）或纽约的格林尼治村（Greenwich Village）。尽管有着鲜明的澳大利亚烙印，女主人公诺拉（Nora）所属的亚文化是后越战的、充满负罪感的西方社会中普遍存在的现象（Smith, 1985, 204）。在这部小说中，加纳探讨了一系列与反文化生活息息相关的敏感题材，如：集体式生活、开放的性关系、吸毒问题和作为当时社会常态的失业问题。

加纳将诺拉等女性对性快感和性满足权利的追求，与其争取女性自主权和自我身份的斗争相联系。对女权主义目标的教条式坚持，导致诺拉和她的女性同伴常常做出错误的决定，但即便是面对惨淡的现实，她们也并没有因此走向极端的"性分离主义"，而是始终对探索理想的两性相处模式充满信心。这部作品在揭示身体上的开放对于女性解放的意义的同时，也指出这一代女权主义者对于身体的态度是存在问题的。她们重视"社会性别"而轻视"自然性别"的做法，导致其对"自然性别"的载体——身体的轻视：身体的文化史被忽略，其物质意义上的丰富多样性被忽视，身体能够作为主体、施动者或活力源头的可能性更是没有引起充分的重视。

不同于同时期出版的许多土著作家的作品（这些作品关注在澳洲农牧产业中的性剥削和经济掠夺问题），加纳的《心瘾难除》关注城市反文化生活圈中白人妇女的性解放和日常经历。因此，这部作品可被视为20世纪90年代出现的澳大利亚"垃圾小说"（"grunge fiction"）的先驱（Dalziell, 2007, 141）。《心瘾难除》的出版还凸显了"在70年代的澳大利亚出现的结构上和机构上的重大变革"（Dalziell, 2007, 141）。由于惠特拉姆领导的工党政府大力扶持民族文学和文化的发展，一些重要的倡议获得了资金支持，其中包括促成加纳这部作品问世的女权主义出版机构麦克菲·格里布尔的成立。① 麦克菲·格里布尔成为以妇女为中心的出版机构的典范，它与同时期出现的女权主义刊物，如《赫卡特》（*Hecate*）、《唇》（*Lip*）、《倔强女孩》（*Refractory Girl*）、《女预言家》（*Sibyl*）等，共同推动了更多的女性作品的问世。

---

① 加纳在詹妮弗·埃里森及坎迪达·贝克主持的访谈中，都强调指出像麦克菲·格里布尔这样的女权主义出版机构对于她本人写作生涯的重要意义。正因为有这样的出版机构的存在，她才没有感觉到自己"受歧视、受诋毁或被忽略"（Baker, 1989, 140）。

第一节 反文化运动与"先锋"体验

反文化运动是20世纪60年代出现的席卷多国的以青年为主体的"革命风潮"，该运动的参与者将西方主流文化和价值体系视为其反叛对象和攻击目标。美国加利福尼亚州立大学的历史系教授西奥多·罗斯扎克（Theodore Roszak）认为，在反文化运动开展得如火如荼的美国，该运动可被宽泛地理解为这阶段在美国社会公共领域出现的一切抗议活动，既包括政治性"革命"，如黑人民权运动、妇女解放运动、校园民主运动、反战和平运动、环保运动、同性恋者争取权利运动等，也包括文化方面的"变革"，如性解放、吸毒成风、摇滚乐、嬉皮士文化、神秘主义和自我主义的复兴等（转引自赵梅，2000，69–70）。

反文化运动兴起的历史契机除了越南战争、种族歧视问题、二战后出现的"婴儿潮"等，还包括当时的主要资本主义国家正处在工业社会向后工业社会的转型期。青年人的反抗是社会转型期各种矛盾激化的必然结果。冷战与社会动荡，又是各种类型的反抗的加速器（赵梅，2000，68）。以回顾历史的眼光来看，该运动是对传统的资本主义核心价值观的怀疑，也是对工业社会中陷入凝滞的资产阶级生活方式的激进反抗。"极端的反抗形式恰恰反证了'婴儿潮'一代人极端的理想主义"（赵梅，2000，97）。该时代精神在文学领域的镜像再现，如以艾伦·金斯伯格（Allen Ginsberg）、杰克·凯鲁亚克（Jack Kerouac）为代表的"垮掉的一代"的作品和以约翰·奥斯本（John Osborne）为代表的"愤怒的青年"的作品，不仅是这场文化、政治运动的重要组成部分，还为这场运动提供了丰富的思想资源。

反文化运动实际上是新左派运动的一个分支。新左派运动是"20世纪60年代和70年代初活跃在世界舞台上的一场突出的社会、政治和文化运动"（Docker，1988，289）。西方新左派质疑或否定所有体制化的意识形态，不论是共产主义、企业自由主义还是传统的民族主义（Docker，1988，293）。新左派对西方"理性"（"rationality"）本身的压抑属性表示不满，其反文化分支的实践者被非西方的思想吸引，试图通过毒品或东方的感性模式来连接知觉和无意识。"'理性'被视为压迫性的社会所灌输的压抑性概念的场所，而真正的知识存在于其网络之外，释放的是人类自然的和普遍性的'善'的一面，从而产生了对密切接触自然的集体式生活的兴趣，出现了对身体和感官感受的自由表达——一种多形态的性欲。因为异性恋被认为是人们在自然状态下被不知情地施加的社会性抑制物"（Docker, 1988, 296）。

20世纪60年代末和70年代的女权主义运动深受新左派运动及其反文化分支的影响。这时的女权主义者"对压迫性的'理性'的攻击以自由表达性欲的形式出现，这对早期女权主义者的清教主义倾向的急剧偏转令人震惊"（Docker, 1988, 297）。新左派的"个人的即是政治的"（"The Personal is Political"）口号，将包括理性批评和反文化政治在内的各种不同流派统一在了一起。它引导妇女解放主义者、反抗性别主义的异性恋男性（Men Against Sexism）和男同性恋解放主义者们相信，"长久以来被社会性和历史性抑制所殖民、监禁和伤害的'身体'，并不是一个让人私下愧疚的场所，而是集体性的责任之所在"（Docker, 1988, 297）。

澳大利亚的反文化运动是国际性的反文化风潮的一部分。该国的反文化风潮在20世纪60年代末出现，兴起的标志是墨尔本、悉尼、布里斯班和阿德莱德等城市的学生运动，一些颇具影响力的机构随之应运而生，包括墨尔本的澳大利亚表演组织（Australian Performing Group）、《挖掘者杂志》（*Digger Magazine*）、悉尼的"黄房子"组织（"The Yellow House"）以及新南威尔士州北海岸和昆士兰州的各种集体运动（Altman, 1988, 309）。反文化运动的精神在当时的澳大利亚文化知识界颇为盛行。加纳本人20世纪70年代初曾为《挖掘者杂志》撰稿，而她1977年出版的《心瘾难除》则是对前一阶段的反文化生活的一个总结和回顾。凯文·布罗菲（Kevin Brophy）认为《心瘾难除》出现的时机耐人寻味：这时澳大利亚国内反对审查制度的斗争刚刚取得胜利，而在60年代盛行的反文化运动则刚刚失去其革命性锋芒，即将成为一种具有怀旧情结的通俗文化风尚（Brophy, 1992, 271）。朱迪丝·布莱特（Judith Brett）、凯琳·高兹华斯等女性批评家也都赞同《心瘾难除》是那个纷繁复杂的时代的产物，提前十年或推后十年，这部作品都不会被出版，甚至都不会被写出来。20世纪70年代初，澳大利亚放开了对审查制度的严格限制。1967—1986年这个时间范围还标志着"避孕药之后、艾滋病之前"的阶段。①《心瘾难除》中对性交和吸毒等一系列场景的描述正反映了这个时代独特的氛围。这些场

① 苏珊·勒维尔也曾指出，这是一个历史上罕见的阶段：值得信赖的避孕手段和相对较少爆发的性传染病现象，使得妇女们在性欲表达上几乎和男人们一样自由（Lever, 2000, 109）。

景涉及性解放、女权主义、摇滚乐、毒品滥用以及集体式家庭伦理等一系列敏感问题（Goldsworthy, 1996, 10）。

在女主人公兼叙述者诺拉的交际圈中，几乎没有人把婚姻看作交往的终极目标。人们崇尚的是相互独立、彼此都拥有自由选择权的两性相处模式。在小说的开头，诺拉在谈到她的性伴侣时表现得格外淡定和超然："并不是我当时没有其他可以去爱的人。我有马丁……但他去了北方两周。年底我不经意间爱上了我们共同的朋友贾沃，那个游手好闲的家伙。那时他刚从霍巴特戒了毒回来"（*Monkey Grip*, 1）[1]。一天，当诺拉和贾沃走出约会场所时，正巧撞见了刚从多难湾（Disaster Bay）回来的马丁。为避免尴尬，贾沃骑上脚踏车先行离开。但在诺拉看来，这么做根本是多此一举："可是，对于马丁，这不是礼貌不礼貌的问题。他可能本能地察觉到一切都将会不同了，他羞怯地对我说：'我希望我能够——你知道的——满足你。'他确实曾经做到过，某种程度上我们也曾爱过对方：我把他鬈发的小尖脑袋紧紧地抱在怀里。我们平静地入睡，彼此都足够清楚再也没有肌肤相亲的必要了"（*Monkey*, 1）。在与贾沃以及其他男性固定交往期间，诺拉也曾有过别的性伴侣。在她看来，只要向固定交往的对象坦承那些关系，就不算是不恰当的行为。

20世纪80年代后期，西方文化知识界在对反文化运动进行反思和清算时通常指出，反文化生活方式并不适合女性，尤其是在性生活方面。女性只会沦为男性无节制的性欲的牺牲品。而男性常常利用女性对性解放的渴望，达到满足自身私欲的目的。即使是否认反文化生活方式和女性在本质上不兼容的批评家，也不忘指出女性参与反文化运动并不是普遍的现象。林恩·赛格尔（Lynne Segal）就曾说过：对于60年代反文化运动的女性参与者而言，"对性说可以"就是对她们的资产阶级命运说"不可以"，但值得关注的是，这些亲身体验性冒险的女性毕竟只是少数派，属于"文化先锋"的阵营（Segal, 1994, 11）。

然而，加纳的这部半自传体小说显示，虽然参与这场"先锋"运动的女性在人数上不占优势，但她们并不是可有可无的，她们的参与行为本身就已经具备了重大的社会政治意义。以诺拉为代表的澳大利亚"先锋"女性正是通过实践这种少数派的生活方式，才得以实现对自身生活的主宰。在选择伴侣的问题上，这些女性占据了绝对的主导地位。她们是集体式家

---

[1] Garner, Helen. *Monkey Grip*. Melbourne: McPhee Gribble, 1977. 后文出自同一著作的引文，均随文在括号内标出该著名称简称*Monkey*和引文出处页码，不再另外作注。

庭中的真正的主人，男性只不过是她们生命中的匆匆过客。

诺拉顺应自身欲望的指引，选择她愿意与之发生关系的男性。让-弗朗索瓦·维耐（Jean-François Vernay）认为，正因为如此，诺拉不得不扮演狩猎者的角色："将她的猎物引诱进安全的、犹如子宫的家庭场所，然后将其吞噬；这些场所位于共谋性的女子气的郊区，与实行阴茎崇拜的城市形成对峙"（Vernay, 2007, 150）。在与贾沃、克莱夫、杰拉德、比尔等男性发生关系后，她的专注目光总是停留在他们被融化或被驯服的面部表情上。虽然经历了数次搬迁，诺拉始终选择与女性友人（有时也包括不具威胁性的男性）同住。而她愿意与之保持亲密关系的男性，也大多是温和的、善解人意的"女性之友"。

摇滚乐和毒品泛滥是反文化生活的两个显著特征。诺拉周围的人大多是摇滚乐的爱好者，他们经常出入各种场合的表演场所。诺拉的情人之一杰拉德正是一名摇滚乐手。在她看来，女性对摇滚乐的狂热在于这种感性的音乐形式能够唤起女性的感官欲望。"我看着杰拉德演奏，开始再次理解摇滚音乐家所唤起的那种爱欲。我盯着他强壮的手臂，看着他专心表演时时而绷紧时而放松的面部表情，这些和他的手部动作是那么的协调一致。"（Monkey, 197）毒品在反文化生活中的象征意义某种程度上类似于摇滚乐，吸食大麻或注射海洛因竟成为某些人逃避一成不变、压抑保守的中产阶级生活的常见手段。诺拉周围的艺术家、音乐家、演员等人都不同程度地使用过毒品。在诺拉与贾沃以及杰拉德的关系中，毒品都扮演了重要的角色。贾沃坚信毒品是使他与诺拉的性生活更加和谐的润滑剂。就连诺拉本人也对毒品抱有矛盾的心结。在物质需要的层面上，当贾沃没有完全被毒品控制时，他们能够拥有完美的性爱："那是毒品施下的一个可怕的诡计：多走一步进入它的王国，我就会失去贾沃。但现在我们在它的边界上昏昏然地摇摆着，沉浸在我们各自的狂喜中"（Monkey, 71）。在心理需要的层面上，诺拉一方面认为在毒品的作用下，贾沃对她的态度忽冷忽热，若即若离，令她难以忍受；另一方面，她又不得不承认，贾沃吸毒后对她产生的极度依赖让她难以割舍。一旦贾沃戒了毒，他就变得似乎不再那么需要她了，就像一个长大成人的孩子，不再需要母亲的悉心关爱。诺拉一方面对在贾沃身上出现的这种积极变化感到欣慰，另一方面又觉得怅然若失，尽管她的理智最终还是战胜了这一不舍之情。

而杰拉德对诺拉展开追求的方式就是带她去参加吸毒者小团体的聚会。通过自作主张地把女方拉进自己的交友圈，杰拉德将自己不健康的生活方式强加在诺拉身上，该做法严重地威胁到了她的主体性和独立决策能力。"我知道自己在做傻事，但一种莫名的倦怠感让我失去了正常的行动能力……我身后的门被关上了，我那时意识到想要逃走已经太迟了……震惊之余我陷入失语状态，我放纵自己堕入恐慌。我没有办法表现得较为得体，因为我没有理由出现在这里：我是作为一个男人的附属品被带来的。"（*Monkey*, 151）尽管诺拉对堪称"贾沃替身"的这个年轻人以及这段注定要重蹈覆辙的关系充满了警惕，但她还是不由自主地陷入其中。与杰拉德的这段危险关系，显示反文化生活方式对于追求自我实现的女性确实存在一定的威胁。幸运的是，诺拉在短暂沉迷后幡然醒悟，果断地结束了与这个年轻人的情感纠葛。

第二节　集体式家庭与城市生活

让-弗朗索瓦·维耐曾对20世纪90年代澳大利亚文坛上出现的新文学流派——"垃圾小说"作过一个宽泛的界定，他认为这类小说主要处理失意的城市人试图以音乐、毒品、性愉悦和酩酊大醉来填补他们生活中的空白和愤懑（Vernay, 2007, 145）。在"垃圾小说"中，叙述者常采用自白体的形式，叙述也大多具有自传的特征，因此读者容易对这类作品产生亲近感。维耐认为，虽然安德鲁·麦克盖恩的《赞美》（*Praise*, 1992）被公认是这一亚体裁的开山之作，但海伦·加纳的《心瘾难除》作为先驱性的"垃圾小说"的地位也应当受到足够的重视（Vernay, 2007, 146）[①]。

伊恩·赛尚（Ian Syson）认为"垃圾小说"应被归入由来已久的澳大利亚"社会抗议文学"的传统，该文学类别"宣称为被异化者和被剥夺公民权者辩护"（Syson, 1996, 26）。维耐则认为"垃圾小说"作为"世纪末精神"的表达，超出了本国文学传统的范畴，是19世纪末法国颓废派文学运动（由于澳大利亚政府长期实行审查制度[②]，该运动之前并未能够真正进入澳大利亚）在20世纪末的一次复兴。时隔一个世纪，颓废派精神再次浮出水面，可被理解为"被潜抑事物的复现"，它是海伦·加纳的《心瘾难除》引发的自由主义文学运动带来的结果（Vernay, 2007, 152）。

与20世纪90年代盛行的"垃圾小说"中的典型场景相比，《心瘾难除》中的城市显得格外友好。根据加纳对70年代的墨尔本及其近郊的描述，那里是纯朴的、宜居的地方：夜间在街道上独自行走或骑脚踏车足够安全，偶尔的犯罪事件不足以影响人们平静的生活，公共场所并没有被不道德的人或行为侵占的迹象（Lindsay, 2000, 35）。此外，每个社区的居民都是一群志同道合的人。尽管不少人选择了看似颓废的"先锋"生活方式，但作品中的大多数人都有自己的交际圈，并能够从中获得稳定而持

---

① 可被宽泛地纳入这一文学亚体裁的作品还包括：贾斯汀·埃特勒（Justine Ettler）的《奥菲莉亚河》（*The River Ophelia*, 1995）、克里斯托斯·齐奥尔卡斯（Christos Tsiolkas）的《满载》（*Loaded*, 1995）、琳达·贾温（Linda Jaivin）的《来吃我》（*Eat Me*, 1995）和爱德华·贝里奇（Edward Berridge）的《圣人们的人生》（*The Lives of The Saints*, 1995）。

② 澳大利亚政府实行的文学和艺术审查制度持续了近百年，始于19世纪80年代，终于20世纪70年代。

续的支持和安慰。不同的社区通过一些共有的成员（通常是边缘化的、不稳定的人物，如贾沃）、共同经历和共同需要而相互联结在一起。对于这一时期的生活，加纳在若干年后仍然充满了怀念："那时我们有着一种极其强烈的社区感、对于彼此的责任心以及对我们的孩子和彼此的孩子的非常强烈的责任感。在许多方面，那对于我来说是一段非常充实和快乐的时光"（qtd. in Lindsay, 2000, 35）。《心瘾难除》宣扬了一种更忠于自我、更有益于社会、也更"生态"的生活理念。尽管加纳对人们通常认为的"不道德的"行为（如扒窃、私生活混乱、吸毒等）没有表示出鲜明的反对态度，但她在作品中却宣扬了一种更深层次的"道德的"生活方式。正如戴安娜·格里布尔指出的，加纳不是一位清教徒，她对那种杂乱的、强迫性的和难以控制的人类天性有着深刻的洞察，所以她从来不会执迷于"政治上正确的"内容，尽管她本人是一名坚定的女权主义者（Leser, 1995, 33）。

更深层次的"道德的"生活方式的主要形式就是"集体式家庭"（"collective household"），它同时也是加纳作品中的社区的最重要的组织方式。《心瘾难除》记录了诺拉对于失去爱情和孤独的恐惧，"它还是社会探索期的记录，当时的人们试图开发出核心家庭的一个健康替代方案"（Lindsay, 2000, 38）。埃莉诺·霍根（Eleanor Hogan）认为："在加纳的作品中，集体式家庭已成为70年代的反文化投射出的社区和社会变革的理想模式的标志。但当她的文本经常性地将怀旧的目光投向集体式生活的年代的同时，它们也回顾了理想主义的失败"（Hogan, 1995, 69）。作为理想主义的回顾之作，《心瘾难除》中展现的集体式家庭的模式还体现了积极参与新左派运动的女权主义者改造现实中的社会关系的理想。正如同时期的巴黎和巴尔的摩一样，墨尔本的反文化运动实际上起到了抵制不动产资本在中心城市蔓延的作用。嬉皮士们参与了对具有战略地位的城市空间的控制权的争夺，他们致力于将城市空间打造成公正、平等和自由的场所。尽管城市中不乏贫穷和令人不安的因素，但总体而言，嬉皮士们占据的社区自有其独特的生态和逻辑，是具有凝聚力的社会实体。虽然男性是反文化运动的主体，但拒绝盲从并坚持自身独立性的女性客观上也从中受益。在《心瘾难除》中的女主人公诺拉看来：在她生活的街区，人际交往顺畅且颇有成效，个人选择不影响公共安全，集体式大家庭实际上减轻了女性独立抚养孩子时的压力和绝望。

对于女权主义者而言，"家"是一个有着特殊意义的存在，与女性的生活息息相关，但传统的中产阶级家庭又是束缚女性、阻止其实现自身价值和主体性的社会机构。在20世纪六七十年代，女权主义第二次浪潮的领军人物——贝蒂·弗里丹（Betty Friedan）、杰梅茵·格里尔等人鼓励广大妇女抛弃强加在其身上的主妇和母亲的角色，离开被等同为"女性化的领地"的中产阶级郊区，去城市寻求自由和冒险。"通过鼓励妇女们'离开家'，到工作场所去获得满足感，早期的第二次浪潮女权主义者提供了一个妇女们能够从中理解自己作为现代个体的身份的人生故事。"（Johnson and Lloyd, 2004, 154）因此，这一"人生故事"在当时的女性作品中被反复重写，"女性作家们（其中许多人被认为是女权主义者）在她们的小说中反映了这些逃离郊区的轨迹，将郊区的女性从她的郊区背景中移植出来，以展开关于自我发现的'新'叙事"（Burns, 2011, 1）。在贝琳达·伯恩斯（Belinda Burns）看来，这类叙事的感染力可能正在于"女主人公寻找家庭（通常是位于郊区的家庭）生活方式的传统界限之外的新生活方式的努力"（Burns, 2011, 1）。由于《心瘾难除》采用自白体的叙事框架，很多评论家将身份成谜的女主人公诺拉与加纳本人相认同，但也有人指出这一人物的普遍代表性特质。针对"她是谁？"的疑惑，评论家们倾向于将其定位为"一位从中产阶级保守主义中逃离的难民"（McGuinness, 1978, 10）。在对反文化生活的积极参与中，女权主义者开始对集体式家庭的模式有了深刻的洞察，认识到可以利用它来弥补疏远的人际距离和修正异化的社会关系。

据加纳回忆，在卡尔顿和菲茨罗伊度过的70年代的生活中最有意思的部分，就是像强有力的机器一样运转的集体式家庭。"我的第一段婚姻失败了，还有一个孩子需要抚养。为避免疯掉，就需要找到人来一起抚养孩子。这是最要紧的部分。那里有很多音乐、很多毒品、很多剧场，我们都很开心。那段时间大家好像都没有工作。我不太想用'波西米亚'这个词，但那时的每个人都试图成为这样或那样的艺术家。"（Willbanks, 1991, 88）加纳的回忆揭示，集体式家庭不仅是有意思的部分，还是"最要紧的部分"。在《心瘾难除》中，诺拉也认为，这种大家庭是她的力量源泉和精神支柱。在搬离集体式大家庭，和她的朋友丽塔母女同住的那段时间，她感到极度崩溃，内心充满了矛盾和挣扎：

> 并不是我不爱丽塔和朱丽叶，正相反，我因为对她们产生的痛苦情感而深受折磨，这与丽塔需要经历的日常斗争有关，也与若干年前我自己和格蕾西已经经历过这样的斗争有关：恨她是因为她的生存方式精准地标示出了我的自由的限度；恨我自己是因为我对她的恨

意;其实我一直都爱她,发自肺腑地、难以形容地爱她;看着她每天顽强地肩负起对一个人来说过于沉重的负担生活,这一沉重负担即是对另一个人的生命的责任。我曾被伊芙、乔吉和克莱夫从这种束缚中解救出来,那个时候在那座老房子里……要完成这一最为精妙的操作需要不止一个人来参与,而当我和丽塔及她的战争一起陷在这座漂亮的房子里时,我知道自己无能为力。我所能想到的就只有逃离。(*Monkey*, 171–172)

尽管心存愧疚,但为了摆脱关于过去的噩梦以及逐渐累积的负面情绪,诺拉仍然选择搬离她和丽塔的精美"牢笼",重新和老朋友们住在一起。而独自带着女儿生活的丽塔面临的艰难处境,刚好从反面印证了集体式生活对于像她和诺拉这样的单身母亲的重要意义。

在诺拉看来,集体式生活不仅帮助她解决了独自育儿的难题,还消弭了她心理上的孤独。一天晚上,当前来拜访的老友兼前合租伙伴离开后,诺拉感到自己陷入了新一轮的孤独中。"我想这是性欲上的孤独,但这也是跟回忆起夏天夜晚的脚踏车之旅有关的孤独:带着一颗洋溢着幸福的心奔向那座大房子,驶过滚滚热浪,车胎在沥青路面吱吱作响,绕过排水沟,进入公园,感觉到在绿色树叶般的大气球下温度陡然降了下来。"(*Monkey*, 173)诺拉的感受揭示:墨尔本的近郊静谧又安全,在那里展开的集体式生活让人向往,可以媲美任何一种形态的幸福生活。事实上,小说在开篇即给出了一个集体式家庭日常生活场景的特写:"那里的椅子始终不够让所有人都能坐下;我们当中的一两个人总会坐在地板上或厨房的台阶上,盘子放在膝盖处。我们没有想过要教孩子们用刀叉正式地吃饭。发挥作用的是饥饿以及纯粹的身体机能:嘈杂声、盘子碰撞声、人们张嘴咀嚼的声音、交谈声、大笑声。我那时多么快乐。我们的后院夜里闻起来像是乡村"(*Monkey*, 1)。在每天清晨都会经历的热闹场景中,中产阶级家庭的餐桌礼仪被无情地抛至一旁,每个人都顺从身体的需要,自由自在地享用食物。在这种平等、宽松的氛围中,人们感受到无比的畅快。可见,诺拉和她的朋友们选择在城市近郊共同参与的这种集体式生活,是对典型的中产阶级郊区生活的有力反叛。

诺拉将他们的"后院"跟"乡村"相比较,还打破了"城市"等同于"堕落之都"、"乡村"等同于"救赎之地"的传统文学模式。正如对主题的选择一样,加纳对故事发生地/背景的选择同样体现了其政治态度和文化价值观念,体现了女权主义作家对将丛林生活奉为圭臬的民族主义文学传统的挑战。根据该传统，丛林才是独特的澳大利亚经历的真实发生地，它对应着本土景观、激进民族主义、"伙伴情谊"、阳刚气质等概念，而作为其消极对立面，城市则对应着异域风情、世界主义、"他者性"和阴柔气质。正如罗贝塔·布菲（Roberta Buffi）指出的，"在澳大利亚文学中，城市常常作为展现社会和文化价值观的矛盾的、有争议的场所出现"（Buffi, 2002, 35）。加纳将故事的主要场景设在墨尔本近郊，与当时盛行的女权主义观念正相吻合，即城市才是追求独立自主和自我实现的女性生存和发展的理想场所。

传统的澳大利亚叙述还指向一种独特类型的个体，该个体被自身与"无情景观"之间的关系所定义，"他"清楚地意识到自己没有任何办法去克服严苛的环境，所能做的就只有默默承受它带来的影响。对于澳大利亚个体而言，任何试图引起社会变化或超越现存的社会环境的企图，都是有问题的。只有接受和遵从了共同体的价值观，"他"才能存活下来（Leishman, 1999, 97）。因此，即使是将背景设在城市的文学也应当包含这样的寓意：试图超越周遭环境的努力是徒劳的，个体只能选择"去适应和接受，胸怀幽默感和对这一状况的普遍性的清醒意识"（Turner, 1993, 37）。格雷姆·特纳指出，许多澳大利亚评论家对本国的诺贝尔文学奖获得者帕特里克·怀特充满敌意，正是因为他创造了一些能够在物质环境中实现"形而上的抽离"的人物。这种"抽离"被指责为仅限于精英阶层的、享有特权的利益集团。评论家们对于20世纪90年代的"垃圾小说"的创作者的指责也如出一辙（Turner, 1993, 43）。《心瘾难除》体现出对这一澳大利亚文学传统的必要前提的不屑一顾，通过在城市（近郊）的生活中实现"形而上的超越"，女主人公展现了决不妥协的积极人生姿态。尽管表面上呈现出纪实文学的属性，该作品却似乎总是在探求超越世俗的外在表象层面的另一个层面上的经验。诺拉在其他人看来污秽的吸毒和性滥交的例行公事中看到了性的超然和浪漫爱情（Lever, 2000, 112）。

在经历了一段时间的城市生活的磨砺后，诺拉也曾一度考虑离开墨尔本去别处生活。她与马丁的哥哥乔斯有过一段短暂的交往。乔斯曾经是1968年巴黎"五月风暴"中的干将，后来却摇身一变，成为一位温文尔雅的乡村中产阶级代表。他在霍巴特的海边拥有一座温暖而舒适的大房子。这座房子在诺拉看来意味着安稳生活的期许。"我开始理解关于临海的房子的梦了。在霍巴特，在一个舒适的房间里，格蕾西睡在我身旁。窗户紧闭，把夜晚的寒气隔绝在外；而在外面的某个地方，海水轻柔地拍打着海岸，云彩遮住满月。我处在一种极度疲惫却又如此和谐的状态中，并且已经变得无比欣喜。没有毒品。没有睡眠。"（*Monkey*, 140）尽管安稳的乡村生活可以带来身体上和精神上的慰藉，诺拉还是拒绝了乔斯一起生活的邀请。正如她在小说的结尾处意识到的，她无法离开城市，因为那里才是她真正的家园，才是将她的物质、情感和精神生活维系在一起的地方。"清晨的天空一碧如洗。阳光落在高矮不平的荒草地上，形成长长的、粉金色的条状光斑。喜鹊心不在焉的赞歌消失在半英里开外的松树林里。该是回家的时候了。"（*Monkey*, 245）霍巴特海边的美丽清晨和鸟儿的歌唱或许很珍贵，但却并非无法割舍，因为诺拉清楚地意识到只有在城市中她才能自由自在地过上她想要的生活。

《心瘾难除》是一部忠实地记录澳大利亚女性在20世纪70年代参与本土反文化生活的作品。从女性视角展开的城市书写打破了固定模式的对于澳大利亚城市的想象和塑造：通过向读者展示城市生活中复杂的方方面面，加纳揭示了生活在那里的人们，尤其是追求自我实现的女性在日常生活的层面上正在经历的人生轨迹。

第三节　私人政治与女权主义身份

根据凯文·布罗菲的分析梳理，澳大利亚批评界对《心瘾难除》的界定主要分为四大类：爱情故事、陷入爱情陷阱的女权主义者的故事、反文化运动中性与毒品的故事以及海伦·加纳自身生活的故事。其中，将这部小说解读成浪漫爱情故事的评论者占大多数（Brophy, 1992, 271）。在布罗菲看来，浪漫爱情故事并不是作者所要传达的主要内容。在贾沃对海洛因的"毒瘾"以及诺拉对浪漫爱情的"爱瘾"之外，小说中还有一个深层次的关于"上瘾"的隐喻，那就是小说中的人物对父权制意识形态的"依赖之瘾"。"父权制的价值体系——从孩提时起便使我们开始了社会化进程的意识形态——在这里被展现为想要为社会关系重新创造价值体系的人们遭遇的最强大的一种瘾……这种瘾无处不在，想要辨认出它来很困难；这种瘾又是如此强大，即使是在最没有压力的情况下，试图从中挣脱出来的人也很快会故态复萌。"（Brophy, 1992, 278）

而在多数女权主义批评家看来，这部作品主要传达的是关于浪漫爱情的传统观念在女性生活中的持续影响力。罗斯玛丽·克雷斯维尔（Rosemary Creswell）认为，诺拉的生活是"'社会—性欲制约'与女权主义及反文化集体式生活的意识形态之间的全面战争的战场"，这一战争尤其通过其爱情生活中的张力体现出来："每当她的本能与她认定的意识形态上的纯洁性相违背时，诺拉就变得担忧……她落在浪漫爱情的利爪中：一个爱情瘾君子"（Creswell, 1978, 30）。凯琳·高兹华斯认为，《心瘾难除》形象地表明被妇女们深刻内化的，不仅有意识形态还包括浪漫爱情的吸引力。小说中的大部分女性人物都有着"分裂的意识"。她们渴望其他的选择，但却又无法弄懂控制她们情感生活的细节，或她们关于两性平等、妇女权利和性自由的一些设想的逻辑结论（Goldsworthy, 1996, 40–41）。帕姆·吉尔伯特对《心瘾难除》的评价某种程度上适用于加纳的所有小说作品："小说中的女人们试图去开创新的范式——抵御若干世纪以来的重负，打造处理浪漫爱情、性、孩子、家庭生活和其他妇女的不同方式。浪漫主义需要经过重新仔细的思考"（Gilbert, 1988, 10–11）。苏珊·勒维尔将小说中的一对矛盾视为该小说的基础，这对矛盾就是理想与现实之间的矛盾。理想是指性自由的目标——妇女们想要在资产阶级家庭的限制之外生活的决心。诺拉和她的女性友人们有意识地去挑选爱人，养育孩子，从而避免服从伴随着婚姻而来的所有权归属。"为了追寻自由，她们拒绝老套的女性作为爱情的被动对象的消极角色，但她们必须与自己的浪漫渴望和未经改革的社会期望作抗争。一些男人利用女人的理想主义，但大多数问题出自女人们自身的浪漫个人爱情的文化。她们被嫉妒折磨，渴望着稳定。而与此同时，她们的男人们漂来漂去，对毒品或音乐更感兴趣。"（Lever, 2000, 110）由此可见，无论是否认为《心瘾难除》是一部以表现浪漫爱情为中心的小说，女权主义批评家们较为一致的看法是：以诺拉为代表的女性在父权制意识形态（具体表现形式包括"社会—性欲制约"、浪漫爱情的吸引力、"若干世纪以来的重负"、"未经改革的社会期望"等）的驱使下，被动地堕入了一个又一个令人绝望的爱情陷阱。

然而，这样的看法似乎低估了女性在一系列活动中的主观能动性，也忽视了具有广泛影响力的女权主义第二次浪潮对异性恋妇女的情爱生活造成的深刻影响。事实上，这部作品一方面展现了这一代女性受到传统的父权制意识形态的制约，在两性关系上表现出"古老的、谦逊有礼的受虐狂倾向"（*Monkey*, 103）；另一方面，同时也是主要方面，它展现了在女权主义第二次浪潮的影响下，生活在20世纪70年代的"先锋"女性在异性恋欲望和女性主体性诉求之间展开的虽艰难却又不失积极大胆的探索。

20世纪六七十年代的"妇女解放运动"，亦即众所周知的"女权主义第二次浪潮"（"Second-wave Feminism"），是一场主要由中产阶级女性组织和参与的大众社会运动，开始于20世纪60年代中期。在60年代初的民权运动、反越战运动和新左派运动中成长起来的女性活动家，对这些激进运动中的男性霸权越来越不满。左派"进步组织"中的男性和一些女性虽然部分承认妇女受到了压迫，认为她们应该享受同工同酬的待遇及一些其他权利，但他们同时又斥责妇女解放活动家们把所谓的"私人问题"搬到社会活动场所的做法"不恰当"——尤其是所有那些与身体相关的事宜，如性、外表和堕胎等问题。妇女解放活动家提出的要求男性分担部分家务劳动和养育子女的义务，被认为是个体妇女和她自己的男人之间的私人问题。言下之意是，妇女们要伸张自身的权利，不需要大张旗鼓地掀起一场单独的妇女解放运动，她们只需要"闭嘴"和"做好自己的本分"即可。正是在这样的形势下，"拥护妇女阵线"（"the Pro-Woman Line"）成立了。它严正挑战陈旧的反妇女阵线用精神的、心理的、玄学的和伪历史性的叙述来解释妇女受压迫地位的做法，取而代之以真实的、唯物主义的分析来说明妇女为何会处在当前的这种状况（Hanisch, 2006, 1–2）。

妇女解放运动鼓励所有妇女去分享在日常生活中最能引发她们的关注和感触的经历。驳斥性虚伪和追求性开放及快感的斗争，为这场运动提供了大部分的早期灵感。妇女们已经开始坚信，快感是个人的私事，同时也是社会和政治事务（Segal, 1994, xii）。"个人的即是政治的"[①]成为女权主义第二次浪潮中的关键性术语和纲领性口号。它揭示：女性私人生活中出现的问题，如健康检查的机会、家务劳动的责任、家庭暴力的可能性等，实际上都是政治性事件。该术语被创造出来，是为了鼓励妇女们在政治上采取积极的姿态去改变她们自身的生活，同时也督促政治家们重视妇女的个人生活，关注那些被法律遗忘的妇女。

阿伦特曾指出私人生活所在领域与身体的关联背后存在着深厚的历史底蕴和物质基础：从古至今，需要被藏匿在私人领域的一直都是跟身体相关的部分，亦即与"生命过程的必然性"相关的东西。在前近代时期，生命过程囊括了满足个体生存需要和种族延续目标的一切活动。"被隐藏起来的有劳工和妇女，前者'通过他们的身体来满足（身体性的）生活需要'，后者则通过她们的身体来保证物种的自然延续。"（阿伦特，1998, 101）对于个体而言，私人生活总是难免具有被剥夺的性质，也容易成为产生剥削的场所，因为这是公权力通常无法抵达的地带。"对他人而言，私人并没有出现，因此他仿佛是不存在的。无论他做了什么，都不会对他人产生任何意义或结果，对他来说至关重要的事情对其他人则是无足轻重的。"（阿伦特，1998, 90）因此，无论是新左派运动组织者还是妇女解放运动倡导者，都主张打破私人领域和公共领域的基于意识形态的二元区分，奉行"个人的即是政治的"的行动纲领和指导原则。

可见，"个人的即是政治的"口号某种程度上正标示了新左派运动与女权主义运动之间的深厚渊源。虽然该口号的普及通常被归功于妇女解放运动，但正如一些学者指出的，该观念产生于新左派运动和激进心理学，后被女权主义理论家和活动家发扬光大，其中最为突出的代表当属凯特·米利特。米利特的《性政治》是20世纪六七十年代的女权主义复兴中

---

① "个人的即是政治的"在广大女性当中的普及应归功于美国女权主义活动家卡罗尔·汉尼希（Carol Hanisch）发表于1969年的同名论文。该论文及其包含的主要观点是妇女解放运动与反对和攻击它的各种男性中心主义的社会组织作斗争的结果。同样起到普及这一口号作用的著作当属罗宾·摩根（Robin Morgan）的《姐妹情谊力量大》（*Sisterhood is Powerful*, 1970）。

最具影响力的一个文本。"私人政治"主张的部分潜在主题是对政治本身的重新定义，主张政治不仅仅包括政府事务和选举事宜。女权主义者将人类学的内容移至传统的政治学对权力的定义上，强调"政治的"实为日常生活的一个特征，尤其是在不明显的地方，如日复一日的两性交流中。女权主义者批评在私人的和公共的领域之间所做的传统分割："公共领域是'历史'被创造出来的领域。但公共领域也是男性活动的领域……妇女只在私人的、家庭的领域占有一席之地"（Altman, 1988, 312）。就澳大利亚国内的情况而言，"个人的即是政治的"口号作为舶来品，正是与澳大利亚现实生活发生了碰撞，才显得格外有价值和现实意义。"通过将新议程引入政治主流，并对智性生活的语言和实践产生影响，新左派和反文化的激进主义在塑造澳大利亚生活的知识氛围方面持续充当了一个真实的因素。如果个人政治的观念是挑战人们视为理所当然（因而被排除在政治辩论之外）的东西的一种方式，那么它将始终是一种值得被认真关注的观念。"（Altman, 1988, 320）

在妇女解放运动初期，妇女们争取性快感和性满足的权利，是其争取自主权和自我身份的标志。然而，进入20世纪80年代，这一激进主义却开始向性保守主义转变。这一阶段，最具说服力和广泛影响力的女权主义著作，不论是出自美国的凯瑟琳·麦金农（Catharine MacKinnon）和安德利尔·德沃金（Andrea Dworkin）之手，还是来自英国或其他国家的女权运动和学术团体，均不约而同地将"异性恋"描绘成与妇女的根本利益不相容的机制。自主权和自我身份变得与性快感的观念背道而驰。性话语和色情作品被视为将关于女性的性别特征乃至身份的主导观念与"顺从"相联结的手段。时至90年代，女权主义论争仍然受到80年代"反色情作品运动"中使用的消极性话语的影响。这一时期主导性的和各种非主导性的声音，仍将男性描述成欲望的主动实施者，将女性描绘成被动者。事实上，在激进女权主义的高峰期，这一"被动女性"的意象曾经促使部分女权主义者宣称：主动的、独立自主的女性性欲只能在女同性恋的关系中出现，"女同性恋"的性实践应被标榜为女权主义的典范。可见，无论在激进女权主义的高峰期还是性保守主义阶段，"积极主动"和"消极被动"这两种极端的品质，始终通过主导的"异性恋"观念牢牢地附着在"男性特质"和"女性特质"之上（Segal, 1994, xii–xiv）。部分女权主义者在"异性恋"与"妇女受压迫的地位"之间画等号的做法显然是有问题的。这样做将无法正确地对待和处理大多数妇女的性经历。将"异性恋"斥为压迫性的社会秩序的一部分的做法，也不能起到激励大多数女性的目的，只能使她们感到更加挫败。

对20世纪60至90年代女权主义者在"私人问题"，尤其是在两性关系上主要观点的演变做一番梳理，对于理解《心瘾难除》这部大胆闯入情欲书写禁区的作品具有积极的指导意义。在这部作品中，加纳积极响应"个人的即是政治的"口号的号召，将一系列与身体相关的"私人问题"推向公共领域，打破了男性霸权对女性写作题材的限制。《心瘾难除》中的性别角色设定打破了分别维系在"男性特质"和"女性特质"之上的"积极性"和"消极性"的二元对立。在这部与大多数女性的切身经历形成深切共鸣的、刻画"异性恋"性体验的作品中，加纳没有简单机械地将异性恋描绘成与妇女的根本利益不相容的机制，而是在坦率地披露异性恋女权主义者面临的困境的同时，表达了对于探索理想的两性关系的决心和信念。正因为如此，杰弗里·达顿将《心瘾难除》誉为"一本可以改变女性生活的书"（Dutton, 1985, 356）。

泽维尔·彭斯（Xavier Pons）在考察澳大利亚的情色书写时指出，性爱可被看成"有时是文明中弥漫的不满的一种征候，有时是对它的一种图解"（Pons, 2001, 276）。西方文化对于性总是秉持着一种晦暗不明的矛盾态度："情色作品创作者和清教徒在本质上常常是亲兄弟；他们将性从爱中剥离，将力比多从生命中剥离，将性结合与精神方式强行分开，然后却来抱怨社会的性畸形现象"（Conway, 1971, 138）。情色的权力化过程显示个人和社会的危机既发源于性欲，又被转化为性欲问题。英国女权主义作家安吉拉·卡特（Angela Carter）在回顾60年代开始的性解放热潮时，曾做出这样的评判："突然间性快感不仅与生殖功能，还与地位、安全保障以及所有男人为女人设下的、试图将她们困于永久关系的邪恶陷阱相分离。性是获得快感的一种手段。也许快感不是一个恰当的词汇。应该说性是'存在'（is-ness）的一种表达方式"（Carter, 1988, 214）。

基于以上原因，女权主义者必须鼓励占女性人口中大多数的异性恋妇女在她们的两性关系中坚持主体地位。"如果异性恋对于妇女意味着无法逃避的从属地位，女同性恋将仅仅成为一种防御性的反作用机制，而不是一个自由地去拥抱的选择。"（Segal, 1994, xvi）在《心瘾难除》中，加纳将诺拉等女性对性快感和性满足权利的追求，与其争取主体性与自我身份的斗争相联系。通过诺拉这个人物，加纳展示了一个全新的女性形象：她在两性关系上持开放的态度，表面上表现为可以对情人全身心付出，事实上一举一动却是出于证明自我存在价值的深层心理需要。

在回顾自己过往人生中的情感模式——"一直在爱，爱上错误的对象，爱得不够深、太深和太久"时，诺拉意识到自己有一个"疯狂的习惯，和他（指贾沃）的习惯一样具有毁灭性，那就是毫无保留地倾尽全力"，而这种"古老的、谦逊有礼的受虐狂倾向"是要不得的（*Monkey*, 103）。然而，与其把诺拉在情感问题上一再犯错看作是传统浪漫爱情观带来的后果，不如将其看作是偏激的女权主义观念导致的结果。这从诺拉对恋爱对象的选择上便可看出端倪。

小说中，诺拉与多名男性发展了亲密关系。其中最让她割舍不下的是瘾君子贾沃，尽管这位既不自爱又无爱人能力的男人让她吃尽了苦头。贾沃就像个反复无常的孩子，说来就来，想走就走，他的我行我素总是让诺拉束手无策。他会不打招呼就爬上诺拉的床，不管天有多晚，也不管她是否已经熟睡。"当他躺下时，他身上可怕的寒意把我身上的暖意都抽走了，使我被独自留在一个极不舒服的寒冷封套中。"（*Monkey*, 96）诺拉一方面想逃离贾沃，另一方面又无法抗拒地感受到对他的非理性的爱："看着他脸颊的弧度和乱蓬蓬的后脑勺，一种柔软和厌恶交织的情感涌上心头，让我无法抑制。我不能像曾经恨别人那样去恨他，他太无助了，让人无法彻底地去恨"（*Monkey*, 122）。她对贾沃的爱，并不表现为她急切地想要见他，或希望找到他："我只是在心中为他留下一个位置。他无法抗拒地需要这个位置，而我则需要恰好像他那样尺寸和形状的人来填补这个空缺"（*Monkey*, 122）。

诺拉一再原谅贾沃，一方面是因为她无法忍受没有情人陪伴的孤独状态，在那种情况下，她感到悲伤、饥饿甚至贪婪；另一方面，贾沃对她具有的特殊吸引力在于他是唯一在性爱过程中让她感受到完整的身体自主权的男人。诺拉用"缓慢"、"温柔"、"停顿"、"拖沓的游戏"等一系列表达方式来描述两人之间的私密行为。不仅诺拉从中获得了极致的体验，就连贾沃也感受到了前所未有的满足。正因为贾沃对她的特殊意义，诺拉意识到："我想和他结盟，我想成为他的同伴"（*Monkey*, 65）。她不仅愿意以身试毒，还尝试不带偏见地去重新认识吸毒者。当贾沃在坦承毒品对他的吸引力和他内心的挣扎后很快又变得无法自控时，诺拉克服内心的悲痛，亲自送他来到瘾君子聚集的伊赛街。在回去的路上，她感觉自己把他送进了狮子的巢穴。

与贾沃分手后，诺拉仍会不时地想起他和那双湛蓝色的眼睛。"也许我总是需要去爱某个比我更加弱小的人。"（*Monkey*, 185）这也解释了为何她后来与同样是瘾君子的摇滚乐手杰拉德在一起。诺拉惧怕孤独和身体上的开放感，似乎一个情人离开后，她就必须立刻找到一个替代品。"吸毒习惯，爱情习惯——又有什么区别呢？它们都是致命的。仅仅是在乘坐公共汽车的一小段旅途中，我就爱上了一个对我微笑的女人。"（*Monkey*, 106）和贾沃一样，杰拉德如同孩子依恋母亲一般对她充满了依赖。他的出现，好比"一块未曾预料到的石头"，填补了贾沃的离开在她的心里留下的空洞（*Monkey*, 136）。正因为有了前车之鉴，诺拉对她与杰拉德之间关系的走向一直都心存警惕，但她还是像之前那样无法抑制地身陷其中。因为正如贾沃和杰拉德需要她一样，她也需要他们对她的需要。

某种程度上，贾沃身上寄托了激进女权主义者对于理想男性（弗洛伊德精神分析学意义上的"被去势的"男性）的期许。如同《简·爱》中失明的罗彻斯特一样，贾沃这样的男性弱者在女性看来不会对她们的主体性构成威胁。作为书中的一条主要线索，诺拉和贾沃之间的情感纠葛几乎贯穿了文本的始终。在两人的交往中，占主导地位的始终是诺拉这一方。与传统的文本中将女性描绘成无辜的受害者不同，加纳笔下的诺拉始终都对自己的行为动机了若指掌，也始终享有完整的选择权。在陷入这场情感风暴之前，她就已经充分了解了贾沃的浪荡子习性，但她还是放任自己沉溺其中，她认为自己只是在"用脚趾头试试水有多深"（*Monkey*, 2）。诺拉的朋友伊芙对她和贾沃的这段前景黯淡的恋情充满了担忧。在伊芙看来，诺拉就像一个溺水者，总是抓住每个可以接触到的人不放，不管对象多么不值得信赖。但诺拉还是不顾朋友反对，义无反顾地投入了这场艰难的角逐。"已经太迟，太迟了。我们过的是多么艰难的生活啊。"（*Monkey*, 7）当时，她还没有意识到自己将要为这段感情付出多大的代价，她过于轻率地认为只要她倾尽全力就能解决一切难题。"像贾沃那样的人需要像我这样的人，更稳定一些，让他可以暂时围着运转；从我所在的、被孩子们的需要维系着的中心位置，我充满期盼地向外凝视他的无根状态。"（*Monkey*, 7）

在雷·威尔班克斯（Ray Willbanks）主持的访谈中，加纳指出，贾沃对毒品的沉溺和他的无助与无能，在诺拉眼中恰恰是不可抗拒的。"我认为这本小说的主题是诺拉在心理层面上深爱贾沃，因为他没有爱的能力，这就为她提供了去参与一场使他爱上她的战役的机会。在这里不存在赢或输，只有盈与亏。"（Willbanks, 1991, 92）表面上看，诺拉对贾沃的"心理爱"不以中产阶级的一般取向——婚姻为终极目标，也不是为了交换价值，而是主动给予并且不求回报。而隐藏在这一"心理爱"背后的，则是女性证明自身价值的深层心理需要。

《心瘾难除》在揭示诺拉这一代女性对于身体自主权和女性主体地位的顽强坚持的同时，也揭示了这些异性恋女权主义者面临的尴尬处境。正是因为她们在个人生活中坚持"女权主义理想"高于一切的指导思想，才导致她们在两性关系问题上常常做出错误的决定。贾沃的飘忽不定让诺拉深受折磨："我惧怕他的坐立不安、他的无所事事，他情绪上的剧烈转变，他在维持自身生存上的无能为力。和他在一起，有时就像是和一个孩子在一起"（*Monkey*, 8）。贾沃不会真的像孩子一样，对她提出各种要求，但诺拉仍然不得不像照顾孩子一样迁就他。在内心深处，她充满了委屈和愤怒；然而，作为"受正统学说训练的反应迅速的骗子"（*Monkey*, 8），她总是努力表现出完全不受影响的无懈可击的假象。在一次瘾君子的聚会上，贾沃就像一个"背对着房间的愠怒的青少年"，拒绝跟特意为他前来的诺拉打招呼。即便如此，她还是努力控制住了自己的怒火。事后，她给他写了一张言辞和缓的便条，提醒他注意"基本的礼貌"（*Monkey*, 11–13）。

贾沃对诺拉每天经历的日常生活总是漠不关心。这种态度让她很是不满，但她却一再告诫自己降低要求。她意识到，自己总是处在一个居中调停的角色上，处在贾沃和她的女儿格蕾西之间，也处在他和周遭的世界之间。"在粗粝的日常层面上切断与世界的联系后，我在某处漂浮，我的时间被孩子们的需要统治着，我的耳朵随着他们声音的音调变化而做出调节。我跟着他们一起睡觉，一起醒来，在我的白日梦中为他们服务；而每天夜里，我和独自睡在卧室里的贾沃一起在黑暗中度过短暂而热情的一个钟头。"（*Monkey*, 8）每天早晨，当诺拉起床为孩子们服务时，贾沃躺在床上呼呼大睡。"我感到无依无靠。我希望他能起床，来关注这个世界，就像我每天早晨不得不做的那样。但他没有任何行动，而是等待着潮水抬起他，把他带走。"（*Monkey*, 8）贾沃在她面前甚至会肆意谈论自己的性幻想对象，还表示他能够理解她和比尔"多年老友、偶尔床伴"的关系，诺拉为此感到沮丧和失望："我任由自己的心下沉……并不是陷入爱情的状态或爱的行动本身，而是没有被爱的糟糕的、沉默的恐惧造成了这一困境"（*Monkey*, 95）。可见，没有义务的约束也没有责任感维系的两性关系是不正常的。诺拉显然认为，由于拒绝了传统的婚姻制度，她在摆脱了其规定的义务的同时，也失去了一位伴侣通常拥有的一些权利，甚至是表达自己的嫉妒的权利。

诺拉曾向朋友波妮坦承自己和她男友比尔的关系。波妮的反应再一次揭示了异性恋女权主义者面临的艰难处境："这跟嫉妒无关——不管怎么说，不是嫉妒你，因为我爱你。只是他已经把我给甩了。他再也没有去过我那里。如果我想要让这段关系继续，我就不得不做所有那些挽回的工作。对他来说一切都无关紧要。他认为他'有自己的生活要继续'。"（Monkey, 123）波妮对男性心理的分析透彻而精准："他们害怕在情感上被强迫……关于被控制的古老恐惧，他们还害怕道义上的压力——因为若干世纪以来，女人自然而然地代表着世界的良心"（Monkey, 123）。基于这一认知，同时也基于她们认定的"女权主义理想"，这些"先锋"女性不愿承担对男性施加压力的"罪名"。她们故作潇洒地不要求其承担一切责任和义务，因此最终只能吞下自酿的苦酒。

通过这些失败的交往案例，小说暗示：真正理想的两性关系应该是像朋友般的平等合作关系，它不会诱人一味地沉溺于感官的享受，也不会导致盲目的自我贬低，使人陷入绝望和不安。在诺拉身边的男性中，贾沃和杰拉德代表对她有所依赖的危险情人，而克莱夫和比尔则代表志同道合的伙伴。小说中，尽管诺拉一再陷入前一种关系的泥沼，但她在理智上很清楚只有后一种关系才是有益于身心健康的。"晚上早些时候，因为贾沃而感到悲伤的情绪还挥之不去……但是现在我却被各种可能性淹没了，剧院里满是我喜欢和爱着的人们，他们的工作在我看来是充满乐趣的。有孩子在我身边，有朋友可以相伴入眠，身体因为跳舞和开怀大笑而松弛下来。"（Monkey, 118）

诺拉最终下定决心与贾沃分手，"偶尔我还是会被他湛蓝色的眼睛吸引，被他有时用它们看我时的那种方式吸引。过去的狂想仍然挥之不去……但我任凭它们沸腾一段时间，直到留下一个坑坑洼洼的残余物，可以被揉成小球，存放在我的衣袋最深处"（Monkey, 200）。在小说结尾处，诺拉对贾沃与另一位女性克莱尔新近发展的亲密关系感到释怀："我们一起去看了《热天午后》（Dog Day Afternoon）。我们不时地开怀大笑，会意地互相交换眼神。我无法说清楚这件事变得多么简单：我没有像之前猜想的那样感觉自己像一只淹得半死的老鼠，湿答答的一副可怜样，我发现自己很快乐，很容易欢笑和交谈，在他熟悉的陪伴下感觉很舒服"（Monkey, 232）。显然，与贾沃的这段曲折的感情经历教会了诺拉如何正确地看待爱情，这对她以后的感情生活无疑将产生积极的影响。[①]

作品在探讨私人领域的异性恋关系的同时，也不可避免地涉及女性团

---

① 贾沃在与克莱尔的相处中也意识到了他与诺拉关系上存在的问题，他醒悟到有意义的人生不能一味地追求快感的满足，还必须承担一些责任和义务。这也预示着他以后的感情生活将沿着较为健康的方向发展。

体内部在该问题上的矛盾与分歧。女权主义阵营的内部分化主要围绕两种极端的女性类型展开：掠夺成性的"女猎手"和柔弱温顺的"女叛徒"。诺拉曾经无比憎恨莉莲："若干年前，她曾闯入我的生活，那时我们都还没有听说过'姐妹情谊'；她四处张望，看有什么是可以带走的，她先试用了罗，很快又将他放回到货架上，看到杰克沉甸甸的分量，于是决定带他回家。她也确实这么做了。于是他和我之间的一切都结束了。她有那种吞噬一切的可耻习惯，使分享变成不可能的事"（*Monkey*, 92）。诺拉认为，莉莲的所作所为并非出于女权主义的理想，而是出于其自私自利的习性。然而，她后来从另一个女性同伴安吉拉处得知，自己也曾是被憎恨的对象："当你想和某人做爱时，你表现出一种确定无疑的性特权，而并不太关心这对其他可能牵涉其中的人产生的影响……那时我在想，你有那种把人利用完就抛弃的习惯"（*Monkey*, 48）。莉莲在两性关系上的态度曾深深地伤害过诺拉，而诺拉后来又无意中伤害了其他女性。这充分显示了这群异性恋女性之间的友情是脆弱的，一旦她们在男性伴侣的问题上出现矛盾和冲突，最先被牺牲的常常是女性间的友谊和团结。与"姐妹情谊"相关的激进女权主义理念教导女人们在两性关系上采取自由、开放的态度，固然有其积极意义，但它对女性提出的统一要求则过于刻板和僵化，忽视了作为独立个体的女人在各自生活中面临的具体困境。可见，如果机械地忠于教条，将背离"个人的即是政治的"这一女权主义行动宗旨。

如果说莉莲那样的女性过于沉溺自我，甚至不惜以伤害别人为代价，那么在以安吉拉为代表的激进女权主义者看来，像丽塔那样的在男性面前展现出柔顺姿态的小女人则是在暗地里挖女权主义阵营的"墙脚"："我看到过她在他（指安吉拉的男友威利）面前的那副模样——我简直无法忍受。你知道吗——真正让我感到可怕的是，这么多年来你一直努力丢弃那些睫毛忽闪、咯咯傻笑的愚蠢习惯，然后当你认为自己已经达到某个境界时，你发现男人们仍然喜欢那样的女人"（*Monkey*, 157）。安吉拉预感到丽塔和威利之间会有状况发生，后来的事实也证明，她的担忧并非空穴来风。在安吉拉向女性友人们宣布她的新发现一幕中，女权主义理想与严苛的现实之间的矛盾达到了白热化的程度：

　　除夕之夜，安吉拉醉醺醺地飘进我们的厨房。
　　"好吧，那件事终于发生了。"她宣布。
　　一圈脸蛋抬起来朝向她。她站在台阶上，摆出一个戏剧化的动作，一脚在上，一脚在下，双手伸展以保持平衡。

"什么？"

"他们开始做爱了。"

每个人都知道她指的是谁：威利和丽塔。

……我们惊讶地发现，在这种最古老的情景中自己对她产生的认同感是如此轻易而凶猛；在过去的四年中我们曾经不断地将这一情景理论化。这时伊芙双臂交叠，身体往后靠向长椅，同时发表她的观点：

"是的——有一件事你不要去做，那就是带走另一个女人的男人。"

我盯着她。

"伊芙！你在说些什么？"

她看起来戒备十足，并且充满怒气。

"好吧——你知道我指什么。"

"但是——如果你这么想的话，这么久以来我们又在为了什么而深受折磨？所有那些打破一夫一妻制的说法又算什么？天哪，伊芙！"（*Monkey*, 191）

由于威利的关系，丽塔成为女权主义团体公开排斥的对象。然而，和威利在一起时，她也并不感到幸福。她曾向诺拉哭诉威利对她着装和举止的批评以及社区的非议对她造成的压力。"可怜的丽塔。可怜的安吉拉，她应该能够看出，归根结底丽塔对她来说并不是威胁；她对丽塔的'没头脑'（她是这么说的）感到愤怒，当她不能同时盯着丽塔和威利时，她自己又深受折磨。"（*Monkey*, 186）事实上，这个小圈子里的异性恋关系就像一支极为复杂的舞蹈，所有人都在手忙脚乱地交换舞伴，没有人可以做到彻底的放松和游刃有余。虽然常常感到挫败，女人们却都"试图优雅地移动"，尽管她们并不知道其中的舞步，因为"舞步还没有被编排出来"（*Monkey*, 192）。在这些女人们看来，"我们认识的男人虽然常常不够理想，但至少在他们的陪伴下，我们能从更残酷的不光彩中获得短暂的缓刑"（*Monkey*, 192）。正如诺拉和她的女性友人们认识到的，两性间矛盾的一个逻辑结论就是"女权主义分离论"（"feminist separatism"），即在她们的生活中"排除掉"男人，但她们都清楚地意识到自己并没有打算要那么做。

尽管存在重重困难，小说暗示女权主义团体内部仍然可以、也必须达到团结。当诺拉出于善意和同情，充当司机接送去生育控制诊所上避孕环的安吉拉时，女权主义者之间因为"姐妹情谊"而产生的真挚同情和友爱令人动容："两小时后我再次推开门，站在台阶的尽头，抬头看着在护士的搀扶下摇摇晃晃地往下走的安吉拉。她的脸很白。她看到了我，给了我一个虚弱的微笑。看到她变得这么虚弱：深受不可捉摸的女性器官的连累，我对她产生了跟完全的忠诚一样简单的情感——对我的同类的爱"（*Monkey*, 158）。

读完《心瘾难除》，读者不难发现上世纪70年代女权主义作家和活动家们关注的女性问题时至今日仍未过时，这些问题与当今的女性生活存在着动态的联系，它们有助于阐释当今的生活，也被当今的生活所持续阐释。《心瘾难除》通过真实地呈现当时的反文化生活场景和女权主义两难处境，促使读者重视这些问题，从而对当下生活中出现的新状况做出更理性的解读并采取更有效的方案。

第四节　身体政治与女性身体观

在西方的基督教文化传统中，身体是对稳定的世界秩序构成威胁的非理性存在，因而必须受到纪律和规范的制约。在西方文化的思想源头之一——古希腊的思想体系中，身体也一向是形式和欲望（太阳神阿波罗和酒神狄奥尼索斯）之间斗争的焦点。中世纪的狂欢节中，颂扬身体的部分逐渐演变为大众对占主导地位的宫廷传统和城市中心表达不满的政治表现形式。在拉伯雷看来，狂欢传统中的原始而大众的身体语言是对温文尔雅的"官方"文学的有意冒犯。在身体世俗化的过程中，身体渐渐地不再是神圣话语的客体，而成为医学话语的一个重要客体（特纳，2000，96—97）。

近代以来文化知识界关于身体的讨论始于笛卡尔。他将身体和精神分别置于二元对立的两极："身体代表着感性、偶然性、不确定性、错觉和虚幻的一面；精神则意指理性、稳定性、确切性和真理"（汪民安，2005，1）。因此，作为低级的、从属的一方，身体只能以生殖的目标为终极服务对象，欲望和快感必须受到严格的监督和压抑。将身体从历史上的屈辱地位中解救出来的人物是德国人弗里德里希·尼采（Friedrich W. Nietzsche）和他的追随者米歇尔·福柯。这两位哲学家将身体引入历史谱系学的系统，引导人们将目光更多地投向被视为罪恶源头和生产机器的身体本身，投向内在于身体的神经系统和消化系统，从而恢复身体的物质性及其"本来面目和自身强度"（汪民安，2005，3）。如果说，尼采"从身体的角度衡量世界"，福柯则是"通过身体来展示世界"（汪民安，2005，7）。

尼采和福柯对身体的重新定位具有极为重要的意义。除却这二位的功劳，对身体进行重新评估的崭新工程还应该归功于一些其他方面的刺激因素：具有唯物主义内在的马克思主义提供了富有成效的模型；米哈伊尔·巴赫金（Mikhail Bakhtin）的《拉伯雷和他的世界》（*Rabelais and His World*）等著作提供了"将身体视为大众反抗和批评官方意义的场所"的具有广泛影响力的样板；文化人类学提供了用以讨论身体的象征意义的语言；社会学（尤其是医学社会学）促使人们将身体视为"自我和社会之间的十字路口"；学术女权主义指出身体相关经历的性别化过程受到习惯性的忽视和压制的问题；历史人口统计学在20世纪60年代至80年代的迅猛发展提供了关于"出生、性交和死亡"的重要数据，对于理解阶级、文化和意识等方面的内容都至关重要。此外，颠覆传统的清教兼柏拉图主义对身体的不信任的重大文化变革还包括：总体上的性解放和"宽容"氛围、消费资本主义的崛起、20世纪60年代的反文化运动和70年代的女权主义运动发起的批判等等（Porter, 1991, 207）。

在传统的文学文本中，女性身体是男性作者带着雄辩、热忱和某种自信来书写的对象。随着女权主义意识的广泛兴起，一些女性作者开始为了自身的目的"挪用这具身体"，尤其注重从一个切身体验着自己的性别身份的妇女的视角，而不是从一个将性别化的妇女体验为欲望对象的旁观者的视角来书写。在一个将女性性别特征与"被动性"相等同的社会，这样的作品是充满挑衅意味的，也是僭越性的："在这一文化中，坚持认为妇女就是她们的肉体具有潜在的危险性，但同时又具有潜在的解放性，因为它试图增补妇女与物质性之间的认同，并且试图回避传承下来的关于心灵和肉体的二元论的陷阱"（Hite, 1988, 122）。隐含在这样的写作策略背后的是关于"言说的雕像"的古老悖论，那个神奇的突然开始创造的创造物："传统上被认同为身体的妇女，书写关于这一认同的过程；作为结果，女性阴柔气质——在定义上是沉默的和惰性的——开始作为一套不可能的话语从父权制中喷薄而出"（Hite, 1988, 122）。当一位妇女开始写作时，她将会自觉地从作为女性被禁止发出声音的位置出发，而不是从享有特权的男性的位置出发，去"书写女性的欲望、女性的性别特征、女性总体的感官经历，她的表现具有赋予纯粹的肉体性以声音的效果，将一个支配性的意义系统的产物转化成一个意义的生产者"（Hite, 1988, 122）。因此某种程度上而言，专注表现女性自身身体感受的书写都包含"阴性书写"的一些特征。

法国女权主义理论家埃莱娜·西苏和露丝·伊利格瑞从不同角度阐释了"阴性书写"的破坏力和超越性。在具有广泛影响力的论文《美杜莎的笑声》中，西苏提倡妇女通过身体来写作："她们必须创造坚不可摧的语言，这种语言将摧毁分裂状态、阶级区分和浮夸修辞，以及规章和准则；她们必须潜下去，挤出来或超越终极的反面话语……"（Cixous, 1981, 256）伊利格瑞则热情讴歌从理性立场来看有些"疯狂"的言语："对于那些守着现成的栅栏的和手握详尽代码的人，这些言语是听不到的"（Irigaray, 1985, 29）。可见，这两位理论家均主张将妇女性别特征中受到压抑的、与身体相关的部分投入到使用的语言中去。

围绕身体写作必然包含将身体视为社会性的产物，并将女性性欲在现有的高雅文化和低俗文化中的错误再现视为父权制的创造物。这些试图从女性的视角来阐释妇女经历（尤其是与身体直接相关的经历）的写作，将揭露那些将身体"创造成"并"维持为"话语建构的传统中的意识形态的运作。对于女权主义作家而言，关于身体写作的方案意味着对传统的身体建构的批判。

20世纪80年代以后，女权主义理论家格外关注性别化的身体，她们对男性中心主义的文化模式中对身体笼而统之的处理表示不满。在这一状况下，首当其冲受到抨击的对象就是福柯。女权主义理论家们纷纷指出，在历史谱系学家的权力话语体系中一些身体显然比另一些身体更重要。继露丝·伊利格瑞之后，朱迪丝·巴特勒（Judith Butler）也指出，在福柯的模式中受到排斥的是"阴柔的……比喻性的、不可言说的状况……实际上，它永远不能以正当的哲学术语去理解，但将它排除在独家专利之外却是具有积极的促进作用的"（qtd. in Horner and Keane, 2000, 3）。在《不稳定的身体：走向身体女权主义》（*Volatile Bodies*: *Toward a Corporeal Feminism*, 1994）中，伊丽莎白·格罗茨同样对福柯提出了质疑和挑战：

> 身体和快感总是莫名地处在生理性别的部署之外吗？还是说它们是生理性别部署中的神经痛点，在任何对当前的"欲望—知识—权力"纽带的挑战中，都有可能是具有战略性的重要意义的？为何身体和快感是颠覆的源头，而生理性别和欲望不是呢？或许更为重要的是，谁的身体、谁的快感才是这样的"聚集点"？福柯的暗含之意不言而喻，只需留意到他几乎从不谈论女性的身体和快感，更不用提妇女的生理性别和欲望了：必须认识到，在任何情况下，当父权制文化尚有残余时，那具中性的身体都只能毫不含糊地被男性身体和男性快感所填满。（Grosz, 1994, 155–156）

女权主义学者对自然性别和社会性别的再建构，为分析身体，尤其是女性身体，提供了宝贵的话语场所。在女权主义第二次浪潮阶段，女权主义者主张将自然性别（sex）同社会性别（gender）严格地区分开来，并将关注的焦点投注在社会性别这一旨在稳固两性间的不平等的社会机制上。然而，"通过割让自然性别的领土，女权主义者使自身陷入基于生物性差异的新一轮攻击中"（Fausto-Sterling, 2000, 4）。尽管第二次浪潮女权主义者们的斗争取得了许多积极的成果，但那种相信"一旦社会性别上的不公得以在全社会范围内公开讨论，女性将取得与男性一样的经济上和社会上的平等地位"的70年代的乐观主义精神，在新的历史阶段的残酷现实面前还是无可奈何地消退了（Fausto-Sterling, 2000, 4）。正是这一状况促使女权主义学者在深化对于社会性别的调查研究的同时，也去反思以身体为中心的自然性别的概念。

在挑战普遍存在的"女权主义假想"——社会性别自然而然地会与具有自然性别的身体产生关联——方面，朱迪丝·巴特勒关于性别身份、话语实践、欲望和（作为一再重复的仪式的）社会性别表演之间的联系的论著，发挥了重大的影响力。巴特勒对于身体大讨论的贡献是更大范围的消解"自然性别/自然"和"社会性别/文化"之间二元对立划分的一部分。尽管女权主义第二次浪潮关注自然和文化这组关系对于妇女的隐含意义，这阶段对自然性别和社会性别的区分依然是脱离历史语境的。通过使自然性别与生物学结盟，女权主义者犯下了一个致命的错误，那就是，对身体的文化史置之不理，或误导性地将女性身体和自然置于父权制的"历史统治"的对立面（Horner and Keane, 2000, 1–2）。在巴特勒等人看来，由于文化是人们命名和理解"自然性别"的手段，因此，"自然性别"也应当与人们对社会性别的设想一样，是一个文化性的构成。

在《身体至关重要：女权主义、文本性和身体性》（*Body Matters: Feminism, Textuality and Corporeality*, 2000）一书中，艾弗里尔·霍尔纳（Avril Horner）和安吉拉·科恩（Angela Keane）分析指出：身体在当前的女权主义论争中占据的地位不言而喻；然而，除却对笛卡尔式的头脑/身体二元对立的千篇一律的舍弃，针对身体如何及为何重要这一重大议题却尚未达成宝贵共识，尽管女权主义学者们已经认识到将不加区分的"大写的"身体看作政治身份的基础的做法是危险的，但同时她们也反对后现代话语中典型的将身体"去物质化"的倾向（Horner and Keane, 2000, 1）。伊丽莎白·格罗茨也指出，在女权主义的历史上，虽然女性活动家们常常围绕关于妇女身体的事宜，如堕胎、避孕、母性、生殖、自我保护、身体意象、色情作品等展开斗争，但在很长一段时期内她们不愿去想象女性身体在妇女所受压迫中占据的主要角色。那些与身体相关的概念常常千篇一律地被指控为"生物主义"、"本质主义"、"非历史主义"和"自然主义"。[①]直至近期，女权主义者和文化理论家们出于自我保护

---

① 在格罗茨看来，本质主义和非历史主义的指控很容易被理解，因为父权制常将妇女贬抑为抽象的生物被动性、母性、依赖性等。但这些指控预设的前提是，只有对于身体的解剖学上的、生理学上的或生物学上的阐释才是可行的，这就掩盖了从社会文化角度去构想身体的可能性，也忽视了有可能改变生物学阐释的转化和剧变。对于身体的非生物学的、非还原论的阐释能够带来截然不同的结果，有助于重新定位妇女与知识生产之间的关系（Grosz, 1995, 31）。

的目的，仍然倾向于采取将身体"话语化"的模式和策略（Grosz, 1995, 31）。因此，尽管对于身体再现方式的分析层出不穷，但具有物质意义上的丰富多样性的身体仍然有待进一步的发掘。对身体的文化史以及学术女权主义在身体观念上的发展做一个简要的梳理，有助于更好地理解《心瘾难除》这部以女主人公的身体感受为重要关注对象、以传达"身体政治"为创作宗旨的女权主义作品。

《心瘾难除》这部小说的书写行为本身就是一个"身体写作"的隐喻。苏珊·勒维尔指出："书写这部小说的行为接近于经历这部小说的行为，或者借用克里斯蒂娜·斯戴德的话来说就是，'创作行为'在写作中得以展现。小说似乎要提供一段尽可能'不受干预的'经历的描述；它以第一人称日记的形式展开，与叙述者之间几乎没有反讽距离"（Lever, 2000, 109）。对于女性读者而言，这种对写作经历的亲近感格外有趣。"小说似乎将文学文体的限制性和人造性置于一旁，以直接捕捉一位妇女的经历。以具有自我意识的艺术理念来不受阻碍地进行写作的意图，可被解读为对文学惯例的藐视。"（Lever, 2000, 109）

小说展示了活跃在20世纪70年代的"先锋"青年对于身体的基本态度：在他们放浪形骸的生活方式背后隐藏的却是他们对自身身体的疏远。贾沃对他的身体的态度，是导致诺拉对这段感情最终丧失信心的根本原因。表面上看，毒品横亘在两人之间，成为无法逾越的障碍，但真正无法逾越的其实是贾沃与他自己身体之间的隔阂。诺拉表示：最令她难过的是他对她关闭了身体，"并不是我多想和你做爱，而是在平时的日常生活中，我没有办法接触到你"（Monkey, 119–120）。在白天，贾沃通常表现得像个冷淡的陌生人；只有在夜间，借助毒品的"功效"，他才能与诺拉共度充满温情的良宵。因此，诺拉认识到她并不畏惧毒品本身，而是畏惧毒品完全把他变成了一个陌生人："我眼看着他的脸变得奇怪，那些疯狂的状态是我不熟悉的，并且因为陌生而显得丑陋。并不是作为幽灵或敌手，毒品让我害怕，而是它把他变成一个陌生人的方式让我感到恐惧"（Monkey, 16）。

贾沃的反复无常由其对毒品的需求所决定。当他对毒品产生强烈需求时，他通常避开诺拉，自行消失一段时间。当他再度出现在她面前时，通常是想要从她那里寻求各种慰藉：食物、温暖的床、性欲的满足等。贾沃认为，只有借助毒品他才能维持一个勉强让人满意的表象，也只有借助毒品，他和诺拉才能获得性爱上的满足：

"一件麻烦的事就是，你最喜欢我远离毒品时的状态，但我却总是沉溺其中时才更快乐。"

"不，不，你大错特错了，"我说，把警告一股脑儿地抛至脑后。"我跟你在一起感到最舒服的时候——那是因为你对自己的态度——是在它完全控制你之前……"（*Monkey*, 96–97）

根据贾沃本人的说法，毒品主导了他在过去两年的经历，许多回忆都与之相关。然而，在诺拉看来，贾沃对"物质性的"生活乃至"物质性的"身体的态度，才是问题的关键。

她曾撞见贾沃注射毒品："我看着他的脸变得苍白，他的双手极其剧烈地抖动着，因此他所能做的就只有虐待自己的肉体，他所期盼的仅仅是和自己做爱。血从他的臂弯处滴下来。"（*Monkey*, 44–45）贾沃在"仪式"中完全忘我的状态使诺拉意识到：在毒品前她是可有可无的，毒品消弭了她存在的价值。作为精神鸦片的毒品还阻断了贾沃的心灵和他的肉体之间的沟通。对于自身身体的疏离使得他既没有能力去爱自己，也没有能力去爱别人。如果说以贾沃为代表的"先锋"男性对于自身身体的态度是有问题的，以诺拉为代表的"先锋"女性对于自身身体的态度同样不是无可指摘的。

与传统文本不同的是，在这部作品中，无论男性身体还是女性身体，都是女性目光凝视的对象。小说开头即透过诺拉的眼睛提供了一幅关于贾沃身体的特写：

我上了岸，越过干燥的岩石去寻找我的帽子，却发现贾沃身体舒展，躺在柔软草地上的一张小毯子上。他不像我们其他人一样赤裸着，但在炽烈的太阳下他挥汗如雨，他的头发纠结在一起，涂着橄榄油的皮肤油光水滑。我躺在他的身旁，我们火热的皮肤紧贴着。靠近些来看，他的脸是扭曲的，惨不忍睹且野性十足。他的眼睛蓝得像蓝宝石，或者像被某种烈性化学制品改变了颜色的水。我把我干燥的、灼热的手臂放在他油亮的后背上。他像个小男孩一样扭动，或剧烈或轻柔。我听得见他的呼吸。（*Monkey*, 3–4）

诺拉的眼睛似乎是情欲或探索欲的实体化，她的目光就像一把手术刀，不仅把这个年轻的男子细分为一个个身体部位：头发、皮肤、脸、眼睛、后背等，还把他塑造成一个未成年孩童的形象。在之后多处对贾沃身体的描绘中，诺拉无一不是将其刻画成需要被改造的对象。除了性爱后软化下来的表情以及孩童般无助的模样，诺拉还对贾沃吸毒后的表现充满了无法抑制的好奇。"我对他吸毒后精神恍惚的现象很感兴趣，我充满好奇地观察他。"（*Monkey*, 15）吸毒后，贾沃无法掩饰自己的身体反应：他眼睛发直，嘴巴干燥开裂。有一回她发现"他的皮肤上泛起一片片深粉色和鱼鳞状的白色肿块，他的腺体和窦道肿胀，整个人看起来脏兮兮的、一副无人问津的样子"（*Monkey*, 85）。另一次她发现"他的皮肤上布满了感染的疱疹，他曾在厨房的镜子前用剃须刀片野蛮地诊治它们。他的脸凹陷并且惊人地苍白。他的指尖因为他不时的啃咬而受到了感染"（*Monkey*, 30）。作为一名瘾君子，贾沃放弃了对自身生活的主导权，而是整日随波逐流，他所能把握的就只剩下他自己的身体。因为身体是终极的他者，是作为弱者的个体唯一能够掌控的对象。贾沃对自身身体的野蛮态度进一步证实了他的软弱无能，这就使得诺拉对于塑造"全新的贾沃"充满了信心，尽管她对他的改造基本上都停留在象征的层面上。诺拉承认自己在对待吸毒者的态度上存在"美化"或"浪漫化"的倾向："我花了几个月的时间来看清吸毒者的模式。我想要对其予以信任，于是我就信任了。当现实中的事情不能让我高兴时，我的梦想就会对其进行再加工"（*Monkey*, 11）。她的这番坦白不仅解释了她为何对瘾君子如此宽容，还点明了她想要对性欲对象的物质性身体进行想象性改造。

如果说诺拉对贾沃身体的凝视体现了女权主义者对于塑造理想的性伴侣的强烈意识，那么她对自己身体的凝视则体现了20世纪70年代的女权主义者对女性自身身体的普遍态度。诺拉曾在多个场合透过镜子或窗户玻璃观察自己的身体。在那场蚀骨焚心的恋情开始前，马丁曾邀请诺拉和贾沃一起去多难湾。在梅里布拉一家店铺的窗户上，诺拉看见了自己倒映在上面的脸："我的头发蓬乱，结着盐霜，硬邦邦的，在我的脑袋上直挺挺地竖着。我的脸被晒得几乎褪去苍白，眼睛在脏兮兮的皮肤的映衬下显得格外炯炯有神。我喜欢自己的样子：我看起来强壮又健康"（*Monkey*, 3）。然而，和贾沃在一起后，她开始不受控制地担忧两人的未来和质疑自己的决定。在从墨尔本飞往霍巴特的夜间航班上，诺拉望着飞机窗上自己的倒影，心中充满了惶恐和不安。这一次的悲观和自我否定与前一次的乐观和自信形成了鲜明的对比："我盯着黑乎乎的窗户上的我的倒影：不平整的脑袋、宽阔的前额、因为恐惧而绷紧的小嘴、因为飞行和咖啡而生出的粉刺、外眼角下垂的眼睛。我感觉自己渺小、紧绷又丑陋。我看上去就像我感觉到的那么歇斯底里。我觉得他并不喜欢我……我很害怕。我怕他的脾气。我怕我自己。我怕我自己害怕"（*Monkey*, 22–23）。夜间航班"黑乎乎的窗户"倒映出"脑袋"、"前额"、"嘴"和"眼睛"的大致轮廓可以理解，它还能倒映出这些部位的细部特征甚至"因为飞行和咖啡而生出的粉刺"却令人难以置信。有理由相信，"黑乎乎的窗户上的我的倒影"更多的是出自诺拉的自我想象，出自她看似清晰实则模糊的自我"感觉"。

诺拉的身体臣服于她的头脑和头脑对它的想象性建构。这种想象性建构在她与另一位年轻男性弗朗西斯的交往中展现得尤为淋漓尽致。就像她遇见的大多数男人一样，弗朗西斯活在自己的封闭的小世界中。他在和她发生关系时并不在意她的感受，对她身体上的糟糕状况也没有一丝关心。"我无从知道他的想法。我搜寻他的眼睛，但它们是闭上的。他的身体很瘦，很瘦，很瘦。我认为他被吓坏了。"（*Monkey*, 42）和这样的男性在一起时，诺拉的心中充满了自卑和挫败，"我害怕自己不够美丽——或者，过于饱经风霜，身上有痕迹，有伤疤，皮肤比年轻姑娘松弛。不，也不是害怕，而是遗憾，希望这些都是完美的或全新的；以对他的脆弱表示尊重"（*Monkey*, 43）。

在小说的后半段，诺拉终于承认她把自己的身体看作一个被动的客体，而不是一个生机勃勃的主体。"我走进麦尔斯去给自己买一套泳衣。我开始把我的身体视作一个物件，而且是一个不太令人满意的物件。试衣间的荧光灯凸显了我皮肤的松弛；比基尼的松紧带不甚美观地嵌进我的肉中，而它也不可能再变得像以前那样紧实了。在我心中，我开始为我的身体感到悲哀。"（*Monkey*, 174）诺拉离开了中产阶级的郊区，执意留在城市追求自由和冒险。因此，她挣脱了被剥夺权力的家庭物资采购者的角色，心安理得地去追求自我的解放和性欲的满足，享受消费社会为女性提供的一切便利。购物中心这类场所模糊了私人空间和公共空间的界限，可使女性在日常生活中的压力得到短暂的释放，进而获得对自身命运的一定程度的掌控感。然而，在商业场所的试衣间内，诺拉却以典型的消费文化符号——比基尼泳衣来凸显和认证自身身体的不完美。她和隔壁试衣间里的那位挑剔泳衣图案不显身材的女人一样，都把真实的女性身体视作一件"不太令人满意的"、有待被改造的物件。

可见，购物中心虽然为女性进入公共空间提供了逼真的模拟，但这种资本营造的幻象并不能保证女性获得真正有价值的自我认识。诺拉对自我形象的认识受到了传统观念的束缚，其自我定义又被消费文化所规范。她没有摆脱将理想的女性身体视为一个具有吸引力的、赏心悦目的消费客体的传统观念。更重要的是，这里凝视的目光不是来自外界，而是来自一个"实体化了"的头脑："当我照镜子时，我看到一张心事重重的脸、一个忧心忡忡的头脑、一具和思想不同步的身体"（*Monkey*, 242）。在一系列的照镜子的情景中，诺拉以头脑来约束身体。即使是在小说的结尾处，诺拉仍然没有放弃用内在的凝视目光来"规训"自己的身体："我洗了个澡。我看着镜中的自己。我认为我身上有太多的赘肉。在浴缸中，我躺着审视自己有着白色夏季条纹的褐色皮肤。我的肚子看起来很软，我希望它变得紧实，就像以前那样"（*Monkey*, 242）。

早在笛卡尔之前，西方思想体系中就存在着一组根本性的二元对立——头脑与身体，这两者在传统上被赋予了不同的内涵和外延。头脑总是高于身体；就本体论而言，头脑总是被任命为身体的监视人和管理者。然而，这一方案必然带来一个严重的后果：那就是，正像一个不服管束的仆人，身体总会反抗，这时应当接受惩罚的不是冒犯的拳头和手脚，而是负有对其进行有效管理职责的地位较高的管理者——头脑。正因为如此，在对个人实施控制的系统（如教育或惩罚的系统）中才充满了深刻的张力。"如何恰如其分地将荣誉和责难、义务和责任分别归属于头脑和身体的问题，对于将人类评价为神学、伦理学、政治学、法律学系统中的理性的和道德的存在至关重要，无论是在理论上还是在实践中。"（Porter, 1991, 213）

正如伊丽莎白·格罗茨指出的，虽然现代人表现出对身体及身体快感的迷恋，这一迷恋却印证了人们对身体的深深憎恨和厌恶，尽管这种复杂的情感常常是秘而不宣的。"受青睐的身体是承受控制的、柔顺的，服从于主体的意志。"（Grosz, 1995, 1）这里的"柔顺的身体"（"pliable body"）接近福柯所称的"温顺的身体"（"docile body"），但又与之有所区别。福柯的"温顺"表现为在外部的控制、监督和约束下的反应，而此处的"柔顺"则更多的是不断加剧的自我调节、自我管理和自我控制的结果。"它不再是服从权力的身体，而更多的是服从意志、欲望和头脑的身体。"（Grosz, 1995, 2）

根据《心瘾难除》中的记述，那个特殊历史时期的"先锋"女性对自身身体的看法可用诺拉的一个切身感受来加以形象描述："白天当我在抽大麻时，我能很清楚地感受到我血液中的兴奋感和与之决战的混沌感：有时一方占了上风，有时是另一方，而我只是一个战场"（*Monkey*, 20）。可见，以诺拉为代表的"先锋"女性将身体看作一个供各方力量进行角逐的战场、一个工具，唯独不是身体本身。因此，不难理解在小说中诺拉虽然坦承自己与多名男性发生过关系，但她却极少提到自己在实际过程中的身体感受；大量文字均用在记录她在事后的理性分析和思考上。诺拉的身上有着深刻的激进女权主义的烙印：以她为代表的第二次浪潮女权主义者们从未质疑过身体作为思考、干预、训练或重塑的客体的地位，也从未考虑过身体能够被视为主体、施动者或活力源头的可能性。这种"重"社会性别而"轻"自然性别的做法，不仅导致她们不能像80年代以后的女权主义者那样将自然性别视作一个社会化的、文化性的构成，还使自然性别的载体——身体在当时饱受忽视，其物质意义上的丰富多样性在当时得不到重视。

尽管存在明显的时代局限性，这一代女性以自己的身体去体验各种"先锋"活动的行为仍然具有重要意义。根据传统的身体观念，女性身体是女性阴柔特质的象征性的等价物。父权制文化总是试图将女性阴柔特质与自然、自发性和意外性相等同，从而将身体置于可控制的范围内。"身体上的僭越"常常被理解为一个分崩离析的、失去控制的世界的标志（Hite, 1988, 136）。20世纪70年代的激进女权主义的代表人物诺拉是一个在性生活上拥有完全自主权的女性，她身上体现出来的"僭越性"和主动特点迥异于将女性特质等同于被动性的传统观念，因此这一女性形象必然会对父权制社会文化构成莫大的威胁。

第五节　现实主义与女性写作策略

肯·格尔德和保罗·萨尔兹曼在《新多元：澳大利亚小说1970–88》
（*The New Diversity: Australian Fiction* 1970–88, 1989）中指出，女权主义
第二次浪潮给20世纪70年代的澳大利亚社会带来了显著的变化，与妇女
运动关系格外密切的两个人物是美国人凯特·米利特和澳大利亚人杰梅
茵·格里尔。70年代妇女写作的历史可以在与之平行的妇女运动的社会发
展史中来追溯（Gelder and Salzman, 1989, 54）。格里尔是女权主义理论著
作《女太监》（1970）的作者。1971年3月，她应《纽约时报》之邀参加
访谈，访谈的焦点是这本在当时引起广泛反响的著作。也是在这次访谈中
她提到自己曾经是一名"超级追星族"（"supergroupie"）[1]。"'超级
追星族'不必在饭店的走廊上盲目地转悠，伺机寻找机会……而是会被邀
请到后台。我认为'追星族'的存在是重要的，因为她们使性得以'去神
秘化'；她们把它作为身体的本能反应来接受，并且对自己的战利品不抱
独占欲。"[2] 格里尔的这段自我坦白形象地点明了女权主义运动与反文化
潮流之间的历史关联，以及第二次浪潮早期的女权主义者在身体的主导权
与女性自主地位之间建立的联系。加纳的《心瘾难除》便是反映这一时期
时代精神的代表性作品。

加纳书写普通人的日常生活，她笔下的世界很小：生活在墨尔本的
受过教育的男男女女，并不太富有，却常常展现出知识分子或艺术家的禀
赋；这些人在20世纪60年代末和70年代的政治和社会变革中走向成熟。加
纳写作中密切关注的焦点包括：两性关系，家庭之爱、义务和满足感，家
庭生活与浪漫性爱之间的张力，政治意识形态与亲身感受之间的张力等。
欧文·理查德森（Owen Richardson）认为："在某个层面上，这些主题
可被视作一代人的传记的一部分，亦即女权主义的一代；在另一个层面
上，它们可被视为所有文学中永恒主题的一个范例：我们如何去生活？"
（Richardson, 1997, 97）作为一位作家而非一个说教者，加纳在她的作品
中并未给出针对这些问题的答案。"她感兴趣的是存在的肌理、其中微小

---

① "Supergroupie"和"groupie"均源自group一词，指密切跟踪音乐组合（music group）成
　员，尤其是摇滚歌星等名人，并渴望与之发生亲密关系的女性支持者。
② 参见网址：http://en.wikipedia.org/wiki/Germaine_Greer。

的戏剧性场景和它隐藏的时刻。"（Richardson, 1997, 97）

加纳的一系列作品追溯了她那一代女性的共同命运。70年代，当她们正值盛年时，受到60年代的反文化运动的影响，尽情地体验各种类型的"自由"（主要体现在1977年的《心瘾难除》中）。当她们步入中年，却遭遇80年代保守主义的"回流"；在"回归传统"的社会氛围下，她们被迫审视自己过去和当前的生活，以在变化了的意识形态下寻找自己的位置和自身生存的意义（主要体现在1980年的《荣誉和他人的孩子》和1984年的《孩子们的巴赫》中）。在加纳的小说中，突出的关注对象是"家庭"这一社会机制。在《心瘾难除》中，"家庭"以特殊的形式存在。它不同于中产阶级的"核心家庭"，而是采取一种特殊的集体式生活的模式。在这种特殊的家庭中，女性占据了核心位置，男人只是在她们的生命中来来往往的过客。她们享受着独立的物质、精神和情感生活，共同抚养下一代，在面对生活的压力时互相抚慰，互为对方的精神支柱。在《孩子们的巴赫》中，虽然女主人公雅典娜最后回归了家庭生活，但在她的抗争下，家庭已不再是压迫女性的机制，而是一个供女性自由呼吸和发展的理想场所。"雅典娜的家庭可被视作是对《心瘾难除》中被赞美的集体式家庭生活的一种保存方式，这种集体式家庭生活在70年代曾试图将家庭的温暖从保守的道德观中解救出来。"（Gelder and Salzman, 1989, 56）

英国马克思主义文艺理论家特里·伊格尔顿认为，"家庭作为社会机制是建立在潜在的无政府主义的力量——性欲之上的，却同时必须对它加以严格控制"（Eagleton, 1985, ix）。这里的"家庭"无疑是指对传统社会形态的维系极为重要的中产阶级核心家庭，但这一论断却又指向了一个具有普适意义的真理，那就是性欲和社会秩序之间存在着永恒的紧张关系。这一紧张关系或称张力，正是加纳小说中主要关注的目标。《心瘾难除》中的集体式家庭，既是性欲与社会秩序之间的矛盾集中爆发的场所，又是使其得到较好解决的途径。在埃里森的访谈中，加纳指出将她从那段时期的混乱无序中解救出来的是两样东西："一样是女权主义，另一样是集体式家庭的一整套理念……事实上，像那样的开放式家庭的确存在。在那里人们确实彼此关照，试图创造出某种家庭的替代物，某种包含家庭的好的方面、同时又将其坏的方面最小化的社会结构……"（Ellison, 1986, 140–141）可见，女权主义运动与反文化集体式生活方式的结合具有重要的现实意义。

女权主义批评家布朗文·利维（Bronwen Levy）认为，这部小说在批评界的早期接受情况（不被看作是一个"高雅的文化文本"）在某种程度上正促成了它的普及和畅销。另一个成功的重要因素是作品中展现的"激进主义"（包括吸毒成瘾、性滥交、集体式家庭等）虽然夺人眼球，却并不会被认为将对社会秩序构成真正的威胁。当被置于反文化的框架下来加以解读时，这些前卫的生活方式很容易被人接受。通过将《心瘾难除》的成功与同时期的几部涉及女同性恋题材的作品①遭受的冷遇相比较，利维推断其中的差别可能就在于"即使是吸毒成瘾、性滥交体验者和准嬉皮士的亚文化，根据某些机构的评判标准，也都没有女同性恋亚文化那么具有威胁性——也就是说，浪荡子和嬉皮士能够成长为好公民，但女同性恋者永远不能成长为好女人"（Levy, 1985, 9）。

事实上，这部作品最终能够被主流文化接受，除了其在触及中产阶级底线的核心问题上有所收敛，另一个重要原因就在于它在讲述惊世骇俗的主题内容时，套之以策略性的"外包装"或"保护套"——"自白体"的形式。米歇尔·福柯曾对"自白体"做出过颇具影响力的阐释。在福柯看来，"自白"或"告白"的行为不仅具有治疗的作用，它还常常是一种部分地服从于权威的举动，（较为）有权的一方要求（较为）无权的一方服从命令"去讲述"能够被讲述的内容。"告白"是"在权力关系中展开的仪式……个体不在没有搭档在场（或虚拟在场）的情况下进行告白；这个搭档不仅仅是对话者，还是权威，他要求告白对自己展开，对其做出规定并予以欣赏，进行干预以便做出判断、惩罚、原谅、抚慰和协调"（Foucault, 1980, 61–62）。换言之，告白者讲述个人故事的过程就是聆听者行使权力的过程。福柯将"自白"或"告白"阐释为一项"自我的技术"，它将自我揭露（错误地）再现为自由，而实际上它只是惩戒的政体的一个组成部分，它使个人的故事乃至个人的"自我"服从于权威的检验和阐释（Foucault, 1980, 62）。从这个角度来看，加纳以"自白体"来包装前卫的主题内容，是女权主义作家在面对主流文化或价值体系的威压时采取的策略之举。她以"示弱"的形式来躲过主流文化的审查，以达到传达女权主义内涵的目的。

福柯的"自白"理论在逻辑上具有很强的说服力，但它在某种程度上忽视了说话者的地位和作用。实际上，说话者有选择听话者的权力，他/她可以通过选择共谋者来达到传递个人意图的目的。换言之，"自白"不一定只是服从权威的一种形式。在《心瘾难除》中，女权主义作家和她的

---

① 这些作品包括伊丽莎白·莱利（Elizabeth Riley）的《那些错误教训》（*All That False Instruction*, 1975）、伊丽莎白·乔利的《银鬃马》（*Palomino*, 1980）和贝弗利·法默的《孤单》（*Alone*, 1980）。

女性读者之间形成了一种亲密的对谈，文本中的独特女性节奏使得某些内容更易于被女性读者所捕捉和感知。女性故事的成功讲述和接受，不仅使其倾听者也使其讲述者拥有了权力。①

加纳曾在不同的场合回顾女权主义对其写作生涯的影响："从70年代早期开始，它就是我们拥有的武器，是我们用来检验自身经历和试图弄明白其意义的透镜……我起初并没有打算要写一本女权主义的书，但我认为自己既受到了女权主义观念的束缚，又被其深深地启发了。现在我认为自己不再受其束缚，但仍被其深深地启发着"（Willbanks, 1991, 92）。在詹妮弗·埃里森1985年主持的采访中，加纳更是点明了女权主义是对其写作进行授权的重要思想武器。"它对我的创作的直接影响在于首先我觉得写作是我可以去做的事情。即便是现在我也仍然被自己没有男性那么有资格这样的观点所困扰……这是一种我们能够在自己身上辨认出的女性自卑症，而女权主义向我们提供了一种看待自己的大有裨益的方式……"（Ellison, 1986, 143）。鉴于加纳深刻体验过大多数女性作家都曾经历过或仍在经历的"作家身份的焦虑"（"anxiety of authorship"），她在这部个人处女作中采取的形式策略尤其值得关注。

在《心瘾难除》中，加纳以现实主义的手法异常坦率地将自己作为女权主义者的一部分真实生活铺陈在纸面上。在非虚构作品《真实的故事》（*True Stories*, 1996）中，她提到人们之所以记日记，不仅仅因为这一行为能够满足用文字保存每一天的本能冲动（并且不会招惹麻烦），还因为"没有它你将失去你的生命"（Garner, 1996, 5）。加纳坦承《心瘾难除》的主要情节来自她的日记，在此基础上她做了一些形式上的调整，删去了一些冗余的部分，添加了一些连接性的句子和段落。但她不认可"这只是一部改头换面的日记"这样的评价。她认为，日记书写本身乃至后来增减的过程，同样都是创造性的智性活动。在发表在《密安津》（*Meanjin*）上的一篇文章中，加纳回顾了自《心瘾难除》出版以来针对她的作品和作家身份的质疑。她认为虽然自己在创作中大量使用了日常生活中的素材，但这并不等于说那里面"没有思考，没有训练，没有创造性的能量，没有创造性能量的聚焦和指引，没有对材料的充满才智或艺术性的安排，没有对材料的选择（看在上帝的份上），没有对叙事的塑造，没有倾听人类话语中的音乐性的耳朵，没有对物质世界的描绘，没有在时间上前后穿梭的设计，没有在内外跳进跳出的

---

① 有评论者指出，阅读这部小说"常常令人很尴尬，部分因为诺拉的率真，部分因为读者感觉自己好像成了窥阴癖者"，因为这部作品在极其坦白的同时，对读者也不可思议地有所要求，迫使读者与人物达成亲密的认同，尽管他并不一定想这么做（Welsh, 1987, 1141）。这一点评虽然略显尖刻，却在一定程度上反映了男性读者的普遍阅读感受。

动作，没有对动机的审视，没有对语言充满想象力的利用"（Garner, 2002, 40）。在一系列的排比式抗议背后，加纳的愤慨跃然纸上。

虽然有贬低的声音，但也有很多批评家指出这部作品采取的形式具有独到的艺术效果，很好地契合了小说的创作主旨。这些批评家主要来自于女权主义学者的阵营。贝琳达·伯恩斯认为，这部小说体现了女权主义第二次浪潮与小说之间的密切关系，反映了加纳试图捕捉女性经历的某些方面的努力，线性叙事根本无法达到这一目标（Burns, 2011, 1）。凯琳·高兹华斯指出，《心瘾难除》具有"阴性书写"的某些特征，如：断裂、含混、游戏性、开放性、过度铺陈、对语法规则和叙事完整性的蔑视、对理性论证和逻辑进程的挑战等（Goldsworthy, 1996, 34）。她还指出，该文本中的节奏是日记的节奏，同时也是女性的节奏。叙述者采用日常的视角，与事件之间几乎没有距离（Goldsworthy, 1996, 38）。苏珊·勒维尔则指出，《心瘾难除》揭示了人的经历并不遵循传统的叙述模式，它同样也不与女权主义或性解放运动的理论模式相一致（Lever, 2000, 111）。正如小说的内容揭示的那样，加纳的女权主义写作以反映女性的真实经历或切身体验为目标，却并不沉溺于抽象的女权主义理论。这种写作更具有实用性，而非理论性；它更多地与现实生活中的具体事件相关，比如在婚姻破灭后如何走出低谷继续生活，而不是跟一套形而上的权力话语相关。

《心瘾难除》中围绕身体展开的大量叙述容易使人联想到"阴性书写"，但加纳的这部作品中的"身体写作"与法国女权主义理论家提倡的"阴性书写"理念仍然存在一定的差距。这部作品更应被归类为以现实主义手法创作的公众型小说。有学者认为，正是对法国女权主义理论，特别是"阴性书写"的热衷，使得许多女权主义批评家开始低估更加公众型的写作的价值和这类叙述对公众态度的影响力。在《超越女权主义美学》（*Beyond Feminist Aesthetics*,1989）一书中，丽塔·菲尔斯基（Rita Felski）批评后现代女权主义者在大力宣扬实验派小说的同时，是对传记小说等现实主义的写作模式的忽视和贬低。在菲尔斯基看来，很多女性作家撰写的现实主义小说对读者和公众态度的影响力之大，远非遵循精英路线的后结构主义者推崇的写作模式所能比拟（Lever, 2000, 106）。

除了"自白体小说"、"日记体小说"这些标签，《心瘾难除》还是典型的女性现实主义小说，体现了加纳对基于女性真实经历的虚构类和非虚构类作品的社会价值和公众影响力的信心。除了用于记载女性自我身份的建构过程，这些作品的重大意义还在于：能够打破传统社会对女性的刻板印象，展示女性的多样性和复杂性，及她们在不同背景和经历中的力量和韧性；能够为那些曾被忽视、压制和不公正对待的人们提供平台，有助于打破社会中存在的沉默现象和隐蔽问题，揭示对女性和其他边缘群体的压迫和歧视；能够与读者建立认同和联结，使读者感到他们的呼声可以被听到和理解，有利于形成团结的共同体，从而推动社会变革；还能够引发公众对性别平等和女性权益的关注，影响社会意识形态和政策议程。

从《心瘾难除》到《第一块石头》，加纳对现实主义写作的可能性的探索从未停止。作为曾经在澳大利亚公共领域掀起轩然大波的非虚构类作品，《第一块石头》反映了女权主义理想如果被那些充满激情的套路所主导和限制将会带来怎样的后果，因此这一媒体集中关注的事件本身还是澳大利亚文化历史的一部分。在戴维·卡特看来，该文化历史是"关于体制和话语的一项研究，展现了其结构和技巧，及其在一个特定时代和特定社会的意义制造"（Carter, 1997, x）。正如《心瘾难除》形式上的某些特征曾引起广泛讨论，《第一块石头》的形式也同样是争议的焦点。一些批评家批评她没有让事实说话，作为作者的她过度介入了文本的肌理，整本书没有传递一个连贯的视角（Garner, 1997, 16）。事实上，这种视角的游移和不确定勾勒出了一个普遍性的困境，即作家本身虽然并不反对女权主义，但在新保守主义的现实下流通的话语体系却又是直接或间接地反女权主义的。媒体利用了加纳作品中的不确定性，这种不确定性又将她与更广大的中产阶级大众联结在一起。尽管很多评论家将该媒体事件看作女权主义内部争斗的结果，但事实上加纳更加关注的是人际关系中的伦理问题，一个明显的证据是她一再强调对他人怀有"慈悲"（"mercy"）的重要性。她并没有否认年轻女性以法律手段保护自身身体完整性或使其不受侵害的权力，但她关注的是这种权力是否遭到了不合理的使用甚至滥用，以及在此基础上滋生的暴力和心理伤害。她对陷入性丑闻而失去工作机会并导致无辜家人受连累的院长表示同情。即使她并没有否认他犯罪的可能性，但这种宽容的态度显然激怒了年轻一代的女权主义者。面对攻击和批评，加纳绝不妥协，时至今日她仍然在现实主义写作的道路上继续耕耘，持续发挥着令人瞩目的公共影响力。

作为加纳最有影响力的虚构类作品，《心瘾难除》的出版还与澳大利亚文学史上的一个重要时刻相契合。在20世纪四五十年代，许多同情和支持社会主义阵营的女性小说家，包括凯瑟琳·苏珊娜·普里查德（Katharine Susannah Prichard）、迪姆芙娜·库沙克（Dymphna Cusack）、凯莉·田纳特（Kylie Tennant）、埃莉诺·达克（Eleanor Dark）等，都在其作品中以不同方式推行民族主义文学传统的现实主义模式。到了60年代，由于现代派大师帕特里克·怀特在形式方面展开的大胆探索，民族主义的写实传统开始变得日渐式微。这一时期最重要的女性小说家西娅·阿斯特利继承了怀特和海尔·波特（Hal Porter）开创的意象主义的、极具自我意识的文学风格。时至70年代早期，年轻一代的小说家不再认为现实主义和现代主义之间的分歧意味着政治上"左派"和"右派"的分野。他们突破意识形态上的限制，以一种更加自由的态度进行文体上的实验。其中的突出代表——短篇小说家弗兰克·穆尔豪斯致力于重新恢复现实主义文体的活力。在穆尔豪斯看来，现实主义并不等同于由一个中心人物占据中心位置的传统的叙事结构。这一阶段女性小说家中的杰出代表克里斯蒂娜·斯戴德，也通过对细节的过度铺陈和对再现经历复杂性的坚持来建构自己的现实主义写作模式（Lever, 2000, 107–108）。

与同时期的迈克尔·瓦尔丁一样，穆尔豪斯在其创作中大量涉猎性相关的题材，以挑战当时严苛的审查制度的相关法规。如果说20世纪70年代之前的澳大利亚女性写作给人的印象是端庄得体的，那正充分证明了公共语境是如何影响艺术创作的。截至20世纪70年代初，对于进口图书的严格限制将一系列重要的现代主义文学作品，包括《尤利西斯》（*Ulysses*, 1922）、《查泰莱夫人的情人》（*Lady Chatterley's Lover*, 1928）和《洛丽塔》（*Lolita*, 1955）等，阻挡在澳大利亚的国门之外。70年代早期，以穆尔豪斯和瓦尔丁为代表的对审查制度极为不屑的一批青年作家，"承担起传统的自然主义的任务，亦即致力于将从前被主流文化否决的主题呈现在公众眼前"（Lever, 2000, 108）。尽管在打破禁锢性的法律法规方面贡献突出，这批男性作家的创作在提供他们自身的视角和改编方案——"宣称自身白人的、中产阶级的、城市的和男性的立场"的同时，也"宣扬了一种男性中心主义的世界观，在其作品中女性仍像在19世纪文本中那样屈从于（男性）艺术家式的人物"（Lever, 2000, 108）。

海伦·加纳的反文化小说中的城市女性和穆尔豪斯、瓦尔丁等人作品中的城市男性一样，均致力于推翻中产阶级的保守"性观念"，但性解放运动又对女性提出了更高的要求，因为"性"不能从它对女性身体的蕴含之义中分离出来。"穆尔豪斯和瓦尔丁对'性'的描述保留了一些传统情色作品中的男性自傲，而加纳则试图去再现一位女性的'性视角'的脆弱……它还展现了另一种书写'性'的方式，即仔细又公开地从女性的视角去衡量行动对情感的重要性。"（Lever, 2000, 108）作为一部全面披露妇女解放运动与新左派运动密切关联的重要作品，《心瘾难除》以其充溢着鲜明的女性意识和感受力的内容和形式，打破了"先锋派"男性作家占据的身体写作版图，引发的轰动效应和深远影响可想而知。

第三章

「民族神话」的解魅与祛魅

——解读《凯特妹妹》与《凯利帮真史》

前言：作为公共叙事文本的《凯特妹妹》与《凯利帮真史》

　　《凯特妹妹》和《凯利帮真史》是当代澳大利亚作家以改写本国奠基性神话来重塑民族集体记忆的典型作品。通过提供另类叙事和替代性观点，两部小说挑战了主导的历史叙述，揭示了民族国家历史和文化遗产的矛盾性和复杂性，拓展了澳大利亚公共叙事的广度与深度。

　　在吉恩·贝德福德（1946— ）的《凯特妹妹》中，通过呈现被边缘化的群体的命运、被忽视的故事和非传统的观念，小说家挑战和重新想象了与"凯利帮"相关的主导叙事和历史建构，为澳大利亚人的民族构想增添了层次和复杂性。该小说以历史虚构的形式呈现了大名鼎鼎的澳洲丛林强盗内德·凯利的妹妹凯特·凯利被压制和损毁的一生。通过聚焦边缘女性的视角和经历，贝德福德挑战和颠覆了"凯利帮传说"中以男性为中心的叙述模式，以及传统上将内德·凯利描绘成英雄人物的惯常做法，并强调指出在正式和非正式的历史编撰中女性经常被忽视的事实。小说为读者呈现了内德·凯利形象"被神话化"的复杂过程，并邀请他们重新思考围绕这一标志性人物的叙述和假设，从而挑战了与内德·凯利以及"凯利帮"相关的性别化神话和刻板印象。《凯特妹妹》着重刻画女性在男权社会中对自主权的不懈追求、她们的自我赋权和守望相助，还揭示了在"凯利神话"的光环下女性所做出的牺牲和付出，从而突出了女性在塑造历史和文化记忆中的贡献。小说还促使读者对公共叙事的构建本身进行批判性思考，并邀请他们在重新讲述澳大利亚历史故事时考虑纳入其他观点和声音，以实现更加全面和包容的公共讨论和理解。

　　彼得·凯里（1943— ）的《凯利帮真史》则体现了澳大利亚男性主流作家对重新演绎本国神话或传说的兴趣。凯里的小说以虚构的自传形式展开，由内德·凯利本人来提供第一人称主观的叙述，呈现了导致其成为法外狂徒的历史事件和社会环境。该书探讨了社会公正、阶级斗争以及殖民当局对爱尔兰移民社群的残酷压制等主题，挑战了通常与"凯利神话"相关的简单化的英雄—恶棍二分法。凯里的叙事捕捉到了当时的底层民众日常用语的结构特征和语音语调，使读者很容易获得沉浸式的阅读感受，并对塑造内德·凯利生活和行动的公共事务和社会问题产生浓厚的兴趣。小说揭示了历史记载的偏颇性，暗示"真实历史"是主观的，可以由叙述者塑造。通过让内德·凯利亲自讲述他本人的故事，小说提供了一种对官方历史版本进行反叙事的方法，为替代性的解读创造了空间。小说还批判了历史通常被书写和被理解的方式，鼓励读者对历史叙事进行批判性审视，质疑其中的假设和权力运作。由于内德·凯利是一个深深融入澳大利亚文化记忆的典型人物，《凯利帮真史》也涉及民族认同的核心概念。"凯利神话"长期以来一直与反抗压迫和对抗权威的民族核心价值观密切相连，凯里在小说中重申了这些观念，并考察了该神话与不同历史时期民族身份定位之间的复杂关系。《凯利帮真史》还邀请读者重新思考和评估他们对澳大利亚神话的理解，鼓励民众参与关于民族认同和正面国家形象的故事的广泛讨论。

两部作品通过重新构想民族神话并挑战与民族身份有关的传统观念，对澳大利亚公共写作做出了重要贡献。两部小说都参与了重写历史和重新解读民族神话的过程，它们都质疑对于过去的单一的、权威版本的阐释，从而凸显了历史真理的多样性。两部小说都披露了殖民计划中常见的权力动态、暴力和压迫，通过突出边缘人物的声音和颠覆传统的权力结构，对主导的殖民历史叙事形成了冲击和批判。两部小说的重要贡献还在于它们对男性气质的探索和对"伙伴情谊"神话的解构。在澳大利亚文化中，体现男性间友谊的"伙伴情谊"经常被浪漫化并被上升为民族性格的核心特征。然而，这两部小说通过描绘复杂的、有缺陷的或矛盾的男性角色来质疑这种理想化的男性气质，并邀请读者批判性地审视和质疑对于性别的既定规范和社会期望。

在具有广泛影响力的论文《神话景观：记忆、神话与民族身份》（*Mythscapes: Memory, Mythology, and National Identity*）中，学者邓肯·贝尔（Duncan S. A. Bell）指出，集体记忆在民族身份的建构过程中充当了极为重要的角色，它决定了什么样的传说才能称得上是一个民族的"主导性神话"。"记忆被锚定在共有经验的基础之上，集体记忆从而是'经验格式化的主体间现象'。并不是说我们通常认为的对于铸造集体身份至关重要的、我们共有的对于过去事件的理解、概念化或再现不重要，而是说它们不应当仅仅被归为记忆性的，而应当被认为是神话性的。"（Bell, 2003, 65）为了将"记忆"和"神话"这两个概念区分开来，使其免于被笼统地归在"集体记忆"这个单一的概念下，贝尔引入了一个新概念——"神话景观"（"mythscape"），来表示"时间上和空间上延伸的话语领域"（Bell, 2003, 66）。在贝尔看来，"神话景观是多重的、常常相互冲突的民族主义叙述在其基础上被（重新）书写的书页；它是为了现在的目的再现过去而设立的永远处在变化中的贮藏所"（Bell, 2003, 66）。换言之，神话是创造物，或被刻意的操纵和有意图的行动所塑造，或借由文学和艺术作品的独特回响而得以成型。"神话旨在抹平人类历史的复杂性、细微差别和述行上的矛盾；取而代之以一个过于简单化的、常常是单声道的故事。"（Bell, 2003, 75）。综上，民族主义神话应当被理解为一则通过重新构建其过去来阐明其当下意义的故事：通过简单化、戏剧性和有选择性地讲述一个国家的过去，它得以阐明自身在世界上的地位和它的历史来世论。澳大利亚殖民史上著名的丛林强盗内德·凯利（Edward "Ned" Kelly）的传说正是这样一则"主导性"的民族主义神话。

内德·凯利（1855—1880）是澳大利亚殖民时期最著名的民间人物之一。他出生于1855年，父亲是1842年被流放至范迪门地的爱尔兰籍罪犯，母亲来自传统的爱尔兰移民家庭。内德（又称爱德华）是家中的长子。作为爱尔兰天主教移民，同时又因为罪犯之家的不光彩烙印，其一家在经济、政治和法律体系均被英国人牢牢把持的殖民社会无疑处在备受欺凌的最底层。在其铤而走险的犯罪生涯中，内德·凯利带领同伴乔·拜恩（Joe Byrne）、斯蒂夫·哈特（Steve Hart）、丹尼尔·凯利（Daniel Kelly）[1]等人共射杀了三名警察，制定并实施了数次银行抢劫行动，还在小镇格兰罗旺（Glenrowan）身穿自制盔甲与警方展开了激烈交火。1880年11月11日，这位大名鼎鼎的丛林强盗被送上了断头台。行刑前，年仅二十五岁的他留下最后一句话："这就是人生。"这句遗言后来成为澳大利亚民族主义作家约瑟夫·弗菲（Joseph Furphy）的著名小说的标题。内德·凯利的人生与命运激发了许多艺术界和文学界人士的创作灵感。他的事迹也经由画家、音乐家、电影工作者、诗人、剧作家和小说家的不断复制和传播，成为澳大利亚民族神话的重要组成部分。正如批评家布鲁斯·特兰特尔（Bruce Tranter）和杰德·多诺谷（Jed Donoghue）指出的，"内德·凯利超越了丛林行劫的字面意义，象征着澳大利亚身份中浪漫和反叛的一面"（Tranter and Donoghue, 2008, 373）。

众所周知，世界各国的民族文化中都包含绿林好汉或游勇豪强的传奇，譬如英国的罗宾汉（Robin Hood）、美国的杰西·詹姆斯（Jesse James）和中国的水泊梁山众好汉。这些人物的事迹，或借由历史和社会研究，或通过民间传说、文学和艺术作品得以传世。英国的马克思主义历

---

[1] 丹尼尔·凯利（Daniel Kelly），又称丹·凯利（Dan Kelly），是内德·凯利的同胞兄弟。

史学家艾瑞克·霍博斯鲍姆（Eric J. Hobsbawm）将这些人物称作"社会型强盗"（social bandits），认为他们反映了普通民众"对于自由、英雄主义与公正之梦的永恒期盼"（Hobsbawm, 2000, 10），并对其作了如下界定："抵制顺从，身处国家权力的范围之外，自身也是权力的潜在操纵者，从而是潜在的反叛分子"（Hobsbawm, 2000, 12）。帕特·欧麦利（Pat O'Malley）对霍博斯鲍姆的四点准则作了进一步的延伸："该强盗没有脱离他所在的社会共同体……他反映了该共同体的道德价值观和意识形态……他的掠夺性的行动与这一意识形态是一致的——他手下的受害者是被这一共同体视作仇敌的人……他受到该共同体在语言上和行动上的支持"（O'Malley, 1979, 273）。格雷厄姆·希尔（Graham Seal）在前人研究的基础上总结了不同民族的好汉故事中的诸多共同要素："贫苦人和受压迫者之友、被迫走上犯罪道路、勇敢、慷慨、彬彬有礼、不沉溺于不正当的暴力、捣乱鬼、被出卖、虽死犹生"（Seal, 1996, 11）。希尔指出：在澳大利亚可谓家喻户晓的传奇丛林强盗内德·凯利正是国际性的"社会型强盗"传统的澳大利亚分支的代表人物，该传统是"全世界流通的文化恒量，在不同民族国家中以不同的伪装出现"（Seal, 2002, 154）。

在澳大利亚的社会文化语境中，在广袤的丛林中拦路抢劫的边缘人物通常被称作"丛林强盗"（"bushrangers"）。他们的活跃期始于澳大利亚殖民历史的最初阶段，直到19世纪末才基本消亡。"丛林强盗"一词最早出现在1805年，当时的一家颇具影响力的报纸《悉尼公报》（Sydney Gazette）采用该词汇来指称"一群具有嫌疑的公路强盗，或为逃脱的因犯，经常在丛林中伏击行人"（Macdougall, 2002, 115）。由于印刷媒体的大肆宣扬，丛林强盗逐渐成为澳大利亚民族神话的一个重要组成部分。除了内德·凯利，澳大利亚历史上著名的丛林强盗还包括：别名"霹雳上尉"（Captain Thunderbolt）的弗雷德里克·沃德（Frederick Ward）、弗兰克·加德内尔（Frank Gardiner）和本·霍尔（Ben Hall）等人。在围绕1987—2004年间发行的《悉尼先驱晨报》（Sydney Morning Herald）展开的调查中，研究者发现：内德·凯利是最常被提及的丛林强盗，在所有相关文章中提及率高达59.8%，而另外两位传奇人物"霹雳上尉"和本·霍尔的提及率仅分别为9.2%和8.0%。同时耐人寻味的是，"凯利帮"的其余三名成员的提及率也很低，分别是乔·拜恩的2.0%、斯蒂夫·哈特的1.4%和丹·凯利的1.1%（Tranter and Donoghue, 2006, 4–5）。所有这些数据均表明内德·凯利是澳大利亚丛林强盗当之无愧的代表，并且是其中唯一一位"超越民间和媒体英雄主义的领域，达到民族英雄的地位"的人物（Davey and Seal, 2003, 168–169）。

目前为止，已公开上映的"凯利"影片共有七部，最早的一部是1906年的《凯利帮的故事》（*The Story of the Kelly Gang*），最近的一部是2003年的《内德·凯利》（*Ned Kelly*）。所有这些影片均在不同时期发挥了吸引大众的广泛关注、延续"凯利神话"的作用。与内德·凯利传说相关的文学作品也是层出不穷，其中包括道格拉斯·斯图尔特（Douglas Stewart）的诗体剧《内德·凯利》（*Ned Kelly*, 1943）、贝德福德的女权主义历史小说《凯特妹妹》（1982）、罗伯特·德鲁的表现主义心理小说《我们的阳光》（1991），以及彼得·凯里的布克奖获奖小说《凯利帮真史》（2000）。彼得·凯里在《纽约时报》的一次访谈中提到：内德·凯利在澳大利亚历史上不断地产生回响，他的人生经历是一则"终极的澳大利亚故事"，足以引起民众对该国作为罪犯流放地和反叛者聚居地的起源的无尽思考。澳大利亚人应当能够认同内德·凯利，既把这位具有争议的英雄看作底层社会的代表，又认识到他身上与生俱来的"流放犯的污点"（Ross, 2001, 251）。以澳大利亚著名画家西德尼·诺兰的系列名画为蓝本的内德·凯利形象，甚至在2000年悉尼奥运会开幕式上作为澳大利亚的代表意象被呈现给全世界人民。正如格雷厄姆·希尔指出的，每逢需要强调"民族国家"的场合，如庆祝欧洲殖民者定居澳洲大陆满两百年的"二百周年庆典"、奥林匹克运动会和联邦成立百年庆典这样的场合，人们就会求助于丛林、澳新军团和内德·凯利这些值得信赖的图标和意象（Seal, 2002, 158）。虽然其丛林强盗的身份容易引发负面的联想，但内德·凯利却与澳大利亚性或澳大利亚民族身份密切相连，他代表着一种反帝国主义的、劳动阶层的、源自爱尔兰的民族身份，同时还代表并强化了澳大利亚身份中与白种人、与异性恋男性阳刚气质以及与暴力相关的部分（Basu, 2011, 37）。

社会学家安东尼·史密斯（Anthony Smith）对于"民族"的界定有助于理解内德·凯利这个名字所背负的民族性的重负，他指出："民族"指"分享同一个历史版图、共同的神话和历史记忆、同一个群众性的公共文化、共同的经济体制和对所有成员皆通用的法律权利与义务的一个既命名的人群"（Smith, 1991, 14）。特兰特尔和多诺谷认为以上构成要素中"共同的神话和历史记忆"尤为重要，尽管其固有的主观性容易引起争议和不同阐释。基于邓肯·贝尔对"神话景观"的界定——"时间上和空间上延伸的话语领域，其中对人们记忆的控制权的争夺和民族神话的形成不断地引发讨论、争辩和颠覆行为"（Bell, 2003, 66），特兰特尔和多诺谷指出，以内德·凯利为代表的丛林强盗构成了澳大利亚"神话景观"的一个重要方面[1]，在此基础上"民族的神话得以铸造、传播、重建和磋商"（Tranter and Donoghue, 2008, 375）。

学者伊恩·里德（Ian Reid）认为："凯利神话"在过去一个多世纪的发展和变形与澳大利亚民族共同体在各个历史时期的不同需要相契合。J. J. 基尼利（J. J. Kenneally）的《凯利帮及其追随者的完整内幕》（*The Complete Inner History of the Kelly Gang and Their Pursuers*, 1929）"与大萧条同时出现，这使凯利故事既获得了新的生命租期，又获得了新的意义"（Reid, 1980, 598）。道格拉斯·斯图尔特的诗体剧《内德·凯利》（1942年首演）出现在第二次世界大战期间。二战中，澳大利亚的"轻骑兵"（"the Light Horse"）并非配备军刀、身骑军马的旧式骑兵，而是一个携带步枪和刺刀的非正式组织，通常以步行的方式参与战斗，依靠从澳大利亚农场或牧场带来的马匹四处转战。澳新军团在西奈半岛和巴勒斯坦的土地上驰骋的浪漫故事中，蕴含着在澳大利亚丛林的早期斗争和在海外战争的新型压力之间居中调停的因素。在斯图尔特的诗体剧中，内德·凯利宣称："澳大利亚是一个国家，牧师，/那里的男人会骑马"（Reid, 1980, 598–599）。这个诗体剧反映了该时期对前殖民宗主国——英帝国的反叛在民族情绪中占据了主导地位，对于澳大利亚作为一个国家的认同感成为一种民族共识。这也印证了凯尔·达里安-史密斯（Kale Darian-Smith）和宝拉·汉密尔顿（Paula Hamilton）的推断：通过对集体神话的简单化和选择性的叙述，历史事件被塑造成在情感上可被理解的和容易被记住的轶事；神话性的叙事因而成为民族主义的源泉（Darian-Smith and Hamilton, 1994, 2）。

如果说20世纪初至20世纪中期，作家或艺术家改编民族神话的主要目的是彰显民族国家的独立地位和共同体的集体身份，20世纪末至21世纪初的神话新编则凸显了个人化和碎片化的倾向。内德·凯利成为澳大利亚殖民环境中的典型个体的代表，但新时期的个人化叙述中仍然包含了个体命运与民族命运碰撞与交融的因素。在1991年出版的《我们的阳光》中，罗伯特·德鲁决心打破历史学家和传记作家之间的矛盾冲突以打造"想象力的编年史"（Pierce, 1992, 311）。作为结果，"凯利的感知模式是一种善于表达的偏执狂的模式，德鲁拒绝将凯利的事实上的和神话性的历史

---

[1] 澳大利亚的"神话景观"除了丛林强盗，还包括英国殖民过程、罪犯运输、丛林拓荒、澳新军团士兵和竞技体育明星等（Tranter and Donoghue, 2008, 375）。

变成一个讽刺性的露天历史剧"（Pierce, 1992, 312）。他关注的是凯利本人对其周遭环境的感悟；在其笔下，凯利的恐惧、虚弱和疯狂被投射在周边世界之上，从而取得了一种表现主义的审美效果。在另一部"凯利小说"——2000年面世的《凯利帮真史》中，个体历史人物的生平的再现更是兼具了后现代叙述的漂浮不定和灵活机敏。彼得·凯里向读者提供了一个凯利传说的自我指涉的叙述，虚构故事与历史资料保持了一种若即若离的态度，强调了"矛盾的、尤其是其作为民族偶像和反帝国资产的商品化的地位"（Huggan, 2002, 146）。

从内德·凯利传奇的增殖和演变可以看出作为民族神话源头的历史文化遗产如何被重新塑造，以满足各种不断变化的消费需求和意识形态利益需求。本章拟从两部颇具代表性的"凯利小说"——彼得·凯里的《凯利帮真史》和吉恩·贝德福德的《凯特妹妹》出发，探索澳大利亚当代小说家在重塑本民族集体记忆中的关注焦点和颠覆路径。《凯利帮真史》是2001年的布克小说奖和英联邦作家奖的获奖作品，澳大利亚国内及国外研究者均从不同角度对其展开过剖析，其中包括：后殖民批评、文本与历史文献的互文关系、"凯利叙事"在澳大利亚民族文化中的地位、内德·凯利的神话性地位的伦理考量、小说的语言与叙事特征等。我国澳大利亚文学研究学界对彼得·凯里研究贡献最大的彭青龙教授在其凯里作品专题研究中也论及了该小说的叙事策略、历史书写和民族身份等问题；此外，英帝国殖民暴政的复杂性和"凯利帮"奋起反抗的隐喻意义也是其研究的重点。相比之下，1982年出版的《凯特妹妹》产生的批评影响则逊色得多，不仅研究者的来源仅限于澳大利亚国内，研究角度也比较单一，研究者们主要关注这部女权主义小说中的独特的女性叙述声音及其对"凯利神话"所构成的颠覆性，因此有必要去着重考察这部在国内外的澳大利亚文学研究界被不同程度地忽视的公众型小说。

本章标题中"解魅"和"祛魅"的词义部分源自马克斯·韦伯（Max Weber）所提出的概念——Entzauberung（对应英语中的disenchantment或demystification）。韦伯认为，现代社会中的"合理化"和宗教贬值（或宗教影响的衰退）导致现代主体经历"世界的祛魅"（"Entzauberung der Welt/disenchantment of the world"）的过程。"'合理化'的程度和方向可以从思想中的神奇元素被取代的程度来消极地衡量，或者从思想在系统的连贯性和自然的一致性方面达到的程度来积极地衡量。"（Gerth and Mills, 1946, 51）"祛魅"从而主要指涉文化的内容方面，它描述了与世俗化、科学的兴起以及教育和文化的日益常规化有关的世界的非神秘化过程。换言之，现代科学的兴起导致以宗教为代表的宏大叙事对世界所作解释的魅惑力和神圣性的消解。由于"凯利神话"在澳大利亚民族文化心理中的魅惑力和神圣地位，它已成为澳大利亚民族神话中最接近宏大叙事的存在，无论是对男权主义的民族文化传统持批判态度的女权主义作家，还是对元语言、典范、崇高等现代性理念充满疑虑的后现代主义作家都倾向于揭露其中的意识形态操纵的痕迹，在"解魅"的基础上对这则民族神话进行"祛魅"。

第一节 重写"真实"历史

历史叙事都注重营造一种"过去感",一种区别于现今生活的独特时空氛围。在传统的历史书写中,"过去的时间"看起来几乎凌驾于描述它的语言之上而自成一体。然而,自海登·怀特以降,越来越多的人同意历史与小说之间的共性大于差异。正如怀特所言:"任何'过去',据定义均由事件、过程、结构和诸如此类的不再能被感知的因素组成,它如何能由除'想象'方式以外的知觉或话语方式得以再现呢?"(qtd. in Gelder and Salzman, 1989, 140)新历史主义的核心观念极大地改变了历史学家和作家对待历史题材的态度,解放了他们的思想,激发了他们对想象力的发挥。

《凯利帮真史》是一部典型的新历史小说,标题的设定即可引发读者对于何为"真实"的历史的深层思考。这部作品以内德·凯利写给未曾谋面的女儿的书信为主体,穿插以当时的主流新闻媒体对"凯利帮"行动的报道,巧妙地突出了"真实"与"虚构"的对比。早在"凯利帮"铤而走险之前,内德就留意到了作为殖民政府的喉舌的主流报刊对底层民众的诋毁和污蔑。他发现《比屈沃思广告报》这样报道格瑞塔附近的一群"小流氓"(指丹及其伙伴们)的行为:"他们从小就游手好闲,打架斗殴,偷鸡摸狗,在邻里间不断制造麻烦。他们中的某些人虽然因为盗马——对于他们来说这是轻车熟路,小菜一碟——被判入狱,刚刚刑满释放,但是星期天又故伎重演,为非作歹,扰乱治安"(《凯利帮真史》,248)。[①]新闻报道是历史本文的潜在成分,本应客观、公正,但这篇报道的措辞中却充满了典型的阶级偏见和居高临下的道德评判。对此,内德的说法是:"关于盗马,多多少少总算有点根据,但是他们并没有提到古德曼太太为什么恨我。由此可见,这一段历史的真面目只能由我来揭穿了"(《真史》,248)。根据他的回忆,这段报道的背后充满了巧合和无奈:出于羞怯,内德拒绝了商贩古德曼太太的邀舞而径直离开。后者感到自己受到了侮辱,因此怀恨在心,将他的小弟丹和他的伙伴告上法庭,说他们"夜

---

① 〔澳〕彼得·凯里:《凯利帮真史》,李尧译,北京:人民文学出版社,2004年。后文出自同一著作的引文,均随文在括号内标出该名称简称《真史》和引文出处页码,不再另外作注。

入民宅、蓄意强奸，偷鸡摸狗"（《真史》，248）。

这部小说赞同内德·凯利、丹·凯利等人命运的转折点是有着明确历史记载的"凯特受辱事件"，但对该事件的前因后果却有着不同的阐释。根据主流的历史记载，格瑞塔地区的警察菲兹帕特里克（Constable Fitzpatrick）在执行任务期间调戏了凯利家未成年的女儿凯特，招致凯利兄弟的殴打，进而引发了后续的一连串事件。而在凯里笔下，菲兹帕特里克蓄意欺骗并玩弄了懵懂少女凯特的感情。得知实情后，已经因为警察的糟蹋而失去一个女儿的凯利太太旧愁新恨齐上心头，她用铲子猛敲他的头，并夺下他的枪对准他。内德竭力稳住母亲的情绪，并把左轮手枪还给了痛哭流涕的菲兹帕特里克。然而，这个卑鄙小人一旦脱身便展开了无耻的报复。不久后，警察以"杀人未遂罪"通缉凯利兄弟，并以"协助杀人"的罪名把凯利太太和她刚出生不久的婴儿一起抓起来，送进了比屈沃思监狱。针对官方版本记载的不实和歪曲，内德试图通过援引乔·拜恩当时的笔录来证明自身的无辜：

> 菲兹帕特里克：我得说，你是我碰到过的最正派的人……今天晚上是你救了我的命。其实我这条命根本就不值得你救。失去你的尊敬，我深感遗憾。因为对我来说，你的尊敬是最高的奖赏。
> 他走后，乔又记下这样的谈话：
> 爱·凯利：你认为他这番话是真是假？
> 乔·拜恩：但愿他说的是真话。不过，这家伙很可能把我们都抓起来。
> 这事不幸被他言中。（《真史》，285）

在"凯利帮"与殖民地的警察正式交锋之后，官方媒体更是加紧了对他的"抹黑"计划。内德曾看过一份关于他的报纸，上面印着一幅面容扭曲、见之可憎的画像。对此，内德愤怒地指出："这些版画的作者都是些胆小鬼。他们的牲畜不曾被政府没收，家人不曾被诬陷入狱。他们唯一的目的就是让那些从来就没有见过我的人，把我当成一个可怕、可恨的魔鬼"（《真史》，327）。与这幅充斥着阴险意图的插图相应和，文字报道中充满了随意的杜撰和谎言："不知道文章是谁写的，但他满嘴胡言，说我们是'爱尔兰疯子'，说我把肯尼迪中尉大卸八块，说我打死他之前割了他的耳朵，还说我强迫三个同伙朝警察的尸体开枪"（《真史》，328）。彼得·凯里除了让内德·凯利本人来做"凯利帮"的辩护人，还设计了一个人物来帮助揭露官方报道对历史真相的遮蔽、扭曲和摆布。这个人物就是内德的情人玛丽·赫恩（Mary Hearn）。在揭露一系列行动背后的真相时，由于受到的正规教育实在有限，内德决定把讲故事的权力暂时移交给那些"受过教育的人"。他提醒女儿：那些从报纸上剪下来的文章中"很多地方不对你母亲的胃口。从她在旁边做的批注，你就能看出这一点……你妈妈像早晨阳光下落在篱笆上的小翠鸟，张开一副铁嘴，随时准备啄出一条虫子，或者别的什么东西"（《真史》，365–366）。

对于刊登在《黎明新闻报》上的系列报道，玛丽对不符合事实的地方作了一系列的修改、补充和纠正，比如：在"那是四匹栗色马"旁批注道"三匹栗色马，一匹灰色马"；在"麦考利勇敢地拒绝了他"处评论道"谈不上勇敢，因为他很清楚，内德·凯利不会加害于他"；在"他认出了'那张丑脸'——以前他在报纸上看过他的画像"旁纠正道"丹·凯利长着一双清澈明亮的蓝眼睛，颧骨比较高。那是一张英俊的、充满男子汉气概的脸"（《真史》，367–370）；对于报道中偶尔说对的地方，如"算他们走运，衣服特别合适"，凯特也会不无讽刺意味地表示赞同："确实是奇怪的巧合"（《真史》，368）。但大部分时候，玛丽都是尽职尽责的"真相"守护者。对于报上宣传的"内德·凯利清楚地表明了自己的态度——如果政府释放他的母亲，他就向政府投降"，玛丽坚决予以反驳："这话不对。他从来没有说过这种话。他永远不会投降"。对于"尤罗亚银行抢劫案"进程的官方说辞，她也试图做出纠正："此话不对。内德·凯利先和他要钱，经理拿出三百英镑现金，说只有这些钱。凯利知道他在撒谎"。对于"布拉德利先生犹豫了一会儿，把钥匙交了出去"，她指出："这是谎话。刚才说了，钥匙是女主人拿出来的"（《真史》，369–371）。

可见，作为构成历史叙事的潜在成分，历史事件本身在价值取向上是中立的，它最终将呈现何种面貌，完全取决于编写者的立场及其将事件组织和串联起来的方式。作为殖民政府"喉舌"的新闻媒体站在殖民地统治阶层的立场上，将"凯利帮"塑造成一群粗野、邪恶的嗜血狂魔，而从"凯利帮"及其支持者的角度来看，所谓的"真实历史"却呈现出截然不同的面貌。彼得·凯里试图提醒读者：构成历史话语的关于过去的叙述中充满了特定时期的主流意识形态运作的痕迹；历史本身是一个虚构物，"史实"永远无法为人所知，只能通过叙述的行为来对其加以尝试性地再现。

《凯特妹妹》也再现了导致"凯利帮"走上犯罪道路的关键性事

件。对于该事件，各个版本的历史叙述在表述上并不完全一致。J. J. 基尼利的《凯利帮及其追随者的完整内幕》（1929）和伊恩·琼斯（Ian Jones）的《内德·凯利：短暂的一生》（*Ned Kelly: A Short Life*, 1995）都明确指出：妹妹凯特受到侮辱是凯利兄弟走上不归之路的导火索。弗兰克·克伦（Frank Clune）在《凯利追捕者》（*The Kelly Hunters*, 1954）中却表示：在那个关键时刻究竟发生了什么，将永远无法从混沌中被确切还原。作为一名历史学家，他所能做的只有挑选似乎最有可能发生的事件的碎片，并按最符合情理的方式将其组合在一起（Clune, 1954, 132）。《凯特妹妹》对该事件的演绎，与基尼利和琼斯的记述不同，却和《凯利帮真史》一样，都符合克伦对"符合情理"的要求，贝德福德的着眼点是女性的主体性和清醒意识：为了保护丹，使其免于落入警察的冤狱，母亲抢起火锹赶走菲兹帕特里克，为丹顺利逃脱争取了宝贵的时间。次日，菲兹帕特里克带人来逮捕了当时在场的凯利家的邻居布里奇、比尔·斯凯林恩（凯特姐姐玛吉的丈夫）和怀中还抱着个哺乳期婴儿的凯利太太。在被投入监狱之前，凯利太太设法和玛吉匆匆见了一面，在这次会面中她让玛吉转告内德和丹尽早放弃以身试险来换取她的自由的方案。她认为，一旦被抓他们将永远无法再见天日，他们应当躲得远远的，如果可能的话甚至可以离境。"这是一个明智的忠告，但我的哥哥们有他们自己的骄傲。在为我母亲所受到的屈辱复仇之前，他们不愿罢手。"（*Sister Kate*, 34）[①]对于英雄主义教条的顶礼膜拜让内德、丹等人冲昏了头脑，使得他们无法吸纳身边女性的明智建议，从而在关键时刻做出了极其错误的决策。这与凯里笔下的内德·凯利在同一境况中的行为动机形成了鲜明的对照。在《凯利帮真史》中，内德放弃随自己的情人逃往美国，而是选择留下，主要是出于他严重的恋母情结。"内德对他母亲的爱意，就像小说中的其他人物多次谈到的，有时在性的方面，是促使他最终毁灭的力量之一。"（Clancy, 2004, 57）

在《凯特妹妹》中，女性不仅不是被保护者或红颜祸水，反而是男性的保护者和抚慰者。"据说菲兹帕特里克对我有意思——他来得确实比其他人频繁——但我有安妮的前车之鉴，所以不愿跟他有任何牵扯。"（*Sister*, 15）面对菲兹帕特里克的骚扰和纠缠，凯特苦不堪言，但头脑清醒的她从未试图借哥哥之手解决这个麻烦。"我从来没有告诉过内德，菲

---

① Bedford, Jean. *Sister Kate*. Ringwood: Penguin Books Australia, 1982. 后文出自同一著作的引文，均随文在括号内标出该著名称简称*Sister*和引文出处页码，不再另外作注。

兹帕特里克是如何抓住我的胳膊,或者在我使劲挣扎时试图强迫我亲吻他。当内德听说他们是怎样糟蹋我们家的粮食并粗鲁地对待我们时,已经出离愤怒了。我想,如果他知道了菲兹帕特里克侵犯了我们中的任何一个人,他会立刻冲去杀了他的。"(Sister, 27)每当那个恶棍终于放开她时,凯特总是会躲进灌木丛去独自舔舐内心的伤口。正如母亲和姐姐当初设法保护内德一样,凯特也以自己卑微的方式在保护她的哥哥,避免其因冲动行事而落入殖民地警察设下的罗网。

凯特的叙述声音是历尽沧桑的经验自我和少女时期不成熟的自我的混合体: "我并不清楚人们会怎样讲述我和他(指菲兹帕特里克)之间发生的任何事。即使是他的同僚也觉得他令人作呕。他是个醉鬼、骗子和吹牛专业户"(Sister, 20)。《凯特妹妹》这部女权主义小说试图通过赋予女性诉说自身故事的权力,来挑战男性中心主义的民族叙事长久以来对女性声音的压制。通过倾听凯特的第一人称独白,读者不难发现后人在评价凯特与"凯利帮"的关系时,往往过分强调了她对哥哥们的忠诚,而忽略了她作为一位情窦初开的少女的感受。根据这部小说,凯特追随"凯利帮"的动力很大一部分出自她对乔的迷恋。文中多处暗示,如果不是因为凯特对乔如此痴迷,历史甚至可能会呈现另外一种面貌。她曾做过这样一段忏悔:当时母亲被捕入狱,她前往内德等人的藏身之处送信,可当时她的全部心思都在乔身上。"我把消息带给了我哥哥,这是真的,但我的心不在那上面。或许——这是我很多个'或许'中的一个——或许,如果我不是那么迷恋乔,如果我把消息再表述得更清楚一些,一切可能都会是不同的……这个假设至今仍然在折磨着我。"(Sister, 38)

在曾与"凯利帮"成员过从甚密的亚伦·谢里特被处死这件事上,凯特无意中扮演了一个隐秘又关键的角色。"在亚伦展开报复之前,他被我们伤害了很多次——比他知道的次数更多。他总是责怪拜恩一家逼迫凯特甩了他,但实际上是我母亲告诉他们亚伦是警方的卧底,他们应该提醒凯特离开他。"(Sister, 8)贝德福德精心设计了两位凯特之间关于亚伦·谢里特的谈话场景。一天,凯特·拜恩(乔的姐姐)来到凯利家,向凯特倾诉自己的困难处境:由于拜恩家族的人相信亚伦是警方的卧底,拜恩太太禁止女儿与出卖自己爱子的败类继续来往,这使与亚伦深深相爱的凯特·拜恩深感痛苦。而凯特当时正沉浸在与乔的隐秘恋情中,为掩饰自己"可怕的隐秘的柔软"(Sister, 54),她不仅没有试着去理解和安慰她的朋友,反而冷漠地引导她去相信亚伦·谢里特罪无可恕。这个插曲具有持续而深远的意义。通过该场景,贝德福德揭示了一条无可辩驳的真理,那就是：即使没有任何官方的正式文字记载作为佐证，女性在重大历史进程中的作用也是不可忽视的。

这件事之后，怀恨在心的亚伦·谢里特与"凯利帮"的矛盾进一步激化。1880年6月，为了惩治叛徒，同时也为了改变被动的局面，"凯利帮"制定了除掉谢里特的行动方案。这一针对昔日同伴的残忍计划不仅使他们饱受非议，也让他们为之付出了惨重的代价——触犯了所在社会共同体的道德准则，失去了广大底层白人民众在舆论上和行动上的支持，从而沦为警察的掌中之物。在乔·拜恩射杀谢里特的两天后，"凯利帮"在小镇格兰罗旺与警察展开了激烈决战，除了内德·凯利受伤被捕，其余三名成员均在这场战斗中丧生。回忆过往时，饱经沧桑的凯特对自己当年的轻率无知深感愧疚："当你年轻的时候，你很肯定什么是对的、什么是错的；你不害怕后果是因为你无法想象它们"（Sister, 54）。通过重写凯利家族女人们的故事，贝德福德冲破了民族主义神话对女性形象的歪曲和对女性声音的压制。虽然不像自己的母亲艾伦和姐姐玛吉那样令人肃然起敬，凯特·凯利却是一位忠于自我、敢于发声的勇敢女性。她不是没有弱点和问题，但她坦率承认自身的缺点并愿意为自己犯下的过错承担责任的态度，显然打破了"红颜祸水"的滞定形象，令读者不禁对其曲折人生发出由衷的叹惋。

在男性价值观主导文学公共领域的情况下，澳大利亚女性学者和女性作家都试图通过挑战男性作家所塑造的民族经典来颠覆本民族文学文化的男性中心主义模式。她们所取得的最为突出的成就就是对民族主义话语的再现方式的纠正。通过她们的共同努力，妇女在文学和艺术的主流历史上被驱逐、被忽略和被轻视的状况开始发生改变。女权主义批评家多萝西·琼斯（Dorothy Jones）、凯·谢菲（Kay Schaffer）等人对男性作家撰写的作品，尤其是代表民族主义文学巅峰的19世纪90年代作品展开的揭露和批评颇具代表性。她们的研究揭示了该时期文学创作中使女性"他者化"以打造自身的男性神话的常见叙事模式所包含的问题。与此同时，澳大利亚女性作家在沿着民族主义文学的边缘展开写作：她们对参与塑造典型的民族性格和民族意象的男性创作模式并无太大兴趣，而是将目光的焦点更多地投向家庭等私人领域的日常生活（Buffi, 1999, 31）。然而，正因为对私人领域的日常生活的密切关注，女性作家的创作常常被关注民族文学的形成的男性批评家和历史学家斥为肤浅的、无意义的产物。盖尔·里奇（Gail Reekie）在分析妇女在隐喻性和现实性的民族建构中的处境时，曾坦率指出：

尽管在物质层面上对于民族的建构是不可或缺的，在对民族进行历史性建构的过程中，复制和生产领域的妇女作品均不得不归于沉寂……妇女在象征层面和物质层面上都承载着作为澳大利亚"民族"的本质上的牺牲品的重负……女权主义和民族主义如同在历史书写中所展现的那样，继续作为对立的、相互排斥的范畴运作。（Reekie, 1992, 146）

然而，尽管被贬抑至男性占中心地位的民族叙事的边缘，澳大利亚女性作家却始终在调整自己的写作模式和状态，试图通过复原被历史洪流所湮没的女性生活，通过重新挪用她们长久以来不能进入的公共领域，来达到发出女性的独特见解的目的。贝德福德的《凯特妹妹》正是当代澳大利亚女性作家改造民族主义神话的一个突出典范。

第二节 "逆写帝国"与后殖民书写

"逆写帝国"的概念由印裔英国作家萨尔曼·拉什迪（Salman Rushdie）于1982年最早提出，泛指英帝国前殖民地通过讲述自身故事和表达自身立场的方式对帝国中心做出回应和反驳（Rushdie, 1982, 8）。1989年，来自澳大利亚的学者比尔·阿什克罗夫特、加雷斯·格里菲斯和海伦·蒂芬在后殖民文学批评理论著作《逆写帝国：后殖民文学中的理论与实践》（*The Empire Writes Back*: *Theory and Practice in Post-Colonial Literatures*）中，对该概念作了进一步的发展和引申。该著作分析了典型的后殖民文学文本中存在的权力关系，并指出这些文本构成了对欧洲中心主义的语言与文学的激进批判。阿什克罗夫特等人指出：非洲诸国、加拿大、澳大利亚、新西兰、印度、孟加拉国、加勒比海诸国、南太平洋诸岛国等国家和地区的文学中存在一些共性，即"其当今的形式均脱胎于该国被殖民的经历，通过突出其与帝国权力之间的张力、强调其与帝国中心的假定之间的差异而彰显自身"（Ashcroft et al., 1989, 2）。本章重点分析的两个文本虽然侧重点并不相同，但都具有明显的后殖民批判的维度。与英帝国殖民机构的官方文本将内德等人塑造成"野兽"或"疯子"的做派不同，这两部小说均对其早年的遭遇充满了同情，对其无奈之下铤而走险的命运表示叹惜。其中对英帝国话语的"逆写"姿态反映了两位作家的写作目的都不是为了获得在帝国中心的显赫地位，而是为了"'反对'中心对事先要求的合法性和权力的假设"（Ashcroft et al., 1989, 245），在隐喻层面上打破中心与边缘之间的权力平衡。

《凯特妹妹》揭示，凯利家族深受殖民地统治阶层的工具——殖民地警察的排挤、压制和迫害。凯利家族的男性，如同其他贫穷却桀骜不驯的爱尔兰裔丛林汉一样，是当地警察的眼中钉、肉中刺，动辄被处以重罚，甚至被投进监狱。小说没有正面描写男人们的被监禁生活，却清楚地指出了这些经历对他们本人及其家族女性成员造成的严重创伤。故事开始于凯特十二岁那年的夏末，她的大哥爱德华（即内德）刚从狱中被释放，一家人正准备展开新生活。然而，平静如水的生活表面下却涌动着暗流：年仅十四岁的吉姆遭指控偷牛，被判处三年的监禁。家中大姐安妮被一个殖民地警察欺骗和诱拐，生下私生女后不幸死去。为了防止内德盛怒之下杀人，家里的女人们设法安抚他，并向他隐瞒安妮的真正死因。

三年后吉姆从狱中被释放，但监禁生活摧毁了他的心志。由于无法适应正常人的生活，他故意设计令自己再次被捕。吉姆的自毁举动让他的母亲和姐妹们深受打击。雪上加霜的是，母亲又怀孕了。"这将是她的第十二次生产。约翰尼还在吃着奶，小玛丽虚弱的肺似乎无法撑过这个冬天，事实也的确如此……我母亲已经掩埋了太多的孩子。所以当那具小棺材被马车拖走时，她甚至没有哭泣。"（*Sister*, 14）凯特的小哥丹因受诬陷而入狱。即使原告后来被证实作了伪证，他也没有被提前释放。刑期结束被释后，丹久久地沉浸在悲愤的情绪中难以自拔。"那段日子，他犀利而尖刻，短暂入狱后他对任何人都充满了怨恨，总是在思考他遇到的不公……他几乎要爱上他的不幸了。他才不到十六岁。"（*Sister*, 19）丹的痛苦和愤怒加重了母亲的负担："那几个月，她真是变得像一个老妇人了。她曾经充满激情和活力的偏瘦身体，现在已经变得萎缩了。因此，如果不看她的大肚子，她就像是一个瘦骨伶仃的干瘪老太"（*Sister*, 15）。更棘手的情况很快接踵而至，这一次是内德及其继父乔治·金的逮捕令的下达。连粗枝大叶的丹都意识到："如果他们再一次抓到内德，那会要了我母亲的命的"（*Sister*, 19）。由于丹和他的伙伴的通风报信，内德和乔治得以摆脱警察的抓捕，但这却给了乔治一个绝佳的借口来摆脱他的"家累"（其中还包括一个即将出世的婴儿）。"这是我们最后一次见到乔治·金。他在真正的麻烦到来之前就溜之大吉了，都没见到他的二女儿爱丽丝一面。他把三个幼小的孩子全都扔给了我母亲来照料。"（*Sister*, 16）父权制社会赋予了男性抛下家庭去追求自身自由的权力，却用伦理道德等无形的枷锁将女性牢牢地捆缚在自己的家中。由于无法改变为男性利益服务的社会意识形态，母亲只能选择勇敢地承担这一切。在"凯利帮"的悲剧不可避免地发生后，凯利一家最终过上了平静的生活。但这样的生活，不是被统治者发善心赐予的，而是母亲艾伦·凯利努力经营的结果。她对那些好事者和"凯利帮"曾经的"追随者"一律不假辞色。正是由于对"英雄神话"本质的清醒认识，她才能够不受外界的纷扰影响，坚定地过自己的生活。而她在艰辛、漫长而又孤独的丛林生活中的长期坚守，不仅使警察不再有任何借口前来挑衅，从而保护了凯利家族的其他成员，还为迷失了人生方向的子女指明了前进的道路。历史上的艾伦·凯利享年九十二岁，比她的许多子孙都更加长寿。

贝德福德选择从凯特·凯利的角度去重新审视这些19世纪的丛林往事，体现了她挖掘殖民地的底层民众、尤其是承受阶级与性别的双重压迫的底层白人女性的故事的强烈愿望。事实上，凯特在"凯利帮"的传说中属于争议人物，占据的位置可谓微妙。在民间传说中她被描绘成智勇双全、骑术高明的女英雄，曾多次与警察展开周旋，为"凯利帮"成员成功传递了大量信息和运送了大批给养。但与此同时，关于她的不利传言和非议也数量可观。在关于内德·凯利的大量传记和小说中，凯特的地位和作用常常被她的姐姐玛吉取代。这其中显然有殖民政府文化审查机构暗中运作的痕迹。根据官方的记载：她唯一一次享有不容置喙的"在场"地位是在1878年4月15日的"凯特受辱事件"中，该事件拉开了后来所有灾难的序幕，但侮辱她的却只是一个警察中的败类。贝德福德对这样的官方叙事明显嗤之以鼻，在《凯特妹妹》中该事件被重新演绎成母亲为保护丹，与上门实施抓捕的警察发生了冲突，从而引发了他们的报复。小说披露了殖民地警察的无耻和堕落，也刻画了他们欺压底层民众的种种恶行，从而揭示英帝国殖民地统治阶层的腐败和贪婪才是逼迫"凯利帮"走上以暴制暴道路的祸根。

凯特·凯利的存在印迹在殖民历史官方记录中被大量抹除，恰恰证明了她的存在令殖民政府惶恐不安。《凯特妹妹》中戏剧性地上演了"后凯利帮时代"的一段颇具争议的自我救赎："凯利帮"覆灭后，凯特以滑稽剧的形式将他们的故事搬上了舞台。她的表演曾引起过短暂的轰动，但观众中酝酿和积蓄的反政府情绪引起了当局的深切忧虑，因此该巡回表演在各地都很快遭到了禁止。尽管在凯特眼中，这只是一个寻找自身存在意义和价值的方式："我喜欢这样——鼓掌和大笑，让我觉得自己是一个……人物……让我感觉好像又活了过来"（*Sister*, 68）。凯特与"凯利帮"的关联使殖民政府的文化审查机构不遗余力地将其从"凯利帮"相关记载中铲除。这一针对底层女性的文化"绞杀"，在后来将内德·凯利树为民族代表性偶像的男性文化精英时得到了积极响应。贝德福德对男性文化精英与殖民政府之间形成的共谋进行了揭露和批判。小说揭示了丛林女性作为"牺牲者中的牺牲者"的地位，从而消解了内德·凯利等人身上笼罩的民族英雄光环，因为他们不仅无法保护自己和身边的女性，还将自身遭遇的不幸无情地转嫁到了她们身上。

与侧重揭露殖民统治的黑暗与腐朽的《凯特妹妹》不同，《凯利帮真史》从多个角度展示了19世纪澳洲殖民地的统治阶层对以爱尔兰移民为代表的底层民众的压迫、剥削和控制，以及受欺压的一方所展开的抗争，尤其体现在他们对政治上的独立自主地位和文化上的自我表达权利的争夺上。《凯利帮真史》中的内德本是一个品行端正、积极上进的好少年。

当地的警察奥尼尔恶意散布的谣言造成他和他的父亲约翰·凯利（John Kelly）之间的长期隔阂，并间接导致约翰·凯利过早离世。迫于生计的压力，内德的母亲将长子交给了丛林大盗哈里·鲍威尔（Harry Power）做学徒。然而，无论鲍威尔如何软硬兼施、威逼利诱，内德都不肯自甘堕落，坚持回到自家贫瘠的农场上去做本本分分的农活。鲍威尔不曾善待他，内德却宁可坐牢也不愿泄露他的行踪。然而，内德见钱眼开的姨夫杰克·劳埃德（Jack Lloyd）却为了高额赏金出卖了颇有群众基础的老哈里。为了逃避乡邻的谴责和排挤，他不遗余力地制造和散布谎言，将罪名栽赃在内德身上。

由于乡邻的鄙夷和排挤，凯利一家人的生活越发艰难。警察霍尔等人将尚未成年的内德两度投入监狱。重获自由后，内德发现自己辛勤开垦的农田被别人占了去，自己努力驯服的纯种马也被眼红的家伙偷走了。虽然感到愤怒，秉性善良的内德并没有伺机报复，而是设法在锯木厂安下身来。但警察、牧场主们并不肯就此放过他，他们变本加厉、步步进逼，终于使得内德下定决心展开复仇。当他带领伙伴们偷走牧场主迈克比恩的五十匹纯种马时，内德感受到了前所未有的畅快淋漓："我以前从来没有做过贼，也没有体验过偷富人的东西是一件多么快乐的事情……我不止一次骑着马，远远地看着迈克比恩坐在家里喝茶。他的狗向荒野跑去的时候，他只能眼巴巴地看着殖民地茫茫无际的蛮荒之地出神。这个国家不是他的，永远都不是"（《真史》，241）。内德显然赋予了"劫富"的行为特殊的政治内涵：通过向他熟悉并视为家园的"茫茫无际的蛮荒之地"寻求庇护，他达到了向殖民地的统治阶层复仇的目的。就这样，内德的周围聚集起一批跟他有着相似命运的爱尔兰裔底层贫民，他们在深山驻扎下来，从而形成"凯利帮"的雏形。

在其广为人知的犯罪生涯中，"凯利帮"周密制定并实施了数次旨在报复殖民政府的银行抢劫案，其中最令人津津乐道的两起分别发生在小镇尤罗亚（Euroa）和杰里尔德里（Jerilderie）。杰里尔德里银行抢劫案发生后，"凯利帮"还发表了自己的"革命宣言"——"杰里尔德里信件"（"the Jerilderie Letter"）①。在这封著名的"告人民书"中，内德·凯利阐述了他被迫走上犯罪道路的无奈，控诉了自身作为帝国、阶级和殖民地司法体系的牺牲品的悲哀，并呼吁在澳洲建立一个使底层民众可以得到

---

① 内德·凯利试图将这份由他本人口述、乔·拜恩记录的公开信印制成小册子在民众中广为传发。据记载，内德·凯利是唯一以写作方式为自身辩护的澳大利亚丛林强盗。该信件的誊写本现藏于澳大利亚国家博物馆。

公平对待的新社会。彼得·凯里的《凯利帮真史》正是受到这一著名历史文献的启发，并对其展开合情合理并充满想象力的阐释的力作。内德·凯利极富感染力的第一人称叙述声音贯穿了小说文本的始终，这与"杰里尔德里信件"中的第一人称宣言形成了有趣的呼应。

在《凯利帮真史》中，殖民地统治阶层对爱尔兰裔底层民众实施的肉体折磨和精神摧残，体现了英帝国刑事殖民制度的贻害无穷。第二代爱尔兰裔澳大利亚人内德·凯利在清楚地了解自身的历史文化渊源的同时，也以澳洲这片土地的主人翁自居，对生长于斯的殖民地充满了依恋和自豪感。正因为他对"爱尔兰文化遗产"的审慎态度，内德·凯利后来才没有走上极端民族主义的老路。他与源自欧陆的"异装党"暴力恐怖活动始终保持距离，体现了作为殖民地土生土长的居民的独立自主意识。作为对抗性文本，《凯利帮真史》不仅对英帝国主义提出了批判，也对极端民族主义做出了反驳。

然而，应当认识到这两部作品的后殖民视角都存在一定的局限：两部小说都在对土著的历史性再现上存在明显不足，澳洲土著居民的零星存在似乎只是为爱尔兰移民与英国殖民统治者及其爪牙之间的矛盾冲突增添一些别具风味的"佐料"。《凯特妹妹》中，土著充当了殖民地警察的帮凶，从而被置于"凯利帮"的对立面。在尤罗亚和杰里尔德里银行抢劫案之后，警察加大了对这个犯罪团伙的搜查力度，他们雇佣土著追踪者（black trackers）来帮助其追查该团伙的形迹，这给"凯利帮"造成了巨大的心理压力。《凯利帮真史》中，以内德·凯利为代表的第二代爱尔兰裔殖民地居民从小就被灌输了种族主义的观念。当少年内德看到土著骑手有着体面的工作，衣着光鲜地骑在高头大马上时，简直无法掩饰愤恨和艳羡："我们从小接受的教育就是，黑人是下等人里的下等人。可是他们有鞋穿，我们却光着脚。我们边跑边恶狠狠地咒骂……"（《真史》，13）由此可见，两位作家均把出生于殖民地的爱尔兰流放犯的后代视作澳洲天然的主人，他们在通过凸显其与帝国中心及其代理人/爪牙之间的对立和冲突来彰显民族主义立场的同时，却没有做到尊重这片大陆原先的主人的基本生存需要以及他们的物质、文化和精神诉求。

第三节　揭秘男性阳刚气质

在澳大利亚历史上，19世纪90年代是一个举足轻重的重要时期。批评界普遍认为，在19世纪90年代的澳大利亚社会，关于新的国家身份的话语建构了一个格外具有男子气概的澳大利亚性格的传说（Kossew, 2004, 24）。在澳洲大陆这片土地上，以白人男性为主导的社会形态的出现，最早可追溯到1788年"第一舰队"的到来，它为这片大陆输送了第一批青壮年劳动力——数以百计的罪犯殖民者和新南威尔士军团官兵。关于澳大利亚殖民史的一个颇具争议的论调是：欧洲人在澳洲大陆的殖民活动是一个和平演进的过程，在此过程中，欧洲殖民者并没有遭遇太多的来自这片大陆的原始居民的坚决抵抗。以亨利·雷诺兹为首的一批历史学家在《边疆的另一面》（*The Other Side of the Frontier*, 1981）、《塔斯马尼亚土著》（*The Aboriginal Tasmanians*, 1982）等著作中对这一"白人迷思"展开了有力驳斥。雷诺兹认为，一代又一代的澳大利亚人正是带着这样的关于过去的错误观念成长起来。实际上，从土著手中"偷走"土地正是建立典型的澳大利亚男性身份的一个决定性要素。当土著做出抵抗时，白人殖民者被迫互相依赖，寻求武力上的相互支持。此外，殖民时期极具挑战性的自然环境也意味着男人们不得不互相依靠，在物质上共渡难关。因此，为应对严苛环境和物质生存的需要，一种特殊形式的男性之间的纽带就此产生。

对于澳大利亚的"伙伴情谊"的发展具有重要意义的事件是第一次世界大战的爆发。战争在为澳大利亚文化建立"独特的男性典范"上扮演了重要的角色。一战使"伙伴情谊"达到了一个新的里程碑，1915年的加里波利登陆战役更是为澳大利亚男性的自我形象笼罩了一层神圣的光环。"与'伙伴情谊'、反独裁主义、恶作剧行径和不屈不挠精神相关的澳新军团的传说，已经转变为一种民族精神。"（Garton, 1998, 94）

作为男性团结基础的男性间的纽带在许多国家和地区都不算鲜见，澳大利亚的"伙伴情谊"又有何独特之处呢？丹尼斯·奥特曼（Dennis Altman）认为，"伙伴情谊"最特别的地方在于其神话般的地位，尽管其他国家的早期拓荒生活中也出现过类似的男性纽带，但是没有一个其他国家或地方把它看作民族性格的一大特征，或将它作为一种民族特性上升至神话般的地位（Altman, 1987, 166）。澳大利亚可能是唯一这么做的国家，在这里"对男性纽带的浪漫化，为民族意识形态提供了一个如此有用的基础"（Altman, 1987, 167）。换言之，尽管在很多文化中男性伙伴之情都很常见，澳大利亚的版本似乎夸大了这一机制，"就好像澳大利亚男人永远都处在一种紧急状态中，需要来自彼此的帮助和支援"（Bell, 1973, 8–9）。因此，与其说它是澳大利亚版本的男性纽带，不如说这种纽带在澳大利亚"构成了民族身份神话的基础"（Pease, 2001, 195）。

"伙伴情谊"通常作为健康的、正面的、建设性的特质而被宣扬，但也有人指出其另一面，即不健康的、压迫性的和具摧毁力的阴暗面。罗伯特·贝尔（Robert R. Bell）关注其对两性关系的影响，他认为：丈夫在"伙伴情谊"主导的人际关系中的满足，以妻子在婚姻中的委屈和不满足作为代价（Bell, 1973, 24）。正因为澳大利亚的"伙伴情谊"是在丛林生活的严酷现实中产生的，它的一个重要方面就是对以情感交流为主要特征的女性同伴情谊的排斥。与男性同伴相比，女性的陪伴被认为是微不足道的，在很多情况下甚至可以忽略不计。许多作家和学者均对澳大利亚男性气质中包含的情感缺失做出过批评。特里·考林（Terry Colling）指出，"伙伴情谊"的隐含之义是粗暴，包含了对"虚弱的"情感的蔑视态度（Colling, 1992, 50）。约翰·韦伯（John Webb）指出，沉默寡言和情感压抑等特质正是澳大利亚男性身上存在的普遍现象（Webb, 1998, 11–12）。唐·埃德加（Don Edgar）指出，"伙伴"的核心要素是排他性的男性，"伙伴"们在共同劳动中共享一种独特的怀疑论式世界观，除了交流一些玩笑话，彼此之间缺乏情感的交流和表达（Edgar, 1997, 79）。鲍勃·皮斯（Bob Pease）进而指出，"伙伴情谊"的负面因素通常体现在竞争性活动、聚众饮酒作乐等常见形式上，其他的一些更加令人不安的形式则包括针对妇女的集体暴力、对同性恋的憎恨和种族歧视等（Pease, 2001, 196–198）。

学者林兹·穆里（Linzi Murrie）考察了民族主义传说是如何参与建构澳大利亚的男性气质的，他认为将澳大利亚传说读作男性阳刚气质的传说，意味着将其读作一个动态的建构过程——包含策略与协商、容纳与排斥的一整套复杂组合，这一过程使性别化的权力关系成为可能，并使其得以合法化（Murrie, 1998, 68）。根据拉塞尔·沃德（Russel Ward）在《澳大利亚传说》（*The Australian Legend*, 1958）中的描述，典型"澳大利亚人"通常由一系列内在和外在的二元对立建构而成，这一系列的二元对立将其置于一个缺场的"他者"的对立面。在"他"的身份的建构过程中，

"同质性"成为压倒"差异性"的关键因素。典型的"澳大利亚人"是"实用型的",而不是"理论型的",他重视强健的体魄胜过智识能力,他平凡而朴实,不能容忍虚情假意和附庸风雅;他不会恪守清规,在饮酒、诅咒和赌博方面没有节制;他独立,奉行平等主义,憎恨权威和身份显赫的人。在明显抛弃个人主义的同时,又对他的伙伴始终不渝地保持忠诚(Murrie, 1998, 68)。

根据民族主义传说中男性阳刚气质的建构过程可以看出,缺场的"他者"代表"女性化的"、与丛林汉阳刚气质不相容的社会范畴。丛林汉的独立、不善言辞、流浪的生活方式将其置于社会主流环境的范围之外,但他又不是外在于任何社会结构的。在他的伙伴中,他的独立让位于忠于团体的义务;也是在伙伴当中,他的男性阳刚气质得到了合法认证。此处发挥作用的一组基本的二元对立——"同质性高于差异性"具体表现为男性同性社会性①团体(male homosocial group)高于更加广阔的社会与文化(Murrie, 1998, 68–69)。

《凯特妹妹》揭示了代表性的澳大利亚男性行为模式——"伙伴情谊"和澳大利亚式男性气质的共谋关系。小说反映,在"凯利帮"男性气质确立和维系的过程中,首当其冲受到排斥的"他者"是女性。虽然凯特跟其他人一样是内德的忠实追随者,但这个男性群体却始终和她保持着一种若即若离的关系。当警察下令逮捕内德和乔治时,凯特曾积极要求跟随丹和他的伙伴骑马进山给内德报信,但她却被无情地拒绝了。"尽管我苦苦哀求跟他们一起去,他们却不允许。他们说,这是男人的事业;他们对即将展开的这场冒险感到很激动。他们不希望女孩跟在他们身后。"(Sister, 19)当母亲被投入监狱后,内德决定留在维多利亚州与警方展开周旋,伺机进行报复。此时凯特要求跟随内德离开家,加入他们的队伍。"'让我跟你走吧,'我说:'我想和你们在一起生活,帮你们打败他们。'爱德华没有发出嘲笑,但是他说:'不。家里需要你,基蒂。玛吉一个人不可能做完所有事。'他把一只胳膊重重地放在我的肩上。'但是你可以偶尔来我们这里住一阵子。通过向我们报告警察的情况,你可以更好地帮到我们。'"(Sister, 34)内德的回答隐晦地点明了凯特在这个组织中的边缘地位,只是被看作可有可无的辅助,而从来不是必不可少的

---

① 男性同性社会性的关系指的是同性别的男性个体之间的社会联系。"同性社会性的"(homosocial)一词的构成,类似于同时又明显区别于"同性恋的/同性性欲的"(homosexual)一词。参见Sedgwick, Eve Kosofsky. *Between Men: English Literature and Male Homosocial Desire*. New York: Columbia University Press, 1985.

成员。

在"桉树溪袭警事件"中,当四个男人摸进警察的露营地时,凯特被安排在不远处放哨警戒,因此,她对于那里发生的一切并不十分清楚。枪声响起时,她茫然不知所措,只能被动地遵守先前被给予的指令——"他们告诉我不管发生任何事都不要离开那里,除非看到其他的警察小组"(Sister, 45)。她后来被引至事发现场,也只是因为内德希望她帮忙善后——替中弹的肯尼迪巡佐(Sergeant Kennedy)包扎伤口。当他们发现肯尼迪伤势过重,已无法挽回时,便再一次把她支开。

"凯利帮"众人通过男性群体内部的规范性活动去建立并巩固自身的阳刚气质和身份。通过将亚洲移民和澳洲土著为了个人私利陷害他人的软弱行为放大,通过将警察归入"胆小鬼"和"懦夫"之列,他们得以严格规定了澳大利亚男性阳刚气质的标准和范围。丹提到一个中国人状告他和他的伙伴袭击他,但事实却是这群淘气的男孩试图在他的水库里游泳,那个人阻止不成就把他们告上了法庭。而土著与"凯利帮"的矛盾则体现为部分土著居民充当了警察的帮手。在内德看来,这些土著追踪者是少有的在解读丛林讯号方面可以胜过他的人(Sister, 52)。

与非欧洲移民和土著相比,英国殖民统治阶层的鹰犬——在殖民地横行霸道的警察与"凯利帮"代表的爱尔兰裔劳动人民之间的矛盾则深重得多。文中多处将警察与"胆小鬼"、"懦夫"等负面形象联系在一起,其中突出的代表就是菲兹帕特里克。此人是典型的畏强凌弱者。他经常趁凯利兄弟不在家时对凯特上下其手,还在抓走凯利太太后,多次带人来威逼和恐吓凯利家的女人和小孩。菲兹帕特里克之流从来不敢单独行动,"像他们那样的懦夫总是待在黑暗中伺机而动"(Sister, 25)。其他的警察虽然了解菲兹帕特里克的秉性,却不愿与"凯利帮"展开正面的"公平对决",而是选择利用菲兹帕特里克作为他们的挡箭牌。在桉树溪遭到袭击的警察之一——罗尼根警官(Constable Lonigan)也和内德发生过直接冲突。这场冲突发生在小镇贝纳拉(Benalla)。当时,四名警察围住喝醉酒的内德,试图将其拖到地方治安官面前。在混乱的扭斗中,罗尼根袭击了内德的下体。事后,耿耿于怀的内德斥责他是个没有男子气概的懦夫。"在打斗中,罗尼根警官抓住了他的睾丸,爱德华觉得这种奇耻大辱无法被宽恕。他总是自夸能够在公平决斗中打败任何一个男人,而罗尼根是个胆小鬼,他说,竟然像那样攻击别人的下体。"(Sister, 16)

"凯利帮"的男性阳刚气质还通过惩罚团体内部的"叛徒"亚伦·谢里特来得以巩固和维持。与凯利兄弟、乔·拜恩等人相比,亚伦·谢里特无论在行为模式还是在情感模式上，都具有明显的女性化特征，连凯特对他的第一印象都是"软弱"。"亚伦是一个需要有某个人来让他崇拜的男孩。那时是乔·拜恩，明朗而迷人，他用他的眼睛追随他。后来就是我的哥哥爱德华，虽然那有可能是因为乔太崇拜内德，亚伦害怕被落在后面。他在我们女孩面前很害羞，充满了不切实际的浪漫想法；像乔一样，他认为丛林强盗像罗宾汉，他希望成为快乐的匪帮的一分子。"（Sister, 8）根据凯特的观察，亚伦·谢里特在与女友相处时充满了柔情蜜意，迥异于其他男人的"情感缺失"状态："我嫉妒凯特·拜恩，她闭目仰躺着，头枕在亚伦的膝上。而他抚摸着她长长的黑发，丛林汉的帽子斜斜地罩在脸上。当他说话时，只有嘴里的那根麦秆不规则地移动着。他晒黑的有力大手在她黑色的鬈发间有节奏地上下滑动着"（Sister, 13）。反观乔和自己相处时的状态，凯特不禁感慨万分："那时乔和我就像狗一样绕着对方走，就像人们在年轻、羞怯时表现的那样。我们的谈话急促而充满尴尬，本来想要表达温情的调笑的话，说出口来却变得尖锐而刺耳，使我们震惊之余再度陷入沉默"（Sister, 13）。

由于达不到"凯利帮"的标准，亚伦·谢里特与内德等人越来越疏远。在被公开指认是警方的间谍后，他的心上人凯特·拜恩被迫离开了他。愤怒的谢里特把"凯利帮"成员之间发生性行为的隐私一股脑儿地说了出来，这一泄愤之举却为他引来杀身大祸。正如凯特后来的回忆揭示的，该举动触犯了这个格外在意自身阳刚气质和形象的男性团体的大忌。"'他说他要毙了乔，然后……'她的声音压得更低，'然后……强奸他，从后面。他说不管怎么说这毕竟是他们相互之间在山上一直做的事。他说他们根本就不是真男人，而是喜欢穿上女人的衣服、假装是小甜甜的变态。所以，'她的声音变得冷酷而肯定，'乔说他必须要受到惩罚。并且，这也是计划的一部分。'"（Sister, 69）在凯特看来，乔等人"就像男人们能够爱其他男人一样"爱着她的大哥，她不认为那是谢里特指出的这种"令人反感的东西"（Sister, 39）。但她的回忆中又充满了不确定："我不知道男人们在一起能找到怎样的生理释放方式，但我无法相信它是亚伦的嘲笑中指出的那种。这不等于说我认为他们像那样去爱——然而，他们可能确实是那样做的。他们都曾蹲过监狱，他们说在那里这种事很正常"（Sister, 39）。凯特企图说服自己相信他们之间彼此清白，但与此同时，出于爱与同情她又强迫自己接受这样的假设：假如他们之间确实发生过那样的事，那也是因为他们无从选择。"他们毕竟过了很长一段时间没有女人的生活。当亚伦那样说时，我很惊恐。但现在我希望那时他们能有机会在彼此的怀抱中发发牢骚，抒发他们的需要和恐惧。爱在你发现它的地方。我们不可能永远是做出选择的一方。"（Sister, 39）通过凯特自相矛盾的独白可以看出，虽然"凯利帮"成员对此讳莫如深，甚至视泄密者为不共戴天的死敌，但这个男性社会性团体内部可能的确存在着同性恋（或具有同性恋倾向）的因素。在大部分情况下，以同性为指向的性欲望被压制在合乎当前社会道德准则的行为之下。但在长期被困深山的情况下，同性间的欲望有可能冲破脆弱的阀门，得到彻底的宣泄。

美国性别研究学者伊芙·赛奇维克曾指出，男性阳刚气质的维系需要各种各样的同性社会性关系的支撑。在运动场所、俱乐部、工作场所、学校等与外界长期隔绝的场所，丰沛的情感容易产生性欲转向。但是，为了维护婚姻这一重要的父权制社会机制的权威，男性之间的欲望通常不被允许。"在任何男性主导的社会，在男性同性社会性（包括同性恋）的欲望和用来维持并延续父权制权力的结构之间均存在着一种特殊的张力。"（Sedgwick, 1985, 25）性别权力机制要求男性投身于和其他男性之间的社会性博弈，以获得对自身男性气质的认证，从而确保自己的男性特权和地位。但男性个体的社会性活动必须满足一个必要前提，即符合主流社会认可的规范——尊重异性恋的霸权地位。只有那些符合主流社会规范的异性恋男性才能作为男性气质的代表稳居性别权力结构的峰端。

因此，特殊情况下出现的异装癖、角色扮演、同性间性行为等隐秘活动，必须被严格限定在男性小团体的内部。任何试图泄露团体内部的"怪异"举动、影响所在集体的伟岸形象的行为，都将遭到其他成员共仇敌忾的一致对待。然而，"凯利帮"的极端报复正暴露了他们竭力维持的阳刚气质和形象是具有欺骗性的假象。他们对阴柔气质或"非男性阳刚气质"的排斥和防范，正体现了异性恋欲望表象下存在着同性恋欲望的潜流。由于"凯利帮"众人在殖民地社会阶层中不占支配地位，他们格外惧怕失去在性别等级结构中的位置，因此他们必然会对叛徒实施严惩。

男性阳刚气质的建构和维系不仅需要通过排斥"他者"和严惩"叛徒"，还需要通过团体内部的规范化活动来实现。《凯特妹妹》揭示，"凯利帮"的其他成员均把内德·凯利视为行动上的楷模，即使他们清楚他所做的一些事触犯了法律。"也许正是这一认知使得乔和亚伦走上了偷窃的道路，想证明自己跟他们的英雄——内德·凯利——是势均力敌的。"（Sister, 8）当内德决定离开家躲入丛林时，乔和亚伦积极要求追随他而去。内德以乔太年轻、不能和像他那样的罪犯为伍这一理由拒绝了他。但乔和丹的伙伴斯蒂夫·哈特后来还是无法挽回地卷入了这场灾难。

当一切还存在转圜的余地时，内德曾劝说他们尽快抽身离开。"但他们不肯。他们有自己的理由，就像我在那天夜里认识到的。他们也有自己的计划。而且，他们也都爱着我哥哥。"（*Sister*, 38）除了对英雄主义教条的顶礼膜拜，乔·拜恩、斯蒂夫·哈特等人对内德·凯利的生死追随，还体现了在同性社会性团体中每个男性都需要从其他男性处寻找对其阳刚气质的认可和承认。他们的冒险活动、"英雄"壮举、自吹自擂以及对男性团体的忠诚，都对准了具有授权能力的男性目光。

《凯利帮真史》中，与"伙伴情谊"密切相连的男性气质也是掺杂同性仰慕成分的含混类型。文本揭示，亚伦·谢里特与乔·拜恩、斯蒂夫·哈特与丹·凯利之间都存在超越一般男性友谊的紧密情感纽带。后两位还依照爱尔兰传统习俗歃血为誓，缔结了生死同盟，这也引起了内德的警惕和反感。然而，尽管内德本人表现出明显的异性恋倾向（他具有恋母情结，后来又爱上了爱尔兰移民玛丽·赫恩），他的男性气质同样是复杂而又含混的，并不符合当时主导性的男性气质的规定性描述。根据民族主义版本的"凯利帮"传说，成员具有反抗精神、珍视个人自由胜过家庭、忠于伙伴、敢于反抗殖民压迫、漠视软弱的情感，体现了对"伙伴情谊"的完美诠释。但《凯利帮真史》中的内德却是一个重视家庭、情感细腻、具有奉献精神的男人，他对身边的女性充满了怜惜和保护欲。这一新型男性形象颠覆了殖民地父权制社会认可的标准男性画像。内德对斯蒂夫和丹的盟誓表示抗拒和反感，该举动背后也混杂着暧昧的因素。他承认对斯蒂夫的感情很复杂："他身上似乎有一种魔力，深深地吸引了我"（《真史》，242），因此"我连自己也不清楚，为什么能容忍他那双透过烟雾，偷偷地、火辣辣地盯着我看的眼睛"（《真史》，243）。

"凯利帮"成员对"异性装扮"的态度更是集中体现了其男性阳刚气质的不稳定。斯蒂夫·哈特是"异性装扮"的积极倡导者和拥护者，在他的影响和带动下，丹·凯利也变得热衷此道。乔虽然对装扮自己并不积极，但也相信"这该死的裙子用处大着呢"（《真史》，343）。只有内德对该行为始终持抗拒的态度，因为"异性装扮"曾是他童年创伤的不可或缺的一部分。他清楚地记得，当警察奥尼尔当众嘲笑他父亲是个爱穿花裙子的娘娘腔时，他是如何感到自己受到了莫大的侮辱。成年后，当他发现丹跟在斯蒂夫后面做怪异的女装打扮时，更是怒不可遏。

实际上，"异性装扮"在被流放至新大陆的爱尔兰贫民约翰·凯利看来，是一种政治手段或者斗争策略。约翰·凯利在被判刑、流放至范迪门地之前，曾参加过极端分子报复当地地主的地下集会，他对行动前套上花里胡哨的女装的这一做法可谓驾轻就熟。而在亲近爱尔兰文化习俗的斯蒂夫·哈特看来，这代表一种心理安慰和文化认同。因为在他父亲给他讲过的爱尔兰英雄传说中，不乏这种"异性装扮"的先例。然而，在爱尔兰新移民玛丽·赫恩看来，"如果披块床单，戴个面具，或者穿条裙子就能改天换地……爱尔兰早就是人间天堂了"（《真史》，344）。玛丽指出，借着"异性装扮"去实施恐怖主义行动，不仅无法得到穷人们的支持，还将激起他们的反对和憎恨。玛丽的慷慨陈词还点出了"异性装扮"的另一层含义，那就是，与之相连的不是勇敢和机智，而是软弱和无知。正如玛丽在与乔争执时犀利地指出的："这身行头只有软弱无知的爱尔兰人才穿"（《真史》，344）。这一看法和内德的一贯态度不谋而合。在倾听了玛丽对"异装党"暴行造成的童年创伤的回忆后，他进一步深刻认识到"异性装扮"不仅在私人生活层面上造成他们家的家庭悲剧，还在民族建构层面上造成殖民地居民在文化上和身份认同上的障碍。

虽然"凯利帮"成员在玛丽·赫恩的劝说下抛弃了有损男性气概的异性装束，但他们此后却并未走上建构独立自主男性身份的道路。"凯利帮"曾寄予厚望的钢铁盔甲——受美国内战报道的启发而自行设计并打造的笨重行头，最终也只能是一种心理安慰，或者说是一种变形的奇异装束。"凯利帮"的男性气质仍然是模糊而含混的类型，在此基础上建立的澳大利亚男性身份乃至澳大利亚人身份的确定性和稳定性也必然是可疑的。

《凯特妹妹》和《凯利帮真史》均将澳大利亚历史上著名的男性异性装扮者（或异装癖者）的形象浓墨重彩地推上了舞台中央。画家西德尼·诺兰也曾在著名的"内德·凯利"系列油画中描绘过该形象。贝德福德的小说突出了异性装扮的禁忌性。"凯利帮"针对异性装扮乃至同性间性行为的沉默守则与极权组织主导的沉默或噤声显然有所不同，后者不仅自己严密把守"沉默之墙"，还把整个社会强行纳入"沉默之墙"的范围内。"凯利帮"这一男性团体的沉默守则约束的范围虽然较小，但它仍然对达不到严苛标准的"他者"构成了压迫性的空间。凯里的小说则凸显了身体的"表演性"以及凝视的作用，从而将身份界定为具有内在不稳定性的状态。换言之，凯里将异性装扮所固有的含混性置于关于身份的叙事的中心，从而通过揭示其内在的不确定性来消解一个稳定的身份的概念（不仅包含性别身份，也暗指民族身份）。身份从而被视作是变化无常的，拒绝严格的划分和归类。异性装扮的冲突性和易变性展现了一个不稳定的、不断处在变化中的自我，而身份则被置于遥遥相对的两极之间。

第四节　开拓女性空间

在女权主义空间规划和环境设计方面的重要著作《设计的歧视："男造"环境的女性主义批判》中，莱丝利·韦斯曼（Leslie K. Weisman）指出，人类对空间的利用是一种政治行为，是在根本上与社会地位和权力相关联的。基于"二分法"（"dichotomy"）的思维模式，人类常被归入对立的组合，如：男性vs.女性，白人vs.黑人，富人vs.穷人，异性恋者vs.同性恋者等。在韦斯曼看来，在任何一种对立的情况下，一方总是被赋予权力和地位，而另一方则被剥夺权力，受到压制。规定了"男性的优越和女性的低劣"的"空间二分法"（"spatial dichotomies"）正是通过男性对领地的统辖和控制而受到保护和得以维持（韦斯曼，1997，18）。由此可见，"空间"绝不是一个价值中立的存在，它是社会的建构，反映了在某个特定的时间和地点，基于性别、种族和阶级区分基础之上的文化价值和心理认同。我国学者汪民安也指出：空间的基本属性是政治性而非自然性，通常无法脱离社会生产和社会实践而具有自主地位，"空间乃是各种利益奋然角逐的产物。它被各种历史的、自然的元素浇铸而成"（汪民安，2005，102）。作为社会生产和社会实践的产物，空间因而不可避免地带有"性别符码"。

"空间"问题向来是女权主义文学和批评中的一个重要议题。若干世纪以来，父权制社会规定女性的活动区域是狭窄的私人空间——闺房、厨房、育儿室等；而与之相对，男性不仅在家中处于支配地位，还充分享有公共领域赋予他们的巨大自由和特权。换言之，在男性占主导地位的社会形态中，关于性别的二元对立思维必然导致社会空间的等级分配，"社会空间被一分为二，独立的、公共的、生产的、支配性的空间属于男性，而依赖的、私人的、生育的、从属性的空间则属于女性"（申昌英，2006，46）。在女性文学中，私人领域发生的逸闻琐事是女作家们关注的主要内容。正因为如此，历史上的女性文学常被贬斥为视野狭隘的和没有价值的，这样的指控显然蛮横无理。既然女性被要求不得越过父权制社会规定的私人空间，她们必然对在公共领域发生的一切知之甚少，即便有所了解，也大多是间接经验。而人们对物质环境的认知图景是基于其占据的社会空间的。将公共领域与男性空间、私人领域与女性空间一一对应，无疑将进一步扩大男性认知与女性认知之间的鸿沟，人为地创造出一个泾渭分明的世界。在其中，男性对于空间的体验成为基准，而女性则被挤压至社会空间的边缘，处在文化和知识生产的公共空间之外。

妇女解放运动兴起后，女性文学密切关注妇女在密闭的私人领域感受到的来自父权制社会和文化的压制。因此，疯癫和幽闭恐惧症常常是女性作品中的主题。在20世纪的女权主义文学批评中，"空间"也是一个颇受重视的重要概念，关于空间的隐喻在女权主义理论中比比皆是。朱莉娅·克里斯蒂娃（Julia Kristeva）在《妇女的时间》（*Women's Time*）中指出，当提及妇女的名字和命运时，人们想到的更多的是繁衍和形成人类物种的空间，而不是时间、变化或历史（Kristeva et al., 1981, 15）。露丝·伊利格瑞（Luce Irigaray）在《此性非一》（*This Sex Which Is Not One*）中指出，男性的历史、男性的故事"构成了我们移位的场所。这并不是说我们有了自己的领地；而是说，他们的祖国（fatherland）、家庭、家园、话语将我们囚禁在我们不能自由活动和生活的封闭空间内。他们的地盘是我们的流放地"（Irigaray, 1985, 212）。弗吉尼亚·伍尔夫在《自己的一个房间》（*A Room of One's Own*）中、桑德拉·吉尔伯特（Sandra M. Gilbert）和苏珊·古芭（Susan Gubar）在《阁楼上的疯女人》（*The Madwoman in the Attic*）中，更是直接采用了空间的意象来阐明女权主义的关注焦点。前者中的"房间"意象指明了经济上的独立和女性自己的空间对于发挥女性创造力的重要意义。后者中的"阁楼"意象则指明了父权制的禁锢是导致19世纪女作家备受"作家身份的焦虑"困扰的根本原因。可见，"领地"、"地盘"、"场所"、"房间"、"阁楼"等空间概念是女权主义批评家经常使用的高频词。

在澳大利亚文学文化语境中，"空间"的概念也具有特殊的意义。有评论家指出，像在澳大利亚这样的历史并不算长的移民国家，女性作家面临着巨大的机遇和挑战。她们享有新西兰女作家珍妮特·弗雷姆（Janet Frame）所说的一个新国家的作家所能感受到的"激动人心的想象力的自由"，从而能够在起始阶段，即在这个新国家的"地图绘制"和"神话制造"阶段就能发挥主要作用。在帮助形成尚未成型的"地方"的过程中，通过绘制女性经历这一相对鲜为人知的领地，她们还延伸了"想象的国土"，并提供了通往该处的更宽广的通道。通过建立她们自己的神话传统，她们还有助于滋养将来若干代女性读者和艺术家的想象力的生活。但与此同时，女性作家也不得不与现存的男性中心主义的民族神话进行抗争："参与其中，她使自己身陷险境，因为这将对她的自尊心构成持续的威胁。通过暴露其缺陷，她显示自己是一个神话适应者；而通过拒绝适应神话，她有可能对其做出弥补，使神话来适应她"（Jones, 1986, 85）。换言之，在参与一个崭新国家的"地图绘制"和"神话制造"时，女性作家将不得不处在推翻和否决与本民族女性的真实经历不相符的现存神话的境地。在帮助塑造未成型的"地方"的同时，澳大利亚的女性作家必须设法定义和设立她们作为妇女的独特经历的领域。由于地理和历史的原因，民族神话通常以冷淡或敌视的态度来打发她们，女性在这里几乎没有被授予多少空间和地位（Jones, 1986, 63–64）。

《凯特妹妹》这部小说致力于对代表性的澳大利亚民族神话进行颠覆性的改写。该行动在揭露现有的民族神话对以女性为代表的"他者"的真实经历形成压制的同时，也积极参与了一个崭新民族国家的"地图绘制"和"神话制造"。这部作品中充斥着大量的空间意象，既有通常被认为与女性的私人生活息息相关的自然意象，如丛林、农场、树洞、河流等，又有通常与男性在公共空间的活动相关联的社会文化意象，如集会、市场、舞台、战斗场所等。学者爱德华多·马克斯·德·马奎斯（Eduardo Marks de Marques）肯定了贝德福德检视并重写关于澳大利亚民族身份的奠基性神话之一的勇气。他指出：小说中的凯特在少女时期就已意识到她的性别身份使她被排斥在哥哥们的行动之外，但她仍然是这段历史的不可或缺的见证者。更重要的是，她的故事并没有在哥哥们死去后匆匆结束，贝德福德的文字公正地还原了真实生活状态中的凯特·凯利："她是一个不得不顶着她的家族姓氏继续生活下去的女人，同时又是一个试图在女性被'家庭生活的期望'所禁锢的世界中坚持自身独立性的女人"（De Marques, 2021, 102）。的确，《凯特妹妹》中的凯特·凯利一直在试图拓展自身的生存空间，她的人生历程体现了女权主义作家开创适合女性生存的理想空间的努力。《凯利帮真史》则基本上没有显示出小说家在这方面的进取之心，然而，这并不会折损这部小说的价值。作为一部后殖民小说，在隐喻层面上开拓女性空间并不是其中的创作重心。事实上，这部作品中有且只有一位有能力开拓女性空间的人物，那就是玛丽·赫恩。她在"异性装扮"问题上对"凯利帮"施加了显著的影响力，证明了其自身的价值和能量。但即使是这样的睿智女性，跟内德的母亲和妹妹在社会角色上也没有本质的差别，她们都是依附男性生活的被动角色。玛丽最后带着内德劫来的财富，逃离了澳洲殖民地，来到美国过上了安稳的生活。但这一看似理想的生活却是建立在可悲的现实之上。

在《后现代的状况：对文化变迁之缘起的探究》中，戴维·哈维

（David Harvey）对法国思想家昂利·列斐伏尔的"三种空间"（"物质空间"、"空间表达"和"表达的空间"）理念作了进一步的发展和延伸。根据他的具体化阐释：第一种空间是物理性的空间，注重人们的体验；第二种空间包含了符号、代码等表达方式，注重人们的交流；第三种空间是内心的创造物，注重人们的想象。

第一种"物质空间"是人们展开日常生产和生活的场所：各种生产要素在其中流动；人们利用土地和建筑环境，遵守市场和都市等级制度，在空间支配及控制方面具有排外性；在空间创造方面，物质基础设施生产体现出社会基础的领地结构。虽然常被忽视，该空间在任何社会形态中无疑都至关重要，它是社会关系演变的平台，也是经济基础与上层建筑发挥作用的场所。第二种"空间表达"首先表现为距离的社会、心理和身体尺度；在占有和利用空间方面，表现为个人对被占有之空间的内心地图、空间的等级划分、空间的象征性表达和空间"话语"等。简言之，第二种空间就是用精神对抗物质，用构想代替感知。第三种"表达的空间"是在批判性地接受并发展前两种空间的基础上形成的，是对其"解构"后的"重构"。它的开放特点为人们理解空间的概念提供了新的可能性。首先，在可接近性方面，它展现了既吸引又排斥、既接近又拒绝的辩证关系。其次，其占用和利用的空间往往为人们熟知。再次，在对空间的支配和控制上，可以形成纪念性的仪式空间，也可以形成一些象征性障碍和象征性资本。最后，从创造空间的角度看，可形成乌托邦计划、想象性景色、科幻小说空间等，也可参与构建空间与场所的神话、欲望空间等（哈维，2003，275）。

在《凯特妹妹》中，女性（尤其是丛林女性）被牢牢锁定在家庭（"物质空间"）、农场（"物质空间"）等私人领域，被剥夺了在战斗场所（"表达的空间"）、舞台（"表达的空间"）等公共领域发挥作用的机会。在小说中，女性空间在男性权力的挤压下一再萎缩，以至于最后女主人公凯特·凯利只能在欲望的幻想（"表达的空间"）中召唤它。这也是她最终悲剧命运的根源。实际上，凯特并不像有些评论者认为的那样只是被动的牺牲品。她的一生都在追求开创真正的女性空间，虽然屡遭挫败，但她从未停止探索的步伐，直至生命的终结。

从懂事起，凯特就意识到女孩的生存空间逼仄得令人窒息。虽然她跟最小的哥哥丹只相差两岁，但两人在少年时期的生活方式截然不同。丹总是在镇上跟他的伙伴们一起赛跑、摔跤或驯马。而凯特在十二岁那年就不得不离开学校，回到家中帮母亲带小孩，或帮忙处理农场和家中的琐事。

"他们就这样跑掉,把我们这些女人和小孩扔在家里,这让我很生气。我花了很长时间骑着我的马练习斯蒂夫·哈特教我的跳跃和掷套索。我希望等到他们回家后我能让他们统统感到眼前一亮。"(Sister, 17)虽然不能自由地跑出家门到镇上去玩耍,但凯特一直在苦练马上技艺,渴望有朝一日能让男孩子们刮目相看。

由于女性被禁锢在私人领域,人际交往很受限制,所以她们选择的伴侣往往局限于家中男性成员的交际范围。"我哥哥丹经常带他的朋友们来我们这里,来显摆我们的马,或是他们在镇上搞出的恶作剧弄臭他们的名声后回来避一段时间的风头。正因为这样我初次遇见了乔·拜恩和亚伦·谢里特。"(Sister, 7)起初吸引凯特注意的人是谢里特,但是她很快便爱上了拜恩。在一次给丹和他的伙伴送酒食的路上,凯特有了命运般的邂逅:

> 丹和乔·拜恩在一起,他们没穿衬衫,汗水在他们苍白的胸膛上闪烁。亚伦和我们的表兄弟——罗伊德家的帕蒂和汤米沿着积水潭闲逛,偶尔停下来聊天时互相往对方身上泼点水。
>
> 我和我的马静静地站在最后几棵树的阴影中,突然乔抬头看向我。我以前从未想到男人可以那么美。那一瞬间一切都静止了,我的马凝固在踏步的中途,我的眼睛和嘴巴张开,风在围场边停驻。他开口说话,于是世界又开始运转。(Sister, 8–9)

这一怦然心动的场景具有明显的空间象征意义,清楚地点明了女性的边缘地位。当男性在一起劳作(修围栏)、歇息,享受彼此的陪伴时,女性处在被排斥的边缘地带("我和我的马静静地站在最后几棵树的阴影中"),她所能提供的只有食品、饮料等物质性安慰("我给他们带来了面包、肉和一瓶威士忌"),却始终无法融入男性的交流圈。凯特对乔的执着追求,正如她执意融入"凯利帮"这一男性群体的愿望,注定是无果的徒劳。"我记得那时的悲哀,一个太幼稚而无法接近她想要的男人的女孩的尴尬,没有他的那些沉闷而令人昏昏欲睡的日子,想象着情人的话语、他的碰触;这些美梦毁掉了之后的所有现实。"(Sister, 9)虽然凯特始终未能融入"凯利帮"这一排外的男性空间,但她试图在公共领域占据一席之地的努力仍然令人叹服。

"凯利帮"覆灭后,为了治愈内心的创伤,凯特在吉姆的陪伴下把他们的故事以滑稽剧的形式搬上舞台并亲自出演。这一舞台是凯特在追随

"凯利帮"之后追求自我实现的另一个重要空间，但这一空间不仅遭到了殖民当局的明令禁止，也不被乡邻所接受，就连家人也不能完全理解。一想到凯特在舞台上骑着矮脚马表演小丑戏码的画面，玛吉就忍不住反感，她认为台下的观众在嘲笑凯特，同时也在嘲笑内德，但凯特的激烈反应让她陷入了沉思：

> 她记得在那之后凯特掉下的大颗泪珠，无法抑制、一直持续不断的可怕呻吟，像老妇人的哀号，甚至更糟、更低，根本没法听。
>
> "哦，玛吉，玛吉，"她说。"我不能接受，你不明白吗？我根本就没办法再忍受了。我为什么就不能试着从那里面拿回一些东西呢，如果那样能够转移我的注意力的话……"她扭开她的头。"我喜欢这样——鼓掌和大笑。那让我感觉自己是个……人物……好像我又活过来了一样……"（*Sister*, 68）

当墨尔本警方阻止了他们的表演之后，凯特和吉姆又把"凯利秀"搬到了悉尼。但悉尼的警察也认定他们的表演"品味低下"。当局对观众当中积蓄的反政府情绪深感担忧和恼火，因此"凯利秀"在悉尼仅仅上演了几天就又被禁止了。凯利家的邻居和旧识也对凯特的做法表示反对。"凯利秀"被禁显然属于殖民政府强制推行的政治噤声，原本交好的其他底层民众的不谅解和反对则造成了双重噤声的效果。作为专制对象女性亲属的凯特被剥夺了发声的权利，被投入了一片抑制性的、以沉默为标志的真空。这时，她的母亲和姐姐无条件地站在她的身旁，为她提供了强大的精神支撑。尽管玛吉不能完全理解凯特的做法，但当其他人就凯特"在绞刑架的阴影下"的"可耻行为"在凯利太太面前搬弄是非时，她还是毫不迟疑地为妹妹作辩护：

> "唉，"她对自己的大女儿说。"我真纳闷，她会变成什么样子呢？"
>
> "哦，"玛吉强迫自己把因担忧而皱起的眉毛舒展开。"我想，她会安定下来的。毕竟，跟我们相比，她需要克服更多的东西——还有乔，他们在他死后拍下的那些照片让她很不安。"
>
> "那群野兽！"老妇人往尘土里重重地吐了口唾沫。"把尸体架起来拍那种该死的照片。光这个就足够让她的头脑彻底发昏了。"（*Sister*, 72）

"凯利秀"被全面禁止后，凯特被带回母亲的家中。这段时间她一度沉迷于欲望的幻想无法自拔。她常在跟母亲或玛吉争吵后，独自骑马跑进深山。一天，玛吉在母亲的鼓励下跟在凯特后面进了山，她本想跟她好好谈一谈，以缓解前段时间的紧张气氛。在树林里，她看见了令人震惊的一幕："凯特紧贴着一棵新的树木站着，身体前倾。她的双臂环抱着那棵树，身体压在修长的树干上。当她亲吻光滑的奶油色树皮时，她闭上眼睛，露出伸长的颈部，她的嘴巴张得大大的，在亲吻中忘情饮啜，以至于玛吉能看到她的舌头在移动"（Sister, 73）。玛吉并没有被眼前的一幕吓退。面对凯特的冷漠态度，她诚恳地表达了自己的想法以及母亲和她对她的担忧。玛吉的真诚打动了凯特冰封的心，在姐姐的温暖怀抱中，凯特获得了一次短暂却极其可贵的情感宣泄。在母亲和姐姐为其合力打造的"女性乌托邦"中，她重获心灵的平静。这与她后来在不同男性身上寻求的致命性"安慰"形成了鲜明的对比。

由于"空间包含着被压缩了的时间"（哈维，2003, 273），凯特多年来追随"凯利帮"的沉重记忆被锁定在家乡的远水近山上。在重燃对生活的信心后，她决定离开这个充满沉重回忆的地方，去开创属于自己的崭新的生存空间。这一阶段，她的足迹遍布了维多利亚州的乡村和城镇。因此，她在"后凯利帮时代"的种种探索可被看作是女性追寻自我空间的"奥德赛漂流记"。然而，她所遭遇的"物质空间"和"表达的空间"均被父权制社会秩序和权力结构所侵蚀和规划。作为权力关系的"他者"，她总是被觊觎、利用、约束和规训。而那些对空间进行支配、设计和谋划的人都是男性。凯特对于自我的追寻最终归于失败，根本原因在于她错误地把希望寄托在不同男性身上，希望借助他们的力量完成自己的目标。后来的故事发展显示，每一段关系结束后，凯特都几乎遍体鳞伤，而为她提供疗伤场所的无一例外都是女性。

第一个男人是一个走街串巷的小贩，他把凯特从她母亲的家中带走。这个小贩向她做了很多承诺，如娶她、照顾她、给她买一匹马等，统统都没有兑现。他想和凯特在一起的真实原因是他认为她身上的"内德·凯利之妹"的光环或许可以对他的生意有所帮助。想象着"那个神气的凯特·凯利跟着他到处跑"（Sister, 79），这让他的虚荣心得到了大大的满足。但当想象的光环褪去，他发现她只不过是一个普通的女人，便开始觉得"她"令人失望，是个累赘。他甚至不愿负担她的食宿，而是建议她去做酒吧女招待来挣自己的生活费。与此同时，凯特也看穿了他的真面目，也已经在暗暗计划离开。她的下一个目标是重返舞台："她倾向于考虑重新登上舞台。在悉尼时，当她和吉姆骑着马沿着乌鲁木鲁（Woolloomooloo）的岸边行走时，人群跟着他们身后久久不愿离去；表演结束后的喝彩声和涨红了的脸上的仰慕的神色，都深深地刻在了她的心里。那是唯一没有伤痛的记忆"（Sister, 78）。为了摆脱"内德·凯利之妹"这一名号的"诅咒"，凯特化名为艾达·汉尼赛（Ada Hennessey）[1]，试图在阿德莱德的小剧场谋得一个小角色。但很快她就发现自己怀孕了，于是她不得不去堕胎，这样原本的职业规划也就破产了。这时，两位母亲般的人物埃尔西（Elsie）和艾薇（Ivy）对孤苦无依的她伸出了援手。这两位年长的女性都是过气的剧场演员。她们都不得不靠打零工和偶尔出卖色相来维持生计。即便如此，她们对凯特的帮助仍然不遗余力。

第二个男人是一个小巡回马戏团的老板。凯特起初是他的助手，扮演一些插科打诨的小角色。后来，当她赢得他的信任后，便开始在舞台上表演一些真正的马术。"为了表演，她穿上剪裁考究的红色骑马装，外加一件收腰设计的夹克衫，高跟皮靴上的裙子鲜艳夺目。如果她有时稍微有点得意忘形，那是因为她知道自己看起来有多棒，她坦然接受观众们的仰慕。"（Sister, 93）在舞台上，凯特得以尽情施展自身的才华和抒发自己的野心与渴望。而离开舞台，凯特就失去了展示自我的场所，患上了"失语症"。[2]这位被称作"教授"的男人举止彬彬有礼，他让凯特产生了被尊重的错觉。虽然他无法让她激起和乔在一起时的那种激情，但他的"温暖"和"关怀"还是让她卸下了心防。最重要的是，这个男人赋予了她在舞台上的一定的自由度，虽然这一自由并不是毫无代价的，需要她以肉体来偿还。即便如此，凯特也觉得她的付出是值得的。好景不长，"教授"有妇之夫的身份某天突然被拆穿。就像他抛弃前一个女人一样，他也很快就抛下凯特独自上路了。这段关系结束后，凯特又经历了一次可怕的流产。这一次又是埃尔西对她伸出了援手。她支付了凯特去阿德莱德看医生的费用，还悄悄联络了她在格瑞塔的家人。被带回格瑞塔后，奄奄一息的凯特再次被家庭的温暖紧紧包围。"他们原谅了她做过或没做过的一切——她终于回家了。"（Sister, 100）然而，凯特终究无法长久地待在家中。"她明白她无法留在和乔·拜恩、哥哥们一起骑马走过的地方，这里几乎四处遍布着他们的足迹。即使是无人走过的路也盘旋着他们的鬼魂，那是能够

---

[1] 女权主义理论家伊莱恩·肖沃尔特（Elaine Showalter）曾指出，废弃原来的名字、给自己重新命名的行为具有重要的意义，是"确立文化身份和重申自我的必要手段"（Showalter, 1977, 7）。

[2] 后来，凯特的丈夫比尔强制性地剥夺了她在公众场所表演的机会，这正是使他们的关系迅速恶化的重要原因。

触动上帝才知道是什么的毁灭性记忆的扳机。"（*Sister*, 102–103）

经过一段时间的休养生息后，凯特再次上路。这一次，她来到奥尔伯里（Albury）的一家饭店工作。在那里她结识了丛林汉本·罗伯茨（Ben Roberts）。两人的相处起初颇有些志趣相投、惺惺相惜的味道。本每次来到镇上，凯特都会利用休息时间陪他去牲口展览会。"在那里，他会让我帮忙检查他要帮雇主买的马。或者我们会欣赏从他们那里运来的公牛，这些牛的脖子上都挂着获奖的缎带。"（*Sister*, 108）忙完正事后，他们会一起散步，看看各种新奇的表演。这时，"我会心里发痒，很想骑马来到圆形马戏场中间，就像小时候玛吉、我和男孩们曾做过的那样"（*Sister*, 109）。虽然清楚那并不是爱情，但凯特觉得在她很需要安慰的时候，和本之间保持的这种亲密关系令人欣慰，"帮我治愈了我始终背负的可怕悲痛"（*Sister*, 109）。在一段时间的相处后，本看出凯特喜欢马和牧场的生活，于是便介绍她到相隔不远的凯道牧场去做女工。来到凯道后，凯特过上了如鱼得水的生活，而这却让本很是不满。"我来到牧场后，他变了。当他意识到我不会把时间浪费在等待他的大驾光临上，而是想要过我自己的生活时，他想必很后悔当初劝我过来。"（*Sister*, 111）

一年夏天，凯特终于披上婚纱，在哥哥吉姆的见证下，嫁给了比尔·法默（Bill Farmer）。凯特第一次注意到比尔是因为听见他的伙伴们叫他"布里奇"。这个跟凯利家的邻居布里奇一样的昵称让她一时间惊慌失措。起初，比尔在一些方面让凯特联想到了乔。但在深入接触后，她发现比尔跟乔并不相似，这让她大失所望。虽然意识到自己心中无法再燃起对爱情的热忱，她却总是无法拒绝比尔的邀约。她就像扑火的飞蛾一样渴望从他身上汲取光热，以照亮自己挣扎前行的道路。法默家是一个体面的大家族。比尔的哥哥们都在镇政务会上有自己的一席之地，并且也都是地方委员会的成员。嫁给比尔后，凯特获得了一个全新的名字和身份，但新名字和新身份仍然不能保证她享有自己的空间。婚后，比尔试图一步步地切断凯特跟丛林、舞台及凯利家族的一切联系。他不愿正视凯特的过去，而总是试图将其困在他创造的压抑空间中。

两人曾有过一段幸福时光，那是在他们的第一个孩子弗雷迪（Freddie）刚刚出生后不久。那时他们接手了兰金街的几家马房。"那对于我来说是一个无比满足的空间。劳动、骑马、刷马、喂马，小婴儿躺着我身边的摇篮里，或者后来在我的脚边蹒跚学步。他在可以站起来走路之前就已经懂得了马的节奏，就像我们一样。"（*Sister*, 116）然而，美好的时光总是很短暂。一天，比尔回家后冲妻子大发雷霆，他指责她趁他不在，在公共场所做高难度的马术动作。"'你又在公园里显摆了,'他说。'丹尼尔·琼斯说他今天下午在那里看到你了。骑着马绕圈,他说,大声吆喝并且耍一些把戏把人们吸引过去。'我知道他总有一天会发现,但曾期盼这一天不会到来得这么快。"(*Sister*, 117)为了一劳永逸地阻止凯特展示她的马术技艺,比尔卖掉了马房。该举动引起了凯特的愤恨。"我认为他厌倦了马房的工作,因而欣然接受那个甩掉它们的借口。而对于我来说,那却是对我生活中的主要乐趣的剥夺。"(*Sister*, 119)失去马房工作带来的快乐和满足后,凯特在郁郁寡欢中生下第二个孩子,并患上了严重的产后抑郁症。在比尔的严密监视下,她没有机会接触平时一直偷偷地用来镇定情绪的酒精和药物,因而开始频繁出现恍惚和幻觉。在一次发作时,她差点失手杀了比尔,于是她被送进医院接受治疗。"他们不允许我出院,除非比尔能保证我不会再被一个人留在家中。而他不愿做出这个保证,除非我发誓再也不碰酒和鸦片酊。"(*Sister*, 129)由于害怕被遗留在精神病院,凯特违心地答应了比尔的要求。出院后,他们搬去跟比尔的家人同住了一段时间。在比尔母亲和法默家族其他女性成员的悉心照料下,凯特逐渐恢复了健康,之后他们又搬回了兰金街。然而,失去了马房和虚拟的丛林生活带来的慰藉,凯特很快就变得脆弱不堪,再一次陷入严重的精神危机。

一天,他们的邻居克莱拉告诉凯特,最近镇上在上演一个叫做"凯利帮"的戏。"那时,她看起来比我还烦恼。我却不认为我还会被那些东西伤害到。"(*Sister*, 132)然而,看见帆布墙上挂着的内德和乔的照片后,凯特变得焦躁不安。而令她的不安达到顶点的是一个始料未及的插曲:表演结束时,剧团老板竟然当众指出隐姓埋名的凯特的真实身份。这件事过后,她不得不再次借助酒精和药物来麻痹自己,从而躲进有乔、内德和丹陪伴的、没有痛苦的想象性空间。

为了召唤这一甜蜜的世界,同时又不让其他人尤其是比尔侵入这一空间,她开始变得很狡猾:她学会了隐藏和算计,以躲过别人的注意。"与此同时……杜松子酒瓶在她的头脑中盘旋,清晰而闪亮。于是,在那些沉闷而疼痛的清晨,当她挣扎着维持一丝清醒时,她向自己允诺:等我把所有这些事情都好好做完,然后……"(*Sister*, 136)比尔不在家的日子,当她结束了一天的工作,把孩子们安顿上床后,会在深夜怀揣一瓶酒,来到附近的一个潟湖边:"坐在柳树掩映的岸边,看着起伏的水波发出的莹莹水光,无比满足地啜上一口酒,然后,刻意让自己飘进在另一条河边的那些日子的梦境中"(*Sister*, 138)。在欲望的幻想中,她跟乔相会,争吵,继而和解。"'别生气了,好吗,乔?'她柔声劝道,从坐着的地方扭转过来，抱紧那棵老柳树的树干。她把嘴唇压在粗糙的树皮上……通过这种方式，她竭力守住了那个向她跑来的暗金色头发上戴着桉树叶花环的高个子年轻人的画面。"（*Sister*, 138）

再次怀孕后，凯特的状况变得更加糟糕。她常常分不清现实和幻境，对于周遭的一切都充满了疏离感。她以前的朋友也都远离了她。只有在幻想的世界中，乔夜夜来到她的身边，给予她无尽的安慰。每天在冷硬的床上醒来，她觉得乔的声音仍然萦绕在耳边。"他从烈火中走来，我的乔，然后找到了回到我身边的路。"（*Sister*, 142）关于乔的记忆被凯特的幻想镀上了一层神圣的金色光环。他已经不再是那个她曾全心全意爱过的有血有肉的真实的人，而变成了一位无所不能的英雄、无坚不摧的神祇。

然而，有乔相伴的美妙空间并不是唾手可得的。比尔不定期地返回家中、婴儿的哭闹都使得她无法召唤乔的到来。这样的日子持续一段时间之后，她觉得自己再也无法忍耐了。在把孩子们托付给邻居后，她再次怀揣酒瓶来到之前发现的"伊甸园"。她将自己置身于巨大的扭曲树根形成的树洞中，平静地躺下，等待着……可见，这个树洞不仅以物质空间的实体形式存在于现实世界，也以想象空间或欲望空间的虚拟形式存在于精神状态并不稳定的凯特的意识中。并且，这一想象性空间因其抚慰人心的作用而获得了巨大的空间价值，这就造成现实世界愈加令人难以忍受。这一恶性循环不可避免地带来悲剧性的后果：某天清晨，一个常在附近打鱼的中国老人发现了她的尸体。"是那个女人，脸朝下漂浮着，但他还是能够认出她来……裙子不再包住她结实的大腿和臀部。她裸露在外的腿肚和双脚白森森的，不可思议地漂浮着。在那座桥的中央，在破碎的栏杆上，有一个空的杜松子酒瓶。在那个很炎热的清晨，酒瓶的边缘招来了一群苍蝇和蚊子。"（*Sister*, 152）

通过追溯凯特·凯利悲剧性的一生，贝德福德揭示，将公共领域与男性空间、私人领域与女性空间机械地对应起来的做法是极其有害的，这不仅将阻止女性在参与建设一个新国家的伟大事业中发挥自己的积极作用，也将使女性失去自我实现的机会，沦为行尸走肉。女性空间必须拓展到社会生活的各个领域。但开创这一空间不能仅仅将希望寄托在异性身上，还必须依靠女性团体内部的互帮互助，依靠女性版本的"伙伴情谊"为其提供源源不断的精神动力和情感支持。凯特·凯利在"后凯利帮时代"的种种尝试显示其从未放弃对以"凯利帮"为代表的男性群体的错误幻想。无论她与不同男性的结合，还是她最后堕入与想象中的爱人相伴的欲望空间，都展示出那个历史阶段的劳动阶层女性自我实现的征途是异常坎坷的。

第五节 修正民族主义叙事

邓肯·贝尔在《神话景观：记忆、神话与民族身份》中提出并阐释了"神话景观"的概念。他认为，在主导性、从属性等各个层面上展现出来的"神话的互相渗透性"和"有机记忆"都能够被纳入"民族神话景观"和涉及"民族神话景观"的语境。神话景观可被理解为话语领域，经由时间和空间的维度来制定。时间的维度表示一个历史跨度、一个关于过去岁月的叙述，该叙述很可能包含关于一个国家起源的故事和随之而来的重要事件和英雄人物。空间的维度往往扎根于对常被理想化的有界限的地域进行的独特建构，比如一个浪漫化的民族地貌：田园式的英国村庄、崎岖的美国边境或牧歌般的德国森林。空间的维度从而包含了一个强有力的关于地域的叙述。因此，时间和空间的碰撞产生了特殊的意义：

> 时间和空间的组合被编码纳入民族主义再现策略中，塑造了共同体的情感，构建了内部和外部的区别，以关于历史和（一种独特的、常常是想象的）场所的故事的形式制定了民族身份。然而，神话景观不应当被错误地理解为一个具体化的构成、一段没有叙述者的叙述，因为它植根于各种体制中，一直被无处不在、永远处在进化发展中的权力关系所塑造着。（Bell, 2003, 75–76）

在澳大利亚文学文化界，塑造和传承"澳大利亚民族神话"的主力军是民族主义作家和批评家。二战后的澳大利亚文坛上最有影响力的一股势力——"激进民族主义者"（"the Radical Nationalist"），以19世纪90年代的民族主义文学为基准来阐明自身对澳大利亚文学文化的看法。在20世纪五六十年代的"激进民族主义者"代表人物万斯·帕尔默（Vance Palmer）、A. A. 菲利普斯（A. A. Phillips）和拉塞尔·沃德看来，一种崭新的文学以及相伴而生的民主的、平等主义的精神，在亨利·劳森（Henry Lawson）、约瑟夫·弗菲等人的作品中有着清晰的脉络可循。在他们的作品以及丛林民谣、悉尼《公报》中，这种崭新的文学和精神得以形成。该文学和精神的产生和发展又是与澳大利亚独特的自然环境相呼应的。然而，当时与"激进民族主义者"旗鼓相当的另一股文化势力——

"新批评/里维斯派"（the New Critical/the Leavisite）则对"激进民族主义者"所持的文学价值标准提出质疑。他们认为将澳大利亚文学与劳森、弗菲等一小撮作家的作品相等同的做法，忽略了19世纪90年代的另一批具有明显的国际主义视野和普世性文学价值的作家，如克里斯托弗·布伦南（Christopher Brennan）（Docker, 1996, 128–129）。

20世纪70至80年代，批评家们开始纷纷从反种族主义、多元文化主义和女权主义视角来质疑"激进民族主义者"的关注焦点，首当其冲的是拉塞尔·沃德的《澳大利亚传说》。在这部论著中，沃德以内陆工人、剪羊毛工、赶牲畜人为基础塑造出供人敬仰的典型澳大利亚人，其特征是沉默寡言、具有怀疑主义和反叛精神、独立、禁欲和率直。"理想的澳大利亚人没有家庭的羁绊，居无定所，四处游荡：在之后的评论者看来，也就是排他性的男性、白人和盎格鲁出身。"（Docker, 1996, 129–130）沃德对19世纪90年代文学的评价无论在作品的选择还是类型的选取上，都具有明显的局限性。女权主义批评家着重指出以他为代表的"激进民族主义者"对艾达·坎布里奇（Ada Cambridge）、塔斯玛/杰西·古伍鲁（Tasma / Jessie Couvreur）、罗莎·普雷德（Rosa Praed）等女性浪漫传奇作家的忽视。在以玛丽莲·莱克（Marilyn Lake）为代表的女性批评家看来，《澳大利亚传说》中宣扬的民族精神并非丛林男性的本质属性，而是以《公报》为基地的一批男性波希米亚文人的创造物。劳森派《公报》作家将他们自身的价值观、单身汉身份和男性同伴之爱投射到丛林上，将男性同伴之爱转化为"伙伴情谊"，将单身汉的生活方式转化为丛林男性从家庭羁绊中逃离的流浪式自由。"通过把丛林男性作为文化英雄来宣扬，通过将其作为英雄理念来称颂，通过在各方面对其进行理想化，《公报》和劳森等《公报》作家达到了自我宣扬、自我理想化和自我赞美的目的。"（Docker, 1996, 132）。

在内德·凯利这个人物身上，同样体现了历史文化遗产怎样被有效地利用和塑造，以迎合各种不断变化的消费需求以及意识形态上和政治上利益的需要。内德·凯利已不仅仅是一个历史人物，还是一个文化构成，具有跟19世纪90年代的"传说"同样的社会功能。"爱尔兰裔澳大利亚人内德·凯利的故事，已演变为把历史作为民间传说来选择性地加以重述的典范，以及社会记忆能够被再加工为本民族的奠基性神话的典范。"（Huggan, 2002, 142）对于许多澳大利亚人而言，在内德·凯利身上体现并且通过该人物珍藏在澳大利亚传说中的民族叙事，令人尴尬地具有排他性。在当今的后殖民澳大利亚社会，土著的种族灭绝和被剥夺土地、财产等问题，已通过众多官方的途径得到了体制化的承认，这些问题也构成了目前最重要的记忆工作的内容。然而与此同时，许多迹象均表明与"凯利帮"相关的民间记忆正在回流。这一看似矛盾的状况背后的缘由何在？格雷厄姆·哈根认为，一个重要原因就在于建立在民族集体记忆基础上的侠盗神话对于当前跨民族的记忆产业的吸引力——在当前的记忆产业中，罗宾汉、杰西·詹姆斯和内德·凯利这类叛逆人物作为"一个对抗性历史的偶像性再现"得以流通，这一历史掩盖了其他的可能更具对抗性的历史，并保证后者处在被忽视或不被正确理解的状态（Huggan，2002，149–150）[①]。换言之，出于权力主义的目的对记忆实行的操纵（比如号称全民同庆的庆典实际上主要服务的对象只是社会中的权力阶层），其目标是巩固国家的议程，或者保护一个民族中处于统治地位的精英的利益。在分析了罗伯特·德鲁和彼得·凯里的两部"凯利小说"后，哈根认为，德鲁和凯里都展示了内德·凯利个人反抗殖民威权的斗争长久以来被一个高度公众性的斗争所取代。这两位作家均使用文化记忆的解构性而非恢复性的潜能来展现对内德·凯利人生的深刻解读。在这两部小说中，以反帝国主义的怀旧情结为指向的浪漫冲动被完整地揭示并暴露出来。两部小说都肯定了与内德·凯利传说始终保持批判性结合的价值，并且也都巩固了该传说与更宽广的历史性斗争的结合（Huggan，2002，153）。作为一位女权主义作家，吉恩·贝德福德对内德·凯利传说的利用和再创造，不同于德鲁、凯里等主流男性作家，其目的不仅仅是为了揭露和批判民族主义的"神话制造工程"，更是为了挪用奠基性的民族神话这样的"公共空间"，来抒发女性的关注焦点和独特见解。

凯琳·高兹华斯指出，在《凯特妹妹》这部小说中，凯特·凯利这位以往几乎看不见的、徘徊在关于一帮男人的民族神话的边缘的女性，变成了重述这一神话的意识的中心——她被赋予了一个去讲述她自己的故事、女人的故事的机会（Goldsworthy，1985，507–508）。艾莉森·巴特莱特（Alison Bartlett）认为，贝德福德的这部作品充满想象力地从内德·凯利传说中复原了凯特·凯利的声音，并且标示出那些导致她的故事被压制的社会价值观。作为一部修正文本，《凯特妹妹》将对内德·凯利之妹——凯特·凯利的（错误）再现推至前景（Bartlett，1993，166–167）。然而她同时认为，贝德福德将凯特作为一名牺牲品来展示的决定，将她钉在了具有浪漫色彩的悲剧性女主角这一不光彩的位置上。贝德福德在恢复凯特

---

① 鲍勃·霍奇和维杰·米希拉在《梦的黑暗面》（*The Dark Side of the Dream*, 1991）中也指出，澳大利亚的文化民族主义者表现出对寻找奠基性的神话的狂热兴趣。这些神话可以通过避免或不去承认对这片大陆原始居民——土著人的财产剥夺和种族灭绝，来赋予该民族合法性。

的声音时遭遇的困难可被归结为她本人仍然身陷其中的男性主义的民族文化（Bartlett, 1993, 167）。巴特莱特提醒读者关注：在小说的前言中，贝德福德向两位激进民族主义历史学家——伊恩·特纳（Ian Turner）和弗兰克·克伦表达了敬意。她据此指出，小说文本赞扬丛林道德，而凯特在城市里的"业绩"则包含了堕落、疾病和无名。"当她将男性气质与行动、英雄主义和'伙伴情谊'相联系，将女性气质与自然、被动性和模棱两可的感官欲望相结合时，贝德福德仅仅重新书写了她试图改写的民族主义话语。"（Bartlett, 1993, 169）

面对以巴特莱特为代表的部分女权主义学者对其创作立场的质疑，贝德福德表现得淡定而释然。事实上，早在创作之初她就曾坦率地宣布：在这本关于内德·凯利的妹妹的小说中，她试图展示这样一位女性——一种制度和一个神话的牺牲品，如何象征性地体现19世纪澳大利亚的阶级斗争：当时的富人和掌权者如何毁掉穷人；妇女如何始终被排除在历史之外；历史又对作为个体而非一个阶级的女性做了些什么（Bedford, 1981, 189）。她公开承认自己的写作属于广义的民族主义写作流派。在她看来，女权主义与民族主义之间的矛盾并非无法调和。她认为唯有细查过去才能设想将来，也只有当重新挖掘出本地的历史，一个民族才能够走向世界。在詹妮弗·埃里森主持的访谈中，贝德福德提到，起初在构思这部以凯利家族的女性为主人公的小说时，她打算从凯特的姐姐玛吉的角度展开创作。但在做了大量的调研后，她发现凯特的人生更符合她想要写的那种小说的模式（Ellison, 1986, 75）。因为她真正感兴趣的是女人陷入重重困境——家庭生活、疯狂的模式、压迫的模式或不公正的状况以及阶级问题——的方式。她表示不赞同一些女权主义同伴对她作品的批评：她不认为深陷困境的女人是耻辱和不光彩的代名词，被损毁的人生也并不等同于失败的人生。相反，她认为那些女性勇敢又坚强，她们在面对自己无力改变的现状时表现出来的勇气和坚忍令人钦佩（Ellison, 1986, 80–81）。作为一位随着女权主义第二次浪潮成长起来的女性作家，贝德福德自然而然地将自己的创作重心放在了"挖掘历史上被湮没的女性"的目标上。

《凯特妹妹》中既有颠覆妇女在男性民族主义话语中的再现方式的部分，又有批判民族主义话语的性别主义倾向的部分。后者集中体现在对"伙伴情谊"这一独特的澳大利亚品质的反思和拷问上。在对"伙伴情谊"及其代表的典型的澳大利亚男性气质进行反思和拷问的过程中，贝德福德在一定程度上实现了对男性阳刚气质和女性阴柔气质的二元对立划分的批判。在这部"凯利小说"中，她还深入剖析了女性空间如何在男权主义社会结构和意识形态的步步进逼下逐渐萎缩。通过勾勒在真正的女性空间缺失的情况下具体女性历史人物的灾难性人生，她犀利地指出剥夺女性在公共领域行动的权利的做法是极端错误的。此外，需要格外指出的是：虽然贝德福德在小说中对民族主义的历史叙事进行了深刻的揭露和批判，但她的文学行动终究还是在民族主义叙事框架的内部展开的。就像小说的标题揭示的，凯特的身份需要借助"内德·凯利之妹"的名号来获得某种稳定性。贝德福德的这一做法点明了在澳大利亚这样的后殖民国家，女权主义与民族主义之间的关系从来都是"剪不断理还乱"的。

总体而言，《凯特妹妹》和《凯利帮真史》是澳大利亚当代小说家重塑本民族集体记忆的代表作。两位小说家均不拘泥于"历史性的真实"，而是旨在发掘一个声音或一种身份。凯里笔下的内德拒绝向过去或自己家族的天主教爱尔兰背景寻求精神上的庇护和建立当前身份的保证。相反，他主张一种建立在殖民地真实生活基础上的新型身份。内德清楚自己的行为排演了别人对于侠盗的幻想，但他拒绝让阅读自己历史的读者在善恶之间做简单化的选择。贝德福德笔下的凯特则充分意识到自己在"凯利神话"中的地位，明白自身的形象是媒体和历史性建构的产物。通过让她来讲述自己的故事，小说不仅解释了历史上的凯特·凯利在"凯利帮"覆灭后的一系列怪诞举动，还使这一人物形象变得丰富、立体且可悯可叹。

正如哈根指出的，《凯利帮真史》对内德·凯利传说的颠覆性在于：它不避讳描述成员的犯罪行为，从而撕去了其自我美化的丛林罗宾汉的面具；它大肆渲染部分成员的异性装扮行为，从而动摇了冒险—英雄主义的正统叙事；它暴露了内德·凯利神话性地位背后隐藏的种族主义倾向，现在公众普遍认识到这一倾向正是所谓的"澳大利亚传说"根深蒂固的一部分（Huggan, 2002, 142）。《凯特妹妹》和《凯利帮真史》既打破了殖民政府官方记载对"凯利帮"的肆意抹黑，又打破了民族主义历史文本和文学文化文本对"凯利帮"的高度赞赏。两部作品均致力于颠覆激进民族主义批评家帕尔默、菲利普斯和沃德等人在《九十年代的传说》（*The Legend of the Nineties*, 1954）、《澳大利亚传统》（*The Australian Tradition*, 1958）和《澳大利亚传说》（1958）中宣扬的孕育于19世纪90年代的盎格鲁-凯尔特版本的澳大利亚性。通过重写这段丛林往事，两部小说还深入探索了符合澳大利亚社会与文化现实的多元化的民族身份的源头。此外，两位作家又都充分意识到"19世纪90年代传说"的神话性地位，通过挪用那些旧的权威文本，他们消解了并在此基础上重新装配了自己版本的新神话。

第四章

「国家庆典」的协奏与变奏

——解读《琼创造历史》与《奥斯卡与露辛达》

前言：作为公共叙事文本的《琼创造历史》与
《奥斯卡与露辛达》

1988年的"澳洲殖民二百周年庆典"是20世纪澳大利亚最重要的"国家庆典"。该庆典前后涌现了大量的历史类和文学类著作，这些著作以不同的方式回应了澳大利亚的国家议程，体现了学者和作家对这一国家盛事的关注和参与。《琼创造历史》和《奥斯卡与露辛达》正是典型的"二百周年庆典小说"，展现了小说家对当时的时代精神的敏锐捕捉，对庆典前期争议的积极回应，以及从自身立场出发对"国家庆典"的深入思考。

《奥斯卡与露辛达》是彼得·凯里的早期代表作，也是为其赢得国际声誉的首部布克奖获奖作品。该小说深入探讨了殖民问题、文化冲突以及澳大利亚复杂的历史进程，凸显了殖民时期的社会和政治状况，以及阶级、性别、个人欲望与社会期望之间的紧张关系。小说情节围绕标题人物奥斯卡·霍普金斯（Oscar Hopkins）和露辛达·莱普拉斯蒂尔（Lucinda Leplastrier）的传奇经历以及他们非传统的爱情故事展开，前者是一位古怪的英国圣公会牧师，后者则是一位富有的澳大利亚女继承人。通过展现他们对维多利亚时代社会常规的挑战，凯里重新构想了个人行动与历史变革的相互作用。因此，小说不仅包含从被边缘化的或被忽视的个体的视角重写历史的思考，还涵盖了对当时各种公共事务的社会评论。男女主人公各自的人生轨迹反映了社会中普遍存在的不平等和不公正，并折射了宗教不容忍、阶级分化以及殖民主义对土著社群的影响等社会问题。小说家还将神话和想象力元素融入其历史重构中，这种"虚"与"实"的结合使其能够探索更深层次的真相，并引发关于叙事本质和公共文本构建的讨论。

同样于1988年出版的《琼创造历史》也体现了小说家对历史、现实、"国家庆典"、妇女地位和其他公共事务的热衷。该小说囊括了澳大利亚历史上的诸多重要事件，包括1788年"第一舰队"抵澳、19世纪中期的"淘金热"和1901年澳大利亚联邦的成立。格伦维尔将历史事实和虚构元素编织在一起，创造了一个跨越几代人的故事，提供了看待澳大利亚历史的独特视角。女主人公琼·雷德曼（Joan Redman）被置于众多历史事件的中心位置，戏剧性地凸显了妇女在历史编撰过程中经常被忽视的事实。小说深入挖掘了各种社会和政治问题，包括性别不平等、殖民化过程以及历史人物面临的困境等，并在此基础上探究了公众记忆和集体身份的问题。通过突出琼·雷德曼的想象性叙事和她对青史留名的渴望，《琼创造历史》展示了历史事件如何被记录、被封存和被揭开，从而激发了公众对于国家认同及其叙事的思考和辩论。

通过书写"二百周年庆典小说"，凯里和格伦维尔对澳大利亚的公共写作都做出了各自的贡献。在有争议的历史和政治问题上，他们都毫不畏惧地表达了自己的态度和观点。他们积极地参与公共辩论，以写作的方式为社会对话提供了重要的平台。这种积极的姿态反映了两位作家作为知识分子的责任感和使命感。两部小说对澳大利亚公共写作的意义还体现在对文学创作自由的维护上。凯里和格伦维尔坚持与官方机构的政治要求保持批判性的距离，以确保他们的作品能够保留独特的艺术性和价值。他们以文学的力量探索和传达了各自的社会关切，维护了公共写作的自由空间和文学表达的尊严。

1988年旨在庆祝欧洲殖民者在澳洲大陆定居满两百年的"二百周年庆典"不仅是澳大利亚政治史上的一个关键时刻，还是文学史上的一座重要分水岭，它实际上影响了该国20世纪后期的整体文化氛围和文学创作取向。该时期是历史小说创作的高峰期，包括诺贝尔文学奖获得者帕特里克·怀特、布克奖获得者彼得·凯里在内的一大批主流作家均投身于该领域。在男性作家以历史题材的文学作品大放光芒的同时，女性作家雪莉·哈泽德（Shirley Hazzard）、西娅·阿斯特利、凯特·格伦维尔等人也不遑多让，她们的历史小说在数量上和质量上均不逊于本国的男性作家作品。学界普遍认为："二百周年庆典"因其"国家庆典"的地位而获得多方关注，庆典活动创造了独特的社会氛围；该时期的澳大利亚人公共参与意识普遍较高，不同价值观因频繁交流而产生碰撞，边缘群体的诉求也基本上都有发声的渠道。总体而言，"二百周年庆典"时期澳大利亚公共领域的氛围具有百家争鸣的特点，庆典活动倡导的通俗的历史主义倾向还激发了民众对历史小说的浓厚兴趣，极大地提升了这一文类的地位。

"二百周年庆典"前后，许多包含历史反思意味的文学作品得以与公众见面。仅在1988年当年就集中出版了多部作品，其中包括：约翰·福布斯（John Forbes）的诗集《击昏的鲻鱼》（*The Stunned Mullet*）、奥尔加·马斯特斯的短篇小说集《玫瑰爱好者》（*The Rose Fancier*）、芭芭拉·汉瑞恩的长篇小说《切尔西姑娘》、凯特·格伦维尔的长篇小说《琼创造历史》和彼得·凯里的长篇小说《奥斯卡与露辛达》等。这些作品当中最具影响力的当属布克奖获奖作品《奥斯卡与露辛达》，另一部在澳大利亚国内同样具有广泛影响力、代表女性作家群体对"二百周年庆典"民族主义话语体系的积极参与的历史小说是《琼创造历史》。学者肯·格尔德和保罗·萨尔兹曼把《琼创造历史》纳入"二百周年庆典"时期的"修正主义历史小说"的范畴（Gelder and Salzman, 1989, 65）。罗伯特·迪克森则将《奥斯卡与露辛达》视作"二百周年庆典文学"的代表作，并指出其与同时期另一部颇具影响力的严肃题材小说——蒂姆·温顿的《云街》具有明显的共性，都展现了当时的总体社会氛围，体现了澳大利亚知识分子对本民族的身份、新形势下本国的国际地位和国民情感特质的兴趣（Dixon, 2005, 254）。

耐人寻味的是，许多澳大利亚批评家回避深入探讨文学与"国家庆典"的关系，或许是因为他们觉得作家身份与庆典的官方属性在本质上并不兼容，即使是受到"二百周年庆典出版计划"资助的作家，其作品也不见得对庆典持尊敬的态度，"受资助"可能反而是一个令人尴尬的事实。基于以上原因，苏珊·麦柯南（Susan McKernan）指出《琼创造历史》或许称不上是一部"庆典小说"，詹妮弗·斯特劳斯（Jennifer Strauss）则将《击昏的鲻鱼》视作叠加在"二百周年庆典商标"上的一个笑话（Buckridge, 1992, 72）。霍华德·雅各布森甚至认为，《奥斯卡与露辛达》是凯里给他国家的"'反二百周年庆典'礼物"（Jacobson, 1988, 9）。即使是在专门考察"二百周年庆典"时期历史题材作品的研究中，研究者也只是简要概括了庆典活动对历史小说中"历史性回顾"的催化作用和对其中"领地与现时性概念"的重构作用（Arthur, 1991, 53）。

作为布克奖获奖小说，《奥斯卡与露辛达》在整个英语文学世界都享有经典作品的崇高地位。与其他文学经典一样，这部作品也凝结了特定民族在特定历史时期呈现的复杂价值观和心理症结，并对本民族和跨民族的文化传播和知识传承具有广泛影响力。因此，结合"国家庆典"的背景对《奥斯卡与露辛达》经典性形成的根源和过程展开追溯，展现其与公共语境之间的交互作用，就成了当务之急。从已发表的国际国内相关论文来看，批评家们主要关注该小说对英国殖民过程的反思和再现，这与其作为后殖民文学经典的公开地位不无关联。尽管具有明显的后现代文本特征，但批评家们的普遍共识是这首先是一部经典的后殖民小说，其中的后现代特质是为后殖民主题内容服务的。[①]与《奥斯卡与露辛达》相比，《琼创造历史》与"二百周年庆典"的关系更为复杂和微妙，它本身就是"二百周年庆典出版计划"的资助作品，尽管格伦维尔宣称小说的内容并未因中途受到资助而产生任何变化（Baker, 1989, 112）。无论创作中的真实情况如何，有一点毋庸置疑，那就是：这位女作家在创作中清醒地认识到了"国家庆典"作为公共话语场的象征性地位，她以写作的形式参与公共领域论争的做法，与女性作家群体争取在本民族主导性话语体系中占据一席之地的长期奋斗目标是一致的。

格尔德和萨尔兹曼认为，在挑战性别的程式化方面，澳大利亚女性作家当中最突出的代表就是凯特·格伦维尔。"格伦维尔在写作中格外留意妇女被强加的角色，既包括社会角色又包括虚构文本中的角色。"（Gelder and Salzman, 1989, 77）她的处女作《长胡子的女士》（*Bearded Ladies*, 1984）书名即已包含了鲜明的隐喻意味：女性被强加的角色和社会身份使她们与真实的自我相割裂，在男性主导的世界中任何试图拥有独立自我的女人都将不可避免地变成"畸人"。《梦屋》（*Dreamhouse*, 1986）延续了《长胡子的女士》中的激进女权主义批判。《莉莲的故事》（*Lilian's Story*, 1985）则集中反映了女性对父权制压迫的反抗，其中的女主人公莉莲·辛格（Lilian Singer）是《琼创造历史》中的主要叙述者琼·雷德曼的朋友。莉莲·辛格无论在外表上还是行动上都与她的中产阶级家庭出身所规定的"适当的"女性行为标准相去甚远。在论文《哥特式格伦维尔，抑或凯特创造修辞》（*The Gothic Grenville, or Kate Makes Rhetoric*）中，彼得·克雷文认为，《长胡子的女士》、《莉莲的

---

① 参见Fletcher, M. D. "Peter Carey's Post-Colonial Australia II: *Oscar and Lucinda*: Misunderstanding, Victimisation, and Political History." *Australian Political Ideas*. Kensington: University of New South Wales Press, 1994，pp. 143–151; Brown, Ruth. "English Heritage and Australian Culture: The Church and Literature of England in Oscar and Lucinda." *Australian Literary Studies*, 17. 2 （1995）, pp. 135–140; Ashcroft, Bill. "A Prophetic Vision of the Past: History and Allegory in Peter Carey's *Oscar and Lucinda*." *On Post-colonial Futures*: *Transformations of Colonial Culture*. London and New York: Continuum, 2001，pp. 128–139; Strongman, Luke. "Colonial Folly: Peter Carey's *Oscar and Lucinda*." *The Booker Prize and the Legacy of Empire*. Amsterdam: Rodopi, 2002，pp. 93–99; Nunning, Ansgar. " 'The Empire had not been built by choirboys': The Revisionist Representation of Australian Colonial History in Peter Carey's *Oscar and Lucinda*." *Fabulating Beauty*: *Perspectives on the Fiction of Peter Carey*. Ed. Andreas Gaile. Amsterdam: Rodopi, 2005，pp. 179–197; Modia, María Jesús Lorenzo & José Miguel Alonso Giráldez. "Misfits in the Hands of Destiny: Peter Carey's Antipodean Conquest in *Oscar and Lucinda*." *Australia and Galicia: Defeating the Tyranny of Distance*. Jannali: Antipodas Monographs, 2008，pp. 321–335; 彭青龙：《〈奥斯卡与露辛达〉：承受历史之重的爱情故事》，《当代外国文学》2009年第2期，第127–134页。

故事》、《梦屋》等早期作品属于一个比"加纳式"和"温顿式"作品更久远的澳大利亚写作传统,即澳大利亚哥特小说的传统。该传统曾是帕特里克·怀特、克里斯蒂娜·斯戴德和早期的托马斯·肯尼利(Thomas Keneally)的选地,格伦维尔大胆地闯入这一颇具争议的领域,体现了女性作家的能力和魄力。然而,克雷文在推崇《莉莲的故事》的同时,却对其"姊妹篇"《琼创造历史》持批判性态度。他认为,后者在修辞上存在缺陷:当它"将碎片的并置转变为一个结构主义原则时",就把作者在修辞上的弱点"像博物馆的展品一样"陈列在读者面前(Craven, 1990, 253)。他尤其反感其中大量出现的具有普遍意义的话语,他认为这些自然化的修辞不能在展现不同历史年代的"琼"们的命运时引发读者的深切同情。"格伦维尔把她的历史人物(或人物们)寓言化了,于是创造历史的琼永远表现得像是在篡夺材料中潜在的戏剧性。"(Craven, 1990, 255)

克雷文的观点代表了澳大利亚评论界对格伦维尔早期作品的总体态度,即对《莉莲的故事》的交口称赞和对其他作品的兴趣缺乏。以《琼创造历史》为例,澳大利亚文学数据库AUSTLIT中能够搜索到的主要相关论文只有四篇,分别是:《被潜抑事物的重现:〈莉莲的故事〉和〈琼创造历史〉中女性自我的重写》①、《再访非洲和澳大利亚:读凯特·格伦维尔的〈琼创造历史〉》②、《离散的白人:琼(和安娜)创造历史》③和《"她的故事"对历史的重新审视:凯特·格伦维尔的〈琼创造历史〉中女性叙述对帝国话语的颠覆》④。我国评论界对格伦维尔早期作品的态度也大致相同。本章在选择重要性不言而喻的《奥斯卡与露辛达》之后,又选择《琼创造历史》来做个案分析,而没有选择广受好评的《莉莲的故事》,主要是基于以下几点考虑。首先,《琼创造历史》是一部"二百周年庆典"时期的重要作品,它反映了这一特殊历史阶段澳大利亚文学的总体特征和关注焦点。其次,《琼创造历史》充分展现了作家女权主义观念

---

① Jose, Mridula. "The Return of the Oppressed: Re-Writing the Female Self in *Lilian's Story and Joan Makes History*." *Cultural Interfaces*. New Delhi: Indialog Publications, 2004, pp.100–106.

② Korang, Kwaku Larbi. " 'Africa and Australia' Revisited: Reading Kate Grenville's *Joan Makes History*." *Antipodes* 17.1 (2003): 5–12.

③ Whitlock, Gillian. "White Diasporas: Joan (and Ana) Make History." *Australian and New Zealand Studies in Canada* 12 (1994): 90–100.

④ Goulston, Wendy. "Herstory's Re/vision of History: Women's Narrative Subverts Imperial Discourse in Kate Grenville's *Joan Makes History*." *Australian and New Zealand Studies in Canada* 7 (1992): 20–27.

的进化过程，并对于理解西方女权主义浪潮的结构性变化具有一定的借鉴作用。再次，《琼创造历史》还是一部形式新颖的历史小说，它在一定程度上展现了20世纪80年代的女作家对于"历史"的总体态度，这些态度后来在格伦维尔2000年以后创作的"殖民三部曲"中又得到了充分的再现和发展。

　　总体而言，《奥斯卡与露辛达》和《琼创造历史》这两部历史小说都反映了"二百周年庆典"时期的独特社会氛围，但到目前为止将其置于该历史背景下深入剖析文学创作与澳大利亚公共生活的关系、进而探讨以作家为代表的知识分子在当下政治和文化论争中如何做出客观思考并保持自身创作的独立性的研究却并不多见。这正是本章的研究重点和研究方向。

第一节 参与民族大辩论

为了更好地理解这两部作品与"二百周年庆典"之间的关系，首先有必要对该庆典的内涵和宗旨有所了解。该庆典旨在庆祝澳大利亚殖民史上的一个重大时刻——1788年1月26日。在历史上的这一天，来自英国皇家海军的亚瑟·菲利普率领"第一舰队"的十一艘船齐聚杰克逊港（Port Jackson），从此创立新南威尔士殖民地。1979年4月，为了和各州政府协调合作，联邦政府宣布成立"澳大利亚二百周年庆典官方机构"（Australian Bicentennial Authority, 简称ABA）。该机构的任务是去计划、协调和倡议纪念活动，在最大范围内鼓励社会各界乃至国际团体的广泛参与。机构在成立之初便面临巨大挑战，那就是：在澳大利亚这样一个文化多元的国家，这种旷日持久的策划活动如何才能赢得全国性的持续关注。机构通过采用问卷调查从全国范围征集意见和建议的方式基本解决了这一难题，调查结果还成为所有纪念活动策划和组织原则的基础。机构的大量活动均基于以下公开目标：

1．庆祝澳大利亚人丰富的多元性、他们的传统和他们享有的各种自由。

2．鼓励所有的澳大利亚人理解和保护他们的遗产，鼓励他们认可现代澳大利亚的多元文化特性，并且鼓励他们自信地看待将来。

3．保证所有的澳大利亚人参与或可以参与1988年的活动；基于这一前提，二百周年庆典将成为一个在本质属性上和地理范围上真正的全国性规划。

4．开发可以为当今的和未来的澳大利亚人提供重要和持久的遗产的计划和项目。

5．将澳大利亚推向世界，邀请国际性的参与，以巩固其与其他国家之间的关系。①

---

① "1301.0 - *Year Book Australia*, 1986"，参见网址：http://www.abs.gov.au/ausstats/abs@.nsf/Previousproducts/1301.0Feature%20Article101986?opendocument&tabname=Summary&prodno=1301.0&issue=1986&num=&view=。

1986年的《澳大利亚年鉴》还提到："二百周年庆典"活动纲要提供了一个重新审视澳大利亚历史的机会（澳洲大陆的历史超过了四万年，但纲要着重强调最近的二百年），"它将鼓励澳大利亚人民去批判性地看待自己，去经历一个全国性的自我评估过程。但除了对这个国家的过去的重新评价，这一纲要还聚焦当下和未来——今天的澳大利亚和明天它在世界上的地位和面临的抉择"①。

从纪念活动的宗旨不难看出，以"二百周年庆典官方机构"为代表的各级官方组织，试图通过展开全民性的纪念活动来调和来自各个阶层、各种利益群体的不同声音。这一做法存在以下争议：打着官方旗号制定的种种政策和措施实际上不仅试图掩盖澳大利亚人成分的复杂性，还对其丰富多样的文化背景表现出漠视和不尊重。一些学者提醒公众关注"精英纪念主义"背后的明显事实，那就是任何纪念性的行动或事件都是具有排外倾向的：一些人被记住，而另一些人则被遗忘。或者说，一些人被记住正是为了使另一些人能够被忘记或被掩盖。纪念性的记忆工程因而占据了铭记和遗忘之间的空隙，按结构来划分，"它展现了一个斗争而非和解的场所：处在精英和大众对于过去的描述之间，处在私人和公共版本的历史之间，处在保存过去的竞争性的欲望和为了现在的需要重新塑造它的欲望之间"（Huggan, 2002, 152–153）。

"二百周年庆典"的官方组织者们希望1988年庆典可以成为其乐融融的民族自我欢庆的大合唱，但正式官方活动却变成充满矛盾和争议的"国家建构"的实验。澳大利亚联邦及各州政府将纪念活动定位为"国家庆典"（"Celebration of a Nation"），这一行为本身就传达了令人不安的信号。事实上，在马尔科姆·弗雷泽联合政府执政期间（1975—1983），"二百周年庆典官方机构"最初为系列庆祝活动设定的主题是"澳大利亚的成就"（"The Australian Achievement"），这种一味赞扬殖民阶段取得的成就的态度在意识形态上显然是有问题的。对"二百周年庆典"蕴含的强硬的殖民姿态表示反对和抗议的声音主要来自土著团体、妇女组织和移民群体，其中土著团体的抗议声尤为突出。到了鲍勃·霍克工党政府执政期间（1983—1991），"澳大利亚的成就"主题被"生活在一起"（"Living Together"）主题所取代。这一新主题的要义是在全体澳大利亚人当中提倡社会平等，从而"为世纪之交建立一个多元文化议程，这意

① "1301.0 - *Year Book Australia*, 1986"，参见网址：http://www.abs.gov.au/ausstats/abs@.nsf/Previousproducts/1301.0Feature%20Article101986?opendocument&tabname=Summary&prodno=1301.0&issue=1986&num=&view=。

味着需要对国家在处理非英裔澳大利亚人身份的问题上的表现做出重新评估"（De Marques, 2021, 100）。然而，尽管在思想性上表现出了明显进步，但这一试图不加区分地包含澳大利亚全部人口的"国家庆典"构想仍然遭到了土著团体的明确拒绝，他们甚至以实际行动——长达一年的不合作抗议活动来表达他们的不满。1988年1月26日，土著团体发起了澳大利亚历史上规模最大的一次抗议活动，仅在悉尼就有四万多土著和非土著参与了和平游行。正如活动倡导者之一、土著诗人凯思·沃克（Kath Walker）所指出的：对于土著而言，"（白人在澳洲登陆）有什么可值得为之庆贺的呢"（Noonuccal, 1987, 11）？在前一年，作为对即将到来的"二百周年庆典"的严正抗议，沃克退还了英国王室1970年授予她的大英帝国员佐勋章（MBE），并把自己的名字改为奥基鲁·努纽卡（Oodgeroo Noonuccal, 意为来自Noonuccal部落的Oodgeroo），以公开宣示对自身土著身份和文化传统的认同。1988年，作为非土著澳大利亚人声援土著抗议活动的一部分，著名诗人、社会活动家朱迪斯·赖特对"二百周年庆典"公开发难，她收回了即将被编入庆典纪念选集的《赶牛人》（*Bullocky*）一诗的授权，并在声明中指出该诗经常作为"民族主义诗歌"的代表作被编入学校课程，这导致其他更具对抗性的重要诗歌，如正视和探索土著经历的《黑人的飞跃，新英格兰》（*Nigger's Leap, New England*）一直蒙受被忽视的命运。

然而，澳大利亚的保守派人士却担心庆典活动会导致政府在土著问题和妇女问题上过于迁就左派激进分子，尤其是在土著问题上。在一篇题为《二百周年庆典：该庆祝还是致歉？》（*The Bicentenary: Celebration or Apology?*）的檄文中，肯·贝克（Ken Baker）指出："对于继承了可敬过去的意识，将为人们自信地面对将来并感到自身是民族共同体一分子提供重要的精神资源"（Baker, 1985, 175），"二百周年庆典"所起到的作用应当是"提醒我们过去二百年的成就，我们受到的来自祖先的恩惠和我们对于子孙后代的义务"（Baker, 1985, 176）。贝克对"二百周年庆典"活动纲要向澳大利亚土著及托雷斯海峡岛民的历史贡献表达敬意，却没有提到母国英国这一"澳大利亚最伟大遗产的来源"表示不满。对于左派活动家要求政府无条件地支持土著的抗议活动并在住房、教育、健康、土地所有权等问题上"做出积极补偿"的呼声，贝克均表示明确的反对。他辩称："现在的问题不是庆典是否应当对土著及其传统文化表达敬意，而是对于英国在澳洲展开殖民活动的罪恶感是否应该成为纪念活动的主导情绪"（Baker, 1985, 181）。他表示赞同著名右派历史学家杰弗里·布莱尼（Geoffrey Blainey）的观点，即尽管欧洲人的到来最初对于大部分土著而言是一个悲剧，但从长远来看这却是"历史的进步"；澳大利亚土著坐拥丰富资源却不懂得善加利用，"文明的欧洲人"的到来及其对自然资源的有效利用和管理，"才造福了不计其数的生命"；因此，"成就感应该成为二百周年庆典精神的核心……过分强调种族冲突和白人殖民活动对土著文化的破坏，将会在社会共同体中滋生怨恨和分裂；把澳大利亚的过去读作一个毁灭和迫害的故事，还将破坏继承自过去的现行体制的合法性"（Baker, 1985, 181）。

　　1987年，两位左派人士受邀为庆典官方刊物《1988二百周年庆典》（*Bicentenary 1988*）撰文，一位是来自新南威尔士州的工党议员弗兰卡·爱瑞纳（Franca Arena），另一位是来自最高法院的法官迈克尔·科比（Michael Kirby）。爱瑞纳女士在她的文章中关注新移民的困境，她描绘了他们与种族主义者、顽固分子及狭隘人群遭遇时的情景。作为一名共和主义者，她呼吁在澳大利亚成立共和国。科比法官则提醒公众关注被收押的土著的"不合比例的"数量，并对现行司法体制对土著文化产生的"非公正的、毁灭性的及歧视性的"影响提出警告（Castles et al., 1988, 55）。然而，接下来发生的事令人大跌眼镜：这两篇用心良苦的文章竟双双遭遇被撤稿的不公正对待。这两篇文章"被枪毙"的命运一方面反映了布莱尼、贝克等保守派人士的观点颇具影响力，另一方面也反映了当局为澳大利亚设定的光辉形象容不下对这些令人不安的事实的大胆揭示。澳大利亚政府和官方机构热衷于塑造正面的国家形象，是因为这个国家没有像美国、印度等英国的前殖民地那样经历过独立运动的洗礼，无法做到用独立、抗争的道路来定义民族性格、民族语言和民族文化，所以它在自我定义的道路上走得格外卖力（Castles et al., 1988, 56–57）。从爱瑞纳和科比的文章遭遇的"国家形象保护主义"来看，"开放包容"已经失去其精神内核，沦为官方机构的一个宣传口号，"封闭保守"才是当时政府的主导性政治态度。这一事件还从侧面反映了当时的澳大利亚政府表示积极拥护的多元文化主义理念只是一个"修改现行的国家概念使其与新时期的现实相吻合的一个尝试"；即使是以最积极的眼光来看，它也只是"一个安全出口，为在现代社会的纷繁复杂和庞大压力下感到日益异化的个体提供某种抚慰"（Castles et al., 1988, 61–63）。

　　1987年，正埋首于《琼创作历史》创作的格伦维尔获得了"二百周年庆典官方机构"的一笔奖金（a Bicentennial Commission）[1]。从已出版的小说的内容来看，虽然受到了官方机构的赞助，但它却并不是对白人在澳洲的殖民史的单纯礼赞，还包含了对殖民史黑暗面的揭露和批判。小说中两百年的澳洲开拓史是由不同阶级、不同性别、不同族裔背景的人共同参与绘制的斑斓画卷，这幅画卷并非总是呈现出一派和谐的景象。一战期间，东欧移民遭到了不公正的歧视和排挤，小说中的主要叙述者琼·雷德曼的父亲迫于形势的压力将家族姓氏勒杜列斯库（Radulescu）改成了典型的英国姓氏雷德曼（Redman），这一新姓氏暗含了向澳洲的棕色人种土著居民致敬的姿态。原名为琼·勒杜列斯库的琼·雷德曼出生于1901年，恰逢澳大利亚联邦成立的重大历史时刻，因此琼坚信自己将要开创一段崭新的历史。她的故事每隔一章出现一次，展现了她人生中的各个重要阶段。穿插在这个个人历史中间的，则是十一个各具特色的历史场景的速写。这些场景展现了自欧洲人发现"伟大的南方大陆"以来，澳大利亚历史上的多位"琼"的形象，时间从1770年詹姆士·库克船长发现新大陆以来直到1901年标志着澳大利亚联邦成立的联邦议会的召开。

十一位历史上的"琼"来自不同的族裔背景，有白人，有澳洲土著，也有白人与土著的混血后代。她们属于不同的社会阶层，有人是地位较高的总督夫人、镇长夫人，也有人是自由移民、丛林妇女等平民，还有人是地位低下的仆佣甚至流放犯……尽管出身不同、肤色不同，这些女性都与男性一起，为澳大利亚联邦的建设和发展做出了不可磨灭的贡献。但是，以白人男性价值观为导向的民族主义历史却对这些女性的贡献不屑一顾。对此，琼·雷德曼自认为有责任来做出一些改变："那些书籍对所有这些问题都保持沉默，所以我要在这里把它们纠正过来：看吧，你会看到历史在你眼前被创造出来"（*Joan Makes History*, 13）[2]。

《琼创造历史》积极响应将不同背景的人团结在一起的官方号召，并主张这种团结并不需要以压抑部分边缘群体的声音作为代价。在关于琼·雷德曼被孕育出来的场景中，主导性的意象是一艘载着来自欧洲不同地区的平民的客轮正面朝南方驶向这片"希望之地"："挤在船舱里的乘客们用许多语言谈到了希望，谈到了未来，谈到了等待他们的像白纸一

---

[1] "二百周年庆典官方机构"共赞助了五部澳大利亚小说的出版计划，涉及的作家分别是伊丽莎白·乔利、奥尔加·马斯特斯、凯特·格伦维尔、吉恩·贝德福德和罗宾·戴维德森（Robyn Davidson）。

[2] Grenville, Kate. *Joan Makes History*. St Lucia: University of Queensland Press, 1988. 后文出自同一著作的引文，均随文在括号内标出该著名称简称*Joan*和引文出处页码，不再另外作注。

样的新可能性"（*Joan*, 10）。这群人当中有即将成为琼的父母的那对男女。当他们即将抵达的新大陆正准备庆祝"国家的诞生"时，这两人也在自己的小天地里欢庆他们即将迎来的新生活："他喘息的同时，历史正在那个瘦削女人的身体里被创造出来，而其他类型的历史也正在被创造"（*Joan*, 12）。如果说这对东欧移民夫妇是在以私人方式遥祝一个新国家的诞生，那么很多人则是亲身参与了历史的创造过程——亲眼见证了首届联邦议会的胜利召开。与参与仪式的镇长夫人琼及其丈夫同时在场的，有穿戴考究的达官显贵，有衣着朴素的平民，也有表情漠然的澳洲土著居民。在历史发生的场所中，尽管阶级不同、位置不同，但所有人都共同参与了历史，都是这场历史的"见证者"。"在这里，我们很容易看到一个相当精确的等级划分，从接近王子的最显赫的位置到这里的最卑微的位置，热气在脚下升腾，我们被紧紧地凝聚在一起"（*Joan*, 256）。

在《奥斯卡与露辛达》中，在澳大利亚历史上被边缘化的叙述声音和视角同样得到了充分的重视，尤其是女性与土著的声音和视角。露辛达·莱普拉斯蒂尔这位农场主家庭出身、成年后投身玻璃制造业、后又在劳工运动大放异彩的坚强女性，成为小说中最有存在感的人物。第一人称叙述者钦佩这位维多利亚时代的女性在面对命运的无情作弄时表现出来的勇气和韧性，他充满感慨地指出：失去心上人和全部身家的悲恸和无助只是她无比精彩的人生的一个序曲。"在露辛达身上发生的其他事远比她对那位神经质的牧师的激情更加有名。她名气很大，至少是在学习澳大利亚的劳工运动的学生当中。读了这封信，你就会知道其中隐藏的痛苦与惊惶不过是她漫长而又充实的人生中的一记重击。你可以将它看作是她真正的生活开启前受到的最后打击。"（*Oscar and Lucinda*, 515）[①] 学者苏·瑞安-法兹洛（Sue Ryan-Fazilleau）指出：小说中的另一个主人公奥斯卡·霍普金斯的死亡早有征兆，因为书中多次提到溺亡一词或奥斯卡对大海的恐惧。此外，这部小说还与维多利亚时代的文学经典《弗洛斯河上的磨坊》（*The Mill on the Floss*, 1860）有着明显的互文关系，这也是对男主人公悲剧结局的一个暗示。但露辛达的命运，包括她把财产全部输给了奥斯卡的未亡人，却让很多读者始料未及。然而，这一结局同样并非无迹可寻。事实上，露辛达成年后人生的跌宕起伏在她小时候弄坏了自己的九岁生日礼物时便埋下了种子（Ryan-Fazilleau, 2005, 15–16）。这只金发碧眼的美丽

---

① Carey, Peter. *Oscar and Lucinda*. London: Faber and Faber, 1988. 后文出自同一著作的引文，均随文在括号内标出该著名称简称*Oscar*和引文出处页码，不再另外作注。

玩偶购自水晶宫，跟露辛达的父母一起从英国漂洋过海来到澳大利亚。玩偶代表着童年的纯真、物质主义的诱惑、容易破碎的梦想，也象征着人际关系的脆弱纽带。小露辛达无意中毁坏了这个珍贵的礼物，惹得她的父母勃然大怒。"这些飞弹不是针对她的，但空气中充斥着一种暴力的味道，她只有在多年后才会看到这种暴力的根源，因为她把财产输给了我的曾祖母，一夜之间变成了穷人。"（*Oscar*, 79）由于深刻地认识到自己的财富建立在剥削和伤害澳洲土著的基础之上，露辛达反而在变得一贫如洗后，靠自己的双手过上了问心无愧、充满成就感的生活。

　　除了露辛达这位女性人物，从边缘走向历史书写的中心舞台的还有澳洲的土著居民。奥斯卡出于对爱情和信仰的双重效忠展开的运送玻璃教堂之行却带来了一系列的灾难性后果。沿途的土著在目睹白人所到之处满目疮痍后发出了悲愤的哀鸣：

> 生长在这些平原上的蜜蜂在哪里？
> 神灵已经把它们迁走了。
> 他们对我们很生气。
> 他们生气时会让我们没有柴火烧。
> 柴火不会再生长。
> 我们怀念我们的森林之巅，但黑暗的神灵不会送它们回来。
> 神灵对我们很生气。（*Oscar*, 476）

　　从这首"我们"的悲歌可以看出土著居民对被白人破坏的家园表示出深切的忧虑。白人不懂这里的自然界进化机制，对牢牢扎根于自然环境的土著文明更是一无所知。当奥斯卡带领他的同伴沿着贝林杰河（the Bellinger River）逆流而上时，他就像一位对周遭世界视而不见的盲人。事实上，"一些故事就跟生活在木麻黄下的水坑里的透明节肢动物一样小。它们像跳蚤和虱子，可能寄居在像草籽穗那样的地方……在这片土地上，每块石头都有名字，而大多数名字都带有精灵、鬼魂和意义"（*Oscar*, 500–501）。可悲的是，奥斯卡对这片土地上的神圣故事及其历史一无所知，他甚至并不知道它们的存在。与此同时，土著不仅认识到白人的信仰对他们毫无意义，还预见到白人的殖民活动的巨大危害——类似运送玻璃教堂的危险旅行甚至会带来杀戮和破坏。土著人民希望借助自己的信仰把这些不受欢迎的入侵者赶走。他们通过强调自身或"我们"的立场，坚定地与闯入他们家园的"陌生人"亦即白人殖民者保持距离。小说中各种形态的玻璃具有强烈的象征意义，它既寄托了露辛达等人的不切实际的理想，又是伤人的利器。"玻璃成为殖民历史悖论的再现形式，那是关于意识形态与物质性、修辞与实践之间区别的悖论。最重要的是，它是如此不合时宜……它是文明及其影响的一个灿烂的隐喻：它是美丽的、危险的、矛盾的，是关于出错的爱情的一场豪赌。"（Ashcroft, 2001, 137）

《奥斯卡与露辛达》无疑是对"竭力包含"所有澳洲土著的"二百周年庆典"官方目标的隐晦嘲讽。不顾受害人的意愿和诉求而自作主张地提出和解，显然是一种居高临下的姿态，其本质是对"他者性"的不尊重和不认可。因为这种看似宽宏大量的态度实际上并非基于真正的多元论的价值观，它"只不过是专制的殖民主义的一个模态，本身是不包容的一种表现形式"（Lombard and Marais, 2013, 64）。与奥斯卡一行人不幸相遇的澳洲土著居民发出的声音也印证了小说家的历史观和政治态度。"这部小说是用多种澳大利亚历史取代单一澳大利亚历史的过程中迈出的一步，每种历史都由其拥有者及其后代讲述。如果说这些故事中的每一个并不一定适合所有人，那也不必为之耿耿于怀。"（Ryan-Fazilleau, 2005, 27）假如把澳大利亚官方历史看作经典，那么《奥斯卡与露辛达》这一观点鲜明的"劝导小说"被创作出来显然不是为了纠正经典，而是为了改变和扩大经典，论证其他版本的历史存在的可能性（Petersen, 1991, 109–110）。这一历史和政治姿态也与"二百周年庆典"时期土著群体的抗议活动和左派人士的倡议活动传达的政治态度相吻合。

"二百周年庆典"官方活动试图将所有澳大利亚人不加区分地组织在一起，号召其共同庆祝一个"新国家"取得的伟大成就。这一姿态无视了少数派或弱势群体的立场和诉求，必然招到激烈的反对。格伦维尔和凯里这两位小说家都注重聆听土著、女性和新移民的声音，他们在各自的作品中都拒绝将澳大利亚的白人殖民史看作一个冰冷的"历史进步"，他们都对殖民史的黑暗面展开了不留情面的揭露和批判，体现了公共知识分子的立场和良知。

第二节 超越真实与虚构的二元对立

"二百周年庆典"的公开目标是鼓励全体澳大利亚公民重新审视自己国家的历史，培养民族历史意识，从而激发作为个体的澳大利亚人对本民族的真正热情，并促使全体公民和谐地融合在一起。由于"历史是民族与民族身份建构中的关键元素……创造民族历史意识被广泛视作是在更广大的人群中引发真正的民族情感的最重要前提"（Berger, 2007, 1），1988年庆典前后，澳大利亚人对本国历史产生了空前的兴趣和热情。由于庆典带来的历史通俗化潮流，历史小说成为反映该时期特殊社会关怀的理想载体。正如肯·格尔德和保罗·萨尔兹曼在《新多元：澳大利亚小说1970-88》中指出的：历史小说比其他任何一种文学样式，都更能将小说与事实的关系，或者说将小说与"真实的历史"的关系问题前景化（Gelder and Salzman, 1989, 140）。小说家如何在尊重历史事实和发挥想象力之间取得绝妙的平衡，是历史小说创作中的重中之重。

格伦维尔在《琼创造历史》的自序中提醒读者不要期望在这部作品中看到历史现实主义："在本小说的写作过程中，作者对真实历史事件的利用以满足其写作意图为前提，作者承认其中存在历史性错误"（*Joan*, i）。该小说在1993年第三次重印时收录了堂·安德森（Don Anderson）为之撰写的新序言。在这篇新序言中，安德森对格伦维尔书写历史的态度表示由衷的欣赏："我欣赏她反讽中蕴含的智性上的刚烈、她对（虚构的）历史的利用和她拒绝掩盖事实真相的强硬态度"（Anderson, 1993, xiii）。安德森还指出："琼通过经历和（再）记叙历史来创造它，格伦维尔则负责重写历史。作为一名小说家，格伦维尔有充足的理由对'事实'表示不屑一顾"（Anderson, 1993, x）。格伦维尔的自序和安德森的他序自然而然地将人们引向对何为"历史上的真实"的思考。新历史小说的作者一直在提醒读者，历史本身是一种虚构，一个审美构成，因为"真正的历史事实"永远不可追溯，只能通过写作的行为来对其加以尝试性再现。正如法国作家安德烈·纪德（André Gide）辩证地指出的，历史是已经发生的小说，而小说是可能发生的历史。

将十一个历史场景中的主要女性人物都命名为"琼"本身就是一个创造性举措，一方面点明了这些历史上的"琼"的故事是急切地想要创造历史的20世纪的琼的想象力的产物，另一方面也尽情嘲弄了传统历史叙事的真实性原则。格伦维尔曾在访谈中谈到对塑造历史上的"琼"的思考："尽管伊丽莎白·库克并不在'奋进号'上，女人却实际上比我们通常认为的更多地出现在那些古老船只的甲板上，似乎只有死亡才会让她们有机会在航海日志中被提到……《琼》这本小说实际上关注的是她们曾经在那里的事实"（Baker, 1989, 111–112）。公开承认作品的虚构性有助于作者乃至后来的读者更顺利地进入文本。如果说琼·雷德曼是历史上的"琼"们的"腹语者"，那么格伦维尔则是这位隐藏在文本中的"腹语者"的"腹语者"。两者都通过体验不同历史空间中的女性命运来建构一个个"可能的自我"，而这正体现了腹语术的要义——置身于自我之外"是延展甚至授权现状自我（the status quo self）的方式，是承认我们内心的其他声音的方式，也是使'自我坐落于一副头脑或一具身体'的观点问题化的方式"（Goldblatt, 1993, 397）。

凸显"真实"与"虚构"辩证关系的另一个创造性举措是格伦维尔对故事发生背景的渲染。小说中多个场景都指向英帝国历史上的一个重要阶段，即维多利亚女王在位时期或者说维多利亚时代（1837—1901）。琼·雷德曼出生于1901年，这一年既标志着澳大利亚作为联邦的诞生，又标志着英帝国鼎盛期（"日不落帝国"时期）的结束。在小说中有七个历史场景都与维多利亚时代有着密切关联。格伦维尔不仅明确标出了这些时间节点，还构想出一系列能够体现维多利亚时代的时代精神的历史意象，如：英国的海外探险和殖民扩张（在1839年出现的琼是来到澳洲拓荒的自由殖民者当中的一员，在1851年出现的琼是澳洲殖民地某金矿区的一名洗衣妇）、科学的发展和新技术手段的普及（混血女子琼热衷于乘坐新型交通工具火车四处探险，作为摄影师助手的琼借助摄影新技术为传奇丛林强盗内德·凯利留下了真实的影像记录）。

维多利亚时代作为故事背景具有鲜明的隐喻内涵。众所周知，这一时期英国工业革命的成果举世瞩目，"日不落帝国"的繁荣也达到了顶峰。但这又是一个复杂而又矛盾的大变革时期。在当代人看来，维多利亚时代在阶级、种族和性别问题上都存在明显弊病。维多利亚社会的理想女性形象集中体现在考文垂·帕特默（Coventry Patmore）的叙事长诗《家中的天使》（*The Angel in the House*, 1854）上。这一顺从的女性原型是女权主义作家和学者持续批判的目标。弗吉尼亚·伍尔夫指出该女性形象在女作家的成长过程中充当了压抑和折磨人的力量，并强调"杀死""家中的天使"对女作家创作生涯的重要意义（Woolf, 1966, 285）。与主要关注和批判该时期突出的性别相关问题的西方女作家不同,格伦维尔在沿用这个颇受欢迎的历史框架后,还展开了置换其内在的消极因素的进一步工作。小说宣扬了女性之间的"伙伴情谊",认为女性能够跨越社会标签的阻碍,引领全社会达到求同存异、和平共处的理想状态。借助这个隐喻,格伦维尔积极响应了"二百周年庆典"官方机构倡导的"民族大融合"的理想目标。

《奥斯卡与露辛达》是凯里首次回归澳大利亚早期殖民阶段的作品。凯里将故事发生的时间背景同样设在了当代小说家颇为青睐的维多利亚时代,因为除了错综复杂的性别问题,海外殖民扩张也是该时代的一个重要特征。"在维多利亚时代,殖民地是萦绕在帝国意识边缘的临界性存在:那是惩罚罪犯的地方,或者是进步人士远离母国的僵化社会氛围去尝试他们的新想法的地方。"(Ryan-Fazilleau, 2005, 11)作为怀抱美好愿景、致力于向"未开化的荒蛮之地"输入进步思想和上帝旨意的帝国传教士,奥斯卡试图以瘦弱肩膀背负起西方白人基督教文明的重负。然而,他本人实际上是走向极端化的宗教信仰的受害者:他的父亲是普利茅斯兄弟会的牧师,他的极端克己和禁欲主义倾向造成他与相依为命的儿子之间的隔阂,进而导致小奥斯卡将投石占卜的结果看作是"上帝的召唤"。尽管深爱父亲也相信自己为父亲所爱,这个男孩还是离开了自己的家,成为圣公会穷牧师的学徒。来到澳洲后,他对建立在被动性和随机性基础上的宗教信仰的坚持,又导致他不能以真诚的心去感受和体会露辛达对他的曲折的爱情表达(由于维多利亚社会对女性行为规范的严格规定,露辛达不敢直接地表示爱慕,她也担心过于坦诚和直率会把奥斯卡吓跑,于是她编造了一个自己爱上了另一个男人的谎言,并以慷慨的报酬让奥斯卡帮她运送"爱情的信物"),从而导致他们的爱情无法生根结果,并导致他本人后来走上了不归之路,葬送了自己和很多无辜的人的宝贵生命。

凯里的这部小说继承了经典维多利亚小说的一些常见主题,如:孤儿身份与命运、婚姻与财产问题以及作为社会现象的赌博问题。奥斯卡年幼时就失去了母亲,后来他选择逃离极有控制欲的父亲,从而在事实层面上成为一名"孤儿"。露辛达先是失去了父亲,后来又失去了母亲,也是一名靠着自己的坚韧和勇气成长起来的孤儿。夹在男女主人公之间的第三者、小说中的另一个关键人物米利亚姆·查德威克(Miriam Chadwick)也同样是一名孤儿。露辛达同时是一笔不菲财产的女继承人,因此长大成人后她面临择偶的难题。对于维多利亚时代的女性而言,择偶本身就是一场豪赌,婚姻意味着女性(尤其是女继承人们)将处置自己全部身家甚至性命的权力无条件地让渡给一个陌生的或者虽然知面却不知心的男人。《简·爱》中罗彻斯特的前妻的下场就是这样一位不够幸运的女继承人的悲惨遭遇的真实写照。爱上奥斯卡之后，热衷赌博的露辛达决定将自己的全部身家作为赌注押给这位英国来的年轻牧师。他们打赌的内容是将一座玻璃教堂运送至指定地点波特港（Boat Harbor），途中需经过澳洲大陆的"黑暗心脏"——当地土著的聚居地。这座玻璃教堂寄托着露辛达对爱情的全部向往，同时也象征着奥斯卡的宗教信仰和他对露辛达颇具骑士意味的效忠姿态。它还是1851年在英国伦敦举办的第一届世界博览会的展馆——水晶宫的隐喻。这座晶莹剔透的以玻璃和钢筋为主材的建筑物也成为这届世博会的代名词。水晶宫博览会彰显了维多利亚时代的英国作为经济、科技和文化强国的地位，来自不同国家及英、法等国海外殖民地的一万多件令人眼花缭乱的展品体现了现代工业文明的高度发达以及人类非凡的想象力与创造力。《奥斯卡与露辛达》中明确提到，露辛达的九岁生日礼物正是来自于水晶宫。"这个玩偶是玛丽安·埃文斯购买的，她乘坐马车去参加了一个大型展览，特意去购买这个玩偶。当时露辛达对她所谓的'探险'印象深刻，但并不知道那到底是什么展览。但后来她想到，这个玩偶一定是来自她成年后非常欣赏的建筑物——水晶宫。"（*Oscar*, 75）

然而，英国海外殖民地仿造的"水晶宫"——玻璃教堂既不能引发当地土著对其代表的高超工业技艺的膜拜，也未能激起他们对基督教文化意象的敬畏，更不可能成为向"未开化的野蛮人"传输信仰的场所和工具。奥斯卡一行人沿途遇见的土著对工业文明的产物和殖民者用来征服世界的利器——玻璃制品持坚决抵制和反对的态度，他们认为白人寄托在锋利的、能够割开皮肉的玻璃上的信仰与这片神圣的土地完全不相容。白人们认为装在盒子里的玻璃教堂的组件是神圣的物品，土著居民却认为那是"白人做的梦"（*Oscar*, 477）。事实上，露辛达看到这座庞然大物的第一眼就颇感震惊和幻灭："但她所看到的是一个非宗教的噩梦，一个向无知和无趣致敬的臃肿纪念碑——弯曲的顶篷、摩尔式的屏风、都铎式的屋檐、日本式的'效果'。它还是一个怪物，足有100英尺宽"（*Oscar*, 423）。后来在经历了以铁与血开道的帝国远征的"洗礼"后，奥斯卡也不再认为这座包含着狂妄和虚荣的工业制品是什么神圣物品，"他所能想到的是，玻璃教堂是魔鬼的杰作，它还是谋杀和私通的中介"（*Oscar*, 509）。由此可见，玻璃教堂在其建设过程和目的中结合了"帝国背后的两大驱动力：基督教和制造业，一个提供道德借口，另一个提供征服世界的卓越技术和财富"（Petersen, 1991, 111）。而完全没有意识到自身行为的潜在危害、以玻璃教堂来打赌的奥斯卡和露辛达都是无心的破坏者，他们也都付出了各自的沉重代价。

无论是维多利亚时代的悉尼还是同时代的伦敦，对露辛达这样的年轻姑娘而言都是充斥着限制和偏见的令人窒息的地方。母亲去世后，刚刚踏入殖民地富人社交圈的露辛达就因衣着和发式不够"得体"而受到非议。之后她因为和奥斯卡独处一室而蒙受名誉上的损失，连她的贴身女仆都在巨大压力下被迫离开了她。出于对无比坚固又无比脆弱的玻璃珠"鲁珀特王子之泪"的着迷，也因为她发现了玻璃可以作为发展超越性别的友谊的媒介，露辛达决定斥资买下生产这种玻璃珠的工厂。但她却不能以女性的身份去完成收购、参与管理和组织生产。她同情那些被贫穷和疲惫折磨的工人，"然而，他们看她的方式让她害怕和憎恨。这是因为她的年龄、她的性别和她的阶层。她对此心知肚明"（*Oscar*, 150）。显然，露辛达从父母手中继承的、从土著那里"偷来"的财富并不能抵消她的性别和年龄带来的劣势。玻璃厂的工人们以傲慢的态度对待这位大胆地闯入他们排外性的男性领地的年轻姑娘。露辛达在她即将雇佣的工人们面前感到自己渺小又无助，她觉得男性群体的眼光把她变成了他们任意想象的生物。

《奥斯卡与露辛达》以虚实交织的叙述手法展开，第一人称叙述者自称是历史人物奥斯卡·霍普金斯的后代。他讲述了在自己家族内部流传的、在这位传教士祖先身上发生的传奇过往，但这段过往却并非只有一个版本。不同版本当中最为突出的、最令人震惊的是土著人的口述史版本。这位白人叙述者虽然是小说中占主导地位的声音，却在自己的第一人称叙述中为他父亲的土著朋友——肯贝恩杰里人比利，或者叫肯贝恩杰里·比利（Kumbaingiri Billy）留下了自由讲述其族人故事的空间。

使小说中的虚构人物与历史上的真实人物产生交集，可以增加叙述的丰富性和可信度。维多利亚时代的著名女作家乔治·艾略特（George Eliot）就是这样一位被编入虚构书写的真实历史人物。《奥斯卡与露辛达》中直接使用了艾略特的本名玛丽安·埃文斯（Marian Evans）。她是露辛达的母亲伊丽莎白·莱普拉斯蒂尔的多年好友，露辛达的九岁生日礼物正是来自这位埃文斯女士，可见两人私交甚笃。伊丽莎白本来也是一位对争取妇女平等的经济和社会权利充满热忱的女权主义者，但她却在澳洲的农场生活中遭遇了理想的滑铁卢。可她的女儿却是按照她和埃文斯女士所在的进步组织的原则和理想培养起来的。在写给这位志同道合的好友的信中，伊丽莎白感叹按她们的进步观念培养长大的女儿（露辛达继承了母亲对工业的兴趣，坚信工业化可以为女性提供自由的经济基础）与落后的澳洲殖民地的社会环境根本不相容，她认为露辛达的理想归宿应该是回到母国英国。然而，当露辛达成年后终于踏上了"归家"之旅，这趟旅途却令人极其失望。她满怀期待地去探望这位"母亲的旧友"，埃文斯女士却不喜欢这位"她自己的女权主义教义的殖民地产物"（Ryan-Fazilleau, 2005, 14）。"即使是乔治·艾略特……也已经习惯了那些为了向她表示尊重而低垂眼帘的年轻女士。露辛达却没有这么做。"（Oscar, 204）因此，小说呈现出极具反讽意味的状况：这位勇于挑战世俗观念的英国进步女作家却对来自殖民地的年轻姑娘格外苛刻，她觉得她举止粗俗、口音尴尬，还严重缺乏社交技巧，她对这位热衷实业的后辈在玻璃制造方面的狂热也毫无兴趣，更无法与之产生共鸣。

作为奥斯卡的后代，叙述者毫不掩饰他在对奥斯卡和露辛达的往事的追述中充分运用了自己的艺术想象力和虚构本领。在他的成长过程中，叙述者的母亲禁止他阅读虚构作品，因为这有悖他们不加思考、从字面上阅读和阐释世界的家族传统，这激起了叙述者发自内心的反感和反抗。他对母亲强迫他和兄弟姐妹们从小接受的家族历史很不以为然，对奥斯卡这位将"光明和理性"带到澳洲的先祖的光辉形象更是充满了"圣像破坏"的冲动。当来访的主教在一家之主——他母亲的引导下瞻仰这位曾祖父的画像时，他不禁暗自腹诽："他们会看到他笔直的背影、紧闭的嘴唇、收紧的鼻翼和伸长的脖子，但我敢打赌从来没有人猜到这是由于奥斯卡·霍普金斯屏住了呼吸，试图保持两分钟一动不动，而通常情况下——他是个爱动的人——他无法在不抓脚踝或跷脚的情况下撑住哪怕十分之一秒"（Oscar, 1）。正如小说结尾所揭示的，奥斯卡和露辛达之间的爱情故事没能正式展开就匆匆结束了，叙述者的曾祖母另有其人（实为工于心计的引诱者米利亚姆·查德威克）。由于叙述者与露辛达并没有血缘上的联系，他的家族也没有关于她的私人资料，他对露辛达生平往事的挖掘显然是可疑的，必定充满了各种想象和创造。

这位叙述者试图通过虚构的文本来反叛他强势的母亲延续和主导的家族传统。他跟《琼创造历史》中的琼·雷德曼一样，都对自己的叙事动机和自身主宰叙述进程的超然地位格外坦诚："为了我能够得以存在，两个赌徒，一个是强迫症患者，另一个是强制症患者，必须见面。一扇门必须在某个特定的时间打开。在这扇门的对面，必须有一张红色的沙发。强迫症患者……必须坐在这张红色的沙发上，并在他皱巴巴的裤腿上打开《普通祈祷者之书》。患强制症的赌徒必须感觉到自己被从敞开的门口推到前面。她必须走向强迫症患者，并说出一个谎言（尽管她事先并不知道自己会说这样的话）："我有做忏悔的习惯'"（*Oscar*, 224）。但叙述者也意识到要想取得理想的叙事目标和效果很难，因为整个过程复杂得就像是日式赌博机里的无锈钢"柏青哥"小球的行进路线，"沿着有凹槽的金属隧道滚动，倾斜而下，侧身扭曲，落入海怪利维坦的腹部，向上，侧身，向上，向上，出了门，面对红色的沙发"（*Oscar*, 231）。瑞安-法兹洛认为：这种对隐含作者为达到既定目标设定的叙述程序的熟练展示反映出"所有改变故事进程的'巧合'都只不过是从故事的结尾开始，然后倒着推演的作者的叙事手法"（Ryan-Fazilleau, 2005, 18）。这位后来被称作"鲍勃"的白人叙述者还在自己的叙事空间中为土著的第一人称叙述留下了位置，通过土著的口述史读者可以直观地了解到向澳洲内陆推进的信仰之旅伴随着对土著居民的压迫和戕害。"鲍勃"并没有把土著的故事变成自己的故事的一部分，而是将叙述故事的权利交还给了大屠杀的受害者的后代。

可见，《奥斯卡与露辛达》中白人殖民者的后代与《琼创造历史》中东欧移民之女琼·雷德曼一样，都有能力和意愿去客观地看待澳大利亚多样化的历史。两位第一人称叙述者都认识到在宣扬白人殖民功绩和白人特权的历史之外，土著居民和少数族裔移民也拥有自己的历史，他们的历史排斥视其为"他者"的带有盎格鲁-撒克逊烙印的知识体系。他们的历史不容享有特权的白人篡夺和修改，只能由他们自己来讲述。

第三节 再现白人与土著的"初次接触"

"二百周年庆典"鼓励普通澳大利亚人去重新评估白人与澳洲这片土地发生近距离接触的历史，进而去思考个人和民族的身份以及身份和地域的关联。但在具有深层问题和内在矛盾的多元文化主义的指引下，这一"国家庆典"实际上展现的却是"过去的种族主义与性别主义作为政治力量被再创造出来，它利用澳大利亚'伙伴情谊'的传统语言，召唤在澳洲内陆盛行的'平等主义'价值观去再创造社会结构赖以维系的象征性等级秩序"（Marcus, 1988, 6）。这一再创造过程导致土著、女性、新移民等无法达到盎格鲁白人男性基准的个体的需求和身份被再次无情掩盖。

格伦维尔在小说中对白人拓荒者的历史贡献做出了客观评价，但也对伴随着殖民开拓而来的冲突与罪恶进行了深刻反思："有时是几年，有时没那么长时间，其他人带着斧头和马鞍袋来到这里。他们以自己的名字给这块土地命名：多兰平地或布雷边。在命名之后，他们就认为自己拥有了那块地。原本就在那里的人起初好奇地观望，后来当这些新来的人并不是砍倒一棵树就走而是继续前进时，他们便以长矛相对"（Joan, 77）。白人殖民者和土著这两个群体之间的矛盾不仅仅是表面上对土地的迥异态度造成的；当以占有土地为主要标志的殖民活动与土著的切身利益形成不可调和的矛盾时，流血冲突变得无法避免。女佣琼服务的白人殖民者曾策划了一场旨在清除土著的血腥屠杀。琼无意中撞见了一位毒入肺腑的土著妇女的最后挣扎："她用双手捧着肚子，拥抱它，安抚它，由于疼痛和更糟糕的悲伤和失去的痛苦而发出哀嚎。她跪倒在地上，仍然抱着她褐色的浑圆肚子。然后我看见了她大腿间的光泽，那并不是来自她油亮的皮肤，而是来自那种浓稠的液体。我现在意识到那只能是浓稠的、令人痛苦的鲜血……"（Joan, 128）当晚，当男人们在清除了障碍的喜悦中大快朵颐时，正直善良的琼却在哀悼那位土著女人和她的族人遭受的灭顶之灾："他们的肚子里装满了在我们的憎恨和恐惧的毒液里浸泡过的丹波面包"，而造成这一不幸的导火索正是"他们享用了让我们垂涎欲滴的小袋鼠"（Joan, 131）。

在《奥斯卡与露辛达》中，通过引入土著口述人比利的故事，凯里从土著居民的视角揭示了向澳洲内陆不断推进的白人殖民者对待澳洲的自然环境和生命体的态度。小说的第100章从"我们"的角度表达了土著和白人截然不同的生态观和生命观：

> 那些白人从达令山的云层中走出来。我们的人以前从未见过白人，我们以为他们是精灵，他们在茶树中穿行，拖着箱子大喊大叫，鸟儿被惊得发出一阵喧闹。他们制造的噪声可真大，就像二十只巨蜥在抢夺它们的巢穴……他们爬山又砍树。他们砍树并不是为了糖包子，那些被砍倒的树上也没有糖包子。他们任由那些树横躺在地上。他们砍那些树是为了制作地图。他们用铁链和经纬仪进行测量，但我们不明白他们在做什么。我们只看到了死去的树木。
>
> （*Oscar*, 475）

在土著居民看来，殖民过程远非充满英雄主义精神的拓荒，也不是什么伟大的精神启蒙，而是对自然环境和土著文化的肆意摧毁和践踏。奥斯卡绝不会想到帮他运送玻璃教堂的那群人会给原本平静安宁的偏远地区带去如此多深重的灾难。由于奥斯卡本人无法独立完成运送教堂的任务，他必须依仗体力充沛、经验丰富的"探险家"来协助他完成这次"远征"。于是，野心勃勃的帝国主义者杰弗里斯（Mr Jeffris）进入了众人的视野。"他（指奥斯卡）需要自诩为探险家的杰弗里斯来处理物质方面的事情，就像'探险家'需要被误导的意识形态任务作为资金和合法性的来源。传教士事业被证明是殖民事业带来的暴力的同谋。"（Ryan-Fazilleau, 2005, 24）奥斯卡理想主义的"远征"遭到杰弗里斯的公然劫持，成为帝国主义者强行推进殖民过程的手段。杰弗里斯信奉的座右铭是："教堂不是由唱诗班成员运送的，帝国也不是由天使建造的"（*Oscar*, 482）。他所到之处尽是毁灭和破坏：他给已经拥有名字的地方重新命名，他绘制地图，砍伐树木，收集标本，污名化当地土著。然而，在他的"探险家日记"里，他以帝国的话语美化或正当化这些行为，以便为杀戮和征服的行为辩护。

通过单纯的理想主义者奥斯卡后来的激烈反应和痛苦挣扎，读者得以"见证"白人和土著在偏远地区的灾难性相逢，并认识到以暴力开道的征服"蛮荒"之旅才是关于和平的殖民地开拓过程的神话的真实面目。根据肯贝恩杰里人比利的口述，当白人们试图翻越土著圣山道森山（Mount Dawson）时，带路的两名纳库部落（the Narcoo tribe）青年拒绝了他们的无理要求，因为这座圣山禁止年轻人进入，更不用提外来的陌生人了，白人的要求违背了他们的信仰。为首的白人（即杰弗里斯）强迫无果后便开枪打死了其中一人。另一个纳库人不得不引领他们穿越圣山，向海边走去。这个纳库青年名叫奥达尔比利（Odalberee），他以为把白人们领到海边后，这群可怕的瘟神就会彻底离开，不料却在经过肯贝恩杰里人的地盘时惊扰到了他们，双方的冲突一触即发。不计其数的肯贝恩杰里人死于这场冲突引起的血腥杀戮，而原本应该充当仁慈的精神领袖的奥斯卡却彻底失去了实际影响力，他甚至被杰弗里斯下令绑在了树上。面对他完全无能为力的惨状，奥斯卡发出了痛心疾首的哀号。他的激烈反应用比利的话来描述就是："你可以听到那个红发男人的哭声。他就像黑夜里的一个幽灵"（Oscar, 478）。事后，为了忏悔和赎罪，奥达尔比利将所有真相告知幸存的肯贝恩杰里人之后，便用藏在负鼠皮下的玻璃残片割破了自己的胸口和手臂，任由自己失血过多而死。作为证物，那片玻璃被保留了下来。"玻璃被肯贝恩杰里的长者们保存了很久，但它没有和神圣的物品放在一起。它被保存在了其他地方，在那里它不会再被人发现。"（Oscar, 478）经历这一系列变故之后奥斯卡原本的精神支柱坍塌了，他在同伴的帮助下，杀死了为沽名钓誉不择手段的杰弗里斯。而这场密谋的目击证人就是讲述这段故事的土著人比利的姑妈。这位土著女性年轻时遭到白人伐木工诱拐，饱受了白人男性的性摧残。也是这位女性把奥斯卡的伙伴引到粪坑前，助其消抹了恶人杰弗里斯在世上的最后一丝痕迹。后者本想在澳大利亚的殖民史上留下自己的鼎鼎大名和光辉业绩，却戏剧性地落入了这样一个不堪入目的境地。

《奥斯卡与露辛达》中土著口述史的部分是内嵌在白人的第一人称叙事框架内部的，这部分内容篇幅并不长，却是全书中不容忽视的重要组成部分。这一安排并非是要突出白人版本的叙述的主导地位，而是为了展现作为白人殖民者后代的叙述者对土著版本的故事的理解和尊重。当肯贝恩杰里人比利讲述他的故事时，他处在与白人叙述者平等的位置上。比利调侃奥斯卡面对他姑妈时不自觉的殖民主义姿态："他对她说：'你将会在天国中得到永生。'他给她起名玛利亚，取抹大拉的玛利亚那意思。要我说啊，鲍勃，这对于一个肯贝恩杰里人可真是个蠢到极点的名字。以这种方式跟我们土著人交谈真是太无知了"（Oscar, 496）。虽然比利的姑妈对于被强加的饱含基督教意味的名字并不十分反感，她的后代的戏谑口吻却点明了奥斯卡的帝国主义姿态多么不合时宜。正是从这一对谈中，读者才第一次得知这位奥斯卡的后代、白人第一人称叙述者的名字其实是"鲍勃"。但这个名字究竟是其真实姓名还是土著人比利出于"回敬"给他起的别名，正如白人们给比利起的别名以及奥斯卡给他姑妈起的别名一样，那就不得而知了。

有学者认为，《奥斯卡与露辛达》中包含的土著元素只不过是一个文本花招，是"小说中最薄弱的部分之一，读起来就像是二百周年庆典纪念版的特别插页"（Windsor, 1988, 70）。但事实上，这部分内容的存在恰恰证明了隐含作者重写历史的举动所包含的后殖民姿态。小说家在"二百周年庆典"的复杂时代背景下明确表达了自己的政治态度和文化立场："小说本身是一座纪念白人基督教文化遗产的二百周年庆典纪念碑，但它也包含了一个请求，即在国家历史记录中保留一席之地，让土著的声音能够树立自己的纪念碑，以纪念澳大利亚共同的过去"（Ryan-Fazilleau, 2005, 27）。

格伦维尔在《琼创造历史》中也没有回避对土著主体性的再现。小说中的两个以土著女性为主人公的场景均采用了第一人称叙述的形式。她们的叙述声音丝毫不逊色于其他场景里的白人女性，体现了独立自主的女性自我意识。以发生在1795年的场景为例，土著少女琼并不满足于自己在众人眼中的既定命运——嫁给她的未婚夫沃拉。"虽然沃拉是一个很好的男人，眼中只有我而没有其他任何人，他却不能令我开怀大笑。尽管没有人质疑我的将来，我却心存疑惑：一种不安，那种跟驱使我用赭石在洞穴里涂画相同的渴望告诉我，我必须拥有一个比沃拉、挖掘棒和孩子更伟大的命运。"（Joan, 51）终于有一天琼等到了她的"伟大"命运——实现了与白人的历史性的初次会晤。这一天，两位白人探险家（即在澳大利亚历史上赫赫有名的乔治·巴斯和马修·弗林德斯）及一名随从由于暴风雨被迫在他们部落居住的海湾附近登陆。小说家以"陌生化"①的手法再现了土著少女琼对陌生的闯入者的所见所感。"我观察的是那个高个子：他是最先上岸的，明显是领导者。他身上的覆盖物很笨重，显得腿和躯干都很粗。他的皮肤是令人讨厌的黏土色，头发像草一样直……这是一个来自未知世界的人，那里活人的肤色看起来就像是死人的"（Joan, 54–55）。

---

① "陌生化"（"defamiliarization"）本是俄国形式主义文论中的重要概念。维克多·什克洛夫斯基（Viktor Shklovsky）在《作为技巧的艺术》中指出：艺术之所以存在，就是为了恢复人们对生活的感觉，使人们感受事物，使石头凸显石头的质感。艺术的目的在于使人们感知事物，而不是仅仅知道事物。艺术的技巧是要使对象"陌生化"（Adams, 1992, 754）。在什克洛夫斯基看来，文学研究的目标是寻找"文学性"，亦即文学之所以为文学的特质。而"陌生化"是使文学的"文学性"得以展现的重要手段。20世纪中期，德国表现主义戏剧大师贝托尔特·布莱希特（Bertolt Brecht）则发展了"陌生化"手法在戏剧中的运用。布莱希特认为，戏剧中的"陌生化"手法的目的是为了获得间离效果（V-effect/ alienation effect），即引起观众的惊异，促使其思考，防止其过度沉迷于戏剧性的情节发展和剧中人物的命运或遭遇。通过该手法，观众不仅能重新认识已熟视无睹的现实世界，还可以加深对业已熟识的事物的认识（Spears, 1987, 43）。

由于对白人男性的典型外貌特征一无所知，琼只会用她熟知的物品——遮盖物、黏土、草以及部落人的皮肤来与之作对比。相比之下，该男子的样貌显得古怪且丑陋，令人望之生厌。更过分的是，在坦荡地裸露着身体的土著妇女们面前，来自"未知世界"的男人们显得既猥琐又可笑。琼留意到高个子男人竭力控制住自己的眼睛不到处乱看，但矮个子男人和那个男孩却似乎无法收回他们在女人们的胸脯上流连的目光。如果说那个男孩人生阅历尚浅、见识难免有限，那个矮个子男人的反应难免让琼十分困惑："他说话的声音好像是被什么东西给扼住了，强烈的欲望像一团乱麻似的被塞在了他的喉咙口。他可能以前从未见到过人的胸部沐浴在阳光下"（*Joan*, 56）。琼的单纯不仅反衬出这些白人男性的虚伪，还凸显了他们将土著女性视为潜在的"性狩猎"对象的殖民者姿态。经过"陌生化"手法的处理，原本道貌岸然的探险家们顿时颜面尽失，形象一落千丈。土著女性眼中的探险家和公众想象中作为无畏英雄的探险家之间的差距，还提醒了读者传统的男性英雄主义历史观和历史叙事的不可靠性。

格伦维尔采用"陌生化"的艺术手法再现土著少女琼的所见所感，这种做法具有一定的合理性。由于白人与土著之间"初次接触"的历史事实永远无法被彻底地还原，小说家的实验性构想不失为一次可圈可点的尝试。将土著少女琼的故事推向高潮的历史性时刻是：她拿起白人向土著宣示文明的工具，并把它用在了白人身上。这一充满喜剧意味的场景同样是通过"陌生化"的手法来展现的："高个子男人的手中拿着一个在阳光下闪闪发光的银色小东西。他想通过帮我们这儿的男人割胡子和头发来向这群谨慎的人释放善意。男人们都很严肃地坐在沙丘上等着。当看到熟悉的朋友就在他们眼皮底下变成了彻底的陌生人，他们都惊讶地瞪大了眼睛"（*Joan*, 56）。轮到沃拉的时候，琼看得出他在竭力隐藏自己的恐惧，于是她认为这正是她创造历史的一个好时机："该由我来创造历史了。我从沙丘上冲了下来，沙子从我的脚趾缝间喷溅得很高。然后我站在了他的面前，举起了我的卷发"（*Joan*, 57）。琼成功地收获了众人的惊叹和嫉妒，但她并不打算就此收手："我从大个子的手中拿起那个银色的东西，我感觉手中有一团火，我勇敢到不可思议的手指握住了他头上的一绺柔软的头发……那个东西起初在我手中不听使唤。在我虚晃了几下之后，他把我的手握在他的手中，向我展示应该怎样用它来切割"（*Joan*, 57–58）。琼并不知道这个银色的小东西只是一把剃刀，是白人男性日常用来整理面容的一个小工具。她认为，只要能把它抓在手中，她就能获得一些权力。接下来的情节发展证明，她创造的这段历史极其短暂，没有能够经得起时间的考验：她的未婚夫从她手中夺下那把小剃刀，把它扔进了汹涌的海水中，并把她拖离陌生人的身旁。"我挣扎着反抗自己被拖下历史舞台的命运，但我知道沃拉永远都比我强壮。我叫喊着向见证了我创造历史的目击者告别，但却没有听到任何回答，只听见海浪撞击沙滩发出的不稳的怒号以及风吹过干枯的沙丘草时发出的哨声。"（*Joan*, 58–59）虽然琼对自己既定命运的反抗以失败告终，但她短暂的辉煌时刻却弥足珍贵。那把曾被她牢牢地握在手中的银色小剃刀无疑具有重要的象征意义：它本为白人试图用来驯化土著的一种文明手段，却被一位不甘平庸的土著少女握在了手中，成为她创造历史的工具。

格伦维尔还借土著少女琼之口点明了土著人民在澳大利亚历史上长期处于"失语"的状态："这些人是如何看待入侵者的，至今为止任何一本书中都没有对此进行披露。但是我，琼，自然也在那里，我会把我所知道的一切都告诉你"（*Joan*, 51）。澳洲土著居民由于语言与文化的隔阂，在英语文学的话语场上长期无法发出自己的声音。20世纪中期以后，土著作家开始登上历史舞台，他们"大多已用英语创作，而且出现了一支人数相当可观的创作队伍……从而引起了批评界的注意，称土著作家为创作中的'第四世界'"（黄源深，1997, 591）。但即便是今天，澳大利亚土著文学仍然是一个比较边缘的分支，在澳大利亚文学场上并没有取得与白人文学、尤其是英裔移民文学同等的地位。

凯特·格伦维尔和彼得·凯里在各自的作品中对土著视角的再现，反映了他们对白人殖民史的反思和邀请土著加入公共话语场的开放姿态。在他们看来，"在小说中争取正向的空间，既可以维护（土著人民）在历史空间和地理空间当中的权利，也可以借此守卫他们在当代澳大利亚自我构想中的政治中心地位"（Arthur, 1991, 54）。布里吉德·鲁尼在其研究专著《文学活动家：作家—知识分子与澳大利亚公共生活》指出：作家不是英雄和利他主义的圣人，不可能完全不受任何特定利益的干扰。但对于严肃的作家而言，他们在维持必要的利己之心与满足艺术独立自主性的要求和期望之间可以、也必须达到绝妙的平衡；"在布迪厄看来，艺术的'拒绝市场'逻辑包含人类自由的希望，他相信这一自由应当是艺术家和知识分子共同为之奋斗、拓展和'使普遍化'的目标"（Rooney, 2009, xxviii）。

20世纪上半叶最重要的澳大利亚历史小说家埃莉诺·达克曾对"一百五十周年庆典"洋洋自得的官方口吻和措辞感到失望，当时的众多历史学家仍致力于将澳大利亚历史置于大英帝国历史的脚注的位置。达克想要从内部去观看这段历史，于是她选择将土著居民设为后来成为澳大利亚文学经典的《永恒的大地》（*The Timeless Land*, 1941）中的观察者。达克的历史书写体现了对历史事实的社会责任上及道义上的尊重。"二百周年庆典"时期，格伦维尔和凯里再现历史的方式总体上没有偏离达克的历史观。但在经历了20世纪90年代"文化战争"的冲击后，他们却开始倾向于远离或"搁置"土著的视角，这显示了新保守主义的政治氛围和理论界的精英主义倾向对作家创作活动的压制和影响。

第四节　编纂女性新历史

在20世纪80年代重新审视澳大利亚历史的文学浪潮中，没有哪部小说能够像格伦维尔的《琼创造历史》这样精巧复杂且影响深远。且不论其与"二百周年庆典"之间盘根错节的关系，该作品还公开拥抱了世界范围内历史学领域的"她故事"计划（the herstory project），"解决了利用历史（'他故事'）来维护父权制的问题，并通过允许在理解'国家制造'的过程中讨论性别问题来破坏父权制的权威"（De Marques, 2021, 103）。这部小说包括了一些奇思妙想，琼想象自己参与了一系列或大或小的历史事件：她是1788年"第一舰队"运送的流放犯，她是1839年以自己的双手在澳洲内陆披荆斩棘的自由移民，她是19世纪40年代"淘金热"初期为矿工们服务的洗衣妇，她还是亲历了1901年首届澳大利亚联邦议会召开的小镇镇长夫人……《琼创造历史》是一部非传统意义上的历史小说，它主要颠覆了三种关于历史的传统观念：（1）历史编撰是对已被验证的事实的罗列；（2）男性英雄主义历史观具有至关重要性；（3）普通大众（尤以家庭妇女为代表）的生活琐事不具备历史价值和意义。此外，它还与20世纪80年代以后欧美文学界涌现的一批由女性作家撰写的、以普通妇女的真实生活经历为关注焦点的严肃历史小说遥相呼应。这批严肃历史小说作品包括美国托尼·莫里森（Toni Morrison）的《宠儿》（*Beloved*, 1987）、谭恩美（Amy Tan）的《灶神娘娘》（*The Kitchen God's Wife*, 1991），英国A. S. 拜厄特（A. S. Byatt）的《占有》（*Possession: A Romance*, 1990），加拿大玛格丽特·阿特伍德（Margaret Atwood）的《别名格蕾丝》（*Alias Grace*, 1996）等。女性历史小说的大量涌现和空前畅销，与社会科学其他领域对妇女历史的重新定义互相配合、互为印证。

二战后，由于乌姆贝托·艾柯（Umberto Eco）、帕特里克·怀特、彼得·凯里等知名作家涉足历史小说的领域，使得这一体裁得到了来自批评界乃至普通读者的广泛关注。批评家麦尔达·丹尼特（Milda Danyté）指出，这批作家创作出来的是不同于以往模式的新型的历史小说，并将其命名为"后后现代"历史小说。丹尼特认为，这些历史小说既不像19世纪作品那样称颂民族英雄和宣扬民族神话，又不像后现代小说那样热衷戏仿过去、玩形式游戏，而是重视非官方记忆的重要性，并在广泛的意义上肯定和赞美通俗文化（Danyté, 2007, 34）。莫里森、拜厄特、阿特伍德、格伦维尔等女性作家从20世纪80年代起开始创作的女性新历史小说具有跟这些知名男性作家创作的"后后现代"历史小说颇为相似的精神内核。在所有这些作家的作品中，普通人的生活在历史小说中获得了自己应有的位置，从而使读者产生了强烈的认同感，因为他们接触到的不再是家喻户晓的英雄人物，而是和他们一样的、每天不得不面对生活中种种未知的琐事和挑战的普通人。此外，女性作家的历史小说中还多了一层性别政治的内涵：在其创作中，她们侧重于以相当大的篇幅来挖掘和探索自己比较熟悉的题材——女性自身的生活经历和心理体验。换言之，这些女性作家创作的历史小说中或多或少都包含女权主义或具有女权主义倾向的内涵和维度。

格伦维尔早年参与女权主义运动的经历使其认识到妇女的生活在以往大多数写作中得到的都是不诚实的、轻率的对待。在她看来：即使是伍尔夫、奥斯汀和艾略特等杰出的女性作家，也因为自身生活的局限而导致其写作中出现了相应的局限性。"我开始感觉到施加在妇女声音上的可怕的消声作用和'使平凡化'作用。更为重要的是，我开始意识到问题的关键不在于是否赞同个体妇女或个体女性作家，而在于认识到使我们之所以成为现在的模样的宏大系统——那个主要由男性来运作的系统——制订了一切章程。"（Baker, 1989, 117–118）

在《解读凯特·格伦维尔小说中的女权主义》（*Reading Feminism in Kate Grenville's Fiction*）中，批评家苏珊·谢里丹将格伦维尔的小说创作放在西方女权主义运动的大背景下进行考察。她追述了其创作初期对女性所遭遇的偏见和不公正待遇的愤怒，之后持"差异观"的女权主义立场直至后来积极参与反殖民主义和反种族主义活动的后女权主义立场。出生于1950年的格伦维尔属于生活中的方方面面都受到以"妇女解放运动"形式出现的女权主义复兴深刻影响的一代女性。在一次采访中，她回忆起初次阅读杰梅茵·格里尔的《女太监》时感受到的巨大冲击，虽然当时她还没有投身于"伟大的"女权主义事业的想法。她真正开始参与女权主义活动是在将近三十岁时。当时身在伦敦的她结识了一些值得信赖的女权主义者并参与了她们的活动。然而，她在这一阶段的女权主义热忱却伴随着"困惑和不确定"，因为她发现当时的女性写作并不能反映她感受到的那种（针对男人的）愤怒之情（Sheridan, 2010, 2）。在这种不满的思想状态下，她创作了一系列短篇小说，后来这些短篇小说以作品集《长胡子的女士》的形式得以公之于世。在这部短篇小说集中，格伦维尔当时的感受跃然纸上："《长胡子的女士》是那种愤怒的场所，那就是当你突然发现真实的世界是怎样运转的，女权主义在你身上就成为了事实"（Turcotte, 1989, 43）。谢里丹认为"各种形式的性欲和'愤怒、挫折、痛苦、孤独'交错的情感是格伦维尔的第一部长篇小说《梦屋》的主要素材"（Sheridan, 2010, 4）。《莉莲的故事》则是当时的时代精神的产物：这一时期的女权主义者纷纷追随《精神分析与女权主义》（*Psychoanalysis and Feminism*, 1976）的作者朱丽叶·米歇尔（Juliet Mitchell）的开创性工作，积极投入到对弗洛伊德的"俄狄浦斯情结"展开解构和"使阴性化"的工作中去。莉莲为了述说而进行的抗争可被读作"文化挑战的关键举动"。此外，她的故事还可被读作关于20世纪澳大利亚民族身份的一则寓言。这也正应和了萨默斯在《该死的娼妓和上帝的警察》中在澳大利亚的前殖民地身份和妇女被压迫地位之间建立的联系（Sheridan, 2010, 7–8）。在格伦维尔的后期作品中，女权主义倾向相对而言没有那么激进和明显。就像女权主义观念在20世纪末21世纪初经历了源源不断的发展和变化，现已将反殖民主义和反种族主义纳入了它的总体框架中，格伦维尔的创作理念也处在不断的发展变化中。"不再满足于将'被殖民化'视为妇女所受压迫的隐喻，格伦维尔在她小说世界的前景上努力挖掘它背后的全部真相。"（Sheridan, 2010, 14）

在《新多元：澳大利亚小说1970–88》中，肯·格尔德和保罗·萨尔兹曼也指出：早在个人第三部长篇小说《琼创造历史》中，格伦维尔对父权制的攻击就已经表现出较为缓和的态势（Gelder and Salzman, 1989, 78）。玛丽恩·斯皮斯（Marion Spies）等学者甚至认为，这部小说不仅标志着格伦维尔个人创作倾向的转变，还标志着当代女权主义写作和女性研究的一个总体转向："从20世纪七八十年代的好斗的女权主义或女性研究向90年代更为放松的社会性别研究转变"（Spies, 1999/2000, 310）。

对于这些学者的看法，格伦维尔本人应该也会表示赞同。1987年她接受了坎迪达·贝克的访谈，当被问及当下她对女权主义的看法时，她回答道："我很可能已经把女权主义当作理所当然的存在了，因为长久以来我一直认为自己是一个女权主义者。但是我的女权主义的具体形态已经发生了变化。我经历了一个相当典型的转变，从起初的尖锐、愤怒、几乎是分离主义式的非常抵制男性的女权主义者，转变为比较温和的、在我看来也更加完整的女权主义者"（Baker, 1989, 118）。她坦承，《长胡子的女士》中的一系列故事是她当时心境的真实写照："我想剥去'正派得体'的面纱，以照相式的清晰来显示事情本来的模样，以此来反击迄今为止它们被描述的方式。在当时，也就是70年代末，做出这些'剥除面纱'的举动似乎是必须的"（Baker, 1989, 113）。后来，她不再感到如此愤怒，所做的工作也与以前大不相同，她却坚信那是一个正确的开始："那其中包含了一种粗粝的勇敢。如果我没有在那个时候踏上一条漫长的求索之路，那么现在一定有什么是不对的"（Baker, 1989, 113）。她还指出，在当前阶段斗争的方式不应该是尖声抗议，而应该转移到反抗更加微妙的压迫机制的领域中去（Baker, 1989, 119）。

由于历史是重要的公共话语领域，女性作家绝不会放弃这一重要阵地。早在20世纪初，弗吉尼亚·伍尔夫就曾指出，妇女在历史话语中的缺场地位，导致她们在文学领域乃至整个社会领域的失声或被误读。在《妇女和小说》（*Women and Fiction*）中伍尔夫指出，妇女的历史"目前被锁在过时的日记中，被塞在陈旧的抽屉里，或留存在上了年纪的人不太灵光的记忆中。它只能在无名之辈的生活中——在一代又一代妇女的形象被掩映得如此晦暗、几乎不见光亮的历史走廊上——被断断续续地瞥见。关于妇女，人们所知晓的真是太少了"（Woolf, 1979, 44）。伍尔夫对历史领域话语权和女性地位二者关系的考察，在20世纪七八十年代的女权主义者那里得到了进一步的重视和深化。女性历史学家开始赋予"她故事"以足够的重视。"'她故事'策略对历史学术产生了重大影响。通过收集关于历史上的妇女的相关证据，它驳斥了坚持妇女没有历史或在历史上没有重要地位的一批人的论调"（Scott, 1988, 20）。莫里森、拜厄特等西方女性作家以普通妇女的生活经历为再现对象的虚构历史书写与历史学领域对"她故事"的挖掘形成了一股强大的合流。

在澳大利亚的语境中，艾莉森·巴特莱特指出，20世纪七八十年代，"当马克思主义历史学家和女权主义历史学家创作出其他版本的澳大利亚历史的同时，澳大利亚的女性作家也正在推出'另类的故事'"（Bartlett, 1993, 165）。颇具代表性的"另类的故事"包括：吉恩·贝德福德的《凯特妹妹》、杰娜恩·波尔克（Janine Burke）的《先见之明》（*Second Sight*, 1986）、凯特·格伦维尔的《莉莲的故事》和《琼创造历史》等。如果说贝德福德的小说试图重新发掘被澳大利亚的"民族神话"掩盖的普通丛林妇女的故事，波尔克的小说通过展现一位女性传记作家智性上和精神上的"历险"来探索历史应当如何撰写的问题，那么格伦维尔的小说则不仅包含了挖掘澳大利亚历史上被湮没的女性故事的部分，还包含了探索女性如何撰写"另类"的历史的部分。

重新评价女性的历史地位和对其进行再现是20世纪70年代起澳大利亚女

权主义历史学家的主要任务。安妮·萨默斯的《该死的娼妓和上帝的警察》（1975）、贝弗利·金斯顿的《我的妻子、我的女儿和可怜的玛丽·安》（*My Wife, My Daughter and Poor Mary Ann*, 1975）和米利亚姆·迪克森的《真正的玛蒂尔达》（*The Real Matilda*, 1976）都试图将妇女置于主流的历史中，这类行动标志着女权主义历史上一个意义重大的"集体起义"。萨默斯的《该死的娼妓和上帝的警察》对格伦维尔创作上的影响在《琼创造历史》这部小说中清晰可见，主要体现在该作品对妇女被排除在父权制文化传统之外的批判。这部小说中的女权主义视角还与将在20世纪90年代出现的"差异女权主义"有着明显的共通之处。"差异女权主义"的主要内涵是"重新估价妇女有别于男性的差异之处，而不是强调她们通过接纳传统的男性行为标准和价值观来获得平等的需要"（Sheridan, 2010, 10）。

无论是挖掘被正史湮没的女性的部分，还是探索区别于男性传统的历史编撰方式的部分，均体现了女权主义作家追寻女性自身的写作传统，通过从女性角度重新定义历史来争夺在民族叙事中的话语权的写作目的。格伦维尔在坎迪达·贝克主持的访谈中对女性写作传统的重要性的强调印证了这一点，她在这次访谈中谈及长久以来女性作家所遭受的不公正对待、造成这一状况的原因以及女性作家内部形成一个团结互助的"共同体"的重要意义。她指出，文学史上除了奥斯汀、勃朗特姐妹、艾略特、伍尔夫等标志性女作家，其余的女作家随着时光的流逝几乎都不免归于沉寂。因此，标志性女作家成为陷入男性作家汪洋中的"伟大而孤独的路标"。"'伟大'作家的主干是男性，而所有的低矮丛林——二流作家也都是男性。在某种程度上这一事实更加至关重要。因为如果你是女性，而你唯一知道的女性作家都是一些天才，你不会觉得你自己也能够写作。"（Baker, 1989, 128）对于男性作家，人们能够产生一种总体范围意识、一种谱系感；而对于女性作家，人们却无法产生类似的范围意识或谱系感。"这些伟大的女作家看起来很反常，她们似乎是从真空中突然冒出来的，这是因为众多的二流女作家——在其传统之上伟大女作家才能够脱颖而出——在彼时被忽视，在此时更是彻底不为人所知。奥斯汀和艾略特越伟大，她们看起来就越怪异。"（Baker, 1989, 128）历史上的伟大女作家们能够展开写作的前提条件几乎都非常苛刻：不结婚或不生育，作为社会的边缘人存在。在澳大利亚也是如此，最伟大的两位女作家，迈尔斯·弗兰克林和亨利·汉德尔·理查德森（Henry Handel Richardson）都不得不以男性的笔名写作。理查德森甚至不得不写出一本男性视角的书来掩饰自己的性别身份。因此，"标志性女作家本身固然强大，但除非她们的权力超越她们个体的范围，扩展到整个妇女阶层，否则她们的权力只能是空洞的——随着主人的去世而灰飞烟灭。这就是在这些伟大女作家身上发生的真实情况。建立一个女性作家的共同体的意识看起来似乎是一件近期的新事物"（Baker, 1989, 128）。

格伦维尔本人乃至这一代女权主义者的历史观的发展和演变在《琼创造历史》中有着清晰的轨迹可循。小说中的主要叙述者琼·雷德曼创造了有可能发生的一系列历史事件。她创造的历史上的"琼"在小说的开头代替男性创造历史，后来则与男性并肩创造历史，或致力于纠正男性创造的历史中传达的可疑理念。随着年龄的增长，她对于创造一个稳固的、自圆其说的女性版本的历史逐渐失去了兴趣；"相反，她测试了作为历史基础的历史学的界限，并'看到妇女为了坚持男性创造历史的梦想将付出怎样的代价，正如女权主义历史学家所指出的，这意味着美化个人主义和男性精英的故事'"（Goulston, 1992, 26）。

女流放犯琼是《该死的娼妓和上帝的警察》中的"该死的娼妓"的典型代表，但她却是1788年第一个踏上植物湾土地的白人。"我，琼，是一个善于伪装的、不安分的女人，一个鄙视男人的女人，一个在要弄有用的谎言方面技艺超群的女人。我祖国的大老爷们认为我罪无可赦，于是我被判处以被押运至地球的底端，并在那里蹲一辈子的无期徒刑。但是，我可不是会被国王陛下的政府吓到的那种人。我早已下定决心，在舰队船只所有这些郁郁寡欢的乘客当中，我将是第一个踏上新大陆土地的人。"（Joan, 35）军舰登陆前，在女伴们的合力帮助下，脱得精光的琼通过底层监牢的小窗成功逃脱。当舰队的英国皇家海军在沙滩上举行庄严的仪式，宣布他们是首批踏上这片新大陆的白人时，冷眼旁观的琼发出这样的愤慨："你将在任何一本书中读到所有这一切，但你将无法读到这一时刻隐含的肮脏不堪的秘密。你将无法读到最早踏上岸是我的脚，或者当那面皱巴巴的旗帜升起时，一个白人妇女（或者至少是苍白的妇女）——她赤裸的身体勉强地包裹在一片做船帆用的帆布中——是在场的"（Joan, 39）。尽管清楚自己在将来的史书中被埋没的命运，琼仍对自己开创的历史感到心满意足："在旗杆上方，树上的一群鸟变得歇斯底里，它们透过长长的喙发出像疯子一样的笑声。[①]在我对这片土地曾有过的想象中，地面排斥插在上面的旗杆，鸟儿发出的不是虚弱的啁啾，而是大声的嘲笑。

---

① 这里的鸟指笑翠鸟（Laughing Kookaburra），澳大利亚的标志性鸟类之一。笑翠鸟是体型最大的森林翠鸟，因其笑声酷似人类的大笑而得名。

因此我断定，这是一片顺应我心的土地。冒着被鞭打的危险，我加入了鸟儿们的笑声"（*Joan*, 39–40）。因此，琼不仅是第一个上岸的白人，她还是第一个在这片土地上以肆无忌惮的笑声来彰显其不屈的反抗精神和顽强的自我存在意识的女人。

与女流放犯琼一样，在1839年殖民拓荒时期出现的自由移民琼起初也表现出对男人的不屑一顾，她在两性关系上甚至秉持分离主义的激进态度。由于厌倦了旧世界与饥饿相伴的阴郁冬天，这位拥有惊人胆识的女性选择离开那个情况正变得越来越糟糕的地方，越过大洋来到地球另一端的新世界。"我，大胆的琼，纵身跨上历史这一践踏弱者的盲目飞驰的巨马的脊背，把自己的命运牢牢地抓在自己的双手中。"（*Joan*, 77）当欧洲殖民者们对土地等资源展开贪婪掠夺时，琼是他们当中的一员。"这群新来的人把水袋挂在树上，在地上展开一张张帆布，然后就开始砍伐、堆积、清理、烧荒，最后他们用鹤嘴锄、耙锄和耕犁来攻击地球本身。而我，琼，也在那里，在那群指甲缝里嵌着泥土、眼神饥渴的定居者中间。"（*Joan*, 77）琼认为既然自己可以凭一己之力伐木造屋、拓土开荒，那么她就不需要以任何男性为伴。她断然拒绝一位男士的求爱，并不留情面地嘲笑他的失落。"哦，吉姆和琼的历史能有什么关系呢？这是她的历史，他毫不相干！"（*Joan*, 78）

而选择与男性并肩创造历史的代表人物首推库克船长的夫人。当她的丈夫在航海途中面临重重困难时，她始终坚定不移地站在他的身旁。因此，当库克船长和他的船员发现新大陆时，她自然而然地分享了这一荣耀的历史性时刻："我的严肃船长很少微笑，但此时此刻，当他环顾四周，看向斯达布斯和德弗罗，接着看向我时，他的灿烂笑容足以把太阳比下去，他的脸上满是罕见的笑纹。记下来，德弗罗先生，在航海日志中，他平静地说，但他的眼睛在看着我，他所说的话被那个笑容映衬得喜气洋洋的。记下来：下午三点十五分，发现伟大的南方大陆"（*Joan*, 25）。即使是像自由定居者琼这样的强悍女性，最后也放弃了对男性的一味拒绝，而是选择与其在互助合作的基础上建立平等的伙伴关系。"我们的种子？你问。我们的希望？我们的未来？谁在那里，琼，谁和你一起待在沙沙作响的橡胶树丛中的那片荒芜的开阔地上？谁和你一同挥洒汗水……哦，当然是那个我在船上遇见的男孩，那个有着红色头发和强大说服力的人，他捕获了我的眼睛、我的手、最后是我的心。"（*Joan*, 85）

在《琼创造历史》中，绝大多数男性都以正面的形象出现。他们不是以拯救者和主导者的身份，而是以同伴的身份在日常生活中发挥作用。

格伦维尔似乎在暗示，男性的"去阳刚化"是女性可以与之并肩创造历史的先决条件。正如书名所示，小说强调了女性的勇气和力量，但也赞扬了男性的理解和包容，还提醒了广大读者爱情和婚姻的重要性。生活在20世纪的琼·雷德曼的一段重要经历是以男性的伪装在城市独自谋生。这段特殊经历带来的教训是：对自己的性别身份的不尊重只能带来孤独和悲伤。"妇女们被认为在虚度光阴，故作姿态以博取同情，以爱情和阴谋诡计填补她们的空虚时光。而通过扮演一个男人，我变得柔和、具有可塑性，开始重新思考爱情的概念。"（Joan, 198）幸运的是，她的丈夫邓肯在经历了思想斗争后选择原谅她犯下的过错。对此，琼感到羞愧不已，同时也深受感动。两人复合后，邓肯学会了设身处地地站在她的角度来考虑问题。由于琼无法适应干旱而单调的内陆，邓肯决定放弃他自己熟悉的环境，举家搬迁到城市生活："我认为邓肯会给我一个惊喜，这没错，但它却不是我想象的那种残酷的'惊喜'。他给我的惊喜是：他没有带我回那个具有十足挑战性的日出的地方，而是带我去了那座海滨城市的一栋房子里。那座城市是我的出生地，是我的一切开始的地方"（Joan, 221）。

回归家庭后琼很快就再次怀孕了，这一次她满怀喜悦地迎接新生命的到来："现在的一切是多么不同啊！我曾经观察命运的面孔，发现它令人不寒而栗：现在我不羡慕任何人，不渴望任何伟业，不再梦想着欢呼我名字的人群、跟在我身后的军队、被我的脸庞激起灵感的狂热的艺术家：所有这些都是空洞的嘲讽；现在在我看来，坐在那里，把脚抬得高高的，随心所欲地度过一个个晨昏，是比那些梦想更加美好的事"（Joan, 224）。格伦维尔坦承，她自己怀孕生子的经历改变了她对于历史的根本看法："孕育孩子使我感到自己是历史的一分子，它由一系列的环环相扣的出生与死亡构成……不再是一个孑然一身的个体，我感到自己与过去和将来密切地联系在一起，父母身份的潜在的同伴性质若干世纪以来几乎没有发生太多改变"（Baker, 1989, 112–113）。琼的家庭从破碎到修复，暗含了对保守派人士引以为傲的社会核心价值观的肯定。作为一部特殊历史时期的典型作品，《琼创作历史》可谓照应到了各方的呼声。

在格伦维尔看来，更重要的女权主义任务不是使男性"去阳刚化"，而是使男性占主导地位的历史编撰学"去阳刚化"。她使历史编撰学"去阳刚化"的一个重要举措是延续女权主义前辈对"她故事"的挖掘。19世纪90年代的琼是大萧条的受害者，但她却在平凡的生活中找到了自己"永恒的位置"（Joan, 227）。这里"永恒的位置"指的是她作为主角被弗雷德里克·麦卡宾（Frederick McCubbin）画进了描绘丛林人艰辛的名画《漂泊不定》（*On the Wallaby Track*, 1896）中。[1]在这位普通丛林女子身上，格伦维尔展开了一项重要的女权主义任务：她试图挖掘这位女性可能拥有的人生，并尝试以一种令人信服的方式将其展现出来。[2]

　　琼和她的丈夫肯是一对普通的丛林夫妇。19世纪90年代的大萧条打破了他们的平静生活。由于肯无法在当地找到能够雇得起短工的雇主，夫妇二人不得不踏上流浪的道路，四处去寻找合适的工作机会。"这个国家一半的人似乎都有同样的想法，想通过上路流浪来逃脱饥饿。但没有一个我们新到的地方的情况比我们离开的地方略好些。有太多像肯一样能够用斧头劳动的憔悴男人在路上沉重地走着，他们对于将来的困惑都深深地藏在了他们的浓密的大胡子底下。"（*Joan*, 231）每经过一个棚屋，肯都会停下马车跟那家的男人稍作交流，而那家的女人都会充满同情地看着琼的大肚子。有些好心人还会邀请他们稍作休整。但是让琼感到沮丧的是，愿意帮助他们的往往都是一些自顾不暇的穷人，而真正有能力帮助他们的富人却对他们的困难视而不见。

　　随着预产期一天天逼近，琼变得越来越恐慌和焦虑。幸运的是，就在孩子即将出生之际，他们遇到了一位慷慨地伸出援手的丛林妇女。"在最后一刻，当我知道阵痛就要开始了，一位矮胖的女士被上帝送到了我的面前。她的声音粗糙得可以割开铁皮，但她粗壮有力的双手充满了同情，洞察世事的眼睛充满了善意。"（*Joan*, 233）在这位名叫艾米的农妇的帮助下，琼顺利地生下了女儿露西。一段时间之后，为了不增加艾米一家的负担，她和肯不得不带上孩子再次启程。跟艾米挥泪道别后，琼决心把她的深情厚谊传递给任何一位她将来可能遇到的、在她自己的家门口落难的陌生女人。"我将帮助她走下马车，为她提供一张床和任何我能够提供的帮助，直到她不得不再次启程，前往某个满是尘土的将来。我只能期盼以这种方式来回报艾米……"（*Joan*, 236）

　　"伙伴情谊"一词向来与澳大利亚的男性气质乃至民族精神有着千丝万缕的联系。正如黄源深在《澳大利亚文学史》中指出的，"伙伴情谊"

---

[1]　在这幅画的远景处，一个衣衫褴褛的丛林汉跪在地上，专心致志地守着篝火上的洋铁皮罐。在近景处，看起来像是他的妻子的憔悴女人靠坐在一棵树上，她的大腿上趴着一个婴儿。整个画面呈现出一种苍凉的美感：大面积的草地呈枯黄色，人物衣服的色泽（黄绿色和灰白色）也都融入荒芜的背景中。这正是小说中的画家（琼口中的弗雷德）无意中撞见、并被激发出艺术灵感的画面。以麦卡宾为代表的澳大利亚本土艺术家的作品之所以被奉为民族的杰作，是因为其在美学层面上展现了本国人民的历史经验。

[2]　和历史上的库克船长的妻子一样，这幅画中的女性也不叫做"琼"。她的真实身份是画家本人的妻子，时年三十一岁的安妮。那个婴儿是她的儿子约翰，也叫西德尼。而丛林汉的原型是安妮的弟弟迈克尔·莫里埃提（Michael Moriarty），他的实际身份是一名园丁。

泛指人与人之间的团结、友爱和互助，它是19世纪90年代的时代精神的代名词，也是民族主义文学家们热情讴歌的重要内容。"伙伴情谊"是"衡量个人品格的一个重要标准，社会共同恪守的道德信条，同时也是澳大利亚民族精神的一个核心内容"（黄源深，1997, 74）。然而，"伙伴"仅限男性，女性早就被无情地排除在这一特定的范畴之外。在19世纪90年代的主要民族主义作家的作品中，妇女明显处于缺场的位置，即使被提及，也只是作为空洞的能指出现。以民族主义文学奠基人亨利·劳森的丛林书写为例，他最具代表性的短篇小说的主旨内容都是"丛林具有毁灭性的力量，男人必须对其发动持续的进攻"（Barrett, 2003, 86）。作为英勇无畏的男性的对立面，丛林等自然景观常被拟人化为阴柔的女性，以坚忍的母亲或者具有致命诱惑力的处女的形象出现。在他涉及女性角色的几则短篇小说中，《赶牲畜人的妻子》（*The Drover's Wife*）和《选地农的女儿》（*The Selector's Daughter*）是较有影响力的两篇。但仅从这两篇的标题便可看出，女性是男性的附属品，她们身份的确立离不开男性参照物。而在其余几篇——《军中的那个俏妞》（*That Pretty Girl in the Army*）、《她不会说》（*She Wouldn't Speak*）和《跟女人无关的地方》（*No Place for a Woman*）中，女性要么凭借外貌特征而获得定义，要么被禁止发出声音，要么就索性被排除在男性的生活圈之外。在所有这些文本中，叙述者不是未知的，就一定是男性，而"伙伴情谊"则被认为远比婚姻更加弥足珍贵（Barrett, 2003, 86）。在这个丛林妇女琼的故事中，格伦维尔试图通过刻画丛林妇女之间毫无保留、倾其所有地帮助落难同伴的"姐妹情谊"，来揭示并填补这个男性中心主义的民族主义文学传统留下的空白。

在作品的后半段，格伦维尔意识到仅仅在男性版本的历史旁边平行放置一个女性版本的历史的做法并不可取，这样做难免会陷入已被体制化的原意识形态的窠臼。因此，她力求改变人们对历史本身的看法。在关于"历史上的琼"的最后一章中，镇长夫人琼在亲身经历了联邦成立的仪式后，决定告诉小孙女"了不起的人说了一些了不起的话"之外的故事。她认为能否一字不落地复述公爵的原话，能否说出那天出现了多少位权贵，那些权贵具体又是何人，这些根本不重要。她和她丈夫能够告诉孙女的内幕才是无价之宝，因为没有一本书会提到这些内容。"我们将要告诉她的是那种独特的、不平衡的、荒谬的事情：那种在书里看起来很蠢的事，没有人会为之塑一尊青铜像。尽管如此，它们仍然至关重要，因为它们是历史的其余部分，没有它们，一切都是错误的。"（*Joan*, 261）琼决定以严肃的口吻提醒小姑娘"另类的"历史的重要性："现在仔细听好了，因为这才是留给你的宝贵资产"（*Joan*, 262）。这个虚构历史部分的最后场景与琼·雷德曼的老年场景最终交汇在一起，形成了一股湍急的合流。步入老年的琼·雷德曼对于自己作为一个家庭中的妻子、母亲和祖母的身份非常满意。她相信自己创造了历史，虽然那是以她以前未曾想过的方式发生的："在淡紫的暮色中，在我的周围，一个孩子因为就寝时间将至而发出尖叫，一个女人配合着水槽中叮当作响的碗碟在唱歌，不知何处某个人打了一个畅快淋漓的喷嚏。在我变成尘土之后很久，这些人仍将会尖叫、唱歌、打喷嚏，而我仍将是她们当中的一员。星辰在闪耀，原生动物在结合，猿猴开始直立行走，一代又一代的女人和男人活着又死去；就像它/她/他们一样，我，琼，创造了历史"（*Joan*, 285）。

　　《琼创造历史》是格伦维尔对男性编撰的历史进行"修正"处理的结果，集中体现了作家在颠覆男性中心主义的民族主义历史方面所作的努力。此处可以借艾德里安娜·里奇（Adrienne Rich）的"修正"（"Re-vision"）概念来解读这部由女权主义作家介入"二百周年庆典民族主义"话语体系而产生的作品。里奇在其1971年的著名论文《当死去的我们醒来时：作为修正的写作》（*When We Dead Awaken: Writing as Re-vision*）中指出："修正——回顾的行为、以崭新的眼光来观看的行为、从一个新的批评方向切入一个旧文本的行为——对妇女来说，其意义远胜过文化史上的一章，它更是一个求生的举动"（Rich, 1975, 90）。从在男性传统中缺席或沉默的女性的过去中汲取经验和教训，并使其对现在和将来产生实质性的影响，是女性作家创作的历史小说所能承担的主要社会功能。在这部作品中，作家不仅关注男性民族主义历史中女性"缺场"的问题，还关注女性的历史应该怎样来撰写的问题，还展示了其女权主义历史观的发展和演变。格伦维尔试图向读者传达的历史观念是：历史不是英雄伟业的专属领地，像家庭妇女这样的普通人的日常生活经历也可以成为历史编撰的主要内容；和名垂青史的伟人一样，不计其数的平凡男人和女人也以自己的方式创造了历史。

　　在格伦维尔的这部作品中，澳大利亚的普通妇女不仅占据了重要历史时刻的"在场"地位，还是当今和未来社会的主人公。她们的经历不仅深刻地影响了各自家庭的命运，还是整体性的妇女解放事业的重要组成部分。小说中的主要叙述者琼·雷德曼经历了从家庭中逃离最后又回归家庭的过程。但这一回归并不意味着倒退，因为琼的丈夫邓肯在妻子逃离家庭后开始反思婚姻中出现的问题。当琼出于自身的意愿回归家庭时，双方的关系是建立在平等基础上的理想状态。如果把对殖民罪恶的反思看作是格伦维尔对土著团体和左派人士呼吁的积极响应，她对核心家庭这一传统社会机制的重视和强调则反映了她对保守派呼声的密切关注。以肯·贝克为代表的右派知识分子认为"二百周年庆典官方机构"的全国性策划和活动纲要忽视了许多澳大利亚人的核心价值观、传统和民族自尊的源头。譬如，纲要中没有支持家庭机制或警示对家庭稳定的威胁因素的规划；唯一提及家庭的部分却被置于"未来计划"的纲目之下（Baker, 1985, 179）。格伦维尔在这部小说中对核心家庭这一社会机制的认可，与其说是对激进女权主义的反叛，不如说是对"二百周年庆典"时期保守派人士呼声所作的策略性回应。由于"二百周年庆典"时期各方争论的主要焦点是土著问题而不是妇女问题，女性作家、学者、社会活动家通过积极参与社会公共领域的活动，客观上为女性争取了更多的地位和可见性。在各种因素的交互作用下，澳大利亚女性文学在20世纪80年代达到了前所未有的黄金时期。与澳大利亚文学史上另一个涌现出大量女性作家作品的阶段——20世纪30年代相比，20世纪80年代的社会氛围具有前所未有的自由和开放的特点。正值80年代踏入文坛的凯特·格伦维尔，曾将这一时期的空前自由的感受形象地描绘成"绿灯了，出发！"（Kelada, 2009, 25）。《琼创造历史》中的自由想象、实验精神和参与"二百周年庆典"公共大辩论的积极姿态，正是这一时期社会风气的产物和镜像。

第五章

『历史战争』与公共话语权之争

——解读《神秘的河流》

前言：作为公共叙事文本的《神秘的河流》

　　凯特·格伦维尔（1950—　）在她的多部作品中均深入挖掘了殖民历史的真实状况及其遗留问题。本书中重点关注的《琼创造历史》和《神秘的河流》集中展示了她对历史警示作用的执着和对探索公共议题的重视，两部小说都涉及国家认同、土地权益、文化遗产、殖民历史的社会影响等主题。《琼创造历史》通过主要叙述者的真实性的和想象性的生活挖掘了澳大利亚历史中的重大事件和主题。通过将个人旅程与公共事件交织在一起，小说考察了个人与历史之间的关系，并促使读者反思塑造国家认同的集体经历和公共叙事。《神秘的河流》则深入探讨了澳大利亚的白人殖民史的复杂性和争议性。故事围绕威廉·索尼尔（William Thornhill）的生平经历展开，他是在新南威尔士殖民地的霍克斯布里河畔定居并发家致富的前流放犯。格伦维尔生动地描绘了文化冲突、土著居民被剥夺土地和财产的过程以及殖民者和被殖民者各自面临的挑战和困境。通过对历史的详细研究和细致入微的角色刻画，小说家引领读者去思考关于土地所有权归属、定居者的身份认同以及殖民历史的社会影响和道德影响等问题。

　　《神秘的河流》对澳大利亚公共叙事具有重要的价值和意义。首先，它在公共领域的“历史战争”中占据了举足轻重的地位。小说以真实而残酷的叙事手法探索了本国殖民史上的暴力与不公的根源，挑战了传统的殖民叙事，促使人们重新审视澳大利亚的过去，并进行公开的讨论和辩论。其次，小说通过复杂的心理描写和足以引起情感共鸣的情节安排，引发了读者对白人殖民者和土著居民之间关系的深思。通过设身处地地体会主人公社会地位变迁和情感变化的影响，读者将感受到同情、震惊、厌恶、愧疚等复杂情感的冲击，有利于推动社会对殖民历史遗产的更深层次的认识并采取有利于民族和解的行动。围绕小说的辩论还凸显了文学作品的伦理价值和社会影响。《神秘的河流》出版后的命运向读者展示了文学作品可以引起广泛关注和大规模反思，成为推动社会进步和正义事业的力量。格伦维尔对小说进入公共领域后引发的反响所做的回应，还激励了更多的澳大利亚作家关注社会问题，并通过文学创作来表达对历史和现实的不公的批判和对社会变革的呼吁。

　　围绕如何阐释本国的早期殖民史，在当代澳大利亚公共领域长期存在一个被称作"历史战争"（"history wars"）的重要文化现象。凯特·格伦维尔的《神秘的河流》出版后立即成为"历史战争"的新焦点，来自历史学阵营和来自文学文化阵营的不同见解一度形成剑拔弩张的紧张局面。这与格伦维尔同样涉及敏感殖民题材的上一部历史小说《琼创造历史》总体上收获的温和理性评价形成了鲜明的对比。尽管其核心内容并不是对白人殖民史的黑暗面的挖掘，但《琼创作历史》仍体现了作家对殖民进程及其影响的批判性态度，这也应和了其创作背景的时代精神，该时期正是持"耻辱历史观"的左派知识分子和持"光荣历史观"的右派知识分子之间斗争最为激烈的"二百周年庆典"时期。耐人寻味的是，这部历史小说在当时并没有引起波澜，而十七年后诞生于较为稳定的历史时期的《神秘的河流》却掀起了轩然大波。

历史学家马克·麦肯纳（Mark McKenna）、英加·克伦迪能（Inga Clendinnen）等人认为，《神秘的河流》瓦解了历史与小说之间的界限，损害了历史学家的文化权威。文学文化批评家亚当·高尔（Adam Gall）、阿曼达·约翰逊（Amanda Johnson）等人则对历史学界盛行的分离主义态度展开驳斥，以捍卫小说家对历史的阐释权。许多学者都或多或少赞同以下观点：该书的争议之处在于免除了澳大利亚白人对于过去的义务，它表面上展现了对澳大利亚土著的同情，实际上却压抑了他们的声音。因此，小说"与它质疑的保守的民族主义神话实为共谋的关系"（Nolan and Clarke, 2014, 20）。

尽管在学术界引起了不小的纷争，该小说在"学院外"却收获了广泛好评[①]，也赢得了若干重要文学奖项。就影响力而言，《神秘的河流》无疑是格伦维尔迄今为止最为成功的一部作品，不仅在澳大利亚国内极为畅销，在国际上也颇具知名度。它赢得了包含英联邦作家奖、克里斯蒂娜·斯戴德小说奖、迈尔斯·弗兰克林文学奖短名单提名和布克奖短名单提名在内的一系列奖项，并在超过二十个国家得以翻译出版。

我国学者也给予了该小说充分的关注，并发表了一些颇具影响力的成

---

① 刊登在《公报》（*Bulletin*）、《时代报》（*Age*）、《独立报》（*Independent*）、《纽约客》（*New Yorker*）等澳、英、美的大众报刊上的书评大多给出了正面反馈，认为这是读者期待已久的对澳大利亚民族历史的反思之作。例如：罗斯玛丽·索伦森（Rosemary Sorensen）在刊登在《信使邮报》（*Courier-Mail*）上的书评中写道：《神秘的河流》是"一部在该国创作的最有趣的、造诣最深的、也是最令人着迷的小说之一"（Sorensen, 2005, 8）。斯黛拉·克拉克（Stella Clarke）在《周末澳大利亚人报》（*Weekend Australian*）的书评中同样持赞赏态度，并将其描述为"对澳大利亚的最令人不安的和最隐秘的历史的重述"（Clarke, 2005, 8）。

果。王丽萍在论文《评凯特·格伦维尔的新历史小说》中，将《神秘的河流》与格伦维尔的"殖民三部曲"①中的另一部《上尉》共同归入"新历史小说"的范畴展开研究，并指出两部作品在内容上和叙述视角的安排上都背离了小说家呼吁民族和解的初衷，因而不仅未能体现对历史的尊重，还展现了一种逃避主义的历史观（王丽萍，2011，110–118）。王小琼和金衡山在《撩开神秘的面纱——〈神秘的河流〉的殖民书写》中，以后殖民理论家萨义德、斯皮瓦克等人的理论为依据，从三个层面分析了小说书写帝国的策略，指出主人公作为边缘人的形象解构了帝国中心的权威，批判了帝国霸权意识和殖民主义叙事本身（王小琼等，2015，236）。詹春娟在《澳大利亚和解小说批评与文学研究新动向》中，关注《神秘的河流》作为该国代表性"和解小说"所反映的复杂而矛盾的民族心理和引发的话语纷争，并指出它清晰地展现了作家的历史态度，即呼唤今天的澳大利亚人"给予当年的殖民者一种超越历史的理解"（詹春娟，2018，23）。

综上可见，针对格伦维尔及《神秘的河流》的评价可谓立场分明、态度各异，且不论历史学界对历史小说家的普遍态度如何，就连文学文化研究阵营内部的学者也无法达成基本的共识。那么，这部作品的争议点主要体现在哪些地方？它与澳大利亚"历史战争"又存在怎样的关联？深陷"历史战争"泥沼的小说家的境遇又折射出怎样的文化观念和社会意识形态？本章将从这三个方面展开分析。

---

① 出版于2005年的《神秘的河流》是格伦维尔的"殖民三部曲"中的第一部。第二部《上尉》（*The Lieutenant*, 2008）延续了前作对白人和土著之间"初次接触"的探索。《萨拉·索尼尔》（*Sarah Thornhill*, 2011）是这个结构松散的"殖民三部曲"的完结之作。有评论指出："《上尉》讲述的是来到澳大利亚的第一代欧洲人的故事，这时黑人和白人之间的对话还存在可能性。《神秘的河流》是关于第二代的故事，这时对话由于暴力戛然而止。《萨拉·索尼尔》是第三代的故事，这一代人不得不直面过去造成的灾难性后果，并且有责任去讲述关于过去的故事"（详见网址：http://kategrenville.com/sarah_thornhill）。在一次访谈中，格伦维尔提到：比起同样讲述索尼尔家族故事的续作《萨拉·索尼尔》，她更加强调《上尉》对《神秘的河流》的补充和映衬作用。她觉得《上尉》是她在《神秘的河流》之后不得不写的故事，源自无法克制的书写冲动，"如果说《神秘的河流》是阴，那么《上尉》就是阳"（Keenan, 2008, 30）。

第一节　作为争议之作的历史小说

《神秘的河流》这一书名的命名体现了格伦维尔向著名的澳大利亚人类学家 W. E. H. 斯丹纳（William Edward Hanley Stanner）致敬的姿态。在1968年的博伊尔演讲《梦醒之后》（*After the Dreaming*）中，斯丹纳教授指出：在澳大利亚历史上有一条象征着白人与土著关系的流淌着鲜血的神秘河流，但这条血河却被"巨大的澳大利亚沉寂"（"the Great Australian Silence"）长期遮蔽了。[①] 作为小说家的格伦维尔试图通过再现自己家族秘史的方式，去引导其同胞读者思考民族和解的内涵以及达成和解的真正路径，她深知和解之路必然充满各种艰难险阻："我不得不做的是穿越这条难走的路，蹚过我们历史的深水区"（Grenville, 2007, 13）。

小说中主要事件发生的背景是霍克斯布里河（the Hawkesbury River）沿岸。这条河是新南威尔士州风景最美的河道之一，流入悉尼以北的布罗肯湾（Broken Bay）。格伦维尔在小说中准确细致地描绘了这条河沿岸的水文特征和自然景观，也栩栩如生地刻画了发生在此处的殖民拓荒和种族接触。她在访谈中曾表示：该小说充分地基于历史，通过赋予历史的骨架以血肉，她试图创造一种"新型的历史书写"（Sullivan, 2006, i）。这正是小说的一个争议点。文学批评家埃莉诺·柯林斯（Eleanor Collins）分析指出："小说家对于作品真实性而非虚构性的强调，令人不禁联想到关于历史小说的最乏味的、最经验主义的质问，如：事实从哪儿结束，虚构从哪里开始？哪些成分是事实，哪些是想象出来的？如果有一扇开往历史的窗户，我是否正如看待它的本来面目一样看待它？在小说这一文体内部这么做有可能吗？"（Collins, 2006, 43）

格伦维尔在不同场合宣称小说主人公的原型是其母系的曾曾曾祖父。这个名叫所罗门·瓦尔兹曼（Solomon Wiseman）的男人曾是在泰晤士河上靠体力谋生的船工，后因家庭变故沦为偷盗雇主货物的窃贼，东窗事发后被判处死缓，继而被流放至澳洲。数年后他重获人身自由，并在当地发家致富。悉尼市郊50英里外的某小镇上至今仍有一处以其姓氏命名

---

① 关于斯丹纳1968年所作的博伊尔演讲的更多细节，详见澳大利亚广播公司全国广播电台的以下网址：http://www.abc.net.au/rn/boyers/index/BoyersChronoIdx.htm。

的渡口，叫做瓦尔兹曼渡口（Wiseman's Ferry）。格伦维尔从小听着这位祖先的传奇经历长大，但她真正下决心书写所罗门·瓦尔兹曼的故事却是因为2000年5月28日在悉尼海港大桥上举办的"和解步行活动"（"the Reconciliation Walk"）。格伦维尔在她的非虚构作品《寻找神秘的河流》①中谈到这次活动如何触动她的创作欲望。该活动的公开目标是声援澳大利亚土著和白人之间的和解。但当时的大多数参与者，包括格伦维尔本人，对"和解"的内涵都是一知半解。她只是凭直觉和浅薄的印象知道"它跟过去二百年在澳大利亚发生的一些事情有关：暴力、从其亲人手中抢走土著孩子、我们的欧洲祖先在本属于其他民族的土地上生活等。除此之外一切都是不确定的……"（Grenville, 2007, 10–11）尽管如此，格伦维尔坚信步行活动哪怕只是一个举动、一种象征，也比沉默更为可取。对于很多澳大利亚人而言，走出这一步即意味着更多的民族和解的可能性。该活动对她本人的特殊意义还在于：步行活动接近尾声时，她在大桥南端遇到了一群倚在栏杆上观望的土著居民，其中一位女性偶然间与她有了眼神上的交汇，她顿时感到了"一种连接的脉动"（Grenville, 2007, 12）。她认为她们微笑着交换了眼神，甚至用手势表达了友好，那是握手的准备动作。这一切本该让她心情愉悦，但一个前所未有的想法让她陷入了深深的痛苦。那就是，她突然意识到当"第一舰队"的船只驶入悉尼港时，这位土著女性的祖先很可能就生活在港口附近，而所罗门·瓦尔兹曼二十年后上岸的地方或许就是她们交换微笑的大桥下方。"我不太清楚土著居民和那些早期殖民者之间发生了什么。但我清楚地意识到所罗门·瓦尔兹曼不会向看着他靠岸的任何一位土著居民微笑或挥手。"（Grenville, 2007, 12）于是，她想要寻找所罗门·瓦尔兹曼与当地土著"交流"的证据。她最初打算写一本非虚构类的书，类似大历史背景下一个渺小个体的传记，她认为这是一个很私人的举动："这是我想要为自己做的事，因为我需要知道这些"（Grenville, 2007, 13）。然而，资料收集工作进展得却并不顺利，她甚至无法确定瓦尔兹曼的具体出生地。所幸的是，前期准备阶段的一场"偶遇"令她产生了柳暗花明的感觉：她无意中读到跟所罗门·瓦尔兹曼同时代的另一位英国死刑犯威廉·布恩（William Boon）写给妻子的家书，其中饱含的绝望、痛苦和挣扎令她深感震撼，因此她决定放弃继续寻找关于瓦尔兹曼的证据，转而采用自由度更高的小说这一体裁。

① 《寻找神秘的河流》（*Searching for the Secret River*, 2006）是一本记录《神秘的河流》调研与创作全过程的文学回忆录。学者盖伊·林奇（Gay Lynch）指出：该非虚构作品虽然出版时间在后，实际上却是这本历史小说的一个迟到的前言（Lynch, 2009, 2）。

"如果我知道更多的关于如何寻找事实的方法，我或许能够找到它们。但'遇见'威廉·布恩这件事告诉我，我其实并不需要以法医的心态去接近过去。我能够经历过去的一切——就好像它在此时此地发生一样。"（Grenville, 2007, 47）

格伦维尔以自己的祖先为原型来塑造小说的主人公，并通过该人物的视角来展现土著的习俗和文化。这是小说的又一个争议点。后殖民批评家鲍勃·霍奇和维杰·米希拉认为：格伦维尔试图挑战白人的历史，从而提醒公众关注"澳大利亚土著在当代国家与民族身份建构中被排除在外却又吊诡地处于中心的充满'不确定性'的地位"（Hodge and Mishra, 1991, 24）。为避免将自己的当代思维代入历史书写，她将威廉·索尼尔设为小说的视觉中心。这一做法看似值得肯定，历史学家克伦迪能却对她以"想象的移情"进入该人物的意识的这一说法提出质疑。克伦迪能认为，"想象的移情"站不住脚，"移情的希望"是一种虚构物，如果格伦维尔能够凭借"移情"的补偿作用与过去和解，那她又为何避免进入土著达拉戈人（the Darug tribe）的主体意识，而选择基于其祖先的"第三人称主观的"人物？小说家甚至无法令人信服地进入50年前的人物的意识。遥远过去的历史人物更无法被转译为今天可以理解的模样。历史学家所要做的就是提醒公众过去与现在的差异（Clendinnen, 2006, 43）。文学批评家希利在总结克伦迪能的观点后指出：她同意19世纪初来自英国的男性流放犯对于当代澳大利亚女作家而言是一个彻底的陌生人，后者不能基于他们之间的血缘或家系的纽带而宣称对前者的意识拥有更多洞见，但问题是克伦迪能对小说家的主观能动性的评估显然过于悲观。移情可以是一种颇具建设性的力量，能够被看作是从当今社会普遍关注的问题出发以推论的形式与历史展开的积极对话。克伦迪能拒绝承认文学具有"教化或改革"的作用，而认为其主要功能只不过是"愉悦"（Healy, 2009, 485）。

小说的中心内容是白人殖民者的代表威廉·索尼尔与当地土著达拉戈人的数次接触。被"亚历山大"号轮船运至流刑地的当天晚上，索尼尔就与土著居民有过一次短暂会面。"起初，似乎是泪眼蒙胧的缘故，有个黑影在眼前晃动。过了一会儿，他才看清楚，晃动的是个人影，周围漆黑一片，辨不出人在哪里。那人的肤色掩映在亮光中，使他看上去不怎么真实，似乎只是一种幻象。"（《神秘的河流》，4–5）[1] 索尼尔的视角突

---

[1] 〔澳〕凯特·格伦维尔：《神秘的河流》，郭英剑等译，南京：译林出版社，2008年。后文出自同一著作的引文，均随文在括号内标出该著名称简称《河流》和引文出处页码，不再另外作注。

出了土著的"陌生感"和"他者性",在这片完全陌生的土地上,这段偶遇让他感觉犹如置身噩梦:"他眼窝深陷,双目深嵌在头骨里面,很不显眼。他的面部线条硬朗,大嘴巴,令人难忘的鼻子,脸上布满了皱纹。索尼尔并不感到奇怪,仿佛在梦里一般,他看见那人胸膛上的疤痕,像一条条整齐的线,时而突起,时而缠绕,在他的皮肤上栩栩如生"(《河流》,5)。对自己沦为流放犯的愤怒、在"死亡之地"活下去的强烈欲望以及保护柔弱妻儿的本能让他对初次见面的土著充满了敌意。他向对方挥舞拳头,并用英语疯狂地大声咆哮。"他回头看了看身后躺在棚屋里的妻子和孩子,可当他转过头时,那人却已没了踪影。眼前的黑暗流动着,低声私语,然而,四周可见的只是森林。它可以淹没成百上千、甚至是整个大陆的手持长矛的黑人,还有他们那狰狞可怕的嘴脸。"(《河流》,6)陌生人消失后,索尼尔回到被分配的棚屋里,把根本起不到保障作用的树皮墙拉回原处。他在妻儿身边躺下,全身肌肉紧张,"在这冰冷的时刻,他发觉体内有一种无情的东西在涌动着"(《河流》,6)。这一"初次接触"的场景中蕴含的黑色基调为后面的一系列冲突埋下了伏笔。

在《寻找神秘的河流》中,格伦维尔提到她在最早的一批新闻报道中发现了一条口述记录:在"第一舰队"停靠悉尼港几个月后,菲利普总督率队北上途中初次遇见了当地的土著——一位老人和一个青年。他们向不知该在何处下锚的白人指出最深的水域,带来了火种,并试图为探路的军官带路。白人返回时,老人以舞蹈和欢快的歌曲相迎,菲利普送上礼物,"想要以一切方式确保其友谊"(Grenville, 2007, 111)。当晚,老人试图带走一只铁锹。"我认为需要向他展示我的不快,于是当他向我走来时把他推开,并且用一只张开的手掌在他的肩膀上轻拍了两三下,同时指向那只铁锹。这在一瞬间摧毁了我们的友谊。"(Grenville, 2007, 111)老人手持长矛走过来,看起来是决心与之一战。"但是不知道是否是看到他的威胁没有被认可——因为我选择冒着被长矛刺伤的危险也不愿向他开火——还是他身边的土著人说了什么,片刻后他掷下长矛,离开了我们。"(Grenville, 2007, 112)

格伦维尔着力重写了这个颇具戏剧性的冲突场景。索尼尔被特赦后,对土地的强烈渴望促使其放弃悉尼湾水上运输和小酒馆的生意,携全家人来到霍克斯布里河沿岸的一片"无主之地"。当他发现那片土地上有雏菊被连根拔起的痕迹时,他选择视而不见。他们把地翻得平平整整,等待播种。这一做法却摧毁了当地的一种常见食物来源——雏菊的球状根茎。当索尼尔与达拉戈人初次正面接触时,后者对其毁坏食物的行为进行了严正抗议，索尼尔却出于无法听懂的窘迫以戏谑的态度对待前来谈判的两个人。当他和妻子试图用变质的猪肉打发他们时，土著老人对一只铁锹产生了兴趣。拉扯中索尼尔推了老人一把，并在他的肩上拍了几下。这一动作让当时的气氛立刻发生了变化。"那个年老的黑人表情凝重，面色阴沉，手在腰间不停地摸索着，抓住挂在腰间那条绳子上的木棒。那个年轻一些的黑人往前迈了几步，握在手里的长矛竖立在脚背上，面目狰狞，令人生畏。"（《河流》，140）土著青年伸手狠狠地朝索尼尔推来，又在他的肩上重重地拍了三下，跟之前索尼尔的动作如出一辙。之后，他们面带怒色转身离开。

索尼尔的"三次拍打"与澳大利亚历史上菲利普总督的"三次拍打"形成了一组镜像关系，形象地阐明了白人和土著在对物权的理解上的本质差异。在土著眼中，白人依仗的生产资料——铁锹，无异于他们世世代代赖以生存的那片土地，是可以利用而非占有的对象。白人不能理解土著对于土地的这种依附关系。在他们看来，没有任何证据可以证明那些地方是属于土著的："他们没有用篱笆围起一片地表示这是我的，没有建一栋房子表示这是我们的家，也没有开垦田地或畜养牛羊，以示我们曾在这里付出了劳动，洒下了汗水"（《河流》，88）。事实上，土著将土地视为食物和生存资料的来源，视为其祖先和自己死后魂灵的栖息地，他们不会分割和定义土地，更不会将土地视为可以买卖的商品。土著在他们的土地上举行神圣仪式向祖先致敬，感谢其庇佑后人与自然的和谐相处（Driesen, 2011, 244）。而白人则无视人与自然的联系，因为在西方文化中土地是所有权的主要目标，是经济独立的重要标志。白人殖民者从而把土地视为可拥有、可买卖和以各种方式开发的商品，即使耗尽土地上的所有自然资源也在所不惜。可见，在竭力拥有土地和对土地毫无占有意识的两个群体之间，冲突在所难免。

小说一次次地回到沟通失败的主题上，其表现形式是主人公的沉默和自说自话。当索尼尔试图用庄稼地给荒原烙下所有权的印记时，他发现刻在岩石上的鱼形图和叠加在上面的"希望"号的图形——弓形的船身、桅杆、张满的风帆，甚至连船尾倾斜的舵柄都清晰可见，唯一没有标出的是驾船的索尼尔本人。出于愤慨，他试图抹掉这幅图案，"他的双脚用力地在线条上磨蹭着，但道道划痕深深刻在石头里，根本无法抹去"（《河流》，148）。索尼尔选择不告诉他的妻子关于鱼形图和船形图的惊人发现，而是把这个秘密独自留在自己心中。

当土著再次出现时，他们在岬角的较远处安营扎寨。索尼尔试图跟他们谈判，让他们离开"他的地盘"，对方当然无法听懂他的话，但露出的神色分明是"让他从哪儿来的就回哪儿去"（《河流》，189）。索尼尔还见到了之前被他拍打的灰胡子老人。他再次宣布他对那一百英亩土地的所有权，老人却拿着吊着七八个细小球状果实的雏菊根急切地向他说明着什么：

> 这时，老人的口气忽然激烈起来，不停地反复解释着什么。他转过身，指着河边的洼地，举起手中那一串雏菊根。听起来他像是在提问题，嘴里老是重复着几个词，好像急需要得到肯定。
>
> **是的，老兄**，索尼尔说。**你们以后还可以继续吃这些猴子吃的东西，想吃多少就吃多少。** 老人又大声尖叫着说了几句话，索尼尔又听见了那几个老是重复的词。
>
> 此刻他渴望听到真正的语言。
>
> 看起来那老人已经做好准备，就算等上一天也要得到个答案。
>
> **我们吃我们的粮食，老兄，你吃你们的粮食**，索尼尔说。他的眼神与老人相遇，冲老人点了点头。老人也草草地朝他点了一下头。（《河流》，191）

此处，交流的断裂或许是因为语言的隔阂，也有可能是因为索尼尔缺乏想象力，无法理解土著的意图。但也存在另一种可能性，那就是以文明人代表自居的索尼尔对土著想要表达的内容根本不感兴趣，也不愿与之展开有效的沟通。之后的故事发展显示：白人并非不能理解土著与他们生活的土地之间水乳交融的密切联系，他们只是在一再顽固地否认这种联系，并坚持用"无主之地"（"terra nullius"）这样的借口粉饰自己的殖民扩张行为，以边缘化土著居民及其对土地的正当权利。亚当·高尔认为，格伦维尔用雏菊根这一当地土生土长作物的意象来映射土著对于财产的意识与白人的并无二致，两者的关系是平等的（Gall, 2008, 99）。索尼尔一家把这种本土原生作物连根拔起，以便在那片土地上种上玉米。当玉米成熟后，失去雏菊根这一传统食物来源的当地土著前来收获土地给予他们的另一种"馈赠"，因而无法避免地与试图保卫自己的劳动果实的索尼尔一家产生激烈冲突。这一事件也成为索尼尔最终走向罪恶深渊的一条引线。

索尼尔家的二儿子迪克在殖民地出生并长大，他对母亲心心念念的伦敦没有一点概念或一丝向往，却对他唯一认识的世界里毗邻而居的土著怀有发自内心的认同和友好。索尼尔不止一次看到他跟黑人孩子们在一起嬉笑打闹，迪克崇拜能够利用天然材料生火的黑人"高个子鲍勃"（索尼尔后来称其为杰克）。在与土著的短暂接触中，索尼尔企图以命名（给土著起英文名）和教他们说英语的方式来"驯化"（"domesticate"）对方，却始终不愿"屈尊纡贵"学一句他们的语言。他还用对方听不懂的英语嘲笑和咒骂他们："尽管你的屁股就像水壶底那么黑……但是我们最终还是会治服你们的""我们是不会罢休的，他说。要不了多久，这里就没有你们这些黑鬼的立足之地了"（《河流》，208）。尽管索尼尔拒绝做出友好的表示，杰克却原谅了他的顽固。他开口打破了僵局，土著孩子们笑着跑开，"迪克也笑了，但笑得没什么底气，他看看杰克，又看看爸爸"（《河流》，209）。

索尼尔一家与土著勉强和平共处的日子持续了一段时间，一家人还在土著的帮助下改善了伙食，吃到了久违的新鲜肉食——袋鼠肉汤。土著们放火焚林，并熟练地把火势维持在可控范围内，白人却以为他们是为了几只蜥蜴而烧掉一大片林地，因此感到惴惴不安，"这本身虽然不算什么威胁，但这也许是威胁到来以前的前兆"（《河流》，217）。后来他们意识到自己低估了在此世代生存的土著的自然知识和生存技能，比如预测气候变化的本领。那场火烧过后不久就下起了令人身心舒畅的绵绵细雨，焚烧后的植被的灰烬成为滋养土壤的养料，鲜嫩的绿草从只剩下短茬的草丛中冒出来，吸引了大量的袋鼠。当索尼尔一家很久吃不上新鲜的肉菜时，土著却轻而易举地捕捉到足以供其尽情美餐的袋鼠。这让索尼尔深切地认识到土著生存方式的优越："他们不用干活就能满足自己微薄的物质需求。他们每天都在花时间装满他们的盘子，捕捉那些挂在腰带上的小动物。但是最后，他们却有大把的空闲坐在火堆旁边说笑，抚摸孩子胖乎乎的小胳膊小腿"（《河流》，223）。与此同时，索尼尔一家每天从早忙到晚，连逗孩子笑的力气都没能剩下。跟他们相比，土著的生活简直堪比贵族般的享受。"和白人的不同之处就在于，黑人的世界里不需要另一个阶层的人卑躬屈膝地站在船上，等着别人聊完天再送他们去看戏或是去会情人。在这群赤裸裸的野蛮人的世界里，似乎每个人都是贵族"（《河流》，223）。

然而，正是因为有很多像斯迈舍·沙利文（Smasher Sullivan）那样的视土著为非人类、从自然环境中肆意掠夺物质财富、最大限度地榨取土地的利用价值的白人存在，土著和白人之间的流血冲突才不可避免。当白人的尊严遭到挑战后，总督曾签发一道命令，派遣了一支军队前来捉拿黑人。但当地险峻的自然环境让他们不仅无功而返，还折损了几名士兵。

一些研究者将小说中的白人殖民者大致分为三类：第一类是像斯迈舍那样的泯灭人性的恶徒；第二类是像索尼尔的老朋友汤姆·布莱克伍德（Tom Blackwood）那样的富有良知的"理想型"白人；第三类则是像威廉·索尼尔那样的有着明显人性弱点的普通人，他也是大多数白人殖民者的代表。但这样的角色分类并不是没有问题：通过将威廉·索尼尔形塑成典型的澳大利亚白人殖民者，将他的家庭生活刻画成包含典型的殖民态度和价值观的生活，并使之区别于极端种族主义者斯迈舍·沙利文之流，"格伦维尔似乎在隐隐地暗示很多其他殖民暴力事件的参与者都只是在应对和处理当地的问题"（Staniforth, 2013, 7）。这种为罪犯辩护嫌疑的做法是危险的，因为一旦该历史被描绘成容易被澳大利亚白人所认可和接受的，那它就有可能"不算历史，而只是一段合法性辩词"（Gallagher, 2010, 239）。如果将《神秘的河流》读作一个普通人堕落的悲剧，判断索尼尔是否应当被惩罚就不再是读者的首要关注点。按照这一逻辑，"索尼尔的悲剧性缺点、他的错误，不是某种隐藏的道德缺失，而是一个'普通'人在独特的历史阈限中的局限性"（Collins, 2006, 45）。

布莱克伍德的早年人生轨迹跟索尼尔相似，他选择在"自己的土地"上定居的决定也深深地影响了索尼尔，使他放下了船桨，扶起了锄头。但之后两人却选择了不同的道路，布莱克伍德选择与原来就生活在那里的土著居民和平共处，他还与一位土著女性结成夫妻关系，生下了他们的混血孩子。在白人与土著的关系急剧恶化的形势下，布莱克伍德竭尽所能地充当土著的庇护者。然而，他拥有的那片土地毕竟不是永久的伊甸园，当白人殖民者偷偷上岸，对毫无防备的土著展开血腥屠杀时，他以一己之力根本无法抵御利欲熏心、丧失人性的白人同胞。事后他选择守着那块被鲜血浸染的土地沉默地度过余生，这不仅是他对土著的承诺，也是他对白人罪行的抗议。布莱克伍德曾告诫索尼尔提防贪婪的物质欲望的膨胀："这世界上没有什么东西是让你白拿的……一个人想有多少收获，就得付出多少代价，他说，付出多少，就能得到多少"（《河流》，99）。他不希望索尼尔成为把土著人的尸体像稻草人一样挂着的斯迈舍·沙利文的同类。然而，索尼尔最终没能恪守"付出多少，得到多少"的准则，而是沦为那群疯狂屠杀土著的白人殖民者的帮凶。

大屠杀的导火索是实施"绿粉末"计划毒杀土著的殖民者赛吉提·贝托尔斯（Sagitty Birtles）遭到了土著的极端报复，他身插长矛的惨状引起了其他殖民者的恐慌和愤怒。索尼尔也意识到他未来的财富和人身安全有赖于与其他白人殖民者的结盟。群情激愤下他同意用他的船把同伴运至目的地实施屠杀计划。促使他痛下决心的另一诱因是其妻萨尔为了家人的安全着想坚决主张搬回市镇居住。可能会失去"属于他的土地"的想法让索尼尔痛苦万分。在激烈的思想斗争后自私自利的念头占了上风，索尼尔因此最终选择参与那场可耻的秘密行动。

大屠杀过后，没有土著再来惹麻烦，当地人和新来的殖民者都发了财，他们庄稼丰收，家园兴旺，河运贸易也很红火。索尼尔成了当地的大富翁，但他却失去了他的二儿子迪克。骚乱后，还是个孩子的迪克划着圆木过了河，顺着"第一支流"来到布莱克伍德家。当地人夸赞夫妻俩有善心，把自己的儿子派去陪伴可怜的老汤姆·布莱克伍德，只有索尼尔心里清楚是怎么回事：

> 迪克每天在布莱克伍德的土地里刨来挖去，种出来的粮食足够维持他们宁静的生活。他现在十八岁了，已经能划着布莱克伍德的旧渔船在河上运送朗姆酒了。他偶尔也会把船停靠在"索尼尔岬"去探望妈妈，但每次都是趁索尼尔不在家的时候。索尼尔有时也会看见迪克，潮水推着他的船前进，他站在船尾，手拉着舵柄。他已经成了一个出色的舵手。索尼尔望着他，等待着，但是孩子始终没有朝父亲这边看一眼。索尼尔只能看见他的后脑勺，头上戴的一顶旧帽子，还有他结实的肩膀。他已经长成一个男人了，他选择了自己的路，没有接受父亲的帮助。看着迪克的渔船划过河面慢慢消失，索尼尔觉得胸口一紧。有些东西他已经失去，失去之后他才懂得珍惜。（《河流》，320）

威廉·索尼尔作为第一代移民，以先进文化的使者自居，将土著居民仅仅看作澳洲生态系统的一部分，拒绝深入了解土著生存方式所蕴含的本土文明。他的儿子迪克作为第二代移民，选择与父亲代表的殖民掠夺者分道扬镳，预示了不同文化之间存在相互理解和融合的可能性。在续作《萨拉·索尼尔》中，迪克向急于寻求真相的妹妹揭露了父亲的秘密过往。他表示：作为后代，他们都无法在亲生父亲的罪行上得到豁免，因为他们现在的生活都基于这一丑陋的过去，"你的血管里流着那个男人的血，多莉，迪克说。我也一样。我们无从逃避。那个男人的钱成了我们口中的食物和身上的衣服，而这些钱都来自于他那一天的所作所为"（Grenville，2011，253）。迪克身上体现出的这种敢于承认先辈犯下的罪行并愿意为此承担责任的白人殖民者后代的积极姿态显然是值得赞赏的。

学者安·彭哈卢利克（Ann Penhallurick）指出，生活在19世纪初澳洲殖民地的主人公面临的困境使读者不禁扪心自问："如果我处在他的位置上，我能够做得更好吗？"（Penhallurick, 2006, 194–195）因此，《神秘的河流》既跟威廉·索尼尔的个人身份有关，又跟与他有着类似经历的一群人的集体身份有关，还关乎"民族"身份的形成和当代人对"澳大利亚性"的理解（Penhallurick, 2006, 196）。她认为这部小说的缺陷在于只能起到宣泄的作用，使读者感觉好受些，但却可能使人们不必去回答真实的和极为重要的问题："我能，我们能，做得更好吗？"（Penhallurick, 2006, 197）乔迪·加拉格尔（Jodi Gallagher）认为：该小说不仅没有挑战关于过去的传统观念，反而"为国内的读者提供了关于澳大利亚殖民过去的一个安慰性的观点，即表面上承认标志着殖民冲突的暴力，却没有提出当代社会需要做出重大改变以对该冲突展开思考的方案"（Gallagher, 2010, 242）。玛格丽特·诺兰（Marguerite Nolan）与罗伯特·克拉克（Robert Clarke）也认为，虽然该小说原本可能是想表达民族和解和"历史战争"的进步政治，事实上却展现出"令当代人的殖民愧疚可以得到顺利转移的保守性的白人文化政治"（Nolan and Clarke, 2011, 10）。

柯林斯的分析更加全面，她认为这部小说造成的"不安"和"麻烦"主要来自其主题内容，其中混杂的距离与联系、否认与愧疚带来的麻痹感，是澳大利亚白人对关于殖民过程中的不公和野蛮的故事的总体回应。这在个人层面上体现为使人丧失行动能力的情感冲突，在民族层面上展现为所谓的"历史战争"（Collins, 2006, 38）。小说在形式上引发的"不适"则在于作家认为"历史性事实"和"想象性虚构"是分开的，她试图"诱导"人们去发现两者之间的界线（Collins, 2006, 43）。此外，另一个令人"不安"的因素是小说情节基于三则强有力的澳大利亚神话。其一是人们熟悉的、关于近乎无辜的罪犯的怀旧叙述。"在该民族神话框架中，英国是傲慢自大的绅士阶层和不公正的权威主导的国家，通过遣送主要罪过实为竭力满足生存需要的那些臣民，它无意中生产出一个更好的、更公平的、也更勤奋刻苦的澳大利亚。"（Collins, 2006, 39）当索尼尔一家来到新南威尔士，故事情节转为第二则民族神话：麦卡宾[①]式的拓荒者的故事。"小说的这一部分具有鲁滨逊·克鲁索故事的因素：它是关于生存和建设、关于白手起家的男人（和女人）在危险的陌生环境中勇敢地工

[①] 指弗雷德里克·麦卡宾（1855—1917），澳大利亚印象派画家，擅长描绘丛林人的艰辛生活，代表画作为《漂泊不定》（1896）、《开拓者》（The Pioneer, 1904）等。格伦维尔在《琼创造历史》中也提到了这位本土画家和他的代表作《漂泊不定》。

作、冒险和获得回报的故事。但是这个拓荒者神话的熟悉流程和形态不断地被原本就生活在那里的达拉戈民族的出现打断。"（Collins, 2006, 39）一旦得知达拉戈人的存在，读者对于拓荒者故事的正统认知就被打破了，预感告诉他们：这个故事无法带来他们期盼的叙述上的圆满，亦即主人公的辛勤耕耘终将带来物质上的回报和精神上的满足。"叙述上的张力和一种不断逼近的暴力"将逐渐消解该叙述传统所包含的乐观主义精神，而先前对索尼尔抱有同情的读者也将发现他们处在一个越来越尴尬的位置（Collins, 2006, 39–40）。格伦维尔采用的第三则民族神话——关于"初次接触"的故事搅乱了前两则关于罪犯和拓荒者的神话。这些关于欧洲人和澳洲土著"初次接触"的故事是澳大利亚文学的一个不断重复的内容和特征，帕特里克·怀特、西娅·阿斯特利、托马斯·肯尼利、戴维·马洛夫等众多知名作家都尝试过该主题。关于"初次接触"的主题和元素在澳大利亚文化文本中出现的频率，远远超过了土著和非土著在当今社会相遇出现的频率。柯林斯分析指出："或许人们感觉这一起源时刻为后来出现的所有一切提供了解释性的答案，返回源头或许能够澄清现在，解决愧疚感和冲突"（Collins, 2006, 40）。作家们对该主题的反复重写又或许是因为它并不能够发挥民族神话的作用："民族神话应当能够统一、定义和约束民族，能够赋予国家的观念以凝聚力和正当性……而白种澳大利亚历史起始期的关于'初次接触'的叙述却总是关于分裂的故事：关于误解和恐惧，关于野蛮行径和苦难经历，关于面粉中的毒药"（Collins, 2006, 40）。跟大多数同类文本一样，《神秘的河流》最终并没有解决不确定性、错误和误解的问题，而是以深重的分离和差异的意象作为结尾。

批评家阿努克·朗（Anouk Lang）认为，关于"初次接触"的历史性文本的反复出现具有象征意义，体现了驻领殖民地的定居者对"土著性"（"indigeneity"）的沉迷。"土著居民的问题是关于起源的民族神话的一个中心痛点，其在场提醒了入侵者：他们和其试图宣称拥有的土地之间的联系是非真实的。关于'土著他性'（Aboriginal alterity）的问题阻碍了他们对于个体拥有新国家并成为真正的本土人的理解。"（Lang, 2014, 2）格伦维尔的文本可用于审视在关于差异的问题上这类作品为何呈现出一种持续的担忧。朗认为《神秘的河流》不仅解构了民族神话，也革新了用以解构民族神话的方法，该方法是建立在分解"他者性"和解构二元性的基础之上的（Lang, 2014, 2–3）。换言之，小说的分裂性潜能并不来自于其主题或（推定的）历史性特质，而是来自于它加入到关于思考"他者"的话语和方式这一基本事实。

　　历史小说中的人物如何选择其实并不重要（在其所处时代，威廉·索尼尔关注的问题很难超越对解决眼前的生存困境的思考），重要的是作家在人物塑造和形式安排上透露的无意识姿态。由于将威廉·索尼尔的行为展现为一个澳大利亚殖民个体的个人选择的结果，格伦维尔未能做到承认类似的暴力行为是殖民地化过程中不可分割的系统性组成部分。而她以移情和现代人的感受力来装配历史人物意识的方案，以及她出于"尊重"的目的"搁置"对土著主体意识的再现的做法，都使其成为下一节中集中讨论的"历史战争"的新焦点。

第二节　身陷"历史战争"泥沼的小说家

澳大利亚历史学家斯图尔特·麦金泰尔（Stuart Macintyre）认为：以公共领域大辩论的形式出现的"历史战争"是国际性的现象，无论发生在哪个国家或哪个地区，其核心焦点都是攸关民族认同和民族忠诚的"我们的历史"。以美国为例，1994年的一场旨在庆祝二战结束50周年的展览上展出了向日本的广岛和长崎投放原子弹的飞机，引发了公众对于使用新型大规模杀伤性武器在道德上是否具有合法性的争论。尽管展览经过了周密的筹备，大量咨询了历史学家和退伍老兵组织的意见，却仍不免受到报纸和广播节目的狂轰滥炸，指控其"侮辱了国家荣誉"（Macintyre, 2003, 77）。在澳大利亚，关于民族自尊和民族身份的焦虑也一直是1988年"二百周年庆典"以来的系列文化论争的一个中心议题。

在澳大利亚公共领域延续数十年的"历史战争"涉及的主题包括：民族身份、书写记录和口述传统的价值和可靠性、历史阐释者的意识形态倾向等。参与的人物不仅包括文化界和知识界人士，还包括政界人物。大辩论的源头通常被认为是斯丹纳1968年的博伊尔演讲。在"二百周年庆典"前后格外活跃的一批历史学家，如曼宁·克拉克、亨利·雷诺兹等，纷纷致力于对以往的历史编撰进行拨乱反正。1993年，保守派历史学家杰弗里·布莱尼公开指责以克拉克为代表的左派人士所持的是破坏民族自尊与团结的"'黑臂章'历史观"（"'Black Armband' View"），从而挑起了影响深远的"'黑臂章'辩论"（"'Black Armband' Debate"）。其余的重大辩论议题还包括："种族灭绝辩论"（"Genocide Debate"）、"被偷走的孩子辩论"（"Stolen Generations Debate"）等（Macintyre and Clark, 2003, 1–5）。

从发展阶段来看，澳大利亚"历史战争"大致从20世纪60年代末70年代初开始，80年代由于"二百周年庆典"一度达到高潮，进入21世纪后仍然不断获得新的冲量。"历史战争"最初只是历史学界内部的"左""右"派之争，双方领军人物分别是左派阵营的曼宁·克拉克、亨利·雷诺兹以及右派阵营的杰弗里·布莱尼和凯斯·温德舒特尔（Keith Windschuttle）。进入新世纪以后，"历史战争"的重心发生了迁移，从历史学领域拓展至文学领域。在一些学者看来，这一重心迁移的"奇景"

有迹可循，主要标志是始于20世纪70年代的"围绕再现土著主题和内容而展开的伦理学辩论"被2004年以后的"关于何为'真实的'澳大利亚历史以及谁有权利讲述它的循环讨论"所取代（Johnson, 2011, 1）。马克·麦肯纳、英加·克伦迪能和约翰·赫斯特（John Hirst）等历史学家的公开表态展现了"被触犯的防御性口吻"和"攻击性的个人化叙述"，从而使得"历史战争"的战火迅速蔓延至文学领域（Mitchell, 2010, 255）。

《神秘的河流》正是澳大利亚"历史战争"进入21世纪后的一个新焦点。在对该小说展开批判的历史学家当中，冲锋在最前沿的当属英加·克伦迪能。她指责格伦维尔在写作中自命历史的权威，混淆了历史与小说的界限，造成了恶劣的影响。起因是格伦维尔在一次访谈中提到："历史战争"中的"左""右"两派代表人物雷诺兹和温德舒特尔在论战中各持己见，难分胜负。历史小说家不需要唯历史学家马首是瞻，也不必像他们那样陷入混战的泥沼，而是可以"站在活梯上俯瞰这一切"（Koval, 2005, npn）。这一言论很快成为历史学家重点批评的目标。麦肯纳认为格伦维尔态度傲慢，自诩比历史学领域的专业人士更加睿智。克伦迪能则指出原本小说家和历史学家在各自的道路上相安无事，格伦维尔却试图将历史学家撞下他们的轨道。在这之后，不同领域的专业人士陆续加入论战，阐明各自的观点，表达不同的态度。

来自历史学家阵营的杰弗里·博尔顿（Geoffrey Bolton）表示同意克伦迪能在"历史"和"故事"之间所做的区分。他指出历史学家受到关于证据的规则的约束，即使他们无法达到兰克①的"发现过去有如发现当时的真实状况"的严格标准，也会尽量避免犯明显的错误，而作家却不受类似的约束。博尔顿同意作家有权、同时也应当利用关于过去的材料来"为读者提供关于人类状况的洞见"，但他同时意味深长地强调指出"我们一定不能称之为历史"（Bolton, 2006, 67）。这番言论包含的暗示意味很明显，那就是：宣称自己所从事的是"新型的历史书写"（Sullivan, 2006, i）的格伦维尔本不应该试图侵入历史学家的地盘，历史小说家和历史学家应当各行其道，彼此之间保持"井水不犯河水"的礼貌距离。

博尔顿的同侪罗伯特·莫雷（Robert Murray）则致力于以考证的方式披露格伦维尔在《神秘的河流》中所犯下的"历史性谬误"。他指出：小说中反映的早期殖民地上爆发的种族冲突难以被史实验证，因

---

① 这里的兰克指利奥波德·冯·兰克（Leopold von Ranke, 1795—1886），德国经典历史主义的两位代表人物之一，另一位是约翰·古斯塔夫·德罗伊森（Johann Gustav Droysen, 1808—1884）。

为小说家将发生在更广泛地域的大约半个世纪的历史纪录中最具戏剧性的部分抽取出来，将其压缩进小说中集中反映的一两年——1813—1814年（Murray, 2007, 67）。因此，莫雷不无讽刺意味地表示：小说偏离了历史学者熟悉的"纪录"，令人恼怒和失望，但他不得不承认，"猜估"（"guesstimation"）正是历史小说家们的工作中不可分割的一部分（Murray, 2007, 67）。

与历史学家们的分离主义态度相比，参与大辩论的文学文化界人士的态度则显得更加客观公允，也更为包容开放。作家詹姆斯·布雷德利（James Bradley）指出：克伦迪能对《神秘的河流》提出批评，不仅仅是因为它缺乏历史"准确性"，字里行间呈现出"机会主义式的调换和省略"，而且她反对的主要还是方法论上的操作，围绕的中心是移情作用的极限问题和对作家在"这是严肃的历史著作"和"只能以文学艺术标准来评判我"之间"老练地滑行"的愤怒（Bradley, 2006, 73）。然而，正如事实并不是历史独享的，想象力也不是小说特有的。历史与小说之间的区别应当被尊重，历史学家也有义务坚持和反映这一区别，但不应该将其错误地理解为对"领土"的捍卫。布雷德利试图为作家作辩护，他指出：20世纪70年代以来，澳大利亚文学和澳大利亚历史之间不仅是平行关系而且还是共生关系。彼得·凯里、彼得·缪斯（Peter Mews）、凯特·格伦维尔等作家从历史学家的著作中获得了原材料，在此基础上诞生的《魔术师》（*Illywhacker*, 1985）、《奥斯卡与露辛达》（1988）、《明亮的行星》（*Bright Planet*, 2004）、《神秘的河流》（2005）等作品较少拘泥于历史事件的具体细节，而更多地致力于绘制更深层次的、可供关于民族的新观念扎下根来的"想象的根基"（Bradley, 2006, 73）。与此同时，澳大利亚历史学家们也展开了一个类似的任务，即"引出我们国家的旧观念消抹掉的声音"（Bradley, 2006, 74）。这两个过程均致力于探索澳大利亚历史上的抹杀和沉默，它们并不是敌对的，而是互补的关系："一个致力于描绘真实，描绘事情本为何状；另一个则描绘潜意识，描绘我们理解真实以及理解我们自身的方式。我认为这才是格伦维尔真实想要表达的观点……知道事实是一回事，把事实整合进我们的自我感觉又完全是另一回事"（Bradley, 2006, 74）。

文学批评家亚当·高尔提醒读者关注克伦迪能在1999年所作的博伊尔演讲，该演讲提到："我们需要历史：不是'黑臂章'版本的历史，也不是耀武扬威的洗白的历史，而是好的历史，关于现在这片土地的形成的真实故事，没有一个版本的历史是简单的，有些还令人痛苦，但它们都是我们自己的个人历史的一部分"（Clendinnen, 1999, 102–103）。高尔分析指出：克伦迪能强调历史的多样性和复杂性，却没有提到过去对现在的持续的伦理性和政治性影响。在克伦迪能看来，过去是"另一片国土"，她抹平了英国代理人和土著代理人之间的差别，使双方在认识论上都变得遥远。而通过处理这种差别，格伦维尔试图投身于克伦迪能不曾关注的伦理性和政治性问题（Gall, 2008, 98–99）。

　　文学批评家爱丽丝·希利（Alice Healy）对克、格二人立场和态度的分析则明显有别于高尔的以上看法。希利重点分析了格伦维尔的非虚构作品《寻找神秘的河流》以及克伦迪能对该书的评论。希利指出，该书既是关于历史编撰的论文、关于写作过程的工具书，又是关于文学在民族和解中的地位的长篇沉思录。它还是作家与其作品的私人关联的宣言，在与历史的关系问题上将和许多具有殖民背景的"白人"读者产生共鸣。然而，格伦维尔为她把历史小说作为一种"与过去和解"的方式所做的辩护是可疑的。通过把殖民冲突辩解为两种不同世界观之间的隔阂，从而把过去的问题一笔勾销，这种过于简单化的处理方式显然很有问题。"如果小说给了格伦维尔在对历史准确性的需要上'放手'的许可，她对土著故事的解释则反映了她对历史真实性的误解。"（Healy, 2009, 483）格伦维尔选择了她称为"第三人称主观的"视角，该视角部分呼应了以其母系祖先为原型的男主人公的意识。对此她解释道：只有那些拥有说话的权利的人，即土著部落达拉戈的人才能讲述达拉戈版本的故事。"我可能无法进入达拉戈人的意识，但我能确定它就在那儿。在书中创造一个空洞、一个差异的空间，将比我能发明的用来解释的任何词语更具有说服力。让读者知道那里有个故事等待被讲述，而不是尝试去讲述它。"（Grenville, 2007, 198–199）希利认为，格伦维尔试图留一个"差异的空间"使达拉戈人的故事"讲述自我"，虽然可能是一个政治正确的态度，但却使土著人与"想象性理解"的可能性相脱节。"差异的空间"是另一个"忧郁的脚注"，提醒人们"澳大利亚的'历史战争'是非土著澳大利亚人试图建立过去对于当今焦点问题的隐含意义的'专属领地'"（Healy, 2009, 483）。因此，与格伦维尔的"袖手旁观"相比，克伦迪能对待过去的态度显得更加严肃和认真。克伦迪能曾提出历史学家是"记忆的管理员——人们用以想象他们个人和社会生命的共识的追寻者和保存者——那些故事的投入的评论者"（Clendinnen, 2006, 43）。"管理员"的身份是可取的，因为它意味着"一种道德责任感，它将使历史准确性、想象力和主体性被纳入一个意味深长的对话。该对话能够成为一个有别于关于'拥有'过去的苦涩争辩的有益转变"（Healy, 2009, 488）。

总而言之，虽然出发点并不相同，但无论是来自文学文化界的希利，还是来自历史学界的克伦迪能，都认为格伦维尔不应该放弃对土著主体性的"再现"。希利指出，创造一个"空洞"或"差异的空间"的做法，实际上回避了在土著问题上明确表态，它还隐含着一种令人不安的态度，即在探讨殖民历史对于现实的意义的"历史战争"中，白人作家仍倾向于将土著排除在外。克伦迪能则认为，格伦维尔拒绝赋予土著除了"无法忽视的物质存在"和"不可毁灭的高贵"之外的任何特质，违背了历史的真实性原则。大量的历史资料证明，土著远比格伦维尔描述的更善于搜集信息，也更有智慧。格伦维尔拒绝进入土著人的意识，而是从第三人称旁观者的角度来"观赏"他们的"他者性"，这样的做法不是对他们的尊重，而恰恰是对他们"主体性"的剥夺，使他们沦为可笑的、滞定型的"他者"。"无法进入土著的意识"这一理由本身并不成立，由于身在不同的时空，她同样也不能进入以其祖先为原型的男主人公的意识。格伦维尔决心尊重土著的"他者性"，"这意味着她必须否认土著的学习能力……她笔下的土著对于白人以及对于如何与白人展开周旋表现得知之甚少，所以他们就只能是活靶子"（Clendinnen, 2007, 76–77）。

文化研究学者凯特·米歇尔（Kate Mitchell）则关注格伦维尔的"新维多利亚叙述"如何参与塑造澳大利亚的现今与创伤性的过去的关系。她认为："小说不仅生动地演绎了边疆冲突，还展现了试图遗忘过去的企图，以及澳大利亚白人在其持续的结构性效果上的共谋"（Mitchell, 2010, 254）。她主张将该小说定位为"遗忘的反作用力"、"一项记忆的技术"或"一个记忆文本"，因为"与其说关注神秘的历史，《神秘的河流》更关注表现记忆；它将澳大利亚的创伤性历史写入当前的文化记忆，规避了客观性，赞成建构通向可耻的创伤性过去及其持续的歧视性效果的情感路径"（Mitchell, 2010, 254）。

文学批评家阿曼达·约翰逊总结了加入"历史战争"的历史学家们令人遗憾的共性，那就是他们忽视了政治斗争在决定和在文化上"铭记"特定的关于过去的叙述方面的"劝导"作用，也避开了后现代时期的语言学转向以及他们自身所在学科领域的杰出代表所提出的解放性观念（Johnson, 2011, 2）。颇具国际影响力的美国历史哲学家海登·怀特曾表示尊重历史小说家利用现存的所有文学手段，对过去进行有可能"超越真相"的再现的权利。他将历史小说视为历史编撰的必要补充，因为"建立在文献记录准许限度上的对于世界的简单真实描述……只能够提供关于

'真相'的部分知识"（White, 2005b, 147）。

海登·怀特关于历史小说和历史编撰之间互补关系的思考使许多当代普通读者认识到对于过去的描述可以并不完全由证据支撑，但一些历史学家却强迫性地一再重申他们眼中的过去和文学作品中被铭记的过去之间的差异。例如：马克·麦肯纳提醒人们区分这两者的重要性，特别是当历史小说提供的历史是让人们感觉舒服的历史，而不是建立在实际上能够被了解的基础上对于过去的描述（McKenna, 2006a, 15）。他还警告读者：在历史小说中对小说和历史之间差异的消弭，排除了对历史编撰须严格遵守的对于过去的权利的任何测试，这将带来"将我们的文化记忆降为'梦幻历史'的风险"（McKenna, 2006b, 105）。

通过围绕《神秘的河流》的论争可见，与文学文化界相比，澳大利亚历史学界的总体态度较为保守，他们似乎对在欧美盛行了二十余年的新历史主义观念仍然持抵制或漠视的态度。①历史学家们坚守历史与文学之间的界限，竭力撇清二者之间的共生关系。而作家和文学文化批评家则通常强调这两种书写历史的方式之间的共通之处和亲密关系，并借此来维护历史小说家利用"过去"展开想象和创作的权利。

将《琼创造历史》与《神秘的河流》作一番对比便可看出，格伦维尔在前者的创作中公开承认作品中的历史性错误和在土著问题上积极探索的姿态，恰恰为其免除了后来因《神秘的河流》而引发的争议。然而，不能据此简单地评判这两部作品孰优孰劣。事实上，这两部历史小说都是其时代精神的产物。正如《琼创造历史》是"二百周年庆典"这一特定历史时期和特殊文化氛围的产物，《神秘的河流》则是澳大利亚国内的社会文化思潮与新历史主义、后殖民主义批评在国际范围内的影响力相互碰撞的结果，它反映了格伦维尔积极、开放、务实的创作理念，即只有直面不光彩的殖民过去，揭示一直以来的精神麻痹，澳大利亚人才能继续前进，才能拥有美好的明天。这一理念与怀特在《树叶裙》中想要传达给读者大众的观念不谋而合。通过一个发生在澳大利亚的关于普通人应对危机和挑战的故事，怀特试图指出：过去不容忽视，澳大利亚白人需要承担的义务不是为过去辩解，而是承认自身可能存在的弱点乃至自身与社会罪恶的共谋。只有正视和承认个人和所在集体的不堪过往，勇敢地承担自身的社会责任，当代人才有机会纠正过去，从此开启健康的新生活。

---

① 2005年，澳大利亚历史学家伊恩·麦卡曼（Ian McCalman）指出：近几十年来，融合历史和小说的冲动来自文学界，而不是来自历史学界（McCalman, 2005, 153）。

第三节　历史阐释权之争背后

　　无论在"历史战争"中被如何解读，主张民族和解的《神秘的河流》都是澳大利亚和解运动的一个重要组成部分。在该国公共领域，和解（Reconciliation）作为正式的官方程序由保罗·基廷（Paul Keating）领导的工党政府于1991年发起，以弥补澳洲土著和非土著之间的对立与分裂。然而，时至2005年，自由党—国家党联合政府的消极态度和举措却使得和解进程陷入明显的停滞状态。时任澳大利亚总理的约翰·霍华德（John Howard）对左派历史观持明显的敌视态度，因为左派人士一向主张"欧洲的白人殖民活动包含摧毁土著社会和土著文明的内涵，这一点不应该被殖民地的继承者炫耀历史上的胜利的论调所遮掩"（McKnight, 2005, 17）。在文化左派的影响和主导下，该历史观曾一度在各种官方决议中占据较重分量。然而，由于普通澳大利亚民众日益渴望"拥有可信仰之物"——一段可以包含所有人的共同身份的光荣历史，因此"在几乎所有人都渴望某种他们可以引以为傲和作为道德性真理的民族身份的形势下，霍华德领导的一个'合法的重新平衡'出现了"（McKnight, 2005, 27）。霍华德的政治主张之所以具有号召力，在于其迎合了当时的民众"回归传统"、"寻求恒定价值观"的心理需求。保守派势力后来还利用这种渴望在官方层面上否认了"被偷走的孩子"报告的真实性与合法性。围绕该报告的争议和波折证明"新右派知识分子有可能利用（民众）对民族身份的单纯渴望，对精英展开看似合法的攻击，从而帮助霍华德政府设立议程表"（McKnight, 2005, 27）。

　　尽管进展并不是一帆风顺，澳大利亚的民族和解运动却产生了一个全新的小说文类——"抱歉小说"（"the Sorry Novel"）。可被归入"抱歉小说"范畴的文本除了格伦维尔的殖民题材三部曲，还包括彼得·凯里的《奥斯卡与露辛达》、戴维·马洛夫（David Malouf）的《回忆巴比伦》（*Remembering Babylon*, 1993）、格雷格·马修斯（Greg Matthews）的《石头的智慧》（*The Wisdom of Stones*, 1994）、盖尔·琼斯的《抱歉》（2007）等。学者安娜丽莎·派斯（Annalisa Pes）认为，非土著澳大利亚作家创作的这类叙事出现的社会背景是白人对剥夺土著土地以及对"被偷走的孩子"的后殖民集体性愧疚，"这批作家试图表达从殖民地化的遗产中获益的澳大利亚人的当代愧疚意识"（Pes, 2016, 2）。

在当代澳大利亚公共领域，"抱歉小说"具有非常突出的可见性，也颇受公众和批评界的好评。但这个小说文类却带有与生俱来的争议性，除了白人作家身份本身可能造成的矛盾和尴尬，"抱歉小说"伦理上的含糊之处还主要体现在这类作品都包含否认或逃避集体性愧疚的情节因素。通过将背景设在殖民过去，即"开拓、征服和为白种人的至高无上地位作战的时期"（Weaver-Hightower, 2010, 138），小说似乎是在鼓励澳大利亚白人遗忘过去，并将代际传递的愧疚感转移至白人祖先身上。"这些小说为与主人公达成认同并经历情感宣泄的读者提供了某种净化仪式……还能够将殖民地的冲突仅仅刻画成属于过去的事件，从而将罪责安全地推还给祖先。"（Weaver-Hightower, 2010, 138–139）由于活在当下的白人实际上并未亲身参与罪恶的殖民活动，而他们的祖先——早期白人殖民者的所作所为却造就了后代无法逃脱的心理创伤，因此这种有意或无意地将罪责推还给祖先以躲避愧疚感的做法并不算是不可理喻。许多白人殖民者的后裔也深知一味地责怪已作古的人并无任何实际意义，生活在当下的他们才是应当树立正确的是非观、摆脱历史对他们的控制、尝试治愈创伤、努力达成民族和解的一代。正如罗伯特·曼（Robert Manne）和雷蒙德·盖塔（Raymond Gaita）指出的，既然个体不能为他人犯下的罪恶承担责任，那么更应提倡将"羞耻"作为一个"适当的、隐含的道德反应"，这就需要澳大利亚人同情殖民暴力的受害者，并对迫害者产生认同，进而呈现一种"双重的意识"（qtd. in Mitchell, 2010, 266）。当然，很多"抱歉小说"都揭示，对迫害者产生认同并不是终点，而是走向积极行动的一个重要阶段。

因此，尽管存在争议，"抱歉小说"本身具有的积极意义仍然值得肯定，即可在谴责殖民史上的不公和揭露暴力方面起到正面作用，并"成为政治与社会变革的起点"（Pes, 2016, 3）。通过重新想象、重新装配和重新书写历史，这类小说可抵制关于过去的"舒适叙述"，并凸显当下的政治意义（Kossew, 2013, 172）。

格伦维尔在《神秘的河流》的扉页上向澳大利亚土著致敬。出于这一初衷，她没有将这个承载家族共同记忆的故事演绎成一个充满爱恨情仇的家世小说[①]，而是赋予其"更广泛的真理"的意味，即把它跟发生在时隔

---

① 格伦维尔听到的家族故事里并不包含对土著的屠杀，但从瓦尔兹曼第一任妻子的离奇死亡却可以推断出他有可能犯下了杀妻罪。

约二十年的、相距数千米的、在庄稼被盗的殖民者与土著之间发生的公开冲突的记载相结合。然而，她在调查中遵循的并不是接受严格学科训练的历史学家的那套方法，而是更具偶然性和随意性。她并没有自诩为历史学家，而是自觉地把自己定位为小说创作者。然而，这种"在历史性材料的征用上进行自我授权"的做法却被认为是"狂妄地"侵入了历史学家的领地。此外，由于愿意公开讨论历史与小说之间的关系，她还被视作众多持相同或相近立场的小说家的代言人，从而承受了集中的火力攻击。

该小说在形式上的一些特点反映了格伦维尔在努力贯彻自己追求民族和解的创作初衷。首先，以历史小说的形式去挖掘具有巨大争议的种族冲突事件的最大益处在于：这一虚构文类总是"对话性的、公共性的并具有再生产能力的"（Lynch, 2009, 9）。历史学家麦肯纳也承认这类作品的可取之处主要体现在对拓荒历史的积极探索：这段历史"如此有力，对于民族故事如此具有威胁性，对于国家的正当性如此重要，以至于人们对它产生了一种很强的潜意识欲望——无论是虚构的还是非虚构的——以驱散那些困难和矛盾，明确前进的道路的方向"（McKenna, 2006b, 106）。

部分批评家对小说的形式不满，认为其中缺乏对叙述者至高无上地位的挑战，还缺乏当代小说中常见的后现代形式游戏（Collins, 2006, 43）。事实上，格伦维尔的早期作品，如《莉莲的故事》（1985）和《琼创作历史》（1988），都证明这位作家极富形式创新意识，因此有理由相信多年后她在《神秘的河流》中采用现实主义手法是在当时的历史条件下审慎选择的结果。该小说写作、出版和流通的时间节点是"历史战争"的新一轮高峰期，历史学家们关于殖民历史档案如何使用和阐释的公开辩论为围绕澳大利亚中小学历史教学和教材修订的全国性大讨论（2005—2006）提供了原材料。政治学家戴维·麦克奈特（David McKnight）曾一针见血地指出：几十年来工党和自由党之间的政治性"文化战争"的遗产，在很多方面为围绕历史本质的近期公共论战打下了基础（McKnight, 2005, 27）。尽管大量采用了现实主义手法，小说中并非没有对传统历史观的反思和戏仿。定居在霍克斯布里河沿岸的白人殖民者对"赛吉提被刺杀事件"（该事件也是后来的大屠杀的导火索）的强制性宣传和无责任式渲染的情节反映了作家对历史编撰不可靠性的思索和再现：

> 消息传得很快。下午的时候，河之女酒吧里已经坐满了人，他们都已经听到消息了。罗夫迪和推斯特也已经略有耳闻，索尼尔把事情的经过又跟他俩详细讲了一遍。**一支长矛把他的内脏都给刺穿**

了，索尼尔说。不一会儿，又走进来了一批来自萨克维尔和南溪的人们，索尼尔几乎都不认识，这些人脸上都带着渴望，想知道事件的具体经过。

斯迈舍来了之后，就接过索尼尔的班继续跟大家讲。所有人都觉得整个过程好像都有斯迈舍在场。每一个没听过这故事的人进来，斯迈舍都会重新再讲一遍，而且每次都要加上一点新的内容。他说那些黑人共有五十来个。他们逼着赛吉提割断了那几条狗的喉咙。他们让赛吉提受尽了凌辱……

周围的人一杯接着一杯给斯迈舍买酒喝，想让他再多说一点。斯迈舍脸涨得通红，几乎快要动情地流下眼泪。由于愤怒，他的声音都嘶哑了，这愤怒并不是伪装出来的。索尼尔喝着酒，一句话也没说。他想起了一件事，这件事他已经遗忘很久了，在新兴门监狱的院子里，那些犯人们常常讲述着自己的故事，讲的次数多了，故事本身就变成了事实真相。（《河流》，290）

通过将历史的组成部分——作为新闻报道来源的"目击者"的证言与等待判决的伦敦新兴门监狱的罪犯为逃脱罪责而做的自我辩解（也是自我洗脑）并置，格伦维尔不无讥诮地暗示所谓的"历史性真实"不过是一种编撰者自我欺骗的幻觉或自我妥协的产物。

此外，通过将威廉·索尼尔的视角设为小说的中心视角，格伦维尔还对读者提出了明确的伦理要求：通过详细刻画悲惨过往对索尼尔造成的身心折磨以及他迫于形势的压力参与大屠杀的整个心路历程，她迫使读者产生深刻的代入感，由最初对其产生的完全认同和移情转向产生多米尼克·拉卡普拉（Dominick LaCapra）所谓的"移情的不安"（"empathic unsettlement"）[1]。"通过从索尼尔的视角来书写小说，格伦维尔将她的读者置于施暴者的位置，邀请白种澳大利亚人去认同对澳大利亚土著的财产剥夺和毁灭，从而在此过程中和在后来对该故事的压制中可耻地充当共谋的角色。"（Mitchell, 2010, 263–264）由于对施暴者产生了认同，作为幸存者的读者"在幻觉的作用下参与了针对'他者'的罪恶，因而遭受自

---

[1]　"移情的不安"指个体遭遇历史创伤的再现时，由于与他人的痛苦经历建立起共情连接而产生的不安的道德与情感反应。拉卡普拉主张对他人的痛苦予以倾听和理解，反对完全认同和挪用他人的具体创伤经历。此外，他指出：不能仅仅凭借强调客观性的历史记录去理解过去，特别是创伤性的过去。移情有助于理解他人所经历的分裂的或被掩盖的情感的层面，从而可以给关于过去的互相冲突的版本添加一些重量和"真实性"（LaCapra, 1985, 42）。

我谴责"（Leys, 2007, 131）。换言之，代入式的阅读体验使得读者不得不停下来思考，如果他们处在同样的时空环境中将会采取怎样的立场和做出怎样的选择，从而使其经历震惊、恐惧、痛苦、羞愧等心理过程，并最终达到悔悟，与索尼尔的立场彻底分道扬镳，发自内心地赞成和拥护民族和解。

格伦维尔在小说中为索尼尔安排的结局颇具深意：成为富人后，索尼尔为他的妻子萨尔在澳大利亚的荒野上建造了一座英式花园。尽管萨尔精心照料着那些珍贵的植物，但那座花园根本无法达到枝繁叶茂的状态；玫瑰和水仙无法扎根，从爱尔兰进口的昂贵草皮枯萎发黄，连白杨树也是一副苟延残喘的架势，只有当地的植物——血红色的天竺葵蓬勃地生长着，给花园增添了一抹生机。这一英式花园的意象反映白人殖民者在心理和文化层面上拒绝融入本土的环境，这种心理和文化错位是他们难以在这片土地上找到真正的家园的根本原因。正如苏·考苏（Sue Kossew）指出的，索尼尔为妻子在荒野之上打造花园，"是为了提供一个逃避荒野的避难所"，但是这个花园与周遭的环境格格不入，因此"不是生长的符号，而是文化错位的符号"（Kossew, 2007, 13）。除了英式花园，索尼尔还斥巨资建造了一座模仿英国乡村别墅的气派石屋，其坚固的院墙与屋顶一样高，唯一的院门低矮狭窄，楼梯像吊桥那样可以升起，整个建筑物固若金汤。而被充当基石埋在底下、无法重见天日的就是土著的鱼形石雕。索尼尔企图像封缄自己的不堪过往一样，隐匿和消抹掉这片土地上土著居民曾存在过的痕迹。因此可以说，"索尼尔一家不仅被土地所监禁……也被对于土著将向索尼尔复仇的恐惧所监禁"（Staniforth, 2013, 3）。

大屠杀发生后，出于愧疚，索尼尔夫妇想承担起照顾伤残的土著幸存者杰克的义务，但后者却断然拒绝了他们的提议。索尼尔第一次听到杰克说英语就是在他拒绝接受被施舍的食物时：

> 他这一碰让杰克回过神来。不，杰克说。
> 这是他第一次听见杰克说英语。
> 杰克的手重重地落在地上，荡起一片尘土，不一会儿尘土又飘散开了。**这里是我的**，杰克说，**我的地方**。他用手掌整出一小块儿平整的土地，就像他头上的伤疤。**就坐这儿吧**。之后杰克就不吭声了，眼睛一直盯着那堆火焰。一阵微风拂过，他们头顶上的树叶摆动了几下，立即又恢复了平静。一根潮湿的木柴正在火堆里嗞嗞地哼着一首高调的小曲儿。

索尼尔心里感到一阵剧痛。他比任何人干活都要卖力，他的辛劳也得到了回报。他拥有将近一千镑的现金，有三百英亩的土地和一张土地所有权的证明，他有一座气派的房子，门柱旁还有一对石狮。他的孩子们都穿着靴子，他家里总是放着一箱上好的大吉岭茶。他一直以为他已经拥有了一个男人所梦想的一切。（《河流》，323）

杰克口中的"我的地方"似乎与他的"血肉和灵魂"融为了一体，这样的亲密关系让外来者索尼尔充满了嫉妒和挫折感。他无法向杰克那样视土地本身为一种慰藉。当杰克拒绝他的施舍时，他只能恼羞成怒地转身离开。索尼尔的愧疚和他残存的那部分良知让他无法开枪打死杰克或对他加以折磨，他所能做的就只剩下对他的存在视而不见。

尽管那段血腥历史的真相被官方记录掩盖了，索尼尔等亲历者却终身都难逃那个可怕秘密的折磨。焚烧罪证的大火使当地的土质发生了改变，从此那里寸草不生。土地未能把事件发生过程完整地记录下来，当时的报纸也对此讳莫如深，"然而，地上蔓延的荒芜正在向亲眼看见它的人们诉说着这里发生过的一切"（《河流》，319）。那片荒芜，或那片空白比忠实的再现更加有力，这再次印证了格伦维尔为何选择不替土著发声，而是留下"一个空洞、一个差异的空间"。[①]杰克与土地之间难以割舍的血肉联系让索尼尔意识到他的财富和成功并不是一项真正的成就。他后半生唯一的慰藉就是用望远镜眺望大峡谷，他说不清自己为何这样做，只知道这是唯一能让他内心平静的方法："日落时分，山崖闪耀着金色的光芒；夜幕降临，岩石透出神秘暗淡的微光，这光仿佛是从岩石里面发出来的一样；即使在这样的时刻，他依然坐在那里，朝着黑暗里不停地张望"（《河流》，328）。索尼尔就像西方神话中那只守着不义之财的恶龙，在忐忑不安中等待着对自己的最终审判之日。这片土地原来的主人归来之际应该就是他的末日到来之时，这一天或许很快到来，又或许在他的有生之年永远不会到来，但一切都是不确定的。正如高尔指出的，尽管聚敛了大量的物质财富，看似在殖民地站稳了脚跟，索尼尔却永远无法对自己拥有的财产的所有权具有十足的安全感或坚定的信心（Gall, 2008, 100）。

---

① 南非作家J. M. 库切（J. M. Coetzee）在改写自18世纪殖民主义经典文本《鲁滨逊漂流记》（*Robinson Crusoe*, 1719）的小说《福》（*Foe*, 1986）中，借女主人公苏珊和作家福之口指出尊重星期五的沉默的重要性。这与格伦维尔在《神秘的河流》中选择将土著达拉戈人的故事搁置一旁的做法如出一辙。

综上可见，通过聚焦人物的命运和叙述视角的选择，小说家实际上对读者提出了更高的伦理要求。先使读者陷入对索尼尔的同情和认同，继而对该认同产生深刻怀疑，并最终决定与其决裂，这一过程更能体现社会正义原则，因为如果能够对施暴者的错误加以辨别、反思和纠正，将比单纯地同情和认同受害者更具有积极意义和效果。仅仅在心理上隔离施暴者，却不采取积极行动与其划清界限，亦即采取"疏远、审判、公开断交等方式"（Schlink, 2009, 17），将不利于民族和解的大业。在新保守主义占上风的社会氛围下①，格伦维尔将以其祖先/白人殖民者为原型的施暴者设为主人公，体现了一种迂回的后殖民文学创作策略。

既然《神秘的河流》并不是表面上看起来在意识形态上保守的传统小说，那么格伦维尔公开表达的历史观，应该更接近历史学家不满的根源。克伦迪能、麦肯纳等人对格伦维尔及其小说提出批判，表面上看是为了维护历史学科的纯洁性，私底下并非没有借题发挥的成分。当"历史战争"进入21世纪，围绕《神秘的河流》展开的论战实际上是文化公共领域前期的"左""右"派之争在文学圈的发展和延伸。部分历史学家不可避免地受到主流的右派思想的影响，他们试图在新保守主义主导的政治环境中占据重要席位，并恢复往日在公共领域中的影响力。然而，历史学科本身的纯洁性如同部分历史学家追求的"历史性真实"一样，是不可能完全达到的目标。历史学家对于作为整体的"历史战争"和作为个案的格伦维尔的关注，实际上反映了他们"已经失去了很多早先拥有的文化权威"，其后果是"当公众目睹加入战争的历史学家，他们不再愿意相信其故事讲述者的地位"（Lynch, 2009, 10）。

---

① 克伦迪能曾参与了颇具争议的致力于改写澳大利亚历史教科书的2006年历史峰会。虽然她本人并未公开宣布过政治立场，但她对历史学科纯洁性的一再强调反映了新保守主义思想在当时的文化知识界举足轻重的支配力。

第四节 公众型小说的价值和意义

从事多元文化研究多年的澳大利亚社会学家安德鲁·杰库博维兹（Andrew Jakubowicz）近期在访谈中就该国的多元文化国策和种族主义现象发表观点时指出：在澳大利亚总人口中，约15%的人相当偏激，且涉及范围广泛，可能会在任何事情上产生偏见；约20%的人思想较为开放，欢迎并接纳多样性；而在这两者之间约有65%的人口持中间立场，对少数族裔持不同程度的偏见。[①] 某种意义上来说，《神秘的河流》这类作品的积极意义就在于能够帮助肃清殖民主义思想和种族主义政策的流毒，引领更多的澳大利亚人（尤其是没有意识到自己的种族主义倾向的广大中间人士）反思前人的过失并克服自身的偏见，共建平等、和谐的新型澳大利亚民主社会。亚当·高尔认为，克伦迪能对格伦维尔的这部小说的批判本身即"暗示了这类殖民文化文本作为关于边疆的更广泛的驻领殖民地问题的'征候式例证'的重要性"（Gall, 2008, 95）。

一些批评家对《神秘的河流》的评价过于严苛，认为格伦维尔撰写的不过是"安慰性的历史"。事实上，真如格伦维尔本人指出的，打破沉默本身就是有价值的。说出自己的想法或许会引起争议，却比面对不公却视若无睹要好。她在《神秘的河流》中留下空洞让土著述说自己故事的态度在"殖民三部曲"的最后一部《萨拉·索尼尔》中再一次得到了重申。在该小说结尾处的前往新西兰的赎罪之旅中，萨拉把遭受白人亲属虐待而死的混血侄女送还给了她的土著部落，她认为至此为止她自己的工作已经完成，剩下的部分应该是由毛利妇女们去继续她们的哀悼和送别仪式。这一态度饱含隐喻意味，显示白人作家在再现土著的问题上坚持只做自己应该做的工作，并把剩下来的工作交还给土著作家。这种不介入、不干涉的态度也符合当时的政治正确性原则。

《神秘的河流》引起的争议主要体现在：部分历史学家担忧读者会混淆历史和小说之间的界限，而部分文学文化批评家则担忧读者会因同情书中的主要人物而减轻"白种人的愧疚"。然而，正因为这本书具有极大

[①] 该访谈出自悉尼科技大学孙皖宁教授（Wanning Sun）和彼得·佛雷（Peter Fray）教授共同策划主持的系列访谈节目《中间之声》（*The Middle*）的第五集，参见网址：https://themiddleau.com/episodes/episode-5-everyday-rejection/。

的争议和不确定性，广大读者才会被引入到持续的辩论中去。批评家阿努克·朗认为：尽管该小说创造虚构版本历史的行为并非没有疑点，但关于该过程的政治和文化分歧的辩论获得公众瞩目是令人鼓舞的，因为这些辩论显示历史编撰——不仅仅是历史而且包括它被再现的方式——是能够使学术圈和历史学专门训练之外的读者参与进来的东西（Lang, 2014, 14）。布里吉德·鲁尼也认为该小说有助于鼓励青年学生想象性地参与关于澳大利亚过去的"更广阔的概念性的问题"（Brigid, 2010, 34）。

有理由相信《神秘的河流》中对传统现实主义写作模式的回归是作者审慎考虑的结果，其目的是唤醒广大澳大利亚民众在历史问题上的正确认知。众所周知，文学艺术作品的内容和形式具有不可分割的关联，无论是认为形式应当服务于内容，还是认为形式具有自身的本体论上的独立性的文艺流派都无法将内容和形式二者割裂开来。黑格尔认为：不存在没有形式的内容，"内容所以成为内容是因为它包括有成熟的形式在内"（黑格尔，1980, 279）。换言之，一部合格的文艺作品必须既包括有意义和价值的内容，又包括能够有效地展现该内容的形式，真正的艺术品必须在内容和形式上表现出"彻底的统一"（黑格尔，1980, 279）。

深受读者大众欢迎的现实主义的写作模式在澳大利亚有着根深蒂固的传统。在20世纪二三十年代，澳大利亚作家曾经集体抵制现代主义的入境，他们将现实主义视为其政治承诺的适当表达方式。80年代该国文学界出现了"重"实验派而"轻"现实主义的倾向。90年代中期以后，现实主义再度成为主导性的创作形式，与保守派政治势力的反精英主义倾向不无关联。学者苏珊·勒维尔在2000年出版的专著《真实的关系：澳大利亚小说中的女权主义形式政治》（*Real Relations: The Feminist Politics of Form in Australian Fiction*）中揭示："以现实主义模式向读者展现现实的某些方面，可能会被视为一种改良主义的政治态度，而不是一种革命性的行为；但它在广阔的社会共同体中的政治重要性，明显超越了那些只能被志趣相投的、受教育程度较高的小团体内部读者所阅读的作品"（Lever, 2000, 106）。

在《神秘的河流》中，格伦维尔并非意在还原澳大利亚的一段真实历史，呼吁今人对当年的殖民者予以"超越历史的理解"也不是其主要写作目的。"当格伦维尔将其读者置于驻领殖民关系中共谋的位置，她不仅指向过去，也指向边疆在今日澳大利亚的持续存在。"（Mitchell, 2010, 268）格伦维尔的真实写作意图应是促使当今的澳大利亚民众，特别是作为殖民过程受益者的白人直面导致殖民暴力的各种复杂因素，并使其经历痛苦与折磨交织的动态心理过程，从而为其最终做出有利于民族和解的积极行动奠定牢固的心理基础。

被剥夺与自己部落世代生存息息相关的土地之间的联系的后果时至今日仍然在澳大利亚土著身上清晰可见。他们当中的很多人感到无所归依，始终无法适应在自己的土地上被放逐和被剥夺权利的边缘地位。他们不得不在政府划拨的贫瘠土地上艰难生活，失去了与自己部落的土地之间的精神上的纽带，而土地正是其灵感和力量的主要源头。格伦维尔在小说中展现了土著群体被剥夺家园以致流离失所、遭遇身份危机和心理创伤的危险处境。即便如此，她笔下的土著并非被动的牺牲品或失败者，而是试图保护族人安全的具有行动力的主体，是具有独特魅力的一个个"大写的"人。

尽管民族和解的出发点无可挑剔，但格伦维尔的某些处理方式则显得不够恰当，似乎急于跳出自己白人身份的限制去充当双方的仲裁。例如：她在小说中竭力维持某种平衡，在描写白人对土著的集体性杀戮之前，也详细展示了土著对白人的冷血报复。她强调悲剧的根源在于理解和互信的基础的缺失，由于语言不通、文化隔阂，双方之间根本不存在有效沟通的渠道。然而，这种刻意营造的艺术性"平衡"真的有助于双方达成和解吗？对文化隔阂的过度渲染容易给读者造成以下印象：白人作家试图以文化上的差异性描述来掩盖种族冲突的真正根源或社会矛盾的深层动因。

小说结尾对"失去"（威廉·索尼尔失去了一个儿子，也失去了对自身财产所有权的信心）的强调，可能会被读作无形中破坏了历史进步论的设想，这或许是与民族神话的一个分裂性而非统一性的结合（Collins, 2006, 47）。不过，也有学者认为：与其说小说是分裂的，不如说其展现了某种程度的批判性，作为批判性作品其成功之处在于"显示其功能是去质询'好的'殖民者，肯定并巩固读者意识中的这一部分……这里，索尼尔的失败（与布莱克伍德的明显成功形成鲜明对比）、他与斯迈舍的合谋，可被试图去理解并能够识别这一'失去'的白人读者所纠正"（Gall, 2008, 101）。此外，经历"失去"后索尼尔流露的复杂情绪很重要，它显示"殖民者已经达到了站在至高点自我反思、自我检查的地步，实际上传递的信号是终止或克服。'好的'殖民者能够看清并知道双方都有错，他们误解了对方"（Gall, 2008, 101）。在目前的殖民文化文本中这类反思表现为可以为对方创造一个空间，这与格伦维尔在小说中创造"一个空洞"的设想是平行的。格伦维尔认为，在土著再现问题上留下"空洞"体现了对土著的尊重。此外，除了应该尊重土著讲述本民族故事的权利，也应该尊重一个地方"讲述"自我的权利：

> 那个空间在说话。那是我不懂的语言，但即便如此我却开始理
> 解了……在可以成书之前它就已经是一则故事了。某种方式上该故事
> 是所有这一切的一部分——这些树木、这些承载着失去的语言的岩
> 石。我并不拥有那个故事。它应该被允许来讲述自己。我的工作是不
> 挡它的路。（Grenville, 2007, 171）

与对土著的尊重稍有区别的是，格伦维尔对土地的尊重多了一丝亲近的意味。她对其祖先原住地的造访虽不能使其与那片土地达成直接的交流，也不能成为其与土地进行精神交流的证据，但格伦维尔赋予其"经验式"参与场景的行为以"真理性"的做法［例如："那时我确信——就像我用自己的眼睛亲眼所见一样——在这条河的寂静拐弯处会有麻烦。"（Grenville, 2007, 104）］可能具有"浪漫主义的暗示"，但在某种程度上"也确定无疑地反映了土著与自然的殖民式结盟"（Gall, 2008, 96）。

　　虽然在土著相关问题上受到了不少指责，这部小说实际上为白人在民族和解问题上表达自己的观点和态度打开了通道。此外，由于与"历史战争"的密切关联，《神秘的河流》不失为研究澳大利亚殖民文化的相关因素的一个重要文本，其重要性和影响力还会持续存在。学者盖伊·林奇认为：就像很多人通过玛格丽特·米切尔（Margaret Mitchell）的《飘》（Gone with the Wind, 1936）了解美国南北战争前后的历史，以后很多人也会通过《神秘的河流》去了解澳大利亚的早期殖民史，那些关于其"不真实"（或者说与"真实的历史"有出入）的争论的具体细节将会被逐渐遗忘。"当历史和小说发生碰撞时，伪造的叙述可能会消亡，也可能会重新焕发生机，建构独特的身份并证明其合法性。也许当喧嚣散去，关于霍克斯布里河殖民地的这个替代性历史，将会作为格伦维尔本人和我们民族集体性的和象征性的罪行的起诉书留存下来。"（Lynch, 2009, 12）围绕该小说展开的新一轮"历史战争"反映出进入21世纪以后，以历史学家为代表的澳大利亚知识分子在公共生活中的地位和影响力已是江河日下，历史学家对于历史小说家的抨击另有所指，实质上是他们对历史学科和学术失去先前的号召力、在本国公共领域影响力持续下降的一个隐晦的抗议。历史和文学本应携手同行，历史学家对历史小说家的苛责只会对澳大利亚的文化事业造成负面影响。历史学家当务之急应该是对电影、电视等大众娱乐及传播媒体中对历史的肆意歪曲和对青少年的错误引导展开批评，从

而帮助普通澳大利亚人恢复正确的历史意识。

曾因二战题材作品《通往北方深处的小路》（*The Narrow Road to the Deep North*, 2013）荣获布克奖的澳大利亚作家理查德·弗兰纳根（Richard Flanagan）对本国当代小说家在处理历史问题时总体上"缺乏胆识"表示过遗憾和担忧（Cunningham, 2003, 1）。批评家阿曼达·约翰逊认为这一担忧值得引起重视，因为这表明"小说家们或许正在经历自我审查，这阻止他们去全面感受创作过程中的隐喻性狂热"（Johnson, 2011, 1）。近年来，挖掘澳大利亚过去的小说中较少出现内容上和形式上的实验，除了存在作家水平有限这一客观因素，还反映了零零年代中期以来一系列备受公众瞩目的辩论使作家普遍感到自己被禁止发出声音。在这些辩论中，历史学家们将一些小说家揪出来示众，以展示他们对澳大利亚历史所做的"破窗抢劫式"袭击（Johnson, 2011, 1）。这一做法使许多小说家噤若寒蝉。所幸的是，处在风口浪尖上的格伦维尔并没有因此而退缩，而是接连出版非虚构作品《寻找神秘的河流》和"殖民三部曲"的后两部——《上尉》和《萨拉·索尼尔》。这一勇敢面对的姿态至关重要，不仅对于志在挖掘澳大利亚过去的个体作家意义重大，对于澳大利亚知识分子的共同体也意义非凡。爱德华·萨义德在《知识分子论》（*Representations of the Intellectual*, 1994）中指出："知识分子所代表的公共领域是极其复杂的，包含了令人不适的特征，但有效干预这一领域的意义必须建立在知识分子对正义和公平的概念毫不动摇的信念之上，这种信念允许国家和个人之间存在差异，同时又不把它们归结为隐蔽的等级、偏好和评价"（Said, 1994, 94）。公共领域的良性发展必须建立在公共性可以得以较好维持的基础上，而后者并不是某种人类共通本性的产物，它的存在依赖于公共世界借以呈现自身的"无数视点和方面的同时在场"，对于这些视点和方面，不可能以一套放之四海而皆准的"测量方法和评判的标准"来对待它们（阿伦特，1998, 88）。公共领域的丧失并不会自然而然地带来"私人性"的复活，也不意味着"差异性"占据了主流。相反，正如"差异性"与"同一性"相反相成，"私人性"与"公共性"也不可分割。在《神秘的河流》引发的文学文化领域公共事件上，一旦知识分子失去了客观的、独立的立场，将助长非理性的共识。对挑战者的怯懦和无底线让步，不仅将带来不容忍和恐惧，还将造成知识和文学共同体的无形损失。

第六章

『被偷走的孩子』与土著民族之殇

——解读《抱歉》

前言：作为公共叙事文本的《抱歉》

作为一位对社会热点问题十分敏感的作家，盖尔·琼斯（1955— ）一向强调文学与艺术在公共领域中的重要性，她坚信文艺作品可以提供深度思考和感知人类经验的方式，从而促进对复杂社会问题的认知和思考，并引发涉及历史、身份和平等权利的重要讨论和辩论。琼斯2007年出版的小说《抱歉》集中体现了以上公共书写的精神。标题中的中心概念意指澳大利亚白人应当对土著的历史遭遇做出的反应，更指向澳大利亚政府向土著儿童被强行带走的种族主义灾难致歉的国家行为。《抱歉》涉及身份认同、民族团结与和解以及殖民主义对土著社会和文化的影响等主题。通过聚焦边缘人物的命运，琼斯试图唤起公众对土著澳大利亚人持续面临的困境的重视，并强调承认、理解和愈合的必要性。

《抱歉》的一大贡献在于深入探讨了20世纪的白人移民及其后裔对待澳洲土著居民的复杂态度。小说通过白人小女孩的视角，大胆地揭露了澳大利亚历史上奉行种族主义的政府的专制统治造成的过失和危害。这体现了琼斯对广泛的社会正义和人权问题的重视，还体现了她主张对这些问题展开更多的讨论并采取积极的行动，以促进社会平等、防止权力滥用和倡导对弱势群体的关怀。

琼斯打破了传统的叙事惯例，以白人女作家的身份探索和呈现了通常令白人作家止步的禁忌领域——"被偷走的孩子"的世界。她密切关注集体记忆对公共领域和国家身份的影响，呼吁对历史进行审视和重新解读，以包容和认可不同群体的经历和视角，并促进对话和理解。通过个人故事与历史背景的交织，《抱歉》还展现了历史遗留问题对当代生活的隐秘而深远的影响，引发了对殖民反思和代际创伤的重视，促使公众深入思考公共决策的可能后果以及种族和解和文化认同的复杂性。《抱歉》还通过描绘多元文化的存在对主流澳大利亚社会的影响，呼应了当代澳大利亚的社会现实。琼斯强调澳大利亚作为一个多元文化社会的重要性，鼓励在公共领域中积极倡导文化多样性和尊重各种语言、文化和身份背景，以实现包容性和多样化的共存。

20世纪70年代初，由于"白澳政策"的废止和惠特拉姆工党政府的一系列颇具开创性的土著政策和措施的实施，澳大利亚的民族和解进程徐徐拉开帷幕。然而，1988年的"二百周年庆典"却标志着该进程遭遇了明显挫折。澳大利亚学术界的一个普遍共识是：该庆典是对历史上和现实中的种族问题的一个新型的冷漠转身，并且标志着这种冷漠达到了一个新高度（Marcus, 1988, 4）。学者朱莉·麦格尼格尔（Julie McGonegal）分析了澳洲殖民地化遗产的主要受益者——澳大利亚白人对于和解运动的矛盾心理，她认为其症结在于：该运动"使得非土著澳大利亚人受到了一种深重的焦虑的困扰，这种焦虑关系到他们在这个国家的位置，以至于一些少数派甚至制造出了一种强化版的种族主义，他们愤愤不平地将'土著性'构想成一个不公平地拥有特权的范畴"（McGonegal, 2009, 69）。针对民族和解运动引发的种种矛盾复杂心理，在澳大利亚文学领域中一个新的小说文类"抱歉小说"（"the Sorry Novels"）应运而生（Weaver-Hightower, 2010, 129）。非土著澳大利亚作家创作的这类叙事出现的社会文化诱因是对剥夺土著土地和财产以及对土著在历史上遭遇不公的后殖民集体性愧疚，这批作家当中的一位突出代表便是盖尔·琼斯。

盖尔·琼斯是当代澳大利亚文学界的一位颇具影响力的学者型作家。她曾在西澳大学和西悉尼大学担任写作教授，共出版过七部长篇小说和两部短篇小说集[①]。她三度获澳大利亚文学最高奖——迈尔斯·弗兰克林奖短名单提名，两度获西澳总理图书奖（Western Australian Premier's Book Award）和尼塔·基布尔女性文学奖（Nita B. Kibble Literary Award），还获得过阿德莱德文学节小说奖（Adelaide Festival Award for Fiction）、斯蒂尔·拉德短篇小说集奖（Steele Rudd Award）、芭芭拉·兰思登奖（Barbara Ramsden Award）、菲利普·霍金斯奖（Philip Hodgins Award）等多个澳大利亚国内文学奖项。此外还获得过一些国际文学大奖的提名，包括英国的橘子文学奖（Orange Prize for Fiction）、爱尔兰的都柏林文学奖（International IMPAC Dublin Literary Award）和法国的费米娜文学奖（Prix Femina）。她的作品被翻译成近十种语言在海外传播，这些奖项和译介都奠定了她在国际上的知名度和影响力。

《抱歉》是琼斯第二次获迈尔斯·弗兰克林奖短名单提名的长篇小说，它同时还获得了橘子文学奖和费米娜奖的提名。小说的开头笼罩在浓

---

① 琼斯目前已出版的七部长篇小说分别是《黑镜》（*Black Mirror*, 2002）、《六十盏灯》（*Sixty Lights*, 2004）、《言说之梦》（*Dreams of Speaking*, 2006）、《抱歉》（2007）、《五只铃》（*Five Bells*, 2011）、《柏林指南》（*A Guide to Berlin*, 2015）和《诺亚·格拉斯之死》（*The Death of Noah Glass*, 2018）；两部短篇小说集为《呼吸之屋》（*The House of Breathing*, 1992）和《拜物人生》（*Fetish Lives*, 1997）。

浓的悬疑故事的氛围下，展现了可怕的凶杀现场和惊慌失措的死者家属。警察到场后很快带走了该案的犯罪嫌疑人——这家的土著混血保姆玛丽。由于凶杀案发生在死者对嫌疑人实施了性侵之后，作为受侵害的一方玛丽完全有动机和理由伺机展开报复。然而，随着小说情节的推进，读者会发现这个私人领域内的犯罪故事只是冰山一角，这部作品更像是一则具有公共意义的现实寓言。它通过聚焦一个英国移民家庭内部的失序、创伤和暴力，来探讨导致个体白人乃至整个白人社会难以向遭受历史性伤害的土著做出真诚道歉的诸多复杂因素。在小说文本中，道歉不仅具有个人层面上的道德意义和价值，还是亟待展开的旨在拨乱反正的国家行为的隐喻。

在对玛丽恩·坎贝尔（Marion Campbell）的小说《盗影者》（*The Shadow Thief*, 2005）展开分析时，澳大利亚学者尼古拉斯·巴恩斯（Nicholas Birns）将坎贝尔、芭芭拉·汉瑞恩、珍妮特·弗雷姆、杰拉尔德·穆南（Gerald Murnane）等澳大利亚和新西兰作家的一些作品称作"谜团小说"（"enigmatic novel"）。他认为这些作品因其不确定性而引人入胜，其不可约分的肌理无法被还原为精巧的编码。因此，这些澳新作家的作品明显区别于20世纪六七十年代在美国普及的元小说。那些美式元小说都被归在"羽翼丰满的"后现代主义的标签之下，其通俗类别的代表作家丹·布朗（Dan Brown）的作品极其精巧，然而在符号学上训练有素的读者完全可以对这些作品进行解码；其高雅类别的代表则是戴维·米切尔（David Mitchell），其作品也体现了智慧的作者与智慧的读者之间的理想合作（Birns, 2006, 206）。反观包裹在悬疑小说外壳下的《抱歉》，它明显具有特异性或私人性的特点，即使是富有符号学知识和经验的读者也无法完全参透小说中主要人物的复杂心理；此外，小说的结局也呈现出开放式的特点。因此，与其将该作品归为元小说，不如将其归为巴恩斯所界定的"谜团小说"。

多数国内外批评家都给予了《抱歉》充分的肯定。苏·考苏认为这是一部"完美地展现和抓住了历史时刻的时代精神"的作品（Kossew, 2014, 1）。多洛里斯·埃雷罗（Dolores Herrero）认为小说内涵丰富，表面上看是一部关于创伤及其疗愈的作品，深入挖掘便可看出这是当代澳大利亚文学中的一个常见主题的又一例证，它"试图治愈困扰着定居者文化的（无）归属的焦虑"（Herrero, 2011, 286）。克里斯托弗·伊戈尔（Christopher Eagle）肯定了小说的隐喻价值，他指出第一人称叙述者潘狄塔（Perdita）在玛丽面前的持续沉默喻指作为历史见证者的白人未能代表土著发声，他们的公开证言如同口吃的语言一样遭到被延迟的命运

（Eagle, 2012, 28）。除了这些正面的评价，也有学者指出作品中存在的不足，如罗珊娜·肯尼迪（Rosanne Kennedy）认为琼斯对土著女性形象的塑造不够充分，潘狄塔被描绘成一个心理复杂、形象立体的孩子，而玛丽却寡言少语、形象单薄，好似一名贫血症患者，她的遭遇似乎"只是被用来探索潘狄塔的创伤性失忆的工具"（Kennedy, 2011, 346）。贝斯·哈灵顿（Beth Harrington）则认为小说形式上存在缺陷，其中的第一人称叙述缺乏内部叙述常有的突兀空白和句法上不连贯等实验性特点，小说家在第一人称和第三人称叙述之间的游移和转换也不够令人满意（Harrington, 2008, 1）。我国学者王腊宝在2018年发表的论文《盖尔·琼斯〈抱歉〉中的后现代"小叙事"》中则关注小说的后现代对抗性写作特征及其以外表上的"柔弱"妥协为标志的反殖民话语（王腊宝，2018, 124–134）。

琼斯在《抱歉》中强调语言表达的重要性。比起内心的忏悔，她认为实际表达出来的道歉更具价值和意义，无论是对于被愧疚感困扰的个体，还是对于努力达成民族和解的澳大利亚政府和社会。本章将深入挖掘围绕语言展开的三个问题：一、语言障碍与心理创伤存在怎样的内在联系；二、在"被偷走的孩子"的历史语境中，造成一些人失语或沉默的专制统治具体体现在哪些方面；三、体现文化融合并有助于促进民族和解的理想语言是否可以达到以及如何才能达到。本章还试图揭示：无论对于白人作家还是对于土著作家，在"被偷走的孩子"历史遗留问题上发声都不是一件容易的事。琼斯的历史观与澳大利亚历史学家亨利·雷诺兹、曼宁·克拉克以及美国的历史哲学家海登·怀特等知识分子所持的历史观是基本一致的，他们都认为历史书写具有伦理尺度，应当致力于纠正过去发生的不公正，与被压迫者站在同一条阵线上，为正义事业发挥积极的作用。从《抱歉》展现的历史态度来看，琼斯显然还支持本尼迪克特·安德森（Benedict Anderson）的"通过阅读和写作建立共同体的伦理标准"（Johnson, 2011, 7）的理念。

第一节　语言障碍与心理创伤

《抱歉》中的第一人称叙述者潘狄塔·基恩（Perdita Keene）出生于西澳某小镇，她的父亲尼古拉斯和母亲斯黛拉都是英国人。由于斯黛拉沉迷于莎士比亚的作品，她用莎翁的名作《冬天的故事》（*The Winter's Tale*）中襁褓期即被遗弃的公主的名字来给女儿命名，以此来影射自身婚姻生活中的不幸。潘狄塔十岁那年目睹了父亲死去时的惨状，从此患上了心理性的口吃症。这是一种相对较为罕见的语言障碍，因为"大部分人的口吃都是发展性的，语言的能力随着时间的推移而削弱，而突发性的口吃却是一种比较奇怪的现象"（*Sorry*, 151）[①]。琼斯在这部小说中注重挖掘以心理性口吃为特征的语言障碍与创伤之间不可分割的关联。作为一位女作家，她首先关注在私密的家庭领域产生的暴力带来的严重后果，这其中既包括权力拥有者施加在弱者身上的肉体伤害，又包括各种形式的隐形暴力，如对伴侣的冷漠或恶语相加以及在抚养年幼子女上的严重失职。

基恩家是一个混乱失序的古怪家庭。潘狄塔的父母出于各自的自私目的勉强地结合在一起。新婚后不久，尼古拉斯便不顾斯黛拉的强烈反对，举家迁往澳大利亚，以便展开对他眼中的"原始人"的田野调查。他幻想有朝一日能够提出以自己的姓氏命名的人类学"基恩假说"（"The Keene Hypothesis"）。斯黛拉则以诵读莎士比亚作品来发泄自己的不满，并对丈夫展开了语言上的报复。在澳洲这片土地上，她始终是一个格格不入的异乡人，对这里的自然和文化环境毫无认同感。在她看来，这个充斥着各种肤色的面孔的国度是一个"十足的荒蛮之地"（*Sorry*, 15）。夫妇二人都习惯了自我封闭的生活，因此，潘狄塔是个不受欢迎的孩子，她的出生是一个错误："我父母并不认为彼此重要，他们也不认为我重要。我就像他们拥有的一枚外国钱币，一个没有价值的小东西"（*Sorry*, 27）。只有那些帮忙照顾她的土著女人们给了她无私的爱与呵护。关于她们的温暖怀抱的记忆，让成年后的潘狄塔意识到亲密的肌肤相亲其实是一份珍贵的礼物。

[①]　Jones, Gail. *Sorry*. London: Vintage Books, 2008. 后文出自同一著作的引文，均随文在括号内标出该著名称*Sorry*和引文出处页码，不再另外作注。

《抱歉》集中展现了不同类型的创伤。尼古拉斯从一战的战场上侥幸活了下来，但无情的战火不仅毁掉了他的身体健康（他体内还残留着榴霰弹碎片），还扭曲了他的人格，使得他变得偏执又狂热，热衷于证明自己的男子气概。即使远离欧洲，他也始终生活在战争的阴影之下，深受创伤后应激障碍（PTSD, post-traumatic stress disorder）的困扰。战争的创伤还造成他的情感交流障碍，这不仅导致他与妻子关系紧张，也使得他与女儿之间缺乏正常的情感互动。在二战逼近的紧张氛围下，他还在隐喻层面上罹患了"语言障碍"。由于找不到合适的缓解压力和恐惧的渠道，他转而将负面情绪发泄在弱小的混血女佣们身上，从而从无情的现代战争机器的受害者转变为弱势人群的迫害者。

斯黛拉也有着明显的情感交流障碍或情感缺失问题。她早年由于家境拮据，不得不给一个有钱的老太太当贴身陪护。漫长的陪护生涯消磨了她的青春活力。即便如此，她的雇主去世时，也没有给这个陪伴了自己近二十年的老姑娘一丁点交代或补偿。当斯黛拉初次遇见尼古拉斯时，她正在为自己的将来谋求出路。两人的结合充满了暗地里的盘算与考量，双方都认为自己对这段关系的默认是一种"纡尊降贵"（尼古拉斯认为：这个长相平凡的女人毫无疑问会因为他的关注而受宠若惊。斯黛拉则认为：这个男人在战场上受了伤，腼腆又脆弱，他才是应该感到受宠若惊的一方)，这也为后来两人相处中的各种明争暗斗埋下了伏笔。当他们来到澳大利亚后，白人男性的代表尼古拉斯心中充满了殖民者的豪情，但他的妻子却只感受到了那里的空虚和荒凉。她认为自己的新生活才刚开始，就已经结束了。她以受害者自居，并且常常陷入愤怒。被迫背井离乡的命运、家庭中爱的交流的缺失逐步加剧了她的精神危机，导致她多次进入精神病院寻求治疗。在小说里的其他人物看来，斯黛拉与语言障碍没有丝毫关系，因为这位满口都是莎士比亚诗句的女士说起话来简直"优雅到惊人"。事实上，在澳洲这片土地上显得错位且不合时宜的莎士比亚语言，并不能帮助她建立起与现实世界的真实联系，因此它始终只是从她嘴里说出的别人的语言。

与其父母成年后遭遇创伤不同，潘狄塔是在十岁那年罹患上了创伤性失忆以及语言障碍。她记不清父亲去世当晚具体发生了什么事，只记得玛丽那件被血污沾染的裙子，以及当她俩拥抱在一起时玛丽对她说的那句话——"不要告诉他们"（Sorry, 3）。悲剧发生前，潘狄塔是一个表达顺畅的孩子。悲剧发生后，她觉得词汇好像是横亘在眼前的风景，音节在她口中变得支离破碎，她的舌头变得异常沉重，抗拒她试图表达的意愿。

潘狄塔的口吃让她的母亲斯黛拉更加愤恨和绝望。她认为自己身陷泥潭，没有必要的资金重返祖国，还被一个不听话的傻孩子拖着后腿。事实上，选择性失忆是未成年的潘狄塔在无意识状态下采取的心理保护机制。正如小说的结局揭示的，真正趁尼古拉斯不备给他致命一刀的人正是潘狄塔。作为真正的行凶者，似乎唯有抹除这段可怕的记忆，她才能在父亲死去和玛丽因她而被囚禁后继续生活下去。

随着这段记忆的消失，她的流畅语言能力也消失了。克里斯托弗·伊戈尔指出，记忆与语言之间的连接以空间意象的形式展开，潘狄塔在悲剧发生后未能正确面对真相，及时公开地说出发生了什么事，是由于她缺乏适当的表达空间（Eagle, 2012, 24）。这在小说中有具体的情节作为支撑：事发当晚，警察将玛丽从现场带走，潘狄塔看见母亲从血泊旁走过，感觉身体中有一种麻木的刺痛，她的喉咙似乎被什么东西堵住了。斯黛拉看了她一眼，便招呼她离开。对于发生在屋里的一切，斯黛拉不容女儿提哪怕一个字：她把食指放在嘴唇前做了一个禁止发言的手势，然后拉起女儿的手，几乎把她从现场拖走了。次日，她们回到那个房间去清理现场，但沁入地板的血渍却无论如何也无法彻底清除干净，因此邻居送来了一个色彩绚丽的垫子用来盖住它。但暴力的痕迹就像潘狄塔口里的堵塞物一样被留在了那里。正如白人群众在一个又一个土著女孩遭受性侵害、怀孕后被秘密送走的事实上保持沉默一样，他们在殖民暴力导致的次生暴力事件爆发后再次保持共谋性的沉默。潘狄塔的母亲禁止她说话，她们的白人邻居则参与了对凶杀现场的清洗和掩盖。大人们出于共同的利益制造了语言的禁区，抑制了潘狄塔本有可能做出澄清的声音。作为结果，谋杀的真相被沉默掩盖，被误认为是杀人犯的土著女孩玛丽被永久地封存在那个秘密中，失去了洗清冤屈的机会。

可见，在那个凶杀现场，连接记忆与语言的空间意象在两个相互关联的层面上运作：首先，潘狄塔的语言障碍被描述成一种舌头上的经验，它因为在口腔中受钳制而不能正常地工作；其次，它指再次进入那个发生杀人案的房间的行为，杀人案的发生与事后的掩盖正是抹除潘狄塔的记忆和语言能力的悲剧性事件。因此，"潘狄塔在被压制的记忆与被封锁的语言之间展开的艰难磋商，本质上是找到合适的空间以赋予其语言以声音和形状的一场战斗"（Eagle, 2012, 24–25）。

在《抱歉》中，口吃这种语言障碍不仅是女性声音受压制的隐喻，还是部分白人行使政治权利受阻的隐喻。后一种隐喻集中体现在数年后恢复记忆和流畅语言能力的潘狄塔试图为玛丽作无罪申述，但未成年人的证言却完全不被采信。潘狄塔向唯一有可能使玛丽重获自由的母亲寻求帮助时，斯黛拉却表现得完全无动于衷。面对女儿的公开认罪，她仅仅冷漠地丢下一句话："已经发生的事情无法挽回"（*Sorry*, 201）。母亲的消极态度让潘狄塔很震惊，也使其陷入绝望。

罗珊娜·肯尼迪提醒读者关注盖尔·琼斯为何要将作为目击者和共谋者的压力以及无法道歉的悔恨投射在一个脆弱的白人小女孩身上。"通过这个女孩来描绘历史性的创伤和不公需要做一些怎样的文化工作呢？"（Kennedy, 2011, 351）她认为，这一备受折磨的儿童形象显示：美国学者、文化评论家劳伦·贝尔兰特（Lauren Berlant）关于"民族感性"（"national sentimentality"）的论断在澳大利亚语境下是完全适用的。贝尔兰特曾专注于分析痛苦情感在政治世界形成过程中发挥的作用，并对"民族感性"作为一套承诺性修辞的普遍观点提出质疑，即它"可以通过情感认同和同情的渠道，使得国家能够跨越社会差异得以建立"（Berlant, 2001, 128）。贝尔兰特指出："感伤主义是手段，通过该手段广大庶民的痛苦作为民族集体性的真正核心被推至主导性的公共领域。当亲密的他人的痛苦进入享有特权的民族主体的意识时，感伤主义就开始发挥作用了。通过这种方式，特权主体们把他人因被法律制裁或被剥夺公民权而产生的痛苦当作自己的痛苦"（Berlant, 2001, 129）。在《抱歉》中，"广大庶民的痛苦"在创伤和忏悔的框架下得以展开。潘狄塔出岔的记忆和她恢复记忆后无法说服母亲向警察提供证言，都阻止她获得为"亲密的他人"伸张正义的释放感。而作为"亲密的他人"，玛丽的创伤和痛苦情感却不被重视，似乎她的创伤和情感已被融入了潘狄塔的意识。"当潘狄塔意识到玛丽做出的牺牲和她受到的痛苦折磨时，她表现出来的情绪反应却是感伤主义的，她充满感伤地与其达成认同。"（Kennedy, 2011, 351）这种廉价的情感作为赎罪的手段对于因她而身陷囹圄多年的玛丽而言显然是远远不够的。另一位美国学者多米尼克·拉卡普拉曾提醒公众不要沉溺于"替人受难"（"surrogate victimage"）的自我满足和感伤主义（LaCapra, 1998, 182），因为以想象方式参与他人痛苦的经历有可能使聆听者或读者避开真诚地了解他人承受苦难的整个过程，反而以高高在上的保护人或授权主体自居。这对于真诚理解他人的痛苦并提供实际的帮助或补偿并无益处。既然当代的澳大利亚白人从该国的殖民过去中受益，他们就是迈克尔·鲁斯伯格（Michael Rothberg）所指出的"被牵涉的主体"（"the implicated subject"）。鲁斯伯格用这一范畴来指涉历史上的和当今的暴力情节中"在时间和空间上与社会性苦难有着一定距离的主体的非直接的责任"（Rothberg, 2014, 1）。理解"被牵涉的主体"的"非直接的责任"具有积极的作用，它"有助于将我们的注意力指向有可能发生暴力的状况、它挥之不去的影响以及显示对抗的新路径"（Rothberg, 2014, 1）。

从创伤理论的视角来分析《抱歉》中处于核心位置的一组人物关系可以看出，潘狄塔既是暴力的意外实施者，又因为自身见证的暴力和无心犯下的罪行而遭受心理创伤，进而受到失忆和语言障碍的折磨。然而，玛丽的物质性和隐喻性的失语状态却始终没有发生变化。这就使读者产生了这样的印象：潘狄塔没有能够向玛丽道歉这件事，对她作为这位土著女孩的亲密朋友的自我形象更有价值和意义，而不是对玛丽本人更有价值和意义。"在表现潘狄塔希望以'适当的痛苦'来回应玛丽的牺牲和悲痛时，《抱歉》有可能陷入以下的冒险，即对驻领殖民主义的暴力和不公做出感性的回应，并且将表达同情的特权给予了白人角色。"（Kennedy, 2011, 353）

第二节 专制统治与沉默的真相

《抱歉》表面上描写的是私人领域的暴力行为，背后折射的却是公共领域的重大事件。它反映了20世纪80年代以来澳大利亚女性作家的历史反思和政治参与意识。身处新历史时期的女作家们纷纷突破了传统女性写作的禁区，开始将探索的目光更多地投向公共领域的重大事件。跟《神秘的河流》相比，《抱歉》显然不算典型的后殖民历史小说，而更应该被划入"记忆书写"的范畴[①]，但这部作品仍然深入探究了与殖民历史密切相关的一大严肃主题——"被偷走的孩子"（"the Stolen Generations"/"the Stolen Children"）及其遗留问题或现实影响。"被偷走的孩子"幸存者相关问题出现的制度根源是澳大利亚联邦政府20世纪初开始实行的种族主义同化政策。基于将土著民族或"第一民族"（"First Nations people"）纳入白人社会以"提升"其生活品质并"保护"未成年人免遭成年人虐待的虚假目标，当时的澳大利亚政府通过警察机构系统性地将土著人的孩子强行带离他们的亲人，将其置于负责管教的白人家庭或在全国开办的超过480所基督教修道院、培训学校等机构中，这些机构后因被大量披露曾忽视甚至虐待土著孩子而臭名昭著。在白人的监管下，这些被强行带离的孩子无法接触本民族的文化传统：他们本来的名字被废弃，取而代之的是被强加的白人姓名；他们被严格禁止说本民族的语言，违者将受到重罚。当时的主流观念是这类举措将导致土著人口的自然消亡或完全融入白人社群。[②]从20世纪初到70年代的大半个世纪中，全澳有近十万名土著儿童（特别是混血儿童）被从他们的家庭和部族强行带离。"被偷走的孩子"的幸存者往往会留下终生的创伤，即便如此他们也从未获得过与澳大利亚白人平等的待遇。更可怕的是，他们的后代也可能会同样经历与自己的家

[①] 即使是像《神秘的河流》这样的典型的后殖民历史小说，仍有学者主张将其定位为"一个记忆文本"（Mitchell, 2010, 254）。

[②] 随着驻领殖民地进程的推进，土著女性与白人男性之间愈加频繁的性接触改变了殖民者与被殖民者之间关系的本质内涵。当局对混血人口急剧增加的状况表现出越来越深切的忧虑，背后的根本原因在于白人殖民者对人种混杂的厌恶和恐惧。白人殖民者尤其惧怕见到肤色较浅的混血孩子跟土著人生活在一起，在他们看来这意味着白人文明的堕落。当时的决策者们认为该问题的解决出路在于将这些混血孩子从其土著亲人身边带走，割裂其与土著社群和文化的联系，将其交予白人监管并迫使其接受白人的再教育（Krieken, 2012, 501–502）。

庭、部族以及民族文化的断裂,并长期生活在一种应激性的紧张状态中。这就形成了一个创伤的恶性循环,或称"代际创伤"("Intergenerational Trauma"),种族主义政策的影响从此一代又一代地传递下去。

对"被偷走的孩子"幸存者遭遇的大规模调查和反思始于1997年的人权与平等机会委员会的工作报告《带他们回家》(*Bringing Them Home Report*)。该报告成为后来广为人知的"道歉运动"的导火索。然而,在2008年当选联邦总理的工党领袖陆克文(Kevin Rudd)向土著正式致歉之前,连任三届联邦总理的保守派政治家约翰·霍华德始终拒绝采纳《带他们回家》报告提出的建议。尽管政府和法庭长期拒绝对过去的错误做出纠正和补偿,文学公共领域却展开了重新看待过去和向土著的遭遇致哀的工作。琼斯的《抱歉》正是这一文学补偿运动的一部分,它打破了私人空间与公共空间的界限,将个人的创伤记忆融入集体记忆的洪流,从而使女权主义和后殖民主义产生了重要的交集。

由于惠特拉姆领导的工党政府于20世纪70年代初提出的"新民族主义"构想,历史小说成为用来弘扬民族大业的利器。除了政治功能,这一文学亚体裁还具有明显的实用价值,可以为澳大利亚的现实生活提供某种参照。然而,70年代以后涌现的多部澳大利亚历史小说并非是对这个国家过去的"赞美",而是大量的批判性的立场和态度的集中排练场(Ungari, 2010, 1)。帕特里克·怀特的《树叶裙》引发了澳洲作家群体对白人与土著在这片大陆上共同栖居的积极思索。此后,白人作家们延续了对殖民史上"黑""白"关系的重新审视,陆续产生的重要成果包括:彼得·凯里的布克奖获奖作品《奥斯卡与露辛达》(1988)、戴维·马洛夫的都柏林文学奖获奖作品《回忆巴比伦》(1993)、西娅·阿斯特利的《时代报》年度图书奖获奖作品《雨影的多重效果》(1996)、凯特·格伦维尔的英联邦作家奖获奖作品《神秘的河流》(2005)等。可见,琼斯对"被偷走的孩子"这一历史题材的挖掘根源于20世纪70年代以来白人历史学家和作家们"打破沉寂"的努力。但她将细腻的笔触对准罹患心理性口吃症的白人小女孩而不是饱受身心创伤的土著女孩,却反映了20世纪90年代中期以来新保守主义占上风的主流意识形态。

玛丽不幸的一生是若干代"被偷走的孩子"遭遇的缩影。她是沙漠民族沃尔玛加利人(Walmajarri),母亲名叫杜莎拉(Dootharra),父亲是一个白人畜牧工,很早就抛弃了母女俩不知所终。在一次与族人去资助站取面粉和烟草的路上,她那张苍白的小脸被政府的人发现,于是她被强行带走,送到巴尔戈布道所去接受白人的"适当"教育。被迫与母亲分离后她整日哭泣，她听见母亲在风中跟她说话，母亲也在不停地哭泣。由于无法排遣失去爱女的巨大悲痛，杜莎拉选择以自焚的方式了结余生。连十岁的潘狄塔都意识到："或许没有什么能比得上这种让一位身在远方的母亲滚入火堆的暴行"（*Sorry*, 58）。从隐喻的层面来看，当一个人无法传达自己的声音时，语言障碍就产生了。这位土著母亲无法向公众传达自己被夺走爱女的绝望和悲痛，是因为她缺乏表达的空间。这种导致自焚的沉默与当时政府的专制统治是密切相连的。

当玛丽辗转得知她母亲死去的噩耗后，她试图以自己的民族——沃尔玛加利人的仪式来表达自己的悼念和哀思。但这种非基督徒的做法（以石头击打自己的头部）却被白人修女发现并严厉制止了。玛丽不被允许以沙漠民族独有的方式来表达自己的悲痛，体现了白人对土著文化和情感的压制。这也使她很早就对白人对土著的压迫产生了清醒认识。当她被误认为是杀死尼古拉斯的凶手时，她选择放弃为自己辩护，因为她知道："没人会相信一个丛林黑人的话，除非是在他/她认罪的时候"（*Sorry*, 203）。被警察带走前，她悄悄地给她的白人小妹妹留下最后一句话："不要告诉他们"（*Sorry*, 3）。这句话既是出于对潘狄塔的保护，也是出于对自身处境的清醒认识。这种拒绝去做毫无用处的无罪申诉的姿态是典型的非合作式的政治态度。正如加拿大作家朱莉·麦格尼格尔指出的："殖民主体拒绝去说，必须被看作是拒绝去面对和公开谈论非土著的特权状况"（McGonegal, 2009, 72）。

小说中的特权阶级的代表人物尼古拉斯是信奉"白人民粹主义进步论"的白人殖民者群体的一分子。渴望成为杰出人类学家的尼古拉斯选择澳大利亚作为自己田野调查的目的地。1930年，他带着极不情愿的新婚妻子来到这里，当时这个国家正处于经济萧条期。他在珀斯与土著首席保护官会面，后者肯定其研究计划在管理土著人口方面的价值和优势。在前往西海岸的客船上，他骄傲地向船上的水手展示他的官方文件，水手们却充满怀疑地斜视他，并嘲笑他装腔作势的口音。尼古拉斯无法融入这群粗鲁的、奉行集体主义的当地男人，同时又无法忍受跟动辄挑衅他的妻子长时间共处一室，因此只能和他唯一认可的伙伴——英国籍船长待在一起。船长告诉他，文明人的一个悲伤的义务是抚养或消灭劣等民族，以"确保文明的进展和上帝计划的完成"（*Sorry*, 12）。尼古拉斯深以为然，他对这位船长充满了崇敬之情，认为世界就是像他那样的男人建造的。

斯黛拉意外怀孕后，尼古拉斯曾订购堕胎药，但药品送到时却已泼洒殆尽。斯黛拉的肚子变得越来越大，尼古拉斯觉得这个球状物太过碍眼，斯黛拉则觉得生活乏味、无计可施。"两人都陷入习惯性的沉默。他们不与对方交谈，他们共有的疑虑变得无法诉说。"（*Sorry*, 22）尼古拉斯决定将精力投注到工作上，但当他接触到当地土著时，他引以为傲的书本知识却显得那样深奥空洞。他的研究对象不愿意和他做眼神上的交流，但他们却表现得颇具智慧，在日常生活和工作（打猎和采集）中永远有条不紊且淡定从容。尼古拉斯觉得那些油亮的黑色身体陌生却又充满了致命的吸引力。

　　由于在现实生活中无法融入土著群体，尼古拉斯在睡梦中让自己加入了火堆旁的聚会，分享土著的食物——一只在灰烬中烧熟的澳洲巨蜥。巨蜥的肉又热又油，粗糙的肉纤维和难闻的味道填满了他的口腔，使得他忍不住呕吐了出来。一位土著老人大声地嘲笑他，笑声中充满了具有否定意味的嘲讽。尼古拉斯的梦反映了他对其研究对象的矛盾态度。他先前因目睹土著间的亲密的身体互动（共享食物、从一个水袋中饮水）而受到了心理上的冲击。出于一时冲动，他隔着窗子向他们挥手，土著却并未看见他的示好之举。他当晚所做的这个梦预示着情感的缺失和交流的断裂将使他逐步陷入绝望和疯狂。事业上进展的不顺导致尼古拉斯和他妻子一样，对自己的人生采取了放任的姿态。"他忘记了时间的流逝、自己的目标和野心，仅凭一些微不足道的工作上的借口就继续留在了这个让他在无意识中灾难性地毁灭了自我的国度。"（*Sorry*, 40）

　　当斯黛拉因产后抑郁症被送进医院接受治疗时，被分配到基恩家帮忙的三个土著女人每天围着婴儿忙得团团转，尼古拉斯却认为自己最好住到邻居崔沃尔斯家，离自己家里那些乱七八糟的事情远一些。在崔沃尔斯家，他发现他可以强迫这家的土著厨娘玛莎和他发生关系。他觉得既然其他的白人男性都这么做，他也完全有理由这么做。他甚至觉得在强迫式性交中占据绝对主导地位的自己颇具男子气概。起初他还会担心丑事会被曝露，他威胁玛莎：如果她胆敢说出去他会杀了她。后来他发现根本不用担心她会说出去，因为她对他的威胁深信不疑。玛莎那时不过才十五六岁，崔沃尔斯夫妇认为她厨艺很棒。然而，几个月后玛莎被发现怀孕了，于是她被秘密送走，送到了南方某地，没人有兴趣过问其中的细节。新的厨娘希拉几乎无缝衔接式地被派来取代了她的位置。

　　如果尼古拉斯对于强迫土著女孩还有一丝顾忌的话，那主要是因为崔沃尔斯家最小的儿子比利。他那时大约八九岁，却有着大男孩的那种沉稳，他总是出其不意地出现，站在那里盯着他看，口中发出哼鸣声。比利感到不安时，还会拍打自己的手掌。尼古拉斯想要忽视他的存在，但又感觉到他无处不在的目光，于是不禁对他产生攻击性的恶意。后来他发现比利是个聋哑人，看见任何事都说不出口，于是他放下心来，对土著女孩们更加为所欲为。当斯黛拉从医院回家时，尼古拉斯不得不搬回棚屋和他的妻子、女儿住在一起。他们构成了一个很不稳定的家庭。斯黛拉变得更加安静和疏远，当土著女人们白天把婴儿抱出去照顾时，她几乎意识不到女儿的离开。

潘狄塔在土著女孩莎尔和黛芙的照料下慢慢长大。两个女孩在崔沃尔斯家连续工作了几年。突然有一天莎尔毫无征兆地失踪了，一个月后黛芙也这样失踪了。大人们对她俩的消失只字不提，只有六岁的潘狄塔会为见不到她们而长时间地哭泣。普通白人民众在"被偷走的孩子"被侮辱和被伤害这一普遍现象上的集体沉默，显示他们实际上参与了针对土著的集体合谋。失去两位土著"代理母亲"后，一直陪伴在潘狄塔身边、给予她无声安慰的人是无法说话的比利。"他握住我的一只手，而另一只手在上下挥舞，就像折断了的鸟儿翅膀，又像一只被困住的凤头鹦鹉，沉浸在自己隐秘而又阴郁的忧伤中。"（*Sorry*, 32）潘狄塔十岁那年，母亲再度发病。在把她送进医院后，尼古拉斯从女修道院中挑选了一个十六岁的土著女孩来照顾女儿。就这样，玛丽进入了潘狄塔的生活，成为她最重要的姐妹、朋友和老师。

1940年，随着二战战事的推进，潘狄塔从父亲那里听到了许多新的战争术语，那些术语都带着钢铁般的冰冷质感。尽管关于战争的新闻要延迟两周才能到达，尼古拉斯却总是以一种学者般的专注追踪着战局的进展。他感觉自己既参与其中，又被其无情地排除在外。在战争阴云的笼罩下，他因为一战而罹患的心理创伤再度强势来袭，导致他常常无法自控地在睡梦中重返1918年。在那个不断重复的梦境中，他跳出战壕，却发现四周尽是横陈的尸体和可怕的末日景象。梦中他扛着步枪想要跳到战壕的另一侧，却怎么也无法落地。就这样，他像一具尸体似的被凝固在一个可笑的姿势中。白天，当他向女儿和玛丽描述恐怖的战争场景时，她们被吓坏了。"潘狄塔和玛丽交换受惊吓的眼神。他就像一个阴影般笼罩在她们的生活之上。他已经变得更加黑暗、更加非人性化了。"（*Sorry*, 54）

不列颠空战爆发后，尼古拉斯更加频繁地谈到战争。在这个远离战场的遥远国度，战争却以文本的方式占据了这家人的生活。战争剪报像剧照一般布满了墙壁。这样的可怕景象让比利不敢踏进基恩家的大门。潘狄塔几乎没有什么经验从外面想象她自己的家。而比利的反应使她第一次认识到，她的父母都被锁在了各自极致的狂热中，"只有玛丽是可以倚靠的，使她可以在所有这些宏大的、令人痛苦的问题的背景上找到她自己的这条小小的、未完结的生命"（*Sorry*, 63）。

不健康的心理状态使得尼古拉斯将魔爪伸向了形同家人的玛丽。一天夜里，潘狄塔从睡梦中惊醒，听到了某种奇怪的声响。透过微敞着的父亲的卧室房门，她发现他在对玛丽做奇怪的事，他身下的玛丽在低声哭泣。潘狄塔当时不敢深究，她回到自己的床上，面向墙壁闭紧了双眼，将她看见的景象沉入黑暗中。事实上，尼古拉斯并非一开始就是家庭中的绝对统治者，他对权力的滥用必然伴随着其他成员的让步和默认。潘狄塔和她的母亲对尼古拉斯强奸土著女孩玛丽的秘密守口如瓶，又进一步助长了他的暴虐统治。

斯黛拉出院后，玛丽的陪伴和照顾给了她很大的安慰。团聚后，她们准备欢度即将到来的圣诞节，但温馨的气氛很快就被打破了：晚餐时，斯黛拉开始了她的即兴表演——莎士比亚戏剧朗诵。在化身为奥赛罗的激情控诉中，她从墙上撕下那些战争剪报。当她拿到丘吉尔的照片时，她一把揉碎了他的脸，并把碎片扔向了尼古拉斯。紧接着，她毫无悬念地被丈夫打倒在地。玛丽站起来表示抗议，也被他打了，尽管她受了伤，身体摇晃了几下，却没有倒下。"她出于坚定的、严厉的谴责站在他面前，直到他变得有自我意识，或者感到羞耻。但是他没有道歉。他什么都没有说。"（*Sorry*, 79）尼古拉斯甩门而去，潘狄塔又一次因为自己的怯懦而感到羞耻，她再度成为沉默的目击者。这个夜晚是后来的悲剧的序曲，斯黛拉借莎剧所作的控诉和玛丽的无声谴责虽然未能带来实质性的改变，却迫使潘狄塔反思自己的怯懦，并为自己未能积极地采取行动感到羞愧。这也为她后来冲动之下犯下的杀人罪埋下了种子。

之后，潘狄塔丧失了关于父亲之死的大部分记忆。剩余的零星记忆是她刻意保留的，目的是为了对其进行无害化处理和封存，她认为唯有如此才能使自己"免遭萦绕不去的鬼魂"的伤害："我想保留一丝记忆，只有这样我才能封印那个棚屋、死亡、我和玛丽在一起的生活，把它们封存在免疫的、被隔离的过去"（*Sorry*, 117）。然而，被遗忘的和被压抑的过往并没有完全消失，它们仍然留存在她的记忆深处，等待着未来某一刻重新浮出水面。事实上，那些记忆空白、那段家庭秘辛，就如同被刻意掩盖的殖民史上的丑陋过往，都必须去揭开和去勇敢面对，这样和解才能开始，深受噩梦折磨的人们才能展开新生活。小说里的秘密一直在"必须说"和"不能说"之间摇摆。对于第一人称叙述者潘狄塔而言，"必须说"是出于她的道德心和对土著姐妹的爱，"不能说"不仅有她个人和家庭的原因，还有社会大环境方面的因素。

肯尼迪认为：“在家庭这一私人领域设置创伤性暴力场景的一个效果就是，它掩盖了法律的结构性暴力……它将玛丽所遭受的暴力和不公正演绎成一个孤独的掠夺者的偶然行动的结果，而不是对土著人民的系统性不公正的结果”（Kennedy, 2011, 349）。虽然《抱歉》揭示了玛丽的遭遇并非个案，但肯尼迪的担忧也不是毫无道理。由于小说家将男性专制统治者因战争而罹患的创伤后应激障碍、妻子在家庭生活中遭受的身心折磨、儿童在成长中因父母的失职而蒙受的缺失和“被偷走的孩子”的代表玛丽遭受的难以言喻的身心创伤杂陈在一起，无形中淡化了种族主义同化政策的受害者所受到的系统性伤害的严重程度。既然在那样一个混乱失序的家庭中，人人皆承受创伤，那玛丽所承受的伤痛又有何稀奇？这一系列的情节安排，正凸显了白人殖民者的后代往往在殖民暴力问题上保持沉默、难以真诚地向“被偷走的孩子”幸存者说“抱歉”的可悲现实。

第三节 理想语言与文化融合

　　《抱歉》出版之际，源自加拿大的多元文化主义政策已经在澳大利亚推行了三十余年。社会学家罗伯特·万·克利肯（Robert van Krieken）认为，澳大利亚的历届政府针对土著和移民所制定的政策措施虽各有侧重，但它们的中心模式都是同化、融合和多元文化主义（Krieken, 2012, 500）。从历史的眼光来看，同化与融合的模式之间始终存在着此消彼长的紧张关系。同化模式追求建立每个人按相同方式生活的"同质的社会"，而融合的模式则更为宽松，它允许全体澳大利亚人共同生活在一起，同时又拥有各自不同的文化身份定位。琼斯在《抱歉》中对土著文化表现出的由衷欣赏体现了她对符合多元文化主义精神的民族融合理念的认同。她认为：有助于增进不同族裔背景的人们之间的互信与和睦的理想语言的获得必须建立在对不同文化的理解和尊重的基础上。小说中，潘狄塔在母亲的家庭课堂上接触到了白人文化的结晶——莎士比亚的语言，又在与土著女孩玛丽、莎尔、黛芙等人的朝夕相处中习得了与自然关系密切的本土语言。与作为舶来品的莎士比亚语言相比，土著女孩们教给她的本土语言牢牢地扎根于澳洲殖民地的现实生活，显示出了更加旺盛和鲜活的生命力。潘狄塔在这两种语言的基础上形成了自己独特的语言。她最终得以克服心理性口吃症的困扰、重获流畅的语言能力，除了应归功于她的养父母和语言治疗师的帮助，还主要得益于这两种语言的完美融合。

　　莎士比亚语言在小说中被赋予了丰富的隐喻内涵。对于潘狄塔的母亲而言，莎士比亚是她的信仰，"他给出了所有重大问题的答案"（Sorry, 129）。斯黛拉出生于英国底层家庭，她的早年教育经历和家庭生活经历均没有包含与文学创作或艺术表演相关的任何希望。然而她却很早就对莎士比亚的戏剧和诗歌产生了浓厚的兴趣。她在莎士比亚的语言中感受到了奢华、精致以及一种荣耀感，这些都是她太过平凡的现实生活所欠缺的。在跌宕起伏的戏剧性情节和铺张炫耀的语言中，她感受到了他人的欲望和命运的精彩。莎士比亚的作品为她在充满压抑和约束的生活中开辟了一片属于自己的小天地。斯黛拉幻想莎士比亚戏剧式的生活，这导致她对没有诗意的平淡乏味的现实生活完全失去了兴趣。来到澳洲后，她对莎士比亚语言的精神错乱般的沉溺，就像她热衷讲述的荒诞怪梦。在梦境中，她看见硕大的雪花飘落在沙漠上，却感觉不到一丝寒意。通过反复讲述这个将分属于欧洲和澳洲的风马牛不相及的自然意象硬凑在一起的故事，她借以缓解自己被迫背井离乡、不融于新环境的焦虑。这一行为也反映了她固守英国人的身份，对新的文化环境的顽强抵制。

与之同时，由于没有经过"移植"、"嫁接"等本土化过程，失去了文化土壤的莎士比亚语言也沦为了"痴人"的呓语。生下女儿后，斯黛拉患上了严重的产后抑郁症。她对刚出生的婴儿毫无兴趣，也不愿与人正常交流。她每天数小时躺在床上一动不动。即使听到孩子因为饥饿而哭嚎，也不会起身给她喂奶。当好心的邻居崔沃尔斯太太问她感觉如何时，她却用《李尔王》里的台词来应对这个再寻常不过的询问："你们不该把我从坟墓里拖起来……"（Sorry, 25）崔沃尔斯太太安排刚生了孩子的土著女性来做潘狄塔的奶妈，并让在她家接受家务劳动培训的两个混血女孩来帮忙照顾这个可怜的婴儿。这三位土著女性在日常的劳作中用土著语交流，相互之间的合作亲密无间。斯黛拉在半梦半醒中觉得这种萦绕在她身边的柔软语言接近莎士比亚的语言，"充满了回旋、招魂和节奏"（Sorry, 26）。然而，她不愿加入她们的劳作和生活，只是消极地、毫无行动力地躺着。不同于怀特笔下积极地融入澳洲环境和生活的艾伦·罗克斯伯格，斯黛拉·基恩将自己从殖民地的真实生活中摘取或抽离出来，去过一种纯粹想象性的精神生活。正如她梦境中出现的硕大雪花落在沙漠上的情景，斯黛拉想象的世界与真实的世界之间存在着一条巨大的鸿沟。那是一个充斥着莎士比亚式语言、叙事和欲望的、被矛盾和变形所填满的奇异空间，她对这个奇异空间的迷恋反映了她对实际生活的殖民地的厌弃和对回不去的英国的美化和神往。

即使潘狄塔拥有的是不完整的记忆，她也知道莎士比亚语言是她母亲用来向她父亲——家里的暴君复仇的工具。在尼古拉斯躺在血泊中失去意识之前，斯黛拉就已经进入了房间。她不仅没有当机立断找人试图挽救丈夫的性命，反而带着大仇得报的快感为他提前唱起了"镇魂曲"。那是《麦克白》第二幕第二场中麦克白夫人怂恿丈夫果断地采取行动时所说的话：

意志薄弱的人啊！
把匕首给我：那些沉睡者和辞世者
不过与画像无异，只有儿童之眼
才畏惧画中的魔鬼。如果他还在流血，

我会把血涂在两个侍卫的脸上

因为那将显示这是他们犯下的罪。（qtd. in *Sorry*, 124）[1]

　　在潘狄塔眼中，沉浸在"嗜血的莎士比亚"和"鲜红色的词语"中的母亲就像一位复仇女神：她的长发飞舞，眼神像石头般冷硬，声音洪亮有力；她好像是在自己的舞台上表演。在莎士比亚语言的威慑下，"尼古拉斯的脸变成了砖红色，紧接着是白色，然后是斑驳的灰蓝色。他没有留下哪怕一句话，他的血管破裂了。他没有哀痛，只有震惊，以及没来得及问出口的让人痛苦的问题"（*Sorry*, 125）。悲剧发生后，斯黛拉试图通过《哈姆雷特》的故事情节来理解女儿的语言障碍："她似乎认为口吃是我假装出来的，目的是为了激怒她，或是为了在口腔中戏剧性地上演我父亲的死亡场景"（*Sorry*, 100）。

　　莎士比亚语言对于斯黛拉而言是想象性生活的"圣殿"和借以复仇的"利刃"，对于潘狄塔它却只是一个可以"为我所用"的工具。潘狄塔发现只有在诵读莎士比亚作品时，她才可以暂时性地摆脱口吃症的困扰。她在莎士比亚语言中发现了"一个明亮的、流畅的空间，在那个空间里我能够表演我自己的声音"（*Sorry*, 182）。俄裔语言治疗师奥布罗夫医生也是借助莎士比亚的剧作帮潘狄塔恢复了语言能力。他教她用五步抑扬格说话，通过这种"唱歌般的、夸张的莎士比亚式方法"（*Sorry*, 173）来慢慢控制口吃。在取得突破性进展的一次治疗中，他鼓励她背诵《麦克白》中的一个小片段，来"放松放松口舌"（*Sorry*, 191）。这个建议却触及了潘狄塔记忆链条上丢失已久的一环。她在背诵中突然回忆起父亲死亡时的场景：玛丽非但不是凶手，还是性侵案的受害者，是她自己在被父亲的恶行刺激到了之后做出了攻击性举动，目睹了这一切的比利拔出那把刀，将其扔在一旁。接着，她听见母亲在背诵《麦克白》，父亲在诡异的背诵声中断了气……伴随着突然恢复的记忆而来的，是流畅的语言能力。接着潘狄塔用不带结巴的语言向奥布罗夫医生讲述了她刚刚忆起的一切。"语言的恢复，好像是圣经里的一个奇迹……混乱的口吃几乎彻底消失了，词语像水一样从口中倾泻而出，某种东西被打开了，被释放了。"（*Sorry*, 195）

　　构成潘狄塔语言的主要成分中，不仅有继承自母亲的莎士比亚语言，还有土著女孩们教给她的植根于本土生活的自然的、和谐的语言。莎尔和黛芙曾教小潘狄塔她们民族语言中的一些基本词汇。在患上口吃症之

---

[1]　该段转引文字由本书作者自译。

前，潘狄塔热爱表达也热衷模仿，她爱土著语言中名词的饱满发音、鸟类名称在模拟声音上的精准，也爱土著歌曲中周而复始的洪亮嗡鸣。莎尔和黛芙会背着她，来到河床上她们族人的宿营地。在那里，潘狄塔会像土著孩子那样被抱来抱去，安放在不同人的膝盖上；她的手臂会被亲昵地摩挲着或被开玩笑式地搔痒痒。尽管肤色不同，她与土著居民的交流却自然顺畅、毫无障碍。可见，不同的语言营造了不同的空间，潘狄塔在这些空间中并非是完全被动的被改变、被塑造的对象。在语言营造的想象性国度里，她的表现迥异于完全臣服于莎士比亚所代表的英国文化的母亲。

除了存在与莎士比亚的《冬天的故事》、《麦克白》及《哈姆雷特》的表层互文关系，《抱歉》还与《远大前程》具有隐形的深层互文联系。对父辈的反叛是两部小说中的一个共同的主旨隐喻：皮普的反叛是为了追寻"远大前程"，而亲近澳洲土著的潘狄塔的反叛则是为了在这片新大陆上获得新生。潘狄塔弑父，对母亲的怜悯多于尊敬；她对母亲尊崇的莎士比亚作品并无多少文化上的认同感，也拒绝被其塑造，而是出于实用主义的目的对其展开挪用，将其作为控制自身口吃的语言训练材料。

跟莎尔、黛芙等土著女性的语言相比，玛丽的语言更好地体现了土著语言与白人语言的融合。玛丽年纪还很小的时候，就被布道所的人发现非同寻常的聪颖，于是她被送到南方一个叫克莱尔修女之家的地方去接受教育，以便学会做一个白人。尽管玛丽学会了白人的语言与习俗，她却始终没有忘记自己原本的土著文化身份。她教潘狄塔她在白人处学到的知识，也教她沙漠民族的生存技能。她告诉潘狄塔：斯黛拉信奉的莎士比亚并不是全知全能，在西边的沙漠中住着一群黑人，他们才是通晓关于这个世界的一切的人。在玛丽看来，白人（潘狄塔和比利除外）都陷在自己的世界中，对周遭的一切视而不见。她会惟妙惟肖地戏仿白人说话时的腔调，"她变换口音和音域，故事中包含了回声与反讽"（*Sorry*, 56）。玛丽还曾引领潘狄塔和比利体验或感受土著的生活方式：静坐、等风掠过、观星、聆听大地的声音等。这些关于土地、自然和身体的知识，让潘狄塔受益终身，也为她开启了通往新世界的大门："她发现，那里有一个完整的宇宙，有可见的，也有不可见的，有隐藏的，也有未隐藏的；将其与杂乱无章的生活、令人眩晕的混乱相连接的是某种基本性的铰链"（*Sorry*, 60）。

克里斯托弗·伊戈尔认为：灾难发生后，"潘狄塔内化了她的口吃，撤回到了寂静中去，导致她几乎完全失去了自己的声音"（Eagle, 2012, 25）。事实上，潘狄塔从未放弃对她原本拥有的语言能力的追寻；同样地，她也一直没有放弃跟自己的口吃症作斗争。当母女二人为逃避日军的空袭来到珀斯后，母亲又一次因抑郁症入院，潘狄塔被善良的拉姆齐夫妇收养。为鼓励她自由地表达自我，拉姆齐太太送给她一个笔记本，让她记录下自己的所思所感。对于拥有"把沉默变为另一种文本的自由"（*Sorry*, 156），潘狄塔感到了久违的惊喜。即便如此，她依然没有放弃对流畅的口头表达能力的追寻。在拉姆齐夫妇的安排下，她开始接受奥布罗夫医生的系统性治疗。后者对她的平等、尊重态度让她克服了恐惧与排斥的心理，开始直面自己的创伤性过去，慢慢展开对往事的追忆，并最终恢复了流畅的语言能力。

刚刚恢复的潘狄塔渴望帮玛丽尽快洗清罪名，但由于她尚未成年，只有斯黛拉的证词才能使玛丽重获自由，但她却无法被说服。失落的潘狄塔在比利的陪同下跟玛丽见了一面。在那次会面中，她还沉浸在自己的失落中，没有向玛丽做出忏悔，也没有表示愿意做出补偿。五个月后，年满二十岁的玛丽从青少年拘留中心被移至成人监狱。在那里，只有血缘上的亲属才会被允许探视。虽然潘狄塔和比利都认为自己是玛丽的家人，但他们再也没有机会见到她。潘狄塔这时才充满悔恨地意识到，她当时至少应该说出'抱歉'。"她应该认识到，这是一种怎样的监禁，被关在听不见树叶的沙沙响声和感受不到风雨的地方，被带离她的家园、她自己的地盘、她母亲死去的地方，被封在别人的罪行造就的遗忘中……她本应该说出'抱歉'。"（*Sorry*, 204）潘狄塔二十岁那年得知玛丽已病逝，她悲痛不已，但一切都已经太迟了。

从这个结局可以看出，《抱歉》实际上沿用了西方小说中的一个常见的双重主人公的叙事结构，一个死去，另一个活下来讲述他/她们的故事。例如，在赫尔曼·梅尔维尔（Herman Melville）的《白鲸》（*Moby Dick*, 1851）中，亚哈船长（Captain Ahab）死去，而第一人称叙述者、水手以实玛利（Ishmael）在皮廓德号（Pequod）捕鲸船沉没后幸存下来讲述这个故事。在约瑟夫·康拉德（Joseph Conrad）的《黑暗的心》（*Heart of Darkness*, 1902）中，库尔兹（Kurtz）在堕落和恐惧中走向毁灭，而查理·马洛（Charlie Marlow）则抵制住了黑暗的诱惑得以存活下来。在弗·斯科特·菲茨杰拉德（F. Scott Fitzgerald）的《了不起的盖茨比》（*The Great Gatsby*, 1922）中，盖茨比为了追求虚幻的爱情和美国梦而丧命，而清醒地活下来的尼克·卡乐威（Nick Carraway）则看穿了"咆哮的20年代"的纸醉金迷的假面，并且承担起了向世人讲述这个"爵士时代"的悲情寓言的义务。

《黑暗的心》中马洛的一段自省还精辟地点明了这一设计的必要

性：死去的人无法言说，没有幸存下来的人就没有故事，尽管幸存者的故事本身可能也只是一片混沌。"我记得最清楚的不是我自己的极端状态——一个没有形状的灰色意象，里面充斥着肉体的痛苦和对所有事物终将转瞬即逝的漫不经心的蔑视——甚至是对痛苦本身的蔑视。不！我经历的似乎是他的极端状态。的确，他跨出了最后一大步，越过了边界，而我得以收回犹豫的脚步。或许这就造成了一切差别；或许所有的智慧、所有的真理、所有的真诚，都压缩在难以言表的时间上的一瞬，那一刻我们跨越了那道无形的门槛。"（Conrad, 1995, 83）在《抱歉》中，土著女孩玛丽在监狱中死去，而白人女孩潘狄塔则艰难地挺过了源自一战的家庭悲剧以及二战中日军对达尔文港的空袭行动。虽然她的失忆症和语言障碍使得她的叙述中充斥着空白、停顿和延宕，但显然没有其他人比她更适合来讲述她们共同的故事。如果玛丽没有死去，她也无法承担起叙述者的任务，因为澳洲土著居民已被奉行种族主义的专制政府扼住了口舌，他/她们无法发出自己的声音，即使发出了声音，也只会在虚空中飘散，无法被公众真正地听见。

创伤的再现通常由记忆上的困难、叙述上的空白或中断以及无法准确忆起发生暴力的场景作为标志，所有这些都能够使再现产生"差异性"，进而削弱叙述上的连贯性和叙述者的可信度。创伤还会导致记忆的延宕，即幸存者在创伤事件过后很久才开始体验侵入性的记忆（Kennedy, 2011, 342）。这就提醒读者关注记忆的含混性，特别是关于年代久远的童年时期的创伤记忆。因此，关于潘狄塔对自己犯下的杀人罪的遗忘，读者应适当地予以理解，因为有理由相信她并非刻意地逃避现实，而只是缺乏准确地回忆起久远往事的能力或条件。此外，潘狄塔显然不是唯一应该说"抱歉"的人，应该道歉的是作为驻领殖民地受益者的整个澳大利亚白人社会。

值得关注的是，虽然潘狄塔后来恢复了流畅的语言能力，她在小说结尾处却尚未获得能够自由地表达内心的理想语言。用她自己的话来说就是，她只是"通过训练克服了语言障碍，或者至少已经能够掩饰我残存的犹豫了"（*Sorry*, 21）。尽管如此，琼斯仍然对有助于促进不同文化之间的融合、不同族裔背景的人们之间的和谐相处的理想语言的最终达成充满信心，并将获得理想语言的希望寄托在潘狄塔这样的富有正义感、对土著文化有着深刻认同的白人移民后代身上。此外，小说也揭示要达到这一目标，除了他/她们自身的努力，还有待社会为其创造更为理想的环境，亦即伊戈尔所谓的"合适的空间"。

第四节　"被偷走的孩子叙述"与作家身份

澳大利亚文学史上有许多现象级的文学事件，包括"厄恩·马利事件"（"the Ern Malley Affair"）、"德米登科事件"（"the Demidenko Affair"）、"第一块石头事件"等。这些文学事件都是从文学领域延伸至社会公共领域，并引起了社会公共领域的激烈论争，从而成为澳大利亚文化历史的一部分。而围绕"被偷走的孩子"展开的论争却是从社会公共领域拓展至文学领域，产生的成果又回流至社会公共领域，成为公共大讨论的关注焦点。在围绕"被偷走的孩子"历史遗留问题的公共大讨论中，作为文学成果出现、又反哺了这一文化现象的处于中心位置并互成一组镜像关系的作品当属土著女作家萨莉·摩根的回忆录《我的位置》和白人女作家盖尔·琼斯的小说《抱歉》。这两部作品都没有直接地大量描写"被偷走的孩子"的悲惨遭遇，而是通过旁观者的视角来反思民族同化政策的过失和反衬"被偷走的孩子"所遭受的无法估量的身心伤害。

由于这类"被偷走的孩子叙述"（"Stolen Generations narratives"）[1]的潜在的公共影响力，澳大利亚学者在评价这些作品时通常都表现得比较保守，倾向于选择性地倾听不同群体与个体发出的声音。这一倾向与在20世纪末成为主流的"政治正确观"不无关联，这类"政治正确"的观念源自1988年的"二百周年庆典"的余震。另一个重要的社会因素是20世纪90年代以后澳大利亚的保守派对新左派发起的"文化战争"。[2]由于以上因素，澳大利亚白人作家在对土著题材的选择和处理上变得越来越谨慎。

如果说白人作家站在局外人的立场上，对成千上万的"被偷走的孩子"的遭遇展开挖掘和披露将面临明显的叙事伦理困境，那么土著作家书写土著人自身的故事就可以完全没有叙事伦理方面的困扰吗？很遗憾，答

---

[1] 关于这类叙述，土著作家的主要成果包括：朱丽·安德鲁斯（Julie Andrews）等人主编的《土著在说话》（*Ngariaty: Kooris Talkin'*，1993）、菲奥娜·马高恩（Fiona Magowan）和贝恩·阿特伍德（Bain Attwood）主编的《讲故事：澳大利亚和新西兰的土著历史与记忆》（*Telling Stories: Indigenous History and Memory in Australia and New Zealand*，2001）、凯莉·基尔纳（Kerry Kilner）和格斯·沃尔比（Gus Worby）主编的《黑人话文集》（*The BlackWords Essays*，2015）等。

[2] 20世纪90年代中后期，澳大利亚保守派的一系列做法严重打击了左派人士在土著权益相关问题上发声的信心和热情。新左派呼吁赋予土著平等的话语权，但其自身在土著相关问题上的话语权却极其反讽地遭到了削弱。

案是否定的。1987年，拥有土著血统的女作家萨莉·摩根出版了传记体作品《我的位置》。在这本书中，她追溯了自己家族的隐秘过往，特别是她外祖母、舅外祖父和母亲作为"被偷走的孩子"的遭遇。《我的位置》出版后一度在读者大众当中引发了轰动，并将土著传记这一文学体裁带入了公众的关注视野。然而不久后，书中的一位争议性人物（文本中的逻辑可能会导致读者认为，这位白人农场主与自己的混血私生女乱伦，生下了第一人称叙述者萨莉的母亲）的后代却对作者萨莉·摩根提出了抗议与驳斥。在这之后，保守派人士纷纷就其内容的真实性大做文章，进而大肆否定该作品的社会价值。这样的做法无疑忽视了传记体作品或非虚构作品作为文学的特性，而将其等同于"证言"之类的法律范畴的文书。尽管《我的位置》的确在事实层面上构成了"证言"的大语境，该书也促使澳洲白人正视土著的遭遇，但作者并没有宣称她的作品就是法律意义上的"证言"。事实上，关于她母亲和外祖母的确切身份，书中并没有给出明确的说明。

虽然存在争议，《我的位置》展现的历史性真实却不容反驳。与普通读者对这类叙述的期待不同，《我的位置》并没有极具煽情意味地大量披露土著居民、尤其是"被偷走的孩子"身体上遭受的可怕伤害，而是更多地展现了或从侧面揭示了被剥削了土地和基本公民权的边缘群体与个体的心理创伤，这些心理创伤也是导致许许多多"被偷走的孩子"幸存者在身份认同上存在障碍的根本原因。尽管其历史背景异常沉重，《我的位置》却展现了土著女性主导的家庭生活的温暖和治愈属性。摩根挖掘了土著的口述传统，她笔下的土著少女的成长故事充满了清新的自然气息和机智的幽默感。相比之下，反映同一历史背景的《抱歉》却是一则彻头彻尾的具有悲剧内核的感伤故事。众所周知，悲剧的结束不是观念的平衡或解决，而是情感的释放。希腊语中Katharsis（对应英语中的catharsis）的字面意思就是"清洗或净化"，其中包含对于从罪恶感中获得释放并得以清除情感负累的希冀。如果说悲剧的读者和目击者的任务不是去判断，而是去感受和获得释放，那么悲剧对于这段令人痛苦的历史是否是一个合适的再现的体裁呢？白种澳大利亚人似乎并不应该被轻易地免除这种源自过去的重负。但正如伊格尔顿指出的，除了包含悲伤，悲剧还包含创伤，并能够起到唤醒的作用。"它还被认为具有某种令人畏惧之处，某种让人震惊和令人昏眩的可怕特质。它是令人悲伤的，同时也是创伤性的。"（Eagleton, 2003, 1）由此可见，感受和获得释放也许不是最重要的内容，经历创伤并能够从蒙昧中被唤醒，才是悲剧作品更应该受到重视的功能。

　　《我的位置》展现了土著澳大利亚人不愿回避或绕开历史性的创伤。虽然常常被视为所在社区的少数族裔"他者"和文化异类，但他们在追寻自己与土地的关联的过程中逐渐建立起自己的民族文化身份。而《抱歉》中白人女孩潘狄塔的民族文化身份却显得不那么牢固，她对这片土地一定程度上的认同并不足以消弭她作为"外国人后代"的孤独感。潘狄塔的选择性失忆和语言障碍是一种委婉修辞，是殖民主义暴力反弹到殖民者自身及其后代身上的隐喻。潘狄塔的困惑在于应该如何向受到伤害的这片土地上的土著居民说"抱歉"；而萨莉的困惑则是在得知自己与"被偷走的孩子"的真实关系后应该如何自处，令人欣慰的是她最终认同了自己作为土著人的血缘和文化身份。

　　可见，对于这段由以往的澳大利亚政府制定的错误政策导致的黑暗历史，土著人民或"被偷走的孩子"幸存者及其后裔与白人施暴者或受益者的后裔表现出了截然不同的态度。《我的位置》中的土著叙述者萨莉经历了从对自己出身的困惑到与自己的家族过往乃至自身的族裔与文化身份的和解的全过程，体现了土著后裔为了更好地活在当下，愿意接受道歉并与白人达成和解的堂堂正正的立场。而《抱歉》中的白人施暴者、英国移民的女儿则深受失忆症与口吃症困扰，虽然她历经艰辛重获了流畅的语言能力，却仍然无法说出真相，使公平和正义得以归位。这一过程隐喻性地展示了作为种族主义政策的受益人的白人自身的困惑和纠结。两位女作家的切入点都是私人领域的小故事，但与之形成互文关系的都是严肃的大历史。两部作品出现于不同的历史时期：《我的位置》创作并出版于澳洲土著抗议白人"入侵"的活动如火如荼的"二百周年庆典"前夕，它也深刻反映并包含了当时的时代精神；《抱歉》虽然在陆克文总理对澳洲土著正式致歉之前出版，但大量的文献资料均显示当时的社会氛围已经在大体上倾向于向土著居民做出真诚道歉。因此，与其说《抱歉》是一部思想超前的作品，不如说作为一部白人"抱歉小说"，它忠实地捕捉并记录了21世纪最初十年的时代脉搏。

　　两部作品面世后引发的反响也印证了不同历史时期的澳大利亚主流文化知识界对该"历史遗产"的不同态度。《抱歉》出版后虽然也引起了一些非议，但那些批评基本上都是温和克制的，肯定的意见占了绝大多数。似乎作为一位白人作家，只要敢于站出来公开地说一声"抱歉"就已经是一项了不起的壮举了。而《我的位置》出版后，摩根却遭受了猛烈的批评和攻击，其中最为突出的指控是她捏造了自己的出身，她的家族传记不够忠实，因此无论作者还是作品都不值得公众予以信任。结果是摩根不得不离开文学的世界，转而用画笔去定位"我的位置"。因为比起文字作品，绘画显然是一种更安全的表达方式。这使人不禁联想到大屠杀题材作品《签署文件的手》（*The Hand that Signed the Paper*, 1994）的作者、因身份造假被揭露而离开文坛的海伦·戴尔（Helen Dale, born Helen Darville）。根据媒体的报道，这位笔名为海伦·德米登科（Helen Demidenko）的英国移民后代被质疑刻意营造了自己的乌克兰血统和少数族裔形象，并利用伪造的身份帮自己获得流通领域的通行证。这一少数族裔背景还被认为是使她赢得澳大利亚最负盛名的、讲求"政治正确"的迈尔斯·弗兰克林文学奖的关键因素。比起戴尔，摩根的遭遇显然更值得同情。她被迫放弃写作这一事实，反映了澳大利亚政府在全社会积极推行的多元文化主义政策表面上温和包容，实质上却是具有虚假性和排他性的政策。历届联邦政府将其无视差异的普遍主义原则看作是非歧视性的，而秉持差异政治的土著、女性、新移民等"他者"则以亲身经历证明这只不过是顶着普遍主义帽子的种族主义，其内核是一种"温和的文化种族隔离政策"（Bissoondath, 1994, 83）。《我的位置》和《抱歉》出版后截然不同的命运显示：对于澳洲土著遭受的殖民历史创伤，土著自身并没有获得表达立场的权利；他们的原谅和不原谅，都是令主流社会无法接受的；重新定义或表达澳大利亚过去的权利，只能被白人牢牢地攥在手心。在这一逻辑下，澳大利亚的历史表征实际上是一片白人主导的"叙事真空"，这一白色空间根本不允许土著"他者"的踏足。

德国犹太裔学者瓦尔特·本雅明曾提出创伤的历史理论以及历史性地将创伤转变为创见的理论。他认为"遭受创伤的历史主体，被剥夺了用来述说他们被牺牲的过程的语言"（qtd. in Felman, 2002, 33）。传统的历史理论通常忽视创伤的无以言表的特性，本雅明则将"无法表达"（"das Ausdruckslose"）作为文学概念来加以发展，以指明创伤实际上是通过语言和叙述中的缝隙或缺口来标示的，而不是通过直接明确的陈述（Kennedy, 2011, 347）。《抱歉》在特定的语境下，关注那些遭受暴力对待的、陷入历史性沉默的人，从而彰显了不同个体"无法表达"的方式的差异性。从本雅明的理论视角来看，小说中的主要人物是各种类型的创伤主体：饱受战争创伤的尼古拉斯试图以人类学的研究来疗愈创伤的后遗症，却在帝国主义思想的错误指引下迷失方向并丧失自我；被迫离开祖国的斯黛拉只有通过诵读英国文学经典——莎士比亚作品，才能在陌生的国度和毫无幸福感可言的婚姻生活中找到继续生活下去的动力；以玛丽为代表的澳洲土著居民虽然并非真的不能说话，却在政治生活上遭受无法发声或发声根本无法被听见的折磨；同样地，由于行使政治权利受阻，潘狄塔沦为和玛丽一样的遭受创伤的历史性主体。

从读者对土著女孩玛丽的全部认知均来自于童年时遭遇选择性失忆的白人女孩潘狄塔这一事实便可看出，琼斯赞同斯皮瓦克的"庶民"理论，即"庶民"无法被听见，也无法被恰如其分地代表或表征。小说文本中的逻辑显示，白人应该为"被偷走的孩子"的遭遇承担责任，但作家把巨大的历史性责任的重负都强加在一个小女孩身上的做法，却显得不够有诚意。儿童在遭遇可怕事件时的应激反应和白人群体近一个世纪以来总体上展现的冷漠和缺乏诚意不能形成类比。

但正如一些澳大利亚学者指出的，《抱歉》也可被读作一部挑战澳大利亚白人的小说，使其思考作为驻领殖民主义的受益者而被赋予的道德和政治义务（Kennedy, 2011, 353）。白人作家琼斯有勇气插手"被偷走的孩子"这一敏感议题，并试图引导澳大利亚人对该议题进行反思，进而敦促各级政府、组织和个人对澳洲土著做出必要的补偿，这一点具有积极的进步意义。

根据法国历史学家皮埃尔·诺拉（Pierre Nora）在记忆和历史之间所做的区分，《抱歉》更应被归为记忆小说，而不是历史小说。因为它关注的是现实中的群体所承载的"当下的、具象的、活着的、情感的现象"，而不是具有普世性的"对过去的理性的、批判性的重构"（孙江，2017，xii）。事实上，每一个时代的群体和个体都有从历史中寻找记忆的需求，因为这涉及自我身份认同的关键问题。"这种来自记忆责任的需求催生了记忆从历史学向心理学、从社会向个人、从传承性向主体性、从重复向回想的转移。这是一种新的记忆方式。从此记忆成为私人事务，它让每个人都感到有责任去回忆，从归属感中找回身份认同的源头和秘密。"（孙江，2017，xiii）《抱歉》呈现的基本形态正是个人记忆书写，它反映了知识分子以个人记忆的形式来保存群体记忆的强烈意愿。由于记忆的传统保存方式（如历史书、期刊、教科书、国家节日、博物馆等）均无法避免被官方权力所管控和操纵，作家就需要承担起记忆记录者、记忆保管人和说真话者的角色。但对于作家而言，私人领域的记忆书写不足以开创全新的生活，只有将其转化为公众记忆的一部分之后，个人记忆书写才能真正发挥巨大的社会作用。琼斯以这则白人小女孩记忆中的"被偷走的孩子"故事向读者传达：个人忏悔的意义和价值有限，只有经过公开忏悔的净化过程，澳大利亚人才能重建对符合公平正义原则的社会价值观的信心，民族共同体才能重新焕发生机与活力，全体国民才能从此展开积极健康的集体和个人生活。

结　论

当代文化知识界关于公共叙事的普遍共识是：公共叙事可以在政治行动和社会变革中扮演重要角色，影响人们对自我、他人和世界的看法，还能够推动公共领域的重建与进步以及社会的革新与发展。公共叙事研究则有助于为读者提供深入思考和理解公共叙事在政治、文化和社会变革中的作用的窗口。值得关注的是，公共叙事并不是一个有着普遍认可的严格定义的术语，其界定可以因文化背景、研究目的和研究对象的不同而有所变化。因此，在具体的研究和分析中，只能结合相关的理论框架和文学作品的具体特点来界定公共叙事。

在西方学界，多位知名学者都对公共叙事及其相关概念——公共领域、公共事件或公众话题做过专门研究，除了众所周知的德国哲学家尤尔根·哈贝马斯和美籍犹太裔政治学家汉娜·阿伦特，还包括：俄国文学理论家米哈伊尔·巴赫金，法国文化理论家与女性主义学者朱莉娅·克里斯蒂娃，英国文学理论家、文化评论家与马克思主义研究学者特里·伊格尔顿，美国哲学家与性别学家朱迪丝·巴特勒等人。这些哲学家、理论家或批评家的创见，对于分析澳大利亚公共叙事的主力军——自觉自愿地担任公共知识分子角色的严肃作家的作品具有深刻的启示意义。本书中重点关注的六位澳大利亚当代作家的八部小说通过不同的叙事方式，以关注公共领域、探讨公共事件或公众议题的形式吸引读者的阅读兴趣，继而培养他们的历史哲思、现实关怀和未来想象，促使其深入反思过往和当下的状况并采取积极的行动。

《树叶裙》将维多利亚时代的英国女性艾伦·罗克斯伯格的个人求生之路与更普遍的人与自然关系问题交织在一起，展开了对宏大历史背景下人类生存境遇的细致探索。小说延续了怀特一贯的以内省和心理描写见长的写作风格。《树叶裙》转向现实主义模式，某种程度上还印证了怀特的大众观的转变，标志着其创作开始正视澳大利亚的历史和现实，其目标读者也开始转向本国的普通大众。该小说对"维多利亚式俘虏叙述"框架的挪用，体现了这位现代主义文学大师走近大众审美的倾向，还反映了他开始意识到融入公众视野、被更广泛的读者欣赏和接受的重要性。

作为澳大利亚公共叙事的重要文本，《树叶裙》显示怀特在帮助其同胞树立正确的本土观方面进行了深入思考。从伊格尔顿的马克思主义文化理论来看，澳洲大陆在白人眼中起初是审美范畴的风景、伦理范畴的贞操试金石和经济范畴的可被占有之物。艾伦·罗克斯伯格被自然的壮美所折服，对人性能否抵御不可抗的自然力感到担忧，也对"土著化"可能会切断自己与文明世界的联系而深感不安。而在土著居民眼中，那片贫瘠的土地就是他们的物质和精神生存的唯一寄托，他们与自然之间是基于生存需要的自发关系，因此澳洲大陆对他们而言是"劳动环境，而不是观照对象"（伊格尔顿，1999，339）。与土著共同生活的经历使得落难的英国贵妇看待土地的方式发生了根本性变化。这一深层的转变显示作者怀特拒绝把澳洲大陆看作审美对象或剥削对象，而是力图还原其物质性（作为生活在这里的人们的衣食之源和生存之本），并恢复其作为精神依托（可治愈土著面对死亡和灾难的创伤，满足个体的精神需求和维系群体的精神健康状态）的地位。透过女主人公贴近土地的真实生活，怀特反思了身在殖民地却过着想象性生活的白人殖民者的典型态度、其背后的原因和势必导致的无形却又沉痛的缺失。

《心瘾难除》采用高度个人化和内省式的"自白体"叙事风格，讨论诸如作为社会问题的上瘾现象、以集体生活为中心的人际关系以及20世纪70年代西方主要城市的反文化运动等公共议题。海伦·加纳在小说中大量借鉴了自己的亲身经历，模糊了小说与回忆录之间的界线。故事围绕单身母亲诺拉与一个吸毒的音乐家之间动荡不安的关系展开。加纳的叙事以坦率的铺陈和生动的情感描绘为主要特点，使读者能够与主人公及其内心挣扎产生隐秘的关联。通过个人化的视角，小说探讨了情感依赖、女权主义目标、社会组织形式等更广泛的主题，引导读者思考何为真正的女性独立、女性如何获得独立以及社会组织形态对个体和人际关系具有怎样的潜移默化的影响。

学者布莱恩·凯尔南（Brian Kiernan）曾指出，活跃在当代澳大利亚文坛上的一些作家，如海伦·加纳、弗兰克·穆尔豪斯和戴维·威廉森（David Williamson），之所以始终令人困惑地占据着某种形式的权威地位，是因为他们的作品和论调"为进一步的媒体争辩提供了战场"（Kiernan, 1999, 240）。20世纪七八十年代，占领澳大利亚文学实验前沿阵地的是以弗兰克·穆尔豪斯、彼得·凯里、莫里·贝尔为代表的"新小说派"。这批作家在题材的选择上百无禁忌，并且"都拥有扰乱传统的现实主义写作的模仿功能的能力"（Bird, 2000, 187）。加纳的《心瘾难除》不仅大胆闯入了这批男性作家占领的"情欲书写"的禁区，还通过革新现实主义技法树立了自己的女权主义写作风格。《心瘾难除》中嬉皮士占据的社区看似充满了不稳定因素，实则自有其独特的生态和逻辑，是具有凝聚力的社会实体。正如加纳的回忆性书写所揭示的：个体积极的生活状态有助于维持社区的整体平衡与和谐。集体式大家庭的存在尤其具有重要的建设性意义，有助于缓解女性独立抚养孩子的绝望和压力。加纳在该小说中对"先锋派"（嬉皮士亚群体）生活的描述总体上是怀旧式的，投向过去的深情目光中包含了对理想主义灵光一现的叹息，而她对女性积极参与这场由新左派领导的"先锋运动"的忠实记录同样具有重要的价值和意义。

《凯特妹妹》深入探讨了社会不公正、性别不平等以及遭受阶级、性别双重压迫的19世纪丛林妇女的个人奋斗等主题。在这本以内德·凯利之妹凯特·凯利为中心视角的小说中，贝德福德编织了一个复杂的故事，把历史事实、虚构叙述和人物的内心想象融为一体。故事从多个角度展开，其中最突出的当属凯特·凯利作为亲密倾诉者的视角。小说使读者能够在想象中参与到弱势妇女在一个典型的男权社会的经历中去，从而引发对权力运行机制、阶级分化状况以及当时妇女所面临的有限选择的思考。同样致力于勾勒历史人物的人生故事的《凯利帮真史》则以一系列信件的形式展开。通过采取由内德·凯利亲自讲述他的生平遭遇的形式，小说从主观的亲密的视角展现了19世纪澳大利亚的社会和政治状况，探讨了阶级斗争、机构腐朽以及被边缘化的群体与殖民统治阶层之间的紧张关系。内德·凯利粗犷而又不失细腻的第一人称叙述极具感染力，但这并不会掩盖特定时代历史人物的局限性。凯里恢复了这个文化符式的人物生动的个性化形象，进而引导读者去质疑被体制化的社会规范、权力结构和正义观念。

贝德福德和凯里改写澳大利亚"民族神话"的重要组成部分——内德·凯利传说的行为某种程度上类似于历史悠久的希腊、爱尔兰等国的知识分子对本民族耳熟能详的神话、传说、宗教经典的广泛利用，其目的是巩固和强化这种虚构的历史叙事贮藏重要的文化记忆的功能，并使其成为民族认同的源头。众所周知，民族神话是民族身份认同的基础，通过对民族集体记忆的核心成分——早期神话和传说的选择性重组和叙述，历史事件被改造成对本民族全体公民都具有重要意义的"神话景观"的一个个拼贴板块，在此基础上每位公民均可分享集体的精神性生活，理解民族文化和历史，并对集体生活产生深刻共鸣。"神话性的叙事从而是民族主义的源泉，它们被不停地重组以服务于不同时期的意识形态上和政治上的利

益。"（Darian-Smith and Hamilton, 1994, 2）

尽管《凯特妹妹》和《凯利帮真史》具有各自的进步意义和批判性锋芒，尤其是在女权主义和后殖民批评方面，但它们都在土著再现问题上展现出明显的缺陷。土著居民在这两部作品中都是空洞的能指符号，他们的存在似乎只是为了突出爱尔兰裔移民受排挤、受压迫的状态以及他们奋起反抗的英勇气概。这种缺失实际上是其创作时代的烙印。从时代背景来看，《凯特妹妹》诞生于澳大利亚女权主义第二次浪潮的高峰期。而第二次浪潮女权主义最突出的问题正是后来使其饱受诟病的中产阶级属性。20世纪80年代后期，女权主义者们开始反思第二次浪潮的中产阶级倾向，并主张将种族、阶级、文化背景等多重因素纳入女权主义的关注视野。1982年出版的《凯特妹妹》正是典型的忽视文化和身份多样性的第二次浪潮代表作品。《凯利帮真史》则创作于20世纪90年代以后澳大利亚文化知识界保守主义势力抬头的阶段。以历史学为例，该国的历史学界经历了七八十年代由曼宁·克拉克、亨利·雷诺兹等人主导的溯本清源后，进入90年代却遭遇了以杰弗里·布莱尼为代表的保守势力的激烈反扑。布莱尼认为，克拉克等人对以往忽视土著历史命运的历史编撰学所做的拨乱反正，实际上是一种悲观主义的历史态度，是对做出"非凡"功绩的白人殖民史的消极评价。澳大利亚前总理约翰·霍华德正是布莱尼历史观的忠实拥护者。创作于该时期的《凯利帮真史》在土著问题上的回避或策略性规避的态度或许正印证了保守派如日中天的影响力。

《琼创造历史》是一部形式新颖的新历史小说，作者格伦维尔抛弃了传统的线性叙事模式，采用万花筒式的碎片结构来呈现关于澳大利亚历史的一些另类观点。小说覆盖了自有白人殖民活动以来澳大利亚历史上的不同时期，叙事主线是普通澳大利亚女性琼·雷德曼的平凡一生，小说展示了她和多位虚构女性历史人物的人生经历的区别与联系。通过采用视觉化叙事手法、不断转换视角和背景，小说邀请读者对以往的历史创造方式进行批判性的审视，并引导其关注国家身份、性别角色和历史建构等公共议题。同样于1988年出版、同被归为"二百周年庆典小说"的《奥斯卡与露辛达》也采用了独特的叙事手法，创造性地融合了历史小说和魔幻现实主义小说的元素。故事将背景设定在19世纪维多利亚女王统治时期，围绕深受赌博恶习困扰的奥斯卡·霍普金斯和对白人在澳洲殖民深感愧疚的露辛达·莱普拉斯蒂尔这两个人物展开，深入探讨了阶级、宗教和社会抑制等主题。凯里的虚构叙事以生动的意象、鲜明的人物形象和一丝奇幻色彩为主要特征。通过展现主人公的各自成长经历和反抗道路，凯里引导读者质疑传统、宗教和社会期望对普通人的限制。

《琼创造历史》和《奥斯卡与露辛达》的创作集中体现了特定时代政治需要与文艺场域自身独立性原则之间的紧张关系。澳大利亚的"二百周年庆典"是基于增强民族自豪感和巩固民族团结的目标而举办的全国性纪念活动。然而，由于纪念活动对边缘群体诉求的忽视，该庆典自筹备期起就面临着源源不断的争议和批评。[①]反映在文学、文化和知识领域——1988年前后出版的大量书籍格外关注历史，尤其是最具争议的早期殖民史。这些书籍顶着官方自我欢庆氛围的压力明确要求对本民族历史展开重新评估。格伦维尔和凯里在该时期的作品体现了坚持自主创作理念的作家与官方机构的立场和政治需要保持批判性距离的重要性。两位作家都密切关注1979年筹备工作启动以来的纪念活动的目标和引发的争议，都勇于表明自身的政治立场、历史观和在跨民族接触问题上的态度。他们积极响应了庆典组织者倡导的"民族融合"的理念，但对其具有争议的主张则持嘲讽的口吻或规避的姿态，从而坚持了自身的立场，维护了文艺创作的独立性和知识分子的尊严。作为结果，《琼创造历史》和《奥斯卡与露辛达》并不是尖锐的意识形态宣言，而是一种旨在消弭政治冲突和社会矛盾的历史性建构。

《神秘的河流》跟格伦维尔十七年前的作品《琼创造历史》相比，形式上显得更加保守，体现了作家对形式实验的兴趣转淡。在《神秘的河流》中，格伦维尔通过重写自己家族的发迹史，"迫使"当代的读者经历一系列复杂的心理过程，引发其对殖民遗产复杂性的反思。格伦维尔的叙事风格融合了严谨细致的历史考据和对人物内心活动的想象性探索。尽管主要采取现实主义手法，小说仍体现了作家对历史编撰不可靠性的思考。通过将施暴者设为小说的视觉中心，格伦维尔还对读者提出了明确的伦理要求：通过刻画威廉·索尼尔的悲惨过往和他迫于形势的压力参与施暴的整个过程，迫使读者由最初的认同转向产生"移情的不安"。格伦维尔以引人入胜的情节、深刻的心理描写和复杂的道德探寻，将读者带入虚构人物的有形或无形的斗争中，为澳大利亚白人反思和检视祖先的殖民遗产和

---

① 在致力于披露"二百周年庆典"的本质内涵的论著中，学者朱莉·马库斯（Julie Marcus）指出："二百周年庆典"为澳大利亚殖民者挪用土著文化增添了动力，特别是因为该庆典通过口号和广告的形式强调了澳大利亚及其人口的一体性。土著圣地艾尔斯岩应属于每一位澳大利亚人，澳大利亚全体公民都应当为过去二百年的殖民成就感到自豪，不论他或她是否从中获益。可见，"二百周年庆典"前后在澳大利亚流传的普遍性话语，其本质是"结构性的、符号性的和体制化的种族主义，它对于驻领殖民地澳大利亚关于身份和自我的概念意义重大"（Marcus, 1988, 4）。

自身在民族和解问题上的态度打开了通道。对重要的当下时事展开智性思索是格伦维尔小说的一大特征，也确立了她在"喧嚣年代"作为作家和社会评论家的重要地位。正如有学者指出的：格伦维尔的重要性超越了文学领域，还体现在她对历史、政治、学术生活和日常澳大利亚生活的影响上（Quinlivan, 2011, 1）。

盖尔·琼斯的《抱歉》讲述了四个主要人物的人生纠葛，其中既有土著澳大利亚人，也有来自英国的移民和他们在澳大利亚出生的后代，这些人物的故事在20世纪上半叶的动荡时局下逐渐交织在一起。通过片段化的叙事结构和细腻的抒情语言，《抱歉》引导读者思考历史上的不公正的后果以及持续的愈合与和解的重要性。通过挖掘白人移民与"被偷走的孩子"的交往，琼斯引导读者认识到：土著女孩玛丽代表的土著群体遭遇的噤声和压迫，是奉行种族主义政策的澳大利亚以往政府利用政治权力、以强迫手段推行的社会抑制的结果。主人公潘狄塔的父亲参与的是针对土著的集体暴力，而潘狄塔的母亲、邻居等人则参与了针对土著的沉默合谋。沉默合谋不仅是不说者的串通，而且也是选择不看和不听的人共同参与的集体行动。恢复记忆和语言能力后的潘狄塔在拯救玛丽这件事上的无能为力，则显示了致力于民族和解的人们仍然任重而道远。小说中的和解分为三个层面：首先是语言的层面，其次是思想的层面，最后是行动的层面。琼斯揭示：只有愿意学习土著语言、并尝试土著物质和精神生活方式的潘狄塔才能真正理解并尊重土著居民及其文化，从而成为民族和解运动的主体。

总体而言，这些公共文本通过挑战叙事常规、关注历史和政治主题、倡导社会公正和探索文化认同的复杂性，为有关民族国家历史、现实和未来的公众讨论做出了贡献。从对这八部小说的细读以及其他相关作品的关联阅读，可以归纳得出当代澳大利亚小说中的公共叙事的一些共性特征。一、关注社会问题和政治议题，如社会不平等、种族关系、性别问题、移民经验、战争和冲突等；公共叙事作品试图通过叙事方式探索和揭示这些议题的复杂性和影响力。二、通常超越个人经历，关注集体经验和社会反响；公共叙事作品往往聚焦广泛的社会、社群和团体，涉及不同群体的声音和视角。三、关注历史事件和集体记忆的影响，相关作品致力于重新审视过去的争议性事件，探索历史的沉重负担或集体创伤，并对个体和社会受到的影响进行挖掘和阐释。四、关注个体或群体对社会不公正的抗争或反抗行动，相关作品强调对权力结构和不平等的批判，探索可能的社会变革和追求正义的路径。五、通常采用多个视角和叙述者的方式，以呈现复杂的社会和政治现实，类似的多声部叙事方式可以展示不同群体的经验和观点，促进对多元性和包容性的思考。六、旨在唤起读者的社会意识或公共意识，促使读者对突出的社会问题和政治议题进行深思。通过情感共鸣和认同，读者可以与作品中的人物和情节建立联系，从而对社会和人类经验具有更深入的理解。尽管以上特点并不是所有公共叙事作品都具备，但这类作品的创作明显都基于一个共同的目标，即试图引起读者大众的共鸣，并在集体意识和社会变革方面产生积极影响，亦即通过对现实世界的反映和批判，揭示社会问题的存在、影响和复杂性，甚至尝试贡献问题的解决方案。

当代澳大利亚作家经常被指责逃避政治义务，逃避与公共生活休戚相关的重要国家事务。然而，从1976年的《树叶裙》到2008年的《抱歉》这一系列作品的创作主旨来看，澳大利亚当代小说中的公共叙事不仅没有被削弱，反而呈现出全方位强化的趋势。这与"二百周年庆典"带来的变化有着直接的关系。格尔德和萨尔兹曼曾指出：1988年以来，当代澳大利亚作家的政治倾向更加明显，写作本身也经常关注澳大利亚的社会现实。20世纪后期广受欢迎的小说亚体裁——历史小说正是作家广泛关注现实的产物。因此，对澳大利亚历史小说的理解不应该脱离公共讨论的框架，该讨论通常围绕殖民历史被再现的方式展开。许多作家在其作品中公开做出政治评价并抒发政治理想，其中首推托马斯·基尼利和彼得·凯里，这两位小说家都是共和主义的拥护者，都主张在澳大利亚成立独立的共和国。在其他政治性论坛占据举足轻重地位的文学界人士包括环保主义者、西澳作家蒂姆·温顿，土著权益保护者、土著作家拉丽莎·布伦特（Larissa Behrentdt）、阿妮塔·海思（Anita Heiss）和山姆·华森（Sam Watson），致力于反对种族主义、关注难民问题的阿德莱德作家艾娃·萨里斯（Eva Sallis）等。另一些作家在其写作生涯中较少涉足主要的政治和社会实践，如：莫里·贝尔、伊丽莎白·乔利、戴维·马洛夫、杰拉尔德·穆南等。但与前一类作家一样，他们也都致力于探索身份和地域的问题（Gelder and Salzman, 2009, 11）。格尔德和萨尔兹曼认为：无论这些作家是否直接谈论政治事件，是否展望可能的未来场景，他们几乎都毫无例外地表现出对澳大利亚的关注，都经常提出这一关键性问题——"我们已经变成了什么样子"（Gelder and Salzman, 2009, 12）。事实上，这一问题也正是当代澳大利亚小说最为关注的问题。

当代澳大利亚作家注重体察本国人民的现实生活，参与不同层次的政治性和文化性辩论，以各种方式去探讨涉及民族身份和公民生活的公共问题。这种积极的姿态导致的直接结果是形成邀请读者大众参与思考和讨论的开放式空间，这一空间某种程度上类似于汉娜·阿伦特所称的自由公共领域。阿伦特发展了雅斯贝尔斯的存在主义交际论，她试图通过阐发"公共领域"概念实现"交际"观念的充分民主化和多元化。普通民众得以广泛参与的状况，又体现了文化场域的良性循环。在西方马克思主义学者雷蒙德·威廉斯（Raymond Williams）和特里·伊格尔顿看来，理想的文化不是少数聪明的正派人士创造并自上而下分发给民众去体验的"精英文化"，而应该是所有阶层共同参与创造并共同控制的"共同文化"，因为文化不是漂浮的"能指"，而是价值和意识全面斗争的"力场"（伊格尔顿，1999, 11）。无论这六位作家持怎样的政治立场和见解，其作品都有邀请读者共商社会性或集体性事务的开放性特点。这一特点甚至超出了该民族历史再现的局限，使得一个民族的集体记忆得以汇入世界民族之林的公共记忆的洪流。这也使其更加接近爱德华·萨义德所定义的知识分子。这位后殖民理论家兼公认的公共知识分子认为：知识分子甚至需要超越民族和"历史特殊性"的局限，将本民族的苦难与其他民族的相似苦难相联系，这样才可能"防止在一个地方所汲取的关于压迫的教训，在另一个地方或另一个时间被遗忘或被违犯。正因为你代表了你自己民族所经历的苦难（你可能也亲身经历过这些苦难），当你的民族现在可能对其他受害者犯下类似罪行时，你才不能免除揭露的责任"（Said, 1994, 44）。怀特、凯里、格伦维尔、琼斯等人不畏惧挖掘本国颇具争议的历史，除了创作小说，他们还接受采访、撰写回忆录、发表评论，甚至参与面向大众的广播电视节目，这些公共领域的活动中展现的历史反思和现实批判对于更广泛的关于民主、身份和社会正义的辩论至关重要。

参考文献

［1］汪晖、陈燕谷主编：《文化与公共性》，北京：生活·读书·新知三联书店，1998年。

［2］〔德〕卡西尔：《符号·神话·文化》，李小兵译，北京：东方出版社，1988年。

［3］〔德〕卡西尔：《人论》，甘阳译，上海：上海译文出版社，2004年。

［4］〔英〕特里·伊格尔顿：《历史中的政治、哲学、爱欲》，马海良译，北京：中国社会科学出版社，1999年。

［5］〔澳〕凯特·格伦维尔：《神秘的河流》，郭英剑等译，南京：译林出版社，2008年。

［6］〔美〕爱德华·萨义德：《报道伊斯兰》，阎纪宇译，上海：上海译文出版社，2009年。

［7］〔美〕戴维·哈维：《后现代的状况：对文化变迁之缘起的探究》，阎嘉译，北京：商务印书馆，2003年。

［8］〔德〕黑格尔：《小逻辑》，贺麟译，北京：商务印书馆，1980年。

［9］〔德〕哈贝马斯：《公共领域的结构转型》，曹卫东等译，上海：学林出版社，1999年。

［10］黄源深：《澳大利亚文学史》，上海：上海外语教育出版社，1997年。

［11］〔国籍不详〕韦斯曼：《设计的歧视："男造"环境的女性主义批判》，王志弘等译，台北：巨流图书公司，1997年。

［12］〔澳〕彼得·凯里：《凯利帮真史》，李尧译，北京：人民文学出版社，2004年。

［13］汪民安：《身体、空间与后现代性》，南京：江苏人民出版社，2005年。

［14］科渥德：《妇女小说是女性主义的小说吗？》，见张京媛主编《当代女性主义文学批评》，北京：北京大学出版社，1992年。

［15］叶胜年等：《殖民主义批评：澳大利亚小说的历史文化印

记》，上海：上海外语教育出版社，2013年。

　　[16] 孙江：《中文版序：皮埃尔·诺拉及其〈记忆之场〉》，见皮埃尔·诺拉《记忆之场：法国国民意识的文化社会史》（第二版），黄艳红等译，南京：南京大学出版社，2017年。

　　[17] 孙逊、杨剑龙：《都市空间与文化想象》，上海：上海三联书店，2008年。

　　[18] 〔英〕布莱恩·特纳：《身体与社会》，马海良、赵国新译，沈阳：春风文艺出版社，2000年。

　　[19] 卢敏：《印第安俘虏叙述文体的发生与演变》，《外国文学研究》2008年第2期。

　　[20] 彭青龙：《是"丛林强盗"还是"民族英雄"？——解读彼得·凯里的〈"凯利帮"真史〉》，《外国文学研究》2003年第2期。

　　[21] 彭青龙：《〈奥斯卡与露辛达〉：承受历史之重的爱情故事》，《当代外国文学》2009年第2期。

　　[22] 申昌英：《性别·种族·阶级·空间：〈莫德·玛莎〉的内在空间拓展》，《外国文学》2006年第2期。

　　[23] 王腊宝：《盖尔·琼斯〈抱歉〉中的后现代"小叙事"》，《国外文学》2018年第3期。

　　[24] 〔澳〕伊戈尔：《不幸之事——〈莫里斯·格斯特〉和〈毒瘾难戒〉引发的思考》，冯雷译，《西华大学学报（哲学社会科学版）》2010年第2期。

　　[25] 王丽萍：《评凯特·格伦维尔的新历史小说》，《当代外国文学》2011年第4期。

　　[26] 王小琼、金衡山：《撩开神秘的面纱——〈神秘的河流〉的殖民书写》，《学术界》2015年第10期。

　　[27] 徐凯：《怀特研究的歧路与变迁》，《国外文学》2009年第3期。

　　[28] 詹春娟：《澳大利亚和解小说批评与文学研究新动向——以〈神秘的河流〉和〈卡彭塔尼亚湾〉为例》，《外国文学》2018年第2期。

　　[29] 赵梅：《美国反文化运动探源》，《美国研究》2000年第1期。

　　[30] 朱晓映：《〈毒瘾难戒〉的女性主义解读》，《当代外国文学》2007年第2期。

［31］Adams, Hazard. *Critical Theory Since Plato*. New York: Harcourt Brace Jovanovich College Publishers, 1992.

［32］Alomes, Stephen. *A Nation at Last?*: *The Changing Character of Australian Nationalism 1880–1988*. Sydney: HarperCollins, 1988.

［33］Altman, Dennis. "The Myth of Mateship." *Meanjin* 46. 2 (1987): 163–172.

［34］Altman, Dennis. "The Personal is the Political: Social Movements and Cultural Change." *Intellectual Movements and Australian Society*. Eds. Brian Head and James Walter. Melbourne: Oxford University Press, 1988, pp. 308–321.

［35］Amico, E. B. *Reader's Guide to Women's Studies*. Chicago and London: Fitzroy Dearborn Publishers, 1998.

［36］Anderson, Don. "Introduction." *Joan Makes History* (2nd ed.). Kate Grenville. St Lucia: University of Queensland Press, 1993, pp. x–xiii.

［37］Arthur, K. O. "Recasting History: Australian Bicentennial Writing." *The Journal of Narrative Technique* 21. 1 (1991): 52–61.

［38］Ashcroft, Bill. *On Post-colonial Futures*: *Transformations of Colonial Culture*. London and New York: Continuum, 2001.

［39］Ashcroft, Bill, Gareth Griffiths and Helen Tiffin. *The Empire Writes Back*: *Theory and Practice in Post-Colonial Literatures*. London: Routledge, 1989.

［40］Ashcroft, Bill, Gareth Griffiths and Helen Tiffin.*Post-Colonial Studies*: *The Key Concepts* (2nd ed.). New York: Routledge, 2007.

［41］Baker, Candida. "Kate Grenville." *Yacker 3*: *Australian Writers Talk About Their Work*. Sydney: Picador, 1989, pp. 100–129.

［42］Baker, Ken. "The Bicentenary: Celebration or Apology?" *IPA Review* 38. 4 (1985): 175–182.

［43］Barrett, Susan. "No Place for a Woman? Barbara Baynton's *Bush Studies*." *Journal of the Short Story in English* 40 (2003): 85–96.

［44］Bartlett, Alison. "Other Stories: The Representation of History in Recent Fiction by Australian Women Writers." *Southerly* 53. 1 (1993): 165–180.

［45］Basu, Laura. "Memory Dispositifs and National Identities: The Case of Ned Kelly." *Memory Studies* 4.1 (2011): 33–41.

［46］Bedford, Jean. "Authors' Statements: Jean Bedford." *Australian*

Literary Studies 10. 2 (1981): 189–190.

［47］Bedford, Jean.*Sister Kate*. Ringwood: Penguin Books Australia, 1982.

［48］Bell, Duncan S. A. "Mythscapes: Memory, Mythology, and National Identity." *British Journal of Sociology* 54. 1 (2003): 63–81.

［49］Bell, Robert R. *Mateship in Australia*: *Some Implications for Female-Male Relationships*. Melbourne: La Trobe University Working Papers, 1973.

［50］Benjamin, Walter. *Illuminations*. Trans. Harry Zohn. New York: Schocken, 1968.

［51］Bennett, Tony. "Introduction: National Times." *Celebrating the Nation*: *A Critical Study of Australia's Bicentenary*. Eds. Tony Bennett et al. St Leonards: Allen and Unwin, 1992, pp. xiii–xviii.

［52］Berger, Stefan. *Writing the Nation*: *A Global Perspective*. Basingstoke and New York: Palgrave Macmillan, 2007.

［53］Berlant, Lauren. "The Subject of True Feeling: Privacy, Pain and Politics." *Feminist Consequences*: *Theory for the New Century*. Eds. Elizabeth Bronfen and Misha Kavka. New York: Columbia University Press, 2001, pp. 126–160.

［54］Bird, Delys. "New Narrations: Contemporary Fiction." *The Cambridge Companion to Australian Literature*. Ed. Elizabeth Webby. Cambridge: Cambridge University Press, 2000, pp. 183–208.

［55］Birns, Nicholas. "Marion Campbell's 'True Fiction'." *Antipodes* 20. 2 (2006): 206–207.

［56］Bissoondath, Neil. *Selling Illusions*: *The Cult of Multiculturalism in Canada*. Toronto: Penguin Books, 1994.

［57］Bolton, Geoffrey. "The History Question: Correspondence." *Quarterly Essay* 24. Melbourne: Black Inc., 2006, pp. 65–67.

［58］Bradley, James. "The History Question: Correspondence." *Quarterly Essay* 24. Melbourne: Black Inc., 2006, pp. 72–76.

［59］Brady, Veronica. "*A Fringe of Leaves*: Civilization by the Skin of Our Own Teeth." *Southerly* 37. 2 (1977): 123–140.

［60］Brady, Veronica. "A Properly Appointed Humanism: Australian Culture and the Aborigines in Patrick White's *A Fringe of Leaves*." *Westerly* 28.

2 (1983): 61–68.

［61］Brantlinger, Patrick. *Rule of Darkness*: *British Literature and Imperialism, 1830–1914*. Ithaca: Cornell University Press, 1988.

［62］Brett, Judith. "Publishing, Censorship, and Writers' Incomes, 1965–1988." *The Penguin New Literary History of Australia*. Ed. Laurie Hergenhan. Ringwood: Penguin Books, 1988, pp. 454–466.

［63］Brophy, Kevin. "Helen Garner's *Monkey Grip*: The Construction of an Author and Her Work." *Australian Literary Studies* 15. 4 (1992): 270–281.

［64］Buckridge, Pat. "Canons, Culture and Consensus: Australian Literature and the Bicentenary." *Celebrating the Nation*: *A Critical Study of Australia's Bicentenary*. Eds. Tony Bennett et al. St Leonards: Allen and Unwin, 1992, pp. 69–86.

［65］Buffi, Roberta. "Mapping, Weaving and Grafting: Feminist and National Discourses in Janine Burke and Drusilla Modjeska's Criticism and Fiction." *Imago* 11. 3 (1999): 31–40.

［66］Buffi, Roberta. *Between Literature and Painting*: *Three Australian Women Writers*. New York: Peter Lang Publishing, Inc., 2002.

［67］Burns, Belinda. "Untold Tales of the Intra-Suburban Female." *M/C Journal* 14. 4 (2011). < https://doi.org/10.5204/mcj.398>

［68］Carey, Peter. *Oscar and Lucinda*. London: Faber and Faber, 1988.

［69］Carter, Angela. "Truly, It Felt Like Year One." *Very Heaven*. Ed. Sara Maitland. London: Virago, 1988, pp. 209–216.

［70］Carter, David. *A Career in Writing*: *Judah Waten and the Cultural Politics of a Literary Career*. Toowoomba: Association for the Study of Australian Literature, 1997.

［71］Carter, David. "Public Intellectuals, Book Culture and Civil Society." *Australian Humanities Review* 24 (2001–2002):1–14.

［72］Castles, Stephen et al. "The Bicentenary and the Failure of Australian Nationalism." *Race and Class* 29. 3 (1988): 53–68.

［73］Chenery, Susan. "The Cosmos of Helen Garner." *The Australian Magazine* 29 Feb–1 Mar (1992): 14–17.

［74］Cixous, Hélène. "The Laugh of the Medusa." *New French Feminisms*: *An Anthology*. Trans. Keith Cohen and Paula Cohen. Eds. Elaine Marks and Isabelle de Courtivron. New York: Schocken Books, 1981, pp. 245–

264.

〔75〕 Clancy, Laurie. "Selective History of the Kelly Gang." *Overland* 175 (2004): 53–58.

〔76〕 Clarke, Stella. "A Challenging Look at the Familiar Territory of Old Australia: Review of *The Secret River* by Kate Grenville." *Weekend Australian* 25–26 July (2005): 8.

〔77〕 Clendinnen, Inga. *The History Question*: *Who Owns the Past?* Melbourne: Black Inc., 2006.

〔78〕 Clendinnen, Inga. "The History Question: Response to Correspondence." *Quarterly Essay* 25. Melbourne: Black Inc., 2007, pp. 73–77.

〔79〕 Clendinnen, Inga. *True Stories*: *Boyer Lectures 1999*. Sydney: ABC Books, 1999.

〔80〕 Clune, Frank. *The Kelly Hunters*. Sydney: Angus and Robertson, 1954.

〔81〕 Colling, Terry. *Beyond Mateship*: *Understanding Australian Men*. Sydney: Simon and Schuster, 1992.

〔82〕 Collins, Eleanor. "Poison in the Flour." *Meanjin* 65.1 (2006): 38–47.

〔83〕 Conrad, Joseph. *Three Novels*: *Heart of darkness; The secret agent; The shadow-line*. London: Macmillan, 1995.

〔84〕 Conway, Ronald. "Lost Generation." *Quadrant* 22. 5 (1978): 77.

〔85〕 Conway, Ronald. *The Great Australian Stupor*: *An Interpretation of the Australian Way of Life*. Melbourne: Sun Books, 1971.

〔86〕 Corris, Peter. "Misfits and Depressives in the Raw." *Weekend Australian* 5–6 November (1977): 12.

〔87〕 Craven, Peter. "Of War and Needlework: The Fiction of Helen Garner." *Meanjin* 44. 2 (1985): 209–219.

〔88〕 Craven, Peter. "The Gothic Grenville, or Kate Makes Rhetoric." *Scripsi* 6.3 (1990): 238–258.

〔89〕 Creswell, Rosemary. "Survivors Among the Primal Screamers." *National Times* 13 Mar. 1978: 30.

〔90〕 Cunningham, Sophie. "Making up the Truth." *The Age* Saturday 14 Sept. 2003: 1.

〔91〕 Curtis, John. *The Shipwreck of the Stirling Castle*. London: George

Virtue, 1838.

［92］Dalziell, Tanya. "Australian Women's Writing from 1970 to 2005." *A Companion to Australian Literature Since 1900*. Eds. Nicholas Birns and Rebecca McNeer. Rochester: Camden House, 2007, pp. 139–153.

［93］Danyté, Milda. "National Past / Personal Past: Recent Examples of the Historical Novel by Umberto Eco and Antanas Sileika." *Literatūra* 49. 5 (2007): 34–41.

［94］Darian-Smith, Kale and Paula Hamilton. *Memory and History in Twentieth-Century Australia.* Melbourne: Oxford University Press, 1994.

［95］Das, Devaleena and Sanjukta Dasgupta, eds. *Claiming Space for Australian Women's Writing*. London: Palgrave Macmillan, 2017.

［96］Davey, G. and G. Seal. *A Guide to Australian Folklore*: *From Ned Kelly to Aeroplane Jelly*. Sydney: Kangaroo Press, 2003.

［97］Davidson, Jim. "Beyond the Fatal Shore: The Mythologization of Mrs. Fraser." *Meanjin* 49. 3(1990): 449–461.

［98］De Marques, Eduardo Marks. "Around 1988: Australian Literature, History, and the Bicentenary." *The Routledge Companion to Australian Literature*. Ed. Jessica Gildersleeve. New York: Routledge, 2021, pp. 99–106.

［99］Dixon, Robert. "Tim Winton, *Cloudstreet* and the Field of Australian Literature." *Westerly* 50 (2005): 240–260.

［100］Docker, John. " 'Those Halcyon Days': The Moment of the New Left." *Intellectual Movements and Australian Society*. Eds. Brian Head and James Walter. Melbourne: Oxford University Press, 1988, pp. 289–307.

［101］Docker, John. "Postmodernism, Cultural History, and the Feminist Legend of the Nineties: *Robbery Under Arms*, the Novel, the Play." *The 1890s*. Ed. Ken Stewart. St Lucia: University of Queensland Press, 1996, pp. 128–149.

［102］Driesen, Cynthia vanden. "Sea-change or Atrophy? The Australian Convict Inheritance." *Coolabah* 5 (2011): 236–250.

［103］Driesen, Cynthia vanden.*Writing the Nation*: *Patrick White and the Indigene*. Amsterdam and New York: Rodopi, 2009.

［104］Dutton, Geoffrey. *The Australian Collection*: *Australia's Greatest Books*. Melbourne: Angus and Robertson Publishers, 1985.

［105］Eagle, Christopher. " 'Angry Because She Stutters': Stuttering, Violence, and the Politics of Voice in *American Pastoral* and *Sorry*." *Philip*

Roth Studies 8. 1 (2012): 17–30.

［106］Eagleton, Terry. *The Function of Criticism*. London: Verso, 1984.

［107］Eagleton, Terry. "Editor's Preface." *Emily Brontë*. James H. Kavanagh. Oxford: Basil Blackwell, 1985, pp. ix–xii.

［108］Eagleton, Terry. *Sweet Violence*: *The Idea of the Tragic*. Maiden, MA: Blackwell, 2003.

［109］Edgar, Don. *Men, Mateship, Marriage*. Sydney: HarperCollins, 1997.

［110］Ellison, Jennifer. *Rooms of Their Own*. Ringwood: Penguin Books Australia, 1986.

［111］Falconer, Delia. "Historical Novels: Are We Writing Too Many of Them? Is There a Crisis of Relevance in Austlit?" *Eureka Street* 13. 2 (2003): 31–34.

［112］Fausto-Sterling, Anne. *Sexing the Body*: *Gender Politics and the Construction of the Body*. New York: Basic Books, 2000.

［113］Felman, Shoshana. *The Juridical Unconscious*: *Trials and Traumas in the Twentieth Century*. Cambridge, MA: Harvard University Press, 2002.

［114］Foucault, Michel. *The History of Sexuality. Volume I*: *An Introduction.* Trans. Robert Hurley. New York: Vintage Books, 1980.

［115］Frizell, Helen. "The Year's Best Books." *The Sydney Morning Herald* Oct 13 (1978): 4.

［116］Gall, Adam. "Taking/Taking Up: Recognition and the Frontier in Grenville's *The Secret River*." *Journal of the Association for the Study of Australian Literature (Special Issue*: *The Colonial Present*: *Australian writing for the 21st century)* (2008): 94–104.

［117］Gallagher, Jodi. " 'Relaxed and Comfortable': Carey, Grenville and the Politics of the History Novel." *Remaking Literary History*. Eds. Helen Groth and Paul Sheehan. Newcastle upon Tyne: Cambridge Scholars Publishing, 2010, pp. 233–244.

［118］Garner, Helen. *Monkey Grip*. Melbourne: McPhee Gribble, 1977.

［119］Garner, Helen. *True Stories*. Melbourne: Text Publishing Company, 1996.

［120］Garner, Helen. "The Art of the Dumb Question: Forethought and Hindthought About *The First Stone*." *LiNQ* 24. 2 (1997): 9–22.

［121］Garner, Helen. "I." *Meanjin* 61. 1 (2002): 40–43.

［122］Garton, Stephen. "War and Masculinity in Twentieth-Century Australia." *Journal of Australian Studies* 56 (1998): 86–95.

［123］Gelder, Ken and Paul Salzman. *The New Diversity*: *Australian Fiction 1970–88*. Melbourne: McPhee Gribble Publishers, 1989.

［124］Gelder, Ken and Paul Salzman. *After the Celebration*: *Australian Fiction 1989–2007*. Carlton: Melbourne University Press, 2009.

［125］Gerth, Hans H. and C. Wright Mills. *From Max Weber*: *Essays in Sociology*. New York: Oxford University Press, 1946.

［126］Gilbert, Pam. *Coming Out from Under*: *Contemporary Australian Women Writers*. London: Pandora, 1988.

［127］Goldblatt, David. "Ventriloquism: Ecstatic Exchange and the History of the Artwork." *The Journal of Aesthetics and Art Criticism* 51. 3 (1993): 389–398.

［128］Goldie, Terry. "The Representation of the Indigene." *The Post-colonial Studies Reader*. Eds. Bill Ashcroft et al. London and New York: Routledge, 1995, pp. 232–236.

［129］Goldsworthy, Kerryn. "Feminist Writings, Feminist Readings: Recent Australian Writing by Women." *Meanjin* 44. 4 (1985): 506–515.

［130］Goldsworthy, Kerryn. *Australian Writers*: *Helen Garner*. Melbourne: Oxford University Press, 1996.

［131］Goldsworthy, Kerryn. "Fiction from 1900 to 1970." *The Cambridge Companion to Australian Literature*. Ed. Elizabeth Webby. Cambridge: Cambridge University Press, 2000, pp. 105–133.

［132］Goulston, Wendy. "Herstory's Re/vision of History: Women's Narrative Subverts Imperial Discourse in Kate Grenville's *Joan Makes History*." *Australian and New Zealand Studies in Canada* 7 (1992): 20–27.

［133］Green, Dorothy. "Patrick White: A Tribute." *Patrick White*: *A Tribute*. Ed. Clayton Joyce. North Ryde, NSW: Angus and Robertson, 1991, pp. 1–6.

［134］Grenville, Kate. *Joan Makes History*. St Lucia: University of Queensland Press, 1988.

［135］Grenville, Kate. *Searching for the Secret River*. Edinburgh: Canongate, 2007 (1st ed. 2006).

［136］Grenville, Kate. *Sarah Thornhill*. Melbourne: Text Publishing, 2011.

［137］Grosz, Elizabeth. *Space, Time, and Perversion*: *Essays on the Politics of Bodies*. New York: Routledge, 1995.

［138］Grenville, Kate.*Volatile Bodies*: *Toward a Corporeal Feminism*. Bloomington: Indiana University Press, 1994.

［139］Hanisch, Carol. "The Personal Is Political: The Women's Liberation Movement Classic with a New Explanatory Introduction." *Women of the World, Unite! Writings by Carol Hanisch*. <http://carolhanisch.org/CHwritings/PIP.html >Harrington, Beth. "*Sorry* by Gail Jones." <http://www.book-slut.com/fiction/2008_09_013520.php [2008-09-07]>

［140］Haskell, Dennis. " 'A Lady Only by Adoption'—Civilization in *A Fringe of Leaves*." *Southerly* 47. 4 (1987): 433–442.

［141］Healy, Alice. "When 'History Changes Who We Were'." *Australian Literary Studies* 23. 4 (2009): 481–489.

［142］Hergenham, Laurie. *Unnatural Lives*: *Studies in Australian Fictions About Convicts from James Tucker to Patrick White*. St Lucia: University of Queensland Press, 1983.

［143］Herrero, Dolores. "The Australian Apology and Postcolonial Defamiliarization: Gail Jones's *Sorry*." *Journal of Postcolonial Writing* 47. 3 (2011): 283–295.

［144］Hite, Molly. "Writing—and Reading—the Body: Female Sexuality and Recent Feminist Fiction." *Feminist Studies* 14. 1 (1988): 121–142.

［145］Hobsbawm, Eric J. *Bandits*. London: Weidenfeld and Nicolson, 2000.

［146］Hodge, Bob and Vijay Mishra. *Dark Side of the Dream*: *A Literature and the Postcolonial Mind*. Sydney: Allen and Unwin, 1991.

［147］Hogan, Eleanor. "Borderline Bodies: Women and Households in Helen Garner's *Other People' s Children* and *Cosmo Cosmolino*." *New Literature Review* 30 (1995): 69–82.

［148］Horner, Avril and Angela Keane. *Body Matters*: *Feminism, Textuality and Corporeality*. Manchester: Manchester University Press, 2000.

［149］Huggan, Graham. "Cultural Memory in Postcolonial Fiction:

The Uses and Abuses of Ned Kelly." *Australian Literary Studies* 20. 3 (2002): 142–154.

［150］Huggan, Graham. *Australian Literature*: *Postcolonialism, Racism, Transnationalism*. Oxford: Oxford University Press, 2007.

［151］Irigaray, Luce. *This Sex Which is Not One*. Trans. Catherine Porter and Carolyn Burke. Ithaca, N.Y.: Cornell University Press, 1985.

［152］Jacobson, Howard. "A Wobbly Odyssey." *Weekend Australian Magazine* 20–21 (1988): 9.

［153］JanMohamed, Abdul R. "The Economy of Manichean Allegory: The Function of Racial Difference in Colonialist Literature." *Critical Inquiry* 12. 1 (1985): 59–87.

［154］Johnson, Amanda. "Archival Salvage: History's Reef and the Wreck of the Historical Novel." *Journal of the Association for the Study of Australian Literature* 11. 1 (2011): 1–21.

［155］Johnson, Lesley and Justine Lloyd. *Sentenced to Everyday Life*: *Feminism and the Housewife*. New York: Berg, 2004.

［156］Jones, Dorothy. "Mapping and Mythmaking: Women Writers and the Australian Legend." *Ariel* 17. 4 (1986): 63–86.

［157］Jones, Gail. *Sorry*. London: Vintage Books, 2008.

［158］Joppke, Christian. "The Retreat of Multiculturalism in the Liberal State: Theory and Policy." *The British Journal of Sociology* 55. 2 (2004): 237–257.

［159］Keenan, Catherine. "Hooked on History: Kate Grenville Talks to Catherine Keenan." *The Sydney Morning Herald* Sept 20–21 (2008): 30–31.

［160］Kelada, Odette. "Is the Personal Still Political? Contemporary Australian Women Writers Waltzing to a Different Tune." *Australian Cultural History* 27. 1 (2009): 25–34.

［161］Kennedy, Rosanne. "Australian Trials of Trauma: The Stolen Generations in Human Rights, Law and Literature." *Comparative Literature Studies* 48. 3 (2011): 333–355.

［162］Kiernan, Brian. "Literary Studies, Cultural Studies, and Popular Culture." *Southerly* 59. 3–4 (1999): 239–251.

［163］Kolodny, Annette. "Turning the Lens on 'The Panther Captivity': A Feminist Exercise in Practical Criticism." *Critical Inquiry* 8. 2

(1981): 329–345.

［164］Kossew, Sue. *Writing Woman, Writing Place: Contemporary Australian and South African Fiction.* New York: Routledge, 2004.

［165］Kossew, Sue. "Voicing the 'Great Australian Silence': Kate Grenville's Narrative of Settlement in *The Secret River.*" *The Journal of Commonwealth Literature* 42 (2007): 7–18.

［166］Kossew, Sue. "Introduction." *Lighting Dark Places: Essays on Kate Grenville.* Ed. Sue Kossew. Amsterdam, New York: Rodopi, 2010, pp. xi–xxi.

［167］Kossew, Sue. "Saying Sorry: The Politics of Apology and Reconciliation in Recent Australian Fiction." *Locating Postcolonial Narrative Genres.* Eds. Walter Goebel and Saskia Schabio. New York: Routledge, 2013.

［168］Kossew, Sue. "The Case for Gail Jones' *Sorry.*" <https://theconversation.com/the-case-for-gail-jones-sorry-22259 [2014-07-22]>

［169］Koval, Ramona. "Kate Grenville, in 'Books and Writing'." *Radio National* 17 July (2005). <http://www.abc.net.au/rn/arts/bwriting/stories/s1414510>

［170］Kramer, Leonie. "A Woman's Life and Love." *Quadrant* 20. 11 (1976): 62–63.

［171］Krieken, Robert van. "Between Assimilation and Multiculturalism: Models of Integration in Australia." *Patterns of Prejudice* 46. 5 (2012): 500–517.

［172］Kristeva, Julia, Alice Jardine, and Harry Blake. "Women's Time." *Signs* 7. 1 (1981): 13–35.

［173］LaCapra, Dominick. *History and Criticism.* Ithaca: Cornell University Press, 1985.

［174］LaCapra, Dominick. *History and Memory after Auschwitz.* Ithaca and London: Cornell University Press, 1998.

［175］Lang, Anouk. "Going Against the Flow: Kate Grenville's *The Secret River* and Colonialism's Structuring Oppositions." *Postcolonial Text* 9. 1 (2014): 1–16.

［176］Leishman, Kirsty. "Australian Grunge Literature and the Conflict Between Literary Generations." *Journal of Australian Studies* 23. 63 (1999): 94–102.

［177］Leser, David. "Generational Gender Quake." *Good Weekend* 18 March (1995): 30–36, 39.

［178］Lever, Susan. "Fiction: Innovation and Ideology." *The Oxford Literary History of Australia.* Eds. Bruce Bennett and Jennifer Strauss. Melbourne: Oxford University Press, 1998, pp. 308–331.

［179］Lever, Susan. *Real Relations*: *The Feminist Politics of Form in Australian Fiction.* Rushcutters Bay: Halstead, 2000.

［180］Lever, Susan. "The Challenge of the Novel: Australian Fiction Since 1950." *The Cambridge History of Australian Literature.* Ed. Peter Pierce. Port Melbourne: Cambridge University Press, 2009, pp. 498–516.

［181］Levy, Bronwen. "Women and the Literary Pages: Some Recent Examples." *Hecate* 11.1 (1985): 4–11.

［182］Leys, Ruth. *From Guilt to Shame*: *Auschwitz and After.* Oxfordshire: Princeton University Press, 2007.

［183］Lindsay, Elaine. "The Dark. The Light. Helen Garner and the City." *Women-Church* 27 (2000): 34–39.

［184］Lombard, Erica and Mike Marais. "Through a Sheet of Glass: The Ethics of Reading in Peter Carey's *Oscar and Lucinda.*" *Journal of Literary Studies* 29. 1 (2013): 50–66.

［185］Lynch, Gay. "Apocryphal Stories in Kate Grenville's *Searching for the Secret River.*" *TEXT* 13. 1 (2009): 1–14.

［186］Macdougall, A. K. *An Anthology of Classic Australian Folklore.* Melbourne: The Five Mile Press, 2002.

［187］Macintyre, Stuart. "The History Wars." *The Sydney Papers* Winter/Spring 2003, p. 77.

［188］Macintyre, Stuart and Anna Clark. *The History Wars*. Carlton: Melbourne University Press, 2003.

［189］Magarey, Susan and Susan Sheridan. "Local, Global, Regional: Women's Studies in Australia." *Feminist Studies* 28. 1 (2002): 129–152.

［190］Marcus, Julie. "Bicentenary Follies: Australians in Search of Themselves." *Anthropology Today* 4. 3 (1988): 4–6.

［191］Marr, David. *Patrick White*: *A Life.* Sydney: Vintage Books, 1992.

［192］Mead, Jenna. "Introduction: Tell It Like It Is." *Bodyjamming*: *Sexual Harassment, Feminism and Public Life.* Ed. Jenna Mead. Milsons Point:

Random House, 1997, pp. 1–41.

［193］McCalman, Ian. "Flirting with Fiction." *The Historian's Conscience*: *Australian Historians on the Ethics of History*. Ed. Stuart Macintyre. Melbourne: Melbourne University Press, 2005, pp. 151–161.

［194］McGonegal, Julie. "The Great Canadian (and Australian) Secret: The Limits of Non-Indigenous Knowledge and Representation." *English Studies in Canada* 35. 1 (2009): 67–83.

［195］McGrath, Ann. "Must Film Be Fiction?" *Griffith Review* 24 (2009): 114–122.

［196］McGuinness, Jan. "Helen the Stirrer–Coming to Grips with Life." *The Sydney Morning Herald* Jan 3 (1978): 10.

［197］McKenna, Mark. "Comfort History." *The Australian* 18–19 March (2006): 15.

［198］McKenna, Mark. "Writing the Past." *The Best Australian Essays*. Ed. Drusilla Modjeska. Melbourne: Black Inc, 2006, pp. 96–110.

［199］McKnight, David. "This is Progress." *The Weekend Australian* 17–19 Sept. (2005): 27.

［200］Mitchell, Kate. "Australia's 'Other' History Wars: Trauma and the Work of Cultural Memory in Kate Grenville's *The Secret River*." *Neo-Victorian Tropes of Trauma*: *The Politics of Bearing After-Witness to Nineteenth-Century Suffering*. Ed. Ima Cuevas. Amsterdam: Rodopi, 2010, pp. 253–282.

［201］Molony, John. *The Penguin Bicentennial History of Australia*. Melbourne: Viking, 1987.

［202］Morley, Patricia. "Patrick White's *A Fringe of Leaves*: Journey to Tintagel." *World Literature Written in English* 21. 2 (1982): 303–315.

［203］Murray, Robert. "Hollywood on the Hawkesbury." *Quadrant* 51.4 (2007): 67–69.

［204］Murrie, Linzi. "The Australian Legend: Writing Australian Masculinity / Writing 'Australian' Masculine." *Journal of Australian Studies* 22. 56 (1998): 68–77.

［205］Nolan, Maggie and Robert Clarke. "Reading Groups and Reconciliation: Kate Grenville's *The Secret River* and the Ordinary Reader." *Australian Literary Studies* 29. 4 (2014): 19–35.

［206］Nolan, Marguerite and Robert Clarke. "Reading *The Secret*

River." *Journal of Commonwealth and Postcolonial Studies* 17 (2011): 9–25.

［207］Noonuccal, Oodgeroo. "Why I Am Now Oodgeroo Noonuccal." *Age* 30 December 1987: 11.

［208］O'Malley, Pat. "Class Conflict, Land and Social Banditry: Bushranging in Nineteenth-Century Australia." *Social Problems* 26 (1979): 271–283.

［209］Pease, Bob. "Moving Beyond Mateship: Reconstructing Australian Men's Practices." *A Man's World? Changing Men's Practices in a Globalized World.* Eds. Bob Pease and Keith Pringle. London: Zed, 2001, pp. 191–204.

［210］Peng, Qinglong. *Writing Back to the Empire*: *Textuality and Historicity in Peter Carey's Fiction.* Beijing: China Social Sciences Press, 2006.

［211］Penhallurick, Ann. "Kate Grenville, *The Secret River."* *Southerly* 66. 1 (2006): 194–197.

［212］Pes, Annalisa. "Telling Stories of Colonial Encounters: Kate Grenville's *The Secret River*, *The Lieutenant* and *Sarah Thornhill."* *Postcolonial Text* 11. 2 (2016): 1–22.

［213］Petersen, Kirsten Holst. "Gambling on Reality: A Reading of Peter Carey's *Oscar and Lucinda."* *Australian Literary Studies* 15. 2 (1991): 107–116.

［214］Pierce, Peter. "Conventions of Presence." *Meanjin* 40. 1 (1981): 106–113.

［215］Petersen, Kirsten Holst. "Preying on the Past: Contexts of Some Recent Neo-Historical Fiction." *Australian Literary Studies* 15. 4 (1992): 304–312.

［216］Petersen, Kirsten Holst. "Australian Literature Since Patrick White." *World Literature Today* 67. 3 (1993): 515–518.

［217］Pons, Xavier. "Erotic Writing in Australia—Then and Now." *Changing Geographies*: *Essays on Australia.* Eds. Susan Ballyn et al. Barcelona: Universitat de Barcelona, 2001, pp. 269–277.

［218］Poole, Ross. "Public Spheres." *Australian Communications and the Public Sphere.* Ed. Helen Wilson. Melbourne: Macmillan, 1989, pp. 6–26.

［219］Porter, Roy. "History of the Body." *New Perspectives on Historical Writing.* Ed. Peter Burke. Cambridge: Polity Press, 1991, pp. 206–232.

［220］Pratt, Mary Louise. *Imperial Eyes*: *Travel Writing and Transculturation*. London: Routledge, 1992.

［221］Quinlivan, Natalie. "Review of *Lighting Dark Places*: *Essays on Kate Grenville*." *Journal of the Association for the Study of Australian Literature* 11. 2 (2011): 1–4.

［222］Reekie, Gail. "Contesting Australia: Feminism and Histories of the Nation." *Images of Australia*. Eds. Gillian Whitlock and David Carter. St Lucia: University of Queensland Press, 1992, pp. 145–155.

［223］Reid, Ian. "In Memoriam, Ned Kelly." *Meanjin* 39. 4 (1980): 595–599.

［224］Rich, Adrienne. "When We Dead Awaken: Writing as Re-vision" (1971). *Adrienne Rich's Poetry*. Eds. Barbara Charlesworth Gelpi and Albert Gelpi. New York: Norton, 1975, pp. 90–98.

［225］Richardson, Owen. "A Kind of Tact: An Essay on Helen Garner." *Meanjin* 56. 1 (1997): 96–103.

［226］Robinson, Penelope. "Feminism and the Generational Divide: An Exploration of Some of the Debates." *Journal of Interdisciplinary Gender Studies* 10. 2 (2007/8): 46–55.

［227］Rodoreda, Geoff. *The Mabo Turn in Australian Fiction*. Oxford: Peter Lang, 2018.

［228］Rooney, Brigid. *Literary Activists*: *Writer-intellectuals and Australian Public Life*. St Lucia: University of Queensland Press, 2009.

［229］Ross, Robert. "Heroic Underdog Down Under." *World and I* June (2001): 251.

［230］Rothberg, Michael. "Trauma Theory, Implicated Subjects and the Question of Israel/ Palestine." Profession, 2 May 2014. <https://profession.commons.mla.org/2014/05/02/>

［231］Rushdie, Salman. "The Empire Writes Back with a Vengeance." *The Times* 3 July (1982): 8.

［232］Russell, Henry Stuart. *The Genesis of Queensland*. Sydney: Turner, 1888.

［233］Russell, Lynette. "Mere Trifles and Faint Representations: The Representations of Savage Life Offered by Eliza Fraser." *Constructions of Colonialism*. Eds. Ian J. McNiven, Lynette Russell and Kay Schaffer. Leicester and New York: Leicester University Press, 1998, pp. 51–62.

［234］Ryan-Fazilleau, Sue. "Bob's Dreaming: Playing with Reader Expectations in Peter Carey's 'Oscar and Lucinda'." *Rocky Mountain Review of Language and Literature* 59. 1 (2005): 11–30.

［235］Said, Edward W. *Representations of the Intellectual*: *The 1993 Reith Lectures*. London: Vintage Books, 1994.

［236］Schaffer, Kay. *In the Wake of First Contact*: *The Eliza Fraser Stories*. Cambridge: Cambridge University Press, 1995.

［237］Schlink, Bernard. *Guilt About the Past*. St Lucia: University of Queensland Press, 2009.

［238］Scott, Joan Wallach. *Gender and the Politics of History*. New York: Columbia University Press, 1988.

［239］Seal, Graham.*Tell 'em I Died Game*: *The Legend of Ned Kelly*. Flemington: Highland, 2002.

［240］Seal, Graham. *The Outlaw Legend*: *A Cultural Tradition in Britain, America and Australia*. Cambridge: Cambridge University Press, 1996.

［241］Sedgwick, Eve K. *Between Men*: *English Literature and Male Homosocial Desire*. New York: Columbia University Press, 1985.

［242］Segal, Lynne. *Straight Sex*: *Rethinking the Politics of Pleasure*. Berkeley and Los Angeles: University of California Press, 1994.

［243］Sheridan, Susan. "Reading Feminism in Kate Grenville's Fiction." *Lighting Dark Places*: *Essays on Kate Grenville*. Ed. Sue Kossew. Amsterdam, New York: Rodopi, 2010, pp. 1–16.

［244］Showalter, Elaine. *A Literature of Their Own*: *British Women Novelists from Brontë to Lessing*. Princeton: Princeton University Press, 1977.

［245］Smith, Anthony. *National Identity*. London: Penguin, 1991.

［246］Smith, Margaret. "Australian Women Novelists of the 1970s: A Survey." *Gender, Politics and Fiction*. Ed. Carole Ferrier. St Lucia: University of Queensland Press, 1985, pp. 200–221.

［247］Sorensen, Rosemary. "River of Enchantment: Review of *The Secret River* by Kate Grenville." *Courier-Mail* 2–3 July (2005): 8.

［248］Spears, Ronald. *Bertolt Brecht*. London: Macmillan, 1987.

［249］Spies, Marion. "Female Histories from Australia and Canada as Counter-Discourses to the National." *Connotations* 9.3 (1999/2000): 296–315.

［250］Spongberg, Mary. "Mother Knows Best? Bridging Feminism's Generation Gap." *Australian Feminist Studies* 12. 26 (1997): 257–263.

［251］Staniforth, Martin. "Depicting the Colonial Home: Representations the Domestic in Kate Grenville's *The Secret River* and *Sarah Thornhill.*" *Journal of the Association for the Study of Australian Literature* 13. 2 (2013): 1–12.

［252］Sullivan, Jane. "Making a Fiction of History: Review of Kate Grenville's *The Secret River.*" *The Age* 21 October (2006). <http://www.theage. com.au/news/books/making-a-fiction-of-history/2006/10/19/1160851069362. html>

［253］Summers, Anne. *Damned Whores and God's Police.* Ringwood, Victoria: Penguin, 1975.

［254］Syson, Ian. "Smells Like Market Spirit." *Overland* 142 (1996): 21–26.

［255］Tranter, Bruce and Jed Donoghue. "Bushrangers in *The Sydney Morning Herald*: Ned Kelly and Australian Identity." *TASA 2006 Conference Proceedings* (2006): 1–12.

［256］Tranter, Bruce and Jed Donoghue. "Bushrangers: Ned Kelly and Australian Identity." *Journal of Sociology* 44. 4 (2008): 373–390.

［257］Turcotte, Gerry. "Daughters of Albion." *Eight Voices of the Eighties.* Ed. Gillian Whitlock. St Lucia: University of Queensland Press, 1989, pp. 36–48.

［258］Turner, Graeme. *National Fictions*: *Literature, Film and the Construction of the Australian Narrative* (2nd ed.). St Leonard's, Sydney: Allen and Unwin, 1993.

［259］Turner, Graeme. "Keynote Address: Australian Literature and the Public Sphere." *Australian Literature and the Public Sphere*: *Refereed Proceedings of the 1998 [ASAL] Conference.* Eds. Alison Bartlett, Robert Dixon and Christopher Lee. Toowoomba: Association for the Study of Australian Literature, 1999, pp. 1–12.

［260］Ungari, Elena. "Patrick White's Sense of History in *A Fringe of Leaves.*" *Australian Studies* 2. 2 (2010): 1–12.

［261］Vernay, Jean-François. "Sex in the City: Sexual Predation in Contemporary Australian Grunge Fiction." *AUMLA*: *Journal of the Australasian*

Universities Modern Language Association 107 (2007): 145–158.

［262］Weaver-Hightower, Rebecca. "The Sorry Novels: Peter Carey's *Oscar and Lucinda*, Greg Matthew's *The Wisdom of Stones*, and Kate Grenville's *The Secret River*." *Postcolonial Issues in Australian Literature*. Ed. Nathanael O'Reilly. New York: Cambria Press, 2010, pp. 129–156.

［263］Webb, John. *Junk Male*: *Reflections on Australian Masculinity*. Sydney: HarperCollins, 1998.

［264］Welsh, James M. "Monkey Grip." *Masterplots II*: *British and Commonwealth Fiction Series*. California: Salem Press, 1987, pp. 1137–1142.

［265］White, Hayden. "The Public Relevance of Historical Studies: A Reply to Dirk Moses." *History and Theory* 44. 3 (2005): 333–338.

［266］White, Hayden. "Introduction: Historical Fiction, Fictional History, and Historical Reality." *Rethinking History* 9.2/3 (2005): 147–157.

［267］White, Patrick. *A Fringe of Leaves*. London: Penguin, 1976.

［268］White, Patrick.*Flaws in the Glass*: *A Self-Portrait*. New York: Viking Press, 1981.

［269］White, Patrick. "The Prodigal Son." *Australian Letters* 1. 3 (1958): 37–40.

［270］Whitlock, Gillian. "Graftworks: Australian Women's Writing 1970–90." *Gender, Politics and Fiction*: *Twentieth-Century Australian Women's Novel* (2nd ed.). Ed. Carole Ferrier. St Lucia: University of Queensland Press, 1992, pp. 236–258.

［271］Willbanks, Ray. *Australian Voices*: *Writers and Their Work*. Austin: University of Texas Press, 1991.

［272］Windsor, Gerald. "Peter Carey's Old-Fashioned Special Effects." *The Bulletin* February 23, 1988: 69–70.

［273］Woolf, Virginia. *Collected Essays*. London: Hogarth Press, 1966.

［274］Woolf, Virginia. "Women and Fiction." *Women and Writing*. Ed. Michele Barrett. London: The Women's Press, 1979, pp. 43–52.

［275］Zhou, Xiaojin. *From Fixity to Fluidity*: *The Theme of Identity in Thomas Keneally's Fiction*. Qingdao: China Ocean University Press, 2009.

［276］Zhu, Xiaoying. *From Transgression to Transcendence*: *Helen Garner's Feminist Writing*. Beijing: Foreign Language Teaching and Research Press, 2010.

后 记

"十年弹指一挥间"，在博士毕业留校任教的十年后，我终于迎来学术生涯第一个国家社科基金项目成果即将付梓的好消息。这本书稿是博士生阶段研究的拓展和延伸，正因为如此，我感谢博士生阶段的多位恩师，如王腊宝教授、刘海平教授、朱新福教授、宋艳芳教授、罗伯特·迪克森（Robert Dixon）教授等，以及陪伴我成长和进步的同学们，如柯英、李震红、王静、杨保林、孔一蕾、毕宙嫔、陈振娇、侯飞等。尽管我毕业后常受生活琐事所累，也许算不上孜孜无怠和成绩斐然，但我的导师王腊宝教授总能体谅我的处境，对于我取得的每一点进步总是予以热情的肯定。

时至今日，澳大利亚文学研究在我国仍然不算主流，但我很幸运在成长道路上得到了诸多前辈专家学者的提携和指点。本书多个章节的早期雏形都有幸在我国外国文学类的重要学术期刊上刊载过，原载情况如下：

1. 《从"金翅雀"到"楔尾雕"：〈树叶裙〉的澳大利亚白人身份建构之路》，《外国文学评论》2023年第3期；

2. 《〈神秘的河流〉与澳大利亚"历史战争"》，《国外文学》2022年第1期；

3. 《不可言说的忏悔："被偷走的孩子"与〈抱歉〉中语言的隐喻》，《外国文学评论》2018年第4期；

4. 《"国家庆典"与澳大利亚历史小说》，《外国文学评论》2017年第3期；

5. 《内德·凯利传说的当代阐释：〈凯特妹妹〉与〈凯利帮真史〉的比较分析》，《外国文学》2017年第4期；

6. 《〈毒瘾难戒〉中的反文化与女权主义问题》，《当代外国文学》2016年第4期。

以上期刊的编辑老师和参与盲审的专家学者都对这些论文以及在此基础上形成的书稿有很大贡献，感谢他们高屋建瓴、富有见地的修改意见和建议。感谢国家社科基金后期资助项目的立项支持，同时也感谢苏州大学人文社科处和外国语学院的领导和同事们对我工作上的支持。此外还要感谢本书的责任编辑——广东人民出版社的段太彬先生。

最后我想感谢我的家人对我的无尽支持和关爱。我的父亲曾是本书

第四章初稿的第一位读者，他对我的殷切期盼和无条件的爱塑造了今天的我，愿他在另一个世界无病无痛、无忧无虑。我的母亲尽管故土难移，却陪伴我在苏州生活了多年，愿她平安健康、喜乐顺遂。谨将0此书献给我的父亲和母亲。

2024年11月于苏州